U0940280

WARREN REED

CODE CICADA

蝉暗号

[澳] 沃伦·里德 著　尤 舒 译

人 民 出 版 社

此书献给努力为改善自己和国家而工作的忠诚的澳大利亚广大民众。这是一个讲述多数人是多么容易被极少数人欺骗的故事。

作者的话

这本书中出现的任何一个人都不代表，也没有试图去代表现实中的某个人，不论是生者还是逝者。

这本书的灵感来自1995年5月的一篇报道。这篇报道涉及ABC电视台和《悉尼晨报》上有关所谓在堪培拉中华人民共和国大使馆发生的窃听事件，以及澳大利亚政府在事件发生后为压制有关所谓合作细节报道所做的无效努力。尽管这种公开报道揭示了一些和报道内容多少有些相似的事件，但书中的每个角色以及那些不公开的事件都是虚拟的。

目　录

第一章

悉尼，1995 年 4 月 12 日

“欢迎光临，芬东女士，”张文涛微笑着对这位软件执行官说。

然后他又转向另一位客人——一位印度籍澳大利亚商人，这人已经向他伸出了手。张瞥了一眼这人的名片，“噢，古帕塔先生，非常高兴见到你。”

尽管一切都是机械和本能的反应，但张文涛的言行举止却是完完全全的外交风度。这是他本周内第五次如此接待客人，因此应付这种会面他已感到身心疲惫了。

很多人来参加张先生为迎接中国福建省贸易代表团举办的酒会是件非常能够理解的事情，但和往常一样，事情总是有些不对劲儿。当晚天空阴沉沉的，而中国驻悉尼总领馆的空调又出了毛病，好在没有人磨蹭到八点，张先生也就可以按时回家赶上他想看的电视节目了。

张文涛是个为中国外经贸部工作的真正的贸易官员，也就是说他与情报之类的事情毫无关系。张最初学习人类学，然后又学习经济专业，是个可以吸引许多人围在他身边的社交高手。

这时一个着浅色西装、系着绿色领带、衣冠楚楚的中年澳大利亚人

走近了张文涛，他们之前曾见过几次面。尽管这位彼得·菲利普斯先生自称自己曾是位搞贸易的官员，但张怀疑他是为某个情报部门工作的间谍。他们都有喜欢武打片电影的嗜好，张曾经拿过体育项目的冠军，而菲利普斯对这一话题总能谈出些有趣的事情。

这位澳大利亚人递给张一个小包，“这是你想要的录像带。”

张文涛笑了，他很高兴得到这个礼物。这可是新发行的1968年经典武打片《女侠》的三小时数字版影像带，是那种宽屏的、很难搞到的带子，张文涛向菲利普斯表达了谢意。

“嗨，”菲利普斯接着说，“我有事儿要告诉你。”

从他的表情上张文涛明白，不管菲利普斯要和他谈什么，但肯定比有关武打电影的事情要严肃得多。“你能再等一下的话，”张文涛对菲利普斯说，“我就可以开溜了。”电视节目不得不晚些时候看了。

菲利普斯点了点头，“别着急，我可以在外面等。”

饭店房顶上吊扇吹来一股柔柔的凉风，吹干了张文涛衬衫里的汗水，也带走了他的疲惫，四十四岁的他长着一张圆脸，一头短短的乌黑直发皇冠般地竖在如同小男孩一样的头上。他是个坚定又灵活的人，这是他第二次被派到澳大利亚任职了，他很了解这个国家并能愉快而自然地与当地人打交道。

菲利普斯情绪不错，成龙和李小龙总会使人对他们进行一些比较，他们一个是香港导演胡金铨影片《迎春阁之风波》的坚定护卫者，而另一个是毛复静的疯狂粉丝。

“哇！那些高踢腿简直太美妙了！”菲利普斯说。

张文涛没有理由不同意这种说法，但他迫切想知道这个澳大利亚人要同他谈什么。于是他耍了一个小花招，他瞟了一眼手表，这一瞟就把菲利普斯拽回了他们谈论的主题上，这时他们几乎已经干掉了一瓶酒。菲利普斯忽然开始问起了张正在写的一篇参考报告，这应该是一篇秘密报告，一篇有关中国和澳大利亚之间贸易的报告。

对张表现出来的愠色，菲利普斯报以安抚的微笑，“别那么紧张地发疯嘛，我给你解释一下你就明白了。”

张文涛皱了皱眉头，说：“说到我的报告，一切进展顺利，但无论如何此事与你没有任何关系。”他停顿了一下，“我现在想知道你是怎么知道这件事的。”

菲利普斯深深吸了口气，然后又叹了口气，很快地说：“你们在堪培拉的使馆被窃听了。”

“但我认为，我们几周就检查一次。”张意识到他除了承认这个事实之外别无选择。

“我知道，但你们还是被窃听了。”

“你肯定吗?”

“相当肯定。”

这时，张文涛的脑海里闪过两个念头，一个是菲利普斯就是实打实地给送来了非常重要的情报，另一个想法是菲利普斯本身就是一个密探，他过来是想证实中国悉尼总领馆里真实的保密工作。

“你知道，整个事情是这样的，”菲利普斯说，“澳大利亚安全情报组织一直在你们堪培拉的新馆舍内安置窃听设备，这事在几年前开始建新馆舍的时候就开始了。”

“真的吗?”仔细琢磨着菲利普斯，张文涛在想，这事听起来太可怕了。

尽管张是一个纯粹的贸易官员，但他之前还是按规定接受了国家安全部最基本的有关间谍方面的培训。这种训练培养，教会他知道如何控制自己的面部和手部动作，使别人无法像读书一样读懂他的脸和手。现在他的直觉告诉他，菲利普斯不是在开玩笑。

“事实上，你们使馆上上下下都被光纤掌控着，”菲利普斯犹豫着选择了技术术语并扬起眉梢来确认张文涛是否明白这是什么意思。张文涛点点头。

“美国国家安全局提供了所有的硬件，所有的尖端设备。”菲利普斯说。

张文涛客气地笑了笑。

“我们自己不可能做这种事，”菲利普斯接着说，“所以这事一直是合作进行的，现在也是。”

张文涛选择了沉默，他急于知道这个故事余下的内容，他脑子里飞快地产生着许多其他想法，但这些想法要等会儿再说。

这个澳大利亚人压低了声音说：“我本人之前在情报系统任职时就参与了这件事。”一丝微妙而又确定的微笑掠过他的面孔。

张文涛想，菲利普斯的这话肯定为这个故事增加了某些内容，同时也就是承认他自己参与了这次间谍游戏。

“但运作有点失败，”菲利普斯说，“和美国人希望的成功相差甚远。”他笑着，“当然，但你们搬进这地方并做了一些改动后，这些设备就彻底瘫痪了。那些建筑用起重机使美国国家情报局安装的设备毁灭一空，但个别设备还有用，我们仍在往里安装一些有用的东西。”

这时张文涛对相信这一故事的真实性已经有了准备。菲利普斯急着继续讲述这一故事的其他方面，讲述所有需要说明的细节，但也许这还要等一等。因为现在张文涛更感兴趣的是菲利普斯在这事中扮演了什么角色。

“所以你是为澳大利亚安全情报组织工作了？”张文涛问道。

“噢，不不不，我为澳大利亚秘密情报局工作。这是我们的对外机构，我们的中央情报局。”

“但你名片上写着是领事……”张文涛想听听菲利普斯会如何回答这一问题。

“啊哈，那东西是我用来应付外交场合的，就和你的一样，当然这也没任何错。”

“很正常。”

张文涛这时有一股冲动想问问菲利普斯为什么要告诉中国人，特别是他自己这个令人难以置信的、非常敏感的故事，但他打住了。他的思维理念以及他受到的训练和具有的经验告诉他，沉默往往是更锐利的质问工具。然而，这种不惑肯定在他脸上流露出来了，因为菲利普斯已经捕捉到了这点，并使他感到要努力向张表示出他的善意。

“很明显你们李大使非常赞赏你处理紧急事件的能力，他也赞同你有关中国和澳大利亚建立长期伙伴关系的观点，他对你上周二会上激动地讲述这一观点感到很满意。”

张文涛感到非常不解，这可是他目前正在为国内北京办的最机密、最谨慎的事情。“他妈的，”张想，“难道还有这人不知道的事吗?”

“大使希望你能在本周末前将你报告草拟稿发回去。”

张文涛挖苦地笑了笑，事情已经很清楚了，但菲利斯普还没有说完。

“之前你曾参与了你们大使的弟弟李彦斌（音译）及家人的访问，你是知道的，大使的胞弟在中国人民解放军工作，而且他还希望自己能够在澳中羊毛贸易中占一份额，分一杯羹。”

张文涛知道这信息不会是从被窃听的电话上暴露的，因为他记得很清楚，这是十几天前的一次专门会议上讨论的问题，当时他正在堪培拉使馆出差。那天在他与大使会面以后，他曾和使馆一位同事在其办公室里谈了一个多钟头。

现在坐在饭馆里的这两个人都出现了短暂的沉默。

菲利普斯打破这种沉默，他盯着张文涛，“你还怀疑我是谁，还怀疑我给你讲的故事吗?”

“不，我不怀疑，我相信你。”

菲利普斯笑了。他注视着张的眼光也变得柔和了，这说明张文涛的相信就是他所求的，他的眼睛比他的语言更说明问题。张文涛再次感到这人的魅力掩饰了他所谈事情的严肃性。

菲利普斯往前坐了坐，更热烈地继续着他的话题。在张文涛看来，尽管菲利普斯在揭示一件表白他自己可怕罪行的秘密，但他却很轻松。菲利普斯解释了他的行为，张文涛专心地听着，但不发表看法。让事情顺其自然发展和注意弦外之音会让人了解更多的内容。这可是一种技巧，是张文涛从一本名为《情报人员储备工程手册》的风趣讲义上学到的技巧。这本他接受基本间谍训练时的讲义告诉他，如果你要答案就没有必要问问题。

“你看，”菲利普斯接着说，“这件窃听事件真正让我们不安的是我们的低三下四和献媚。我是说，在世界毫不在意的情况下，我们让美国佬控制了我们得到的所有情报。这应该是‘合作’，但完全是件荒谬可笑的事，我们看到的是美国佬们传回来的东西。”

张文涛同情地点了点头，这似乎鼓励了菲利普斯继续讲下去。

“这事已经触犯到了澳大利亚国家利益，而你却见不到这里的任何一个人站起来反对。”

这时张文涛已经感到菲利普斯的论点是有道理的，如果事情可以这样预测的话。他现在就想知道这个澳大利亚人是如何将其对国家的福祉利益和他自己所从事的背叛行为协调一致。张文涛曾经怀疑那些如此这般地出卖灵魂的人的脑子里不知为什么会装满了残酷的自相矛盾的东西，他个人是非常厌恶憎恨任何一种背叛行为，但他同时对这种行为的心理状态非常感兴趣，也想了解这些人过去和现在的经历中的有哪些使得他们在脱离其效忠对象的同时仍为其服务的因素。

菲利普斯开始向张解释说，他一直认为中国将在二十年内成为这一地区的主宰力量，又说：“我们这样掺和在窃听事件里是在玩火，在冒着被认为是美国在亚洲的哈巴狗的风险。上帝才知道，如果我们澳大利亚被贴上了美国哈巴狗的标签后，需要几代人才能收复失地。”

张文涛感到，很明显菲利普斯没有意识到他说的和他做的是相互矛盾的，如果他自己的背叛行为暴露了的话，没有任何一件事情会如此使澳大利亚成为美国的哈巴狗。

在喝完第二瓶基督泪水酒（Lacrima Christi）后，这两个人都感到飘飘然地陶醉了，张认为他该问几个问题了。他认认真真地给菲利普斯斟满了酒杯，而给自己倒了一点点。

“我想问问你，彼得，”张文涛问，“你可不可以告诉我你为什么首选我来通告这件事呢?”

菲利普斯漫不经心地把领带扯下来，甩在椅子背上。

“嗯，如果你要得到一个直接的答案，我就告诉你。因为我认为我需要在你们那边找一个我可以信得过的人，就这么简单。你知道我现在做的事情可不是件容易的事。”

菲利普斯苦笑着盯着张文涛，就像在挑战张文涛，看看张是不是会否认他刚才做的评价。其实张文涛是想否认，但直觉告诉他先别这样说，起码目前不要这样。

“谢谢。”张文涛说。

菲利普斯似乎对这一答复很满意。“你看，”他说，“在高级间谍工作中最主要的是联络沟通和敏感。你必须要敏锐地感觉到人们话语的深层意思，否则就不可能传达信息。这就是一切，而且人们总是在这样做。”

“毫无疑问这是对的，”张文涛想，脑海里闪过的是在二十世纪六七十年代他和他的家庭所遭受的痛苦，与这相比，菲利普斯的经历显然就逊色多了。

谈到情报工作人性的一面使得张文涛琢磨起这个澳大利亚秘密情报局的人这样做是想要什么回报呢，但他知道引入这个尴尬的话题可能会引出一个他不能够完成的任务，所以也许还是不碰这个话题为好，同时张文涛感到他们的谈话也应该结束了。觉得菲利普斯大概也意识到了这一点，张看了一下手表。

“是啊，我想我们该走了。”这澳大利亚人注意到张的动作。

“坦率地说，”张文涛笑着回答，“时间是够长的了。”他伸手拿起他放在地上的提包，把菲利普斯送他的《女侠》录像带从里边拿了出来。“彼得，就为这录像带，我也真的要好好谢谢你。我好几次想从国内找到这录像带，但都没找到。”

“噢，不用客气，一点都不麻烦。”实际上这录像带是菲利普斯叫澳大利亚秘密情报局在香港的部下搞到的。

张文涛让服务员过来结账，而菲利普斯似乎也没有表示要均摊费用的意思。

在他们等服务员过来结账的时候，“彼得，你的兴趣现在……”张文涛问，“你有次告诉我你集各种鱼还是什么？或是青蛙？”

“啊，实际上是昆虫。”菲利普斯眼睛亮了起来，“这是我一生中的爱好之一，从孩提时代一直到现在。我特别喜欢像甲虫、知了、蝴蝶之类的昆虫。”

张点了点头，心想：“这是个什么人啊？他就像一个有着一层层皮的洋葱，你会感到你永远也看不到他的内心深处。”

“彼得，你看，你是知道的，我必须向大使汇报这件事。我明天早晨的第一件事就是在他从墨尔本出来经过这儿的时候找他，也许你我可以明天晚些时候再见面，我就可以告诉你大使对我们一起做这事儿的看法”。

“我看可以呀。但你可要小心，千万不要打电话通告任何信息。”

“当然不会。相信我，我会把你的安全利益放在心上，这点毫无疑义。”

他俩定了下次见面的时间和地点——悉尼中国城一家他俩都知道的饭馆。

随着会面的结束，张文涛感到兴奋，还有迷惑，甚至有些疑惧。菲利普斯是个矛盾重重的人，他很尖刻，很警觉而且很会算计，但同时他又有一种一下子就能吸引人的热情。但张不断地告诫自己，其他人会问为什么菲利普斯会做这种事，他想要什么回报。

当晚张文涛还有许多事要做。

当他回到领事馆的时候已经是晚上 10：20 了。在回来的出租车里他想了很多很多，对下面一步步的做法也很明晰了。首先要保持冷静，不要急，要有条理。其次，让最重要的人物——大使、总领事及主管当地情报工作的高纯知道现在出事了。第三，处理此事时一定注意安全，要谨慎。

张文涛之前曾处理过紧急事件，但和这次不一样。当他溜进这楼的时候，他想，对国家安全部来说，这事有了基本间谍案线索的所有迹象。

尽管张感到此事的压力，但他对菲利普斯给他一生带来的这一奇遇或称冒险感到欣喜若狂，他从来没想到这种事居然这么有意思。

第二章

东京，4月中旬

格雷格·梅森静静地坐在自己的房间里，看着手里的一张照片，这是一张他和妻子普鲁的照片，普鲁几年前患乳腺癌去世了。这张照片是一个春天在京都拍的，照片背景是若隐若现的清水寺，这座巨大的木质建筑物耸立在山谷那边的山脊上，樱花密密麻麻地覆盖着清水寺下面的山坡，这清水寺就如同漂浮在这片花海中的一只船。照片上的梅森和普鲁开心地笑着。那个请来为他们照相的日本人曾开着玩笑讽刺他们说："我可不喊'茄子'，因为我受不了你们俩这样子。"

在这个古都的逗留是令人高兴的，梅森的一个朋友安排他们在他自己那个非常传统的家中小住了几天。普鲁被这房子的悠久历史和房子里的精美艺术作品深深吸引。总的来说，京都给她的影响与其他任何一个城市的影响都大相径庭。现在，当梅森仔细端详着普鲁的面孔时，他发现自己再一次被她那生动的蓝眼睛以及这个固执、陈腐的英国女人所散发出来的金发碧眼北欧人的特征所吸引。

"在被病魔慢慢地吞噬掉以前，她是多么健康啊，"梅森回想着，"我们怎么会知道即将发生什么？"在她生命的最后时刻，她又是多么憔悴和瘦弱。直到现在，这些情景仍使梅森感到心碎。

尽管梅森在普鲁去世后很多次来到京都出差，但只有这次不知是什么原因驱使他住进了他与妻子最后一次来这里住的大仓酒店的同一个房间。

梅森看了看床头控制板上的时钟，刚刚早晨十点，在他前往附近的松友公司开会前他还有许多时间。四十一岁的格雷格·梅森在悉尼是能源及资源顾问，这是他在七年前离开澳大利亚情报局即开始从事的工作。最初情报局忙着把他招在麾下是看上了梅森的背景。梅森出生在神户，他那曾在第二次世界大战期间担任澳大利亚军队审讯员，同时也是位日本语言学家的父亲在神户经营着金属进口生意。梅森的母亲是个美国人，但也出生在日本，她的父亲是横滨地区一个外国人社区的医生。太平洋战争时期，梅森的母亲也曾在夏威夷工作，准备那些撒放到日本去的美国传单。青年时期的梅森在日本接受教育并毕业于东京大学法学院。

之后，梅森又在台北打理他父亲在那里的分公司业务。由于他对语言的敏感天赋，很快他的中文水平就和他日文的写作及交流水平一样娴熟和精通了。最终，他在他父亲的家乡悉尼定居下来，而在悉尼他发现自己比大多数和他年纪相仿的澳大利亚人要成熟。他很自信，尽管他也尊重别人。刚开始梅森认为澳大利亚是一个令人费解和非常散漫的国度，但他很快就改变了这种看法。尽管出生在国外，梅森对澳大利亚非常忠诚。日本赋予了他强烈的责任感和义务感，而澳大利亚情报局也正是因为嗅出了梅森的这种特性并非常看重他对亚洲的了解，因此很快将他招募进来。梅森的黑色头发和黄褐色的皮肤使他在这一地区比其他外国人更容易与当地人融合在一起。

梅森在情报局度过的日子是愉快而有成果的，并且他的成绩也得到了业内人士的赞赏和认可。但在雅加达，一切都变了。情报局雅加达站站长马丁·克拉克很嫉妒这个年轻人，因此使出浑身解数来打击、破坏梅森的事业。举个例子，马丁勾引了梅森的妻子，尽管普鲁很快在她开始得病的时候就抛弃了马丁。在事业上，马丁处处紧盯着梅森，包括破坏任何一件可能会使梅森在其位置上达到顶峰的事情。

梅森瞪着眼睛看着普鲁照片，这时，他在印度尼西亚首都时的另一个生动情景又出现在他脑海里。

那天，当梅森看到前门半开着的时候，他就感觉到事情有些不对劲儿，通常在晚上这个时候，看门人的位置最远也不会超过车道，而现在这人却不知去向。

梅森悄悄地溜了过去。透过夹竹桃的树枝树叶可以看到门廊灯亮着，同时这夹竹桃也使人从街道上看不见室内。穿过草坪，梅森发现看门人趴在门前的台阶上，梅森赶紧跑过去，发现这人在呻吟，人已经处于半昏迷状态，后脑勺有条可怕的口子。已经没必要问他发生什么事了。

大门敞开着，梅森可以听见从房子的后面传来一个女人因疼痛而发出的喊叫。

一个男人在用马来语喊着："那东西在哪儿？那东西在哪儿？"

梅森知道那东西是指什么。

梅森悄悄地但飞快地溜进了走廊，在走廊尽头他紧紧地贴着墙，往房间里窥探。这家马来西亚人一天大多数时间都在这里，梅森看见穆斯塔法的妻子被按在地板上，一个敦敦实实的黑衣男人拧着她的两条胳膊、坐在她的背上。而另一个很瘦但肌肉发达的男人用一只手抓住她的头发，把她的头从地板上往上拉，而另一只手则把一把刀放在她的脖子上。

"在哪儿？"他号叫着，希望能得到答案。

"没有啊！"这女人哭着说，因为他们恐吓要杀死她。

穆斯塔法八岁的儿子扑向那个拿刀的男人，把他推倒。梅森知道他的机会来了，于是飞快地进了房间。那个骑在穆斯塔法妻子身上的男人从眼角的余光里注意到了梅森的动作，但梅森落在他后脖颈上那迅速而又有力的一击马上就使得他无力回手，他倒在了一边。那个手里拿着刀的人放开那女人，举刀向梅森刺来，但没刺中，大约差有一个手臂远的距离。梅森弓着身体，给那人肩膀重重一击，那人也就滚倒在地。与此同时，梅森用力将指关节猛戳他的太阳穴。凶手手中的刀从半空中掉了下来，人一下子瘫倒在地上。

一切就发生在数秒钟内。

“格雷格叔叔，”穆斯塔法的儿子用英语喊着，由于这场暴力事情的结束而放松下来。

“快点告诉我，”梅森打断了他的话，“就两个人吗?”

“是的，就两个人。但格雷格叔叔，快看看我爸爸吧，他们杀了他。”

穆斯塔法被扔在沙发的一侧，头上一条深深的口子流着血。而更严重的伤是在他的小臂上，肘部到手腕都被砍伤，肌腱和动脉露了出来，鲜血从伤口处渗了出来。

“你爸爸还活着呢。但你赶快去帮助你妈妈，我来照顾你爸。”梅森对那小男孩说。

梅森把他的衬衫撕成条，紧紧地扎在穆斯塔法的胳膊上。这样就止住了血，但不知这种急救措施能维持多长时间。

听到了这个澳大利亚人的声音，穆斯塔法微微地动了一下，有气无力地问:“格雷格，他们走了?”他的眼睛已经被血蒙住了。

“嗯，应该说，他们已经不会再闹事了。”

穆斯塔法舒了一口气。

“那我们怎么办呢?”穆斯塔法的妻子一边从地上爬起来一边问。

“先叫急救车，然后再报警。我去把那两个家伙捆起来，这样他们就跑不掉了。”接着梅森又转向那小孩，“你，我的小朋友，你赶快到前门去看看优素福是不是没事。”

“他们是来要钱的，格雷格，”在妻子没有听到他的时候，穆斯塔法悄悄地告诉梅森，“这就是我为什么在电话里告诉你‘一万’，他们今晚要一万美元。我应该已经告诉过你，如果今晚他们拿不到的话，他们会杀了我。”

“我知道，老伙计。但让我们先把你收拾干净了再谈这事。”

“嗨，格雷格，见到你我真高兴。我当时觉得我们完了。”

“噢，我真希望我能早些时候到这儿。”

穆斯塔法是马来西亚外交部的间谍，曾经在雅加达干了三年，最近才刚刚转到梅森这边搞秘密情报，条件是澳大利亚情报局要替他偿还他已经不可能承受的赌债。这事对澳大利亚情报局来说是一次潜在的政变，情报局总是把策反东南亚谍报人员放在非常重要、优先考虑的位置。梅森从站长马丁·克拉克那里是得到批准从站里资金里拿现金给穆斯塔法，但是让人不能相信的是，就在行动的最后一刻，梅森得到命令，说不要再干了。尽管这样做违反了之前与穆斯塔法签订的协议。

但梅森是个信守诺言的人，既然他答应了给这个钱，他就一定要给。在银行落下卷帘窗要下班的几分钟前，梅森赶到银行，然后和银行就提前支取他个人账户上钱的事情争论了一个多小时。尽管这时梅森在澳大利亚的银行已经关门，但由于他良好的银行账户记录和他操着马来语的恳求使他在银行得到了他想要的钱款数量的一半。剩下的那部分由他的老朋友伊丽莎白·坎特雷尔替他付，坎特雷尔是个中央情报局官员，曾和梅森一起从事能源方面的工作，当时两人关系亲密。

当梅森抵达穆斯塔法家门口的时候，那一万元美金就在梅森的包里。

当坐在位于大楼二十层的松友公司办公室里的时候，所有这一切，包括对普鲁的思念都从梅森的脑海中消失得干干净净。这公司离他住的饭店只有一个街区。这时屋内弥漫着一种梅森似曾相识的气氛，一种预示着什么将发生到他身上的气氛。这种如同过去他在澳大利亚情报局工作时的感觉令人不安，但这次不是他——梅森提问题了，现在是这个坐在他面前的日本主管在想方设法从他这里得到一些非常敏感的情报。作为一个情报官员，梅森也曾经用同样的方式培养新的间谍。

这让他想起了一个变态的讨厌鬼——巴斯·摩根戴尔几年前曾经告诉他的话："在间谍游戏中，没有一个人是因为国家利益而从事这件事。为国家利益服务的人很快就会出局，留下来的都是为自己而干的人。但这又是个蜜罐，格雷格，一旦你不做了，就再也不要碰他，否则你不知不觉就会被吸引回去。"

这种来自一个情报部门资深人士的告诫是一种忠告。

梅森的眼光打量着这间办公室，他观察着那些简约的家具、窗前架子上插着紫色土耳其罂粟的花瓶和窗外灰白色的很低很低的云层。通常能看到的大殿护城河上的景色都被挡掉了，要说在早晨出现这种情况是罕见的。对于东京的 4 月中旬来说，这是一种反常的气候。

梅森又把眼光转到这位强硬的桐山信行的身上，他想知道为什么这人这么不愿意告诉他更多的情况。通常在提供咨询工作时，梅森总是期待对方对这个项目做个大致的描述，以及他将做出的建议会如何采纳。但这次这个日本商人好像只想要信息，确切些说是情报。

"你看，"桐山用日语巧妙地说，"我们需要一个——我怎么说呢？我们需要一个很独特的澳大利亚观点。"

如同梅森对日本人思考方式的感觉一样，桐山这时用的是敬体语言，充满感谢，但也同时带有一丝傲慢。也许他应该说的更多一点，更仔细一点。但规矩就是这样，如果梅森想做这事情的话。

"一种澳大利亚的观点、态度？"梅森在想，但这点已经是得到确认的。"这个日本人想得到的是机密情报，但他是从哪儿来？也许他在澳大利亚的同僚们已经听说我梅森以前为澳大利亚情报局工作，他们已经获得了密报。”梅森考虑着，“这很难说，我也许可以给他拼凑些东西，但我肯定不会泄露国家机密。”

桐山是这家公司东京总部事务所的头头，他清楚最好不要在这种事情上逼迫梅森。他和梅森两人已经认识五年了，尽管不是交往很深的私人朋友，但在业务范畴以外他们关系还是很好的。非常奇怪的是，桐山越是努力想掩盖真相，就会出现越多的其他方面存在的证据。曾是间谍的经历使梅森比绝大多数人能很快地捕捉到这些东西。尽管与桐山相比，梅森年轻得多，但他与日本长者的很多交往使他知道桐山面临很大压力，在离开东京前，他要搞清楚这背后的原因。

桐山说话改用的口语体暗示着下面有更多的事情，“梅森，我所希望得到的就是你应该在报告中加进去的你的战略性见解。如果你还可以增加你交流过的专家的看法，那就越多越好，特别是那些知道事情发展方向的专家们的意见。对你们国家如何在石油及液化天然气行业里找到合适的位置，松友公司自然有我们自己的看法。但是公司常常为来自我们在珀斯、墨尔本和悉尼分公司的各种信息而感到自相矛盾。所以如果你能够稍微透露出一点，说的婉转一点，加上你的修饰，那么我们会非常感谢。”

中川，梅森在松友公司悉尼办事处的一个朋友，一下子出现在他的脑海里。对于一个日本人来说，中川可谓是不同一般的爽快，他常常把他的同事们都未曾想到的事情全盘托出。事实上，他的才识和对多元文化的了解常常使他周围的日本人感到很尴尬，并因此引起一些摩擦，梅森对此非常清楚。

现在梅森感到他自己身在一个很莫名其妙的处境，一个自他开始单干后从未经历过的处境。

这家公司喜欢梅森的风格，公司里认识他的人都认为梅森对礼节的在意程度使他能够想办法避免任何未曾预料的、可能发生的丢脸的事情，而脸面对于一家多年经营贸易的日本大公司来说也是非常重要的。

这家公司多年从事、推动澳大利亚羊毛业发展，并在双方能源贸易中作出了很大的贡献，这家公司也曾与梅森就几个利润丰厚的项目签过合同，但哪个项目也没有像现在桐山给梅森如此大的压力。

“你看，梅森，我需要一个清晰而具有实在内容的东西，如谁将为澳大利亚今后能源业发展提供资金？你们自己能够投入多少资金？你们将与海外投资者采取何种合作方式？谁将成为你们最主要的合作伙伴？就像我说的，最重要的问题是天然气在这一切中到底起什么作用。”

“明白。”梅森用日语回答。

再次提及天然气将此事的猫腻泄露出来，梅森的脑子飞快地转着。

“三万澳元，”桐山说，“这听起来怎么样？我要你在一个月内完成报告。”

和桐山在门口话别后，梅森盯着护城河上那镜子般的水面，透过薄雾，河水隐约可见。皇宫深绿色的松树和粉刷过的炮塔在水中的倒影就如同冻结在水中。这是个典型的日本风景，其微妙之处能与梅森曾遇到的决定相媲美。梅森不可能为任何日本的原因而打探机密，不论是政府机密还是商业机密，如果按照老思维方式，梅森对这种事情还是坚持他自己的这个观点。

但是，梅森对自己说：“如桐山所想，我还是要拼凑一些信息来满足这个畜生公司。如果他真是这么愿意为我的见解付钱的话，他就能得到这些。天知道有多少其他澳大利亚人被松友公司拉进来完成这项工作，我非常可能就是这些人里的一个。肯定是由于任务的急迫使对方抬高了价格，因此为了钱我肯定会干这事。尽管很难说清楚我在这里的角色，但天然气就是这场游戏的名字，如果幸运的话，我也许会找到此事的原因。”

梅森在考虑，首先他应该与他过去的一个同事，现在在澳大利亚情报局东京站工作的人联系，从而私下判断出澳大利亚情报局可能会对这事了解多少。下一步，也是最重要的一步，梅森将与他一个最好的日本朋友见面，这人叫健一藤泽，他的位置很好，如果说有人知道接下来会发生什么，那一定是他。希望他别忙得没时间见面。

一个有机玻璃转台主导着整个场面，从上下两个方向射过来的灯光把转台照得通亮，而其他地方则处于黑暗之中。十五排座位高高地围着舞台，两个刚刚从挂着帘子的门里进来的男人站在那里。

这是个小小的露天圆形剧场式的建筑物，就像平时的周末一样挤满了一百多号人。这里几乎都是男人，喝着罐装啤酒的男人。耳麦里播放着环绕立体声的迈克尔·杰克逊的歌。

一个年轻女人在舞台上表演，是一个金发碧眼的外国女人，她裸体躺在充气垫上。一个三十来岁、健壮敦实、褐色皮肤的日本男人已经脱掉了衣服、趴在了这个女人身上。但由于时间的短暂使他垂头丧气，他精神越是沮丧，动作就越发变得猛烈，但最终还是败下阵来，他背上的汗水闪闪发光。

时间一分一秒地过去了，这男人的同伴们变得躁动起来。同伴们的议论使他受到了丧尽颜面的侮辱，这是一种永远不可能释怀的丢脸。

梅森和藤泽，这两个从大学时代起的朋友一起走进下面的舞台，他们靠在边墙上，等待其他人离开。很快，第一排的两个座位的人走了。

听见新来的人讲日语，坐在他们后面的年轻人拍了拍梅森的肩膀，然后低声地、厚着面皮说，他希望台上的女人不是这个外国人的姐妹。他的话引起了旁边人的喧笑，而梅森则报以微笑并微微点了下头。

“实际上，她就是。”梅森回答说，“我还得到她挣的一半儿钱呢。”

这话激起了旁边人的又一阵笑声，但是他们的开心使得台上的男人感觉更糟，汗水从他的眉头滴了下来。那女人用一块粉色的小毛巾擦掉了他眉头的汗，这也是他最后一点儿需要了。

“给那个可怜的小子点儿喝的。”一个人喊道，话中的“小子”是用非正式的口语说的。

但这使得一切变得更加令人绝望。

这种在日本被称为裸剧院的性交现场使梅森想了解日本人的性欲情况。为什么这里男人具有这么强烈的偷窥特征？为什么他们会有使女人堕落的潜意识需要？梅森发现第一个特点是值得怀疑的，而第二个特点则令人作呕。

此时，台上的男人还在执着地坚持着，尽管他的努力没有任何回报。他发泄出的一阵痛快叫声曾一时间为他带来一丝希望，对此，那女人报以性高潮时常常有的呻吟，这可是帮了大忙啊。围观者们兴奋起来，最后终于有了进展!

但然后什么也没发生，这两个人又重新回到先前那麻木的状态。

“看在上帝的份上吧。我们早晨还得去上班!”一个同伙用日语恳求道。

梅森和这人有同样感觉，尽管是由于完全不同的原因。梅森已经告诉他的朋友，他想和他进行一次非常秘密的谈话，是有关天然气的，而且藤泽也同意了。是的，藤泽知道很多，但他坚持他们第一件事是娱乐，起码算是看在他们以往的交情上吧。梅森几乎不能拒绝这个提议，但他还是抓住机会切入话题。他知道他的这个朋友几近疯狂的生活就是：他的呼叫器随时可以响起，然后他就被叫回他的办公室，即使在这个时候。

藤泽是日本总理府内阁调研室的分析师，而内阁调研室的作用是国家外围情报组织。这个清瘦结实而又强硬的藤泽已经结婚并有两个女儿，和大多数日本男人一样，藤泽与家庭唯一有意义的接触是在周末，但他对这个事实不以为然。大多数时间里藤泽与朋友晚上在小酒馆里喝酒或经常和这些朋友去性俱乐部。男人的交往，这个让男人可以少和女人待在一起的借口，是日本社会运转的动力。

梅森指望从藤泽那里了解松友公司主管对他提出这种要求的关键原因。但直觉告诉他，接下去他会得到一个没有什么实质内容的故事。但由于部长们以及高层官僚者都想知道如何处理美国要求扩大市场进入的要求，藤泽一直忙着为他们解说此事，因此他也就是能在梅森在东京的最后一天晚上和梅森见上一面。他们是不是可以十点钟在南城鹤见站东面的入口处碰头呢？从剧院出来后，尽管时间已晚他们还是可以吃个快餐，然后他们可以有足够的时间来谈论天然气。

从大学时武术比赛中两人第一次相遇起，梅森就非常钦佩藤泽对生活的热爱和其所具有的坚韧性格。梅森和藤泽两人一见如故，一拍即合。他们两个人都非常热衷于带水肺潜水。从这个日本人这里，梅森还学会了友谊，一种不必在任何时候都喜欢所有人的友谊。相反这种友善心地的核心是事情的关键所在，而不需顾及其表面现象。梅森永远也忘不了正是他的这个朋友当妻子普鲁最后不治身亡的时候马上来到悉尼，并使他精神振奋起来。这是一种罕见的表示，一种梅森知道很多人永远不可能经历的表示。

"事实上，格雷格，"藤泽说道，"目前天然气事情前期出了一些大事，我感觉到你这狗鼻子闻到了，使你也来打听。这可是绝密，但既然很明显你已经知道……"

由于精力分散，他的话没有了下文。

伴随着那金发碧眼的女人和她的伙伴继续着他们的事情，转台使得这里的人兴奋、气喘吁吁。这个男人的事儿还没有完呢，可这女人不再在意是否要装出有兴趣的样子，这种无聊驱使这女人到这些昏暗灯光下的观众中去寻找她感兴趣的事情。

当她注意到前排坐着的梅森具有外国人特征的时候，便用英语问："嗨，你是哪里人？"

"如果我没搞错的话，我和你来自一个地方。"听出她那明显的澳大利亚口音，梅森回答说。

"结婚了？"她问道，都快和梅森肩并肩了。

"是个鳏夫。"

"有孩子没有？"

“没有。”

“在东京很久了吗?”她还在问，好像这是必须要问的问题。

“明天回悉尼。”

“太典型了，我在这种地方见到的每个家伙都是来去匆匆。”

梅森的眼光落在她那个还在拼命努力的男人身上，这个女人也注意到这点，于是他俩为这双关语大笑起来。

“但最终他们还是成功的。”舞台转着把她带走了，“除非他们干着干着这事就完蛋了。”

藤泽明白梅森与这女人的交谈，并且深陷在这种漫画式幽默和作为一个日本男人处于费力不讨好境地的尴尬之间。

在这两个人多次周旋后，藤泽开始厌倦梅森那种一次次东一榔头西一棒子的闲聊，藤泽感到这种话和他与梅森间有关能源的话题混淆在一起令人困惑。就在这时，藤泽决定把他的朋友梅森拉到路边的酒吧里去。

顺着台阶往上走，藤泽独自思索着这个澳大利亚人所具有的几个独特的性格特点。对梅森来说，与这个女人的聊天是件非常真实的事情。但对于一个日本侨民来说，在相似情况下和卑贱的侨民以同等地位谈话是件不体面的事情。多数人只会想着如何使对方更失颜面，而梅森却做了件完全相反的事，他提高了她的地位，藤泽就是这样认为的。

剧院外面的路又窄又湿，街两边都是脱衣舞夜总会和小面馆。每个小面馆的门上都挂着与众不同的门帘，有几家还挂着夸张的、里面点着灯的大红圆灯笼。这种霓虹灯把街道装扮的别有趣味。

“谁又能猜到这天然气的事这么重大呢?”梅森想着，这时的藤泽挡开了一个想把他们引诱进到酒吧里的人。

还会有更多的情况出现，但就到现在为止梅森所得到的有关这谜团的支离破碎的信息就已经让桐山告诉他的那些微不足道了。日本人在他们北边海底的重大发现会有很大的影响和后果，这海底的发现对日本的影响会如同北海海底石油给英国带来的影响一样，但它的影响更深远，特别是对澳大利亚。

“那么，俄罗斯人知不知道你们在他们的水域里发现了什么呢？”梅森问道。

“嗯，不知道，起码现在不知道，问题就在这里。现在距我们提交全部数据只有几周时间了，如果我们不能尽快提出一个完整的、令人感兴趣的全套发展计划，而且是俄罗斯人不能拒绝的计划的话，他们在得到全部详细内容之时，就是他们向最高的国际投标者全盘托出之日，而且日本人是不会知道的。只有我们尽快提出的完整、令人感兴趣的全套发展计划才能阻止他们。”

“因此，压力很大？”

“你还是可以这么说！”藤泽回答说，“政府把这件事看成是国家大事，我们不能让这事从我们手中溜走。”

“你什么意思？难道他不能使梅森开口？”

塞巴斯蒂安·摩根戴尔非常生气，作为澳大利亚秘密情报局副局长和外交部部长的密友，他利用他的权力去刺探他权限以外的事情。被人们称为巴斯的他是个非常讲究和在意级别的中年人。

“看在上帝的份上，”他接着说，“一个在职人员怎么从一个过去的同事，并且是朋友的同事，一个首先安排会议的同事那里得不到内部消息呢？”

马丁·克拉克羞愧地待在那里，“摩根戴尔想要什么呢？”摩根戴尔和马丁·克拉克相互憎恨。当摩根戴尔在电话里对马丁大喊，要他和他的伙伴一起马上到摩根戴尔办公室的那一刻克拉克就知道会发生这种情况。

身为情报局北亚运营部主任，克拉克不习惯别人像对一个小学生一样用这样的口气对他说话，而不得不与自己的副手托德·兰伯特一起来更使人难堪。

摩根戴尔刚才看到一份刚刚从东京站发来的海底电报，这封电报向他汇报了与正在日本访问的格雷格·梅森秘密会谈的情况。这封电报揭示的就是梅森暗示“在能源领域将会出现大事件”。尽管东京站对即将发生的事情一无所知，但无论如何梅森感到要发生的事情是一种预感。“预感!”克拉克对此嗤之以鼻，这种和摩根戴尔的嘲笑打了平手的愚弄使他的窘迫和难堪有所缓解。“我给了站里一个长期固定的任务，那就是只要梅森在东京就紧紧地跟踪他。但要让他提出会面，然后提出类似彻底泄露秘密的问题。很明显，梅森已经知道正在发生的事情，他正在试图打听出我们是否在加快速度。”

“可我们没有!”摩根戴尔大喊着回敬克拉克。

尽管克拉克曾告诉这位副局长他从未替他自己设想，但摩根戴尔知道，他的这位同事已经掉进了一个陷阱，但这样正好。克拉克实际上承认了他的行动部门需要做得更好。摩根戴尔喜欢做游戏，而这次的得分手是谁还不得而知呢。

摩根戴尔不屑一顾地转向兰伯特。兰伯特三十来岁，是情报局一颗正在迅速上升的新星，他曾是特种部队官员，是那种澳大利亚秘密情报局近年来招募的有经验的新兵，他是典型的这类新人。尽管人们知道兰伯特是梅森的朋友，但他难得在情报局里谈起和梅森的见面和交流。可情报局的其他人和兰伯特一样经常会向梅森讨教对事情的独立和客观的看法。而这种联络激怒了像克拉克和摩根戴尔这样的老家伙们，这也是巴斯现在试图利用此事与克拉克反目为仇的原因。

“因此，如果是你在掌控现在的局势，托德，你会怎么做呢?”摩根戴尔边问边流露出那种如同他能操纵灯光的魅力和得意。意识到自己处于一种很难应付的境地，兰伯特回答说:“我认为我们能够做得最好的事情就是，情报站把伸出的手收回来，然后让那些特工人员更拼命。我的意思是让特工人员把工作重点放在石油、天然气和煤炭上，这些东西正是格雷格来东京的目的，他可不是来看樱花的。”

好像这年轻人提出了一个令人吃惊的新视角，摩根戴尔点了点头。这让正感到羞愧的克拉克更加难堪和不舒服，但他努力不让这种难堪流露出来。可是摩根戴尔能够准确地读懂这一切蛛丝马迹，不管这些信息是多么细小微妙。

“并不是我们不驱使他们工作。”兰伯特补充道，似乎是在漫不经心地努力安慰他的头儿。

兰伯特是个声音沙哑、意志坚韧的人，他的悟性与智力和他的语言一样敏捷和锋利，而对兰伯特这两个特点的畏惧使得摩根戴尔对他很敬重。尽管摩根戴尔在这个行当里也是个有经验的老手了，但没有什么信誉和声望。他也就是一个曾经在曼谷、雅加达、香港和其他亚洲几个地方工作过的老资格的人而已。他也曾在伦敦与陆军情报六局以及加拿大工作过一段时间，而就是在这段时间里他和澳大利亚现任外交部部长成为密友。然后在进入政界前摩根戴尔又拿到了都市规划专业的博士学位。尽管摩根戴尔有着和中国人一样的肤色，但他对这个国家的历史和文化都没有深刻的了解，他只是喜欢、热爱中国艺术和风景绘画，他对那些描绘雨中竹叶和莲梗上孤独青蛙的卷轴画如醉如痴，同时也着迷于那些能够表达相同内容的雕刻印章。但那个部长对此的理解比他知道的深得多。

如果说有一件事是摩根戴尔在其事业中学到的话，那就是他知道了让最有前途和希望的年轻人待在合适的位置上对稳固、保持自己位置的重要性。

克拉克也了解这种重要性，但好不容易才领悟到，而且也晚了一点儿。摩根戴尔和克拉克两人很相似，并有很多共同的兴趣。一般情况下，他俩会把这些与他们各自的工作分开。然而由于他们的不合与对立使得他俩之间没有进行任何有意义的交流。

克拉克恼怒地回到了他的办公室。

“那个鬼梅森在哪儿都有他的关系，”克拉克想着，怒火心中烧，“我数公里外就能嗅出梅森和他在我们东京站的助手谈论有关能源问题独家新闻的细节，不论这细节是什么，反正他们谈论过。而且梅森叫我的人把这事告诉他自己，居然我的人就会不遵守规定向站里进行全面汇报。”

长期困扰克拉克的就是梅森一直在这个领域的私人公司中如鱼得水、取得成就的方式，而梅森曾作为澳大利亚秘密情报局在雅加达的间谍在能源领域唱主角，而且正是因为他——克拉克的不妥协才使得梅森被踢出局。克拉克最害怕的是，在堪培拉政府极其需要有关主要能源发展秘密报告的档口，梅森会最先交出一份完整的事情的来龙去脉。梅森会向堪培拉经常接触澳大利亚秘密情报局文件的那些人泄露一些情况，然后这些人就会要求情报局对为什么没能早些通报政府的原因做出解释。

“应该严厉警告吉尔伯特。”克拉克想到，“他应该知道我不能再忍了。”

克拉克开始在他的键盘上工作了，对东京站吉尔伯特老板的严厉指责会让整个东京站和其他站都警觉起来。

主送：东京站站长

抄送：北亚地区各站站长

你记得数月前我在你站，当时我曾特别强调只要格雷格·梅森一进入你们的范围，你们就要紧紧跟踪他行迹的重要性。有一点是非常重要的，那就是任何一个花情报局的钱得到培训的以往官员都不能在国外旅行时有机会利用情报局的资源。大家都知道，梅森在你们地区与美国、英国以及加拿大的潜伏同行都保持联系。

我不能容忍梅森私下向情报局在堪培拉的客户，或是商人，或是媒体透露有关能源发展的情形出现。正是在这种情况下，梅森会与你站的工作人员或者作为之前的项目官员与他所接触的当地特工讨论此事。

我强烈要求你们，马上搞清能源“独家新闻”的准确内容，此事不得有任何怠慢。梅森在访问你们地区时曾宣称他已经知道了。

去联系任何你们需要联系的人，一定要千方百计。

北亚行动部主任

第三章

悉尼，4月中旬

当大家都坐下之后，李大使伸手去拿放在桌子中央的汉白玉烟灰缸，然后将其放到离自己较近的地方，就如同这烟灰缸是个宝物一样。他掏出了香烟——红塔牌的，是最受欢迎的中国香烟，接下来李大使用他那古董般的打火机把烟点燃。他深深地吐了一口烟，把弥漫着辛辣味道的烟吹到房顶上去，然后舒舒服服地坐好——这是李大使的习惯信号，言归正传，正式的话题要开始了。李大使在中国制度里是非常有权力的人，但他却很吝啬地使用他的权力。他是个七十多岁、清瘦、秃顶、干脆利落的人。除了那朴实的幽默感，李大使让人想起儒家绅士。

早晨八点半，在总领馆同事的陪同下，李大使就到达了史蒂芬吴及其合伙人的办公室。这家成立很久、由华裔澳大利亚人律师组成的公司占据了悉尼唐人街附近一座小楼的两层楼。公司资深合伙人得到当地情报主管高纯提出的要求后，就已经把他的会客室准备好了。毕竟这位上岁数的律师是李大使的私人朋友，并总是愿意为大使提供帮助。他受到信任，而且从来不提出疑问。

房间里弥漫着霉味，掺杂着不新鲜的烟草和食品的味道。提前到的总领馆另一个官员在等他们，这个官员是张文涛过去的同事，一个贸易官员的妻子，她也是一个训练有素的心理学家，还是总领馆签证处的头头。在从机场来的路上，李大使给她打了电话。李大使非常想知道她对张文涛与彼得·菲利普斯会面的分析和评估，并对他和其他同事已经做出的结论提出她的看法与见解。

“首先要考虑的是，”李大使说，“大使馆内部损坏情况的评估。如果这个送上门来的人所说的是真话，那么大量重要的泄密可能已经发生了。那么我们担负的使命——安全又到哪里去了呢？我回到堪培拉就会立即启动这个调查程序。”

其他人都点了点头，这真是件非常需要关注的事。高纯有他自己的想法，但他首先要从张文涛那里更多地了解这个牵扯进来的澳大利亚人。李大使好像知道高纯脑子里的想法，他先转向张文涛，并请他介绍一下他所遇到的这个间谍。

张文涛开始给大家描述一个真实的菲利普斯。因为之前曾认真聆听了几个小时菲利普斯的谈话并仔细观察了他的特殊习惯，张文涛说起话来就如同菲利普斯在讲话，菲利普斯在通过张文涛讲话，后者仅仅就是他的翻译。

“他肯定努力要给人一个印象，那就是他在控制这些。但当他像他经常做的那样，不断转换话题时，你不会感到他所说的是基于对事件的深刻理解。他就像一个专业的外行，他什么都懂一点。我知道的唯一例外就是他的个人兴趣，比如对自然的热爱，特别是喜爱昆虫和功夫电影，在这些方面，他的确很突出。但在更广一点的话题上，如亚洲或亚洲文化和历史这类问题上，我丝毫没有感到他对此有较深的了解。也许对功夫的了解掩盖了他所欠缺的。尽管这样，他把自己封为知晓亚洲的行家里手，因此也就很容易忽视他这行家里手手上的手指头是没有的。”

这番话引起了笑声。

“比如，我曾经给他一本总领馆的有关老子思想的英文小册子。当我告诉他这本册子里有许多对生命的精练理论并且很容易读时，他欣然接受了这本小册子，然后说，他主要阅读军事历史。我总结得出的结论他这是指西方军事历史，同时告诉别人他不能驾驭来自其他文化的生涩的东西。如果是比较简单易懂，他说，他也可以看看。”

“难道他没有意识到自己的自相矛盾？”李大使问道。

“根本没有，但这还不是全部。从更普遍的意义上来看，他给你的印象是他对周围世界的感知以及适合他的位置都缺乏稳定的目标和定位。我认为在我们和某人第一次见面时，我们都是要尽力去确定这人最重要的方面，如他是从什么地方来，他的动力是什么，他是如何看待自己人生目标等。但当和菲利普斯谈了许久之后，而且还一起喝了酒，我仍然怎么也想不明白菲利普斯的动机是什么。他是——我怎么说呢？可能是很随意吧，没有确切的定位。”

高纯点点头，似乎在告诉张文涛和其他人这个叛徒的特征并不是罕见的和不同寻常的。毕竟高纯是专业人士，而且还曾招募并领导过许多这种人。“别担心，”张文涛接着说，“菲利普斯仍是个非常有魅力的人，非常有吸引力也非常风趣。说实在的，正是他的魅力把我深深地吸引住了。我想我曾拼命去估量他知道多少信息，以至于都完全忘记询问他一些我们需要知道的基本信息，如他在澳大利亚秘密情报局的职务等。但无论他是做什么的，他的职务给了他很好的渠道。我对菲利普斯的私生活也一无所知，他结婚了？还是离婚了？等等。甚至我都没有问问他的名字是真名还是个化名。”

“哎呀，肯定是后者了。”高纯说。

李大使又点燃一根香烟，然后把香烟盒递给周围的人，请大家抽烟。但和往常一样，所有人都很礼貌地婉拒了。

“我必须要说，”张文涛继续着他的话题，“当今天早晨回想这事儿的时候，我感到非常惭愧。我是说，最根本的问题是他为什么提供如此敏感和重要的信息。而我对他主动告诉我他这么做的原因——他不愿意让澳大利亚被人看成是美国在亚洲的马屁精就感到满足，也就没有继续问。但当我再考虑这事时，感到这可能是个用来伪装他真正目的的理由。到底什么驱使他这么做呢？我得承认，我真不知道。”

张文涛边说边看着领事馆的“驻馆”心理学家。

周超颖是个和蔼且有尊严的女性。她微微地低了下头，意思是她懂得张文涛的眼光。

李大使请周超颖谈谈她的分析，“这样，你来谈谈你对我们目前拥有的信息怎么看。”

“好。在我看来，”周超颖静静地回答道，“似乎菲利普斯是那种很会算计、深谋远虑的人，肯定不是那种仅仅是因为不满意，然后就试图报复国家制度的人。张文涛认为他缺乏定位的看法给了我许多更深层的内容。我想如果菲利普斯是诚恳的，而不是蓄意挑衅的话，那么他的行为就是不顾一切地企图将一个赌注变为现实，或者说是让这个赌注发生效应。这样也就建立了明确的、曾缺少的参考点。当然，对钱的渴望无疑在这整个过程中是核心。但是，看起来我们还需要知道更多情况。我能说的就是，目前看来，许多因素致使菲利普斯这么做。这些因素有的是他过去的经历，有些是他的现状。我们应该对他的这两方面都有所了解。”

其他人都在专心致志地听着。

“如果说，有一件事我们可以确认的话，那就是菲利普斯很聪明。如果他不够聪明，他肯定不会在情报部门里工作这么久，就更不用说提升到较高的地位。因此，这点是对我方有利的。”

周超颖停了一下，似乎在犹豫要不要再说下去。

“其次，”周超颖试探着说，“也许造就像他这样的人就是这个行当的本性特征，这种特征扭曲了那些弱者的性格。当然，我这里没有在针对任何人。”

她对桌子对面的高纯笑了笑，仿佛在说：“现在这个烫手山芋可都是你的。”两个人都感到，李大使必须要迅速作出决定了。

这个体魄结实、有着方下巴的高纯是周超颖最要好的朋友之一。这两人常常开着玩笑对对方说自己愿意具有对方所拥有的专业知识和技能，五十多岁的高纯是个强硬但很稳健的成功人士，高纯的头发短而硬，有一张拳击运动员的脸，还会发出具有感染力的笑声。

“你比你自己想象的更接近事实真相。”高纯说。

根据周超颖的经验，她丝毫不怀疑高纯说的是正确的，这也是她提出这个问题的原因，她相信大使对此事的持续关注是非常重要的，另外这事儿也并不是高纯想用来突出他自己。“简言之，”高纯接着说，“菲利普斯对我来说是那种很常见的人，不管你和他们是以同事身份或从外面招进来的间谍身份一起工作。在他们被扯进来从事这一游戏之前，他们必然就是些受过打击的人。但有件事是真的，那就是一旦他们进入这个行当，他们所承受的压力会使事情更糟。就此事对菲利普斯意味着什么和他将为我们带来的损失目前还很难说。但是我猜想如果我们以正确的方法来用他的话，菲利普斯还是可操控的。我认为此事非常值得一试。毕竟，如果他能向我们提供使馆的窃听事件信息，他也会愿意提供其他有关美国情报部门在中国活动的信息。不论以什么标准衡量，这是个不容错过的极好机会。”

李大使瞥了一眼手表，然后又转向周超颖，这个心理学家。

“你大体上如何评估这个风险的等级？”大使问道。

“嗯，风险是相当大。但如同高纯所言，只要我们都能意识到由谁来指挥菲利普斯会有不同效果的话，那么这事儿就值得努力一下，特别是在专业人士的控制下。但毫无疑问的是，整个事情将会像过山车一样，他会来去匆匆。因此，这也是在当我们努力从他嘴里得到越多信息的同时，还要从他本身去发现和收集更多信息的原因。每一个洞察到的事情对我们都有所帮助，但肯定说比做容易。”

李大使似乎很欣赏这种观点。

“对，”大使灭掉手中的香烟，“这是我马上要做的，我会向北京建议，张文涛和菲利普斯进行第二次会面。那会面安排在几点？今天下午四点？按计划行动吧。高纯需要参加这次会面，以便尽快把这案子接过来。我的看法是，目前给菲利普斯的主要任务是获得窃听活动事件的细节，越详细越好，另外还有美国人到底窃听到了什么，要有详细的案例。”

“你同意吗？”李大使看着高纯问道。

“我同意。”

李大使接着大致说了一下他另外的想法。他知道大家都了解在堪培拉大使馆和北京中国安全部之间有一条安全的、采用密码保护的线路，他希望这条联络线没有受到美国人和澳大利亚人安装在他代表团驻地的光纤网的威胁。

“我们要很快放出信息，”李大使说，“我们可以泄露一个事实，就是我们知道现在发生的事情，也知道菲利普斯的身份，一切都在进行之中。但我愿意冒这个风险。如果幸运的话，我们可以在一两个小时之内得到回应。”

李大使停止讲话，陷入沉思，其他人都默默地、恭敬地等待着。

然后李大使看了一眼张文涛，笑了笑，大使肯定这个年轻人知道他们在想什么。年轻人是对的，他们两人都在想着能源问题，在想着他们与澳大利亚政府之间冗长乏味的谈判。是的，使事情发生新的进展不仅只有一种办法。

刚过四点，常哲阐大步走进金兰花海鲜餐馆，这时张文涛和高纯已经都坐在那里了。“常哲阐”是高纯给菲利普斯起的工作代号。常哲阐意思就是“唱歌蝉”，这是一种昆虫，汉族人很喜欢，并抓来关在像鸟笼一样的小笼子里。虽然这个澳大利亚人不知道这名字的意思，但这名字还是引起他告诉张文涛他也曾喜欢珍藏蝉，在他刚进入收藏行当的时候。

这两个中国人站起来迎接菲利普斯，但当看见和张文涛在一起的另一个中国人时，菲利普斯显得好像稍微有些不自在。与张文涛握手时，菲利普斯表现得非常热情，甚至还深情地在张文涛背上拍了一下。但当把高纯介绍给他时，菲利普斯显得犹犹豫豫。这两个中国人像心灵感应一样能够意识到对方大脑中所思考的东西。难道高纯的秘密工作被澳大利亚情报部门知道了？也可能菲利普斯作为澳大利亚秘密情报局的高级官员曾经看见过高纯的面部照片和档案？或这仅仅是一种对参与行动的新手、陌生人所表现出的恐惧？可能是菲利普斯对他目前做的事情有了新的想法？

高纯对此并不是非常紧张，他曾经历过这种场面。他坚信无论下一步张文涛怎么做会很恰当。

“你看，彼得，”张文涛带着他那常有的热情说开了，“这位高先生是我在领事馆的一个关系最好的私人朋友。他的职位可比我高多了，但总是关照我所做的事情，我想他就是那种你用英语称为良师益友的人。”

这话使菲利普斯一下子想到了什么，他回身看着高纯。

“我不会告诉你……”张文涛接着说，等待着菲利普斯的反应，“他是所谓的政治官员或什么的话。但是我绝对知道他能在昨晚我们两人谈的那事儿上帮助我们。”

菲利普斯犹豫了一下。然后，咧着嘴笑了笑，他把手伸进了衣服口袋里，拿出了一张名片。菲利普斯把名片递给了高纯，而高纯看了看名片上那澳大利亚贸易委员会绿、金两色的标志和菲利普斯的头衔——国际贸易协议顾问。

高纯也笑着把自己的名片递给了菲利普斯。

菲利普斯注意到对方的职务——科技领事，他笑了，嘴也咧得更大了。

高纯秘密职务的正式称谓似乎让菲利普斯这只蝉确信他能得到他所

要的。菲利普斯向他伸出了手，高纯也就和菲利普斯有力地握了握手。三个男人在桌子旁坐了下来。某种契约已经达成了。但在他们坐定之前，这个澳大利亚人抱怨旁边大鱼缸发出的汩汩水声，鱼缸里有龙虾、鱼，还有紧紧地贴在缸壁上的活鲍鱼。

“出于某种原因，”菲利普斯解释道，“水声会使我感到恶心，尽管我对海鲜食品很上瘾。”

当他们挪到另一个离鱼缸远一点的桌子时，这两个中国人交换了一下眼色，这是一种你不可能期盼从间谍眼中得到的、表示坦白的眼神。

在大家开始放松、自在时，菲利普斯脱下了外套。

“嘿，我很喜欢你的领带，”高纯说，“它让我想起了我在中国度过的童年。”

“噢，真的？为什么？”菲利普斯问道。

菲利普斯低头看了看他那红羽毛装饰的深绿色领带，高纯的评论一下子吸引住了菲利普斯。菲利普斯是个讲究穿戴的人，而这条领带是他的最爱，这是他衣柜里一条总是吸引他注意力的领带。

“那些都是鸭毛，”高纯说，“你知道，在我们村，那时我每天放学后的任务就是将那些鬼鸭毛放到枕头袋里去。”

张文涛对他的同事能够如此将话题转到他的农村生活历史上去感到非常有趣，至于这段故事是真是假都不重要。同时，高纯在能够无情运用他的本事方面也很出名。他最拿手的本事是他手中的武器能发出一种超出预料的魅力，是比那澳大利亚蝉更聪明的那种魅力。张文涛明白，现在正是可以用这点来巧妙地对付这个重点目标。

菲利普斯注意到高纯使用的澳大利亚方言很有意思，就放肆地笑了，这样僵局打开了。但两个中国人心里清楚这仅仅是万里长征的微不足道的一步，后面还有很长的路。这个澳大利亚秘密情报局的官员远不是一个普通人。

菲利普斯说，他没有时间吃饭了，要乘六点二十的飞机回堪培拉。

当然了，当餐馆老板告诉他厨师可以在十分钟内做好他最喜欢的菜时，他就同意留下来吃饭了。他们三人可以一起品尝这道菜，还有几瓶青岛啤酒——菲利普斯最喜欢的啤酒。

这时，张文涛把他们的谈话引到了高纯希望谈的话题。在这么做的同时，张文涛满脑子想的都是一个小时前北京来的指示——高纯将尽快接过这个案子。因此，张文涛作为这个事件的替补人员仅仅会在以后偶尔需要他帮助的场合出现。赏金或实物报酬都可以按需提供。李大使对事件所定下的轻重缓急都得到了批准。

“言归正传，”张文涛说，“我们已经和我们领导说了，他今天在悉尼。他让我们对你告诉的事情表示感谢，他认为你也许愿意我们这样评价你对我们的帮助。”

菲利普斯点了点头，很明显，他很高兴中方这么说。

张文涛接着说了堪培拉中国大使馆最首要的任务就是评估这次窃听事件的范围程度和是否已经发生了作用，然后就要了解这个窃听系统到底窃听到了多少信息内容。他也在琢磨菲利普斯在这方面能做到哪些。

“这个没问题。”菲利普斯回答说，似乎从目前事态的进展中得到了信心，他眼里闪现出激动的目光。“也许得到真正的图纸、平面图和方案是件很棘手、很难办的事情，但我会尽力而为。”

他说这话时完全是生意人的口吻，对高纯在场的担心也就成为过眼烟云了。

“同时，我大致告诉你们大使馆要做什么以及窃听系统深入到了何种程度。简而言之，你们为大楼所做的改造工程里装满了光纤网络。”

看着张文涛和高纯，菲利普斯厚颜无耻地咧嘴一笑，张文涛和高纯也不知不觉地受到菲利普斯那瞬间所表现出来的热情的影响而回报以微笑。

菲利普斯继续向他们大概描述领馆内哪些地方安全，哪些地方不安全。这些信息对中国方面来说是非常宝贵和重要的。

“我不得不告诉你们，总的来说，你们是很容易被别人打进的。事实上，在某个房间谈论的每一个敏感的话题都在另一个地方被重复，也就是窃听了。你们一定要把自己限定在我所告诉你们的那个安全地方。但要注意如何传达这话，否则的话，你们被窃密的消息就会暴露了。”

张文涛和高纯点了点头。

“彼得，我们对此非常感谢你，”高纯说，“我们一定会留意你给我们提出的警告。”

澳大利亚蝉笑了，他知道中国人肯定会这么做的。这也是他想要的，他要掌控，并有所成果。

当餐馆服务员送来啤酒的时候，三人的谈话停止了。服务员很专业、很规矩地给三个人的酒杯都斟上了酒，然后回厨房去了。

“其余地方也会有危险。”菲利普斯又说，他面部表情和他说的话一样阴沉、忧郁。

高纯默默地举起杯，其他两个人也跟着举杯。

“比如，你们司机坐着闲聊的房间，那是他们驾车进出时得到最宝贵的情报的地方。这话题越有用，他们就越想办法挤出更多内容，这样，就出现了某种沟通。哇，这可是你们要密切关注的事情。”

这两个中国人仔细地听着，他们不仅仅关心注意菲利普斯讲话的内容，与此同时，他们同样也注意着菲利普斯所表现出来的富有活力的说话方式。

“坦白地说，你们最高等级的传送——绝对机密或者更高等级的秘密目前还没有被获取过，无论如何，到目前为止还没有，但这并不是说美国人不想尝试获取。我告诉你们，这事一直使他们的技术人员感到沮丧，特别是在华盛顿方面对先前得到的收获如此关注的情况下。你们知道先前我们国防通讯局和澳大利亚安全情报组织在你们老堪培拉大使馆所干的事儿，他们从那里搞了很长时间的窃听，就在那个改装成的汽车旅馆里。”

高纯对菲利普斯做了一个恶作剧式的咧嘴笑，后者报以一个鬼脸。无论他俩在互相传递什么信息，都有充分的理由告诉中国人：高纯已经进入这个游戏了。一种职业化的和谐与关系业已建立。

“你们还要注意里面的内容，”菲利普斯还在说，拉回到以前的话题上，“即使你们进行了微小的改变，他们也会很快知道。”

高纯谨慎地说：“我想说，你是否可以给我们几个例子，告诉我们这个窃听系统到底做了什么，搞到了什么信息。我们感兴趣的是了解一些……用你的话怎么说来着？是叫最热门的情报，特别是那些带有评论的情报。”

“哦，那不费事。”他们发现菲利普斯流露出来的自信令人吃惊。

受到这澳大利亚蝉积极态度的鼓舞，高纯看了一眼手表，说：“也许我们应该转到情报的技术操作上。彼得，如果你继续这样帮助我们，我们就必须要保证我们的会面和联络绝对安全。这是为了你的安全，也是为了我们的安全。”

“当然了。”

菲利普斯按顺序建议了悉尼的五个地方，高纯同意了，同时也根据地理位置对顺序做了小改动。这些地点连起来大致是一个圆圈，如果按顺时针走，并且只需暗示会见地点所在的地区名，就可以准确地、不费力地、安全地找到这个地点。

“游戏的老花招、老计谋了。”菲利普斯的眼睛闪闪发光。

他们都同意不在堪培拉见面，悉尼比堪培拉好得多。菲利普斯要经常到悉尼照顾他八十六岁的父亲，老先生一个人自己住。菲利普斯对那些家务事自有办法，按他的说法，这些办法如果说不是严格程序化，也是非常专业化的。听到这话，高纯瞬时感到都要晕了。

“我认为，我们不会有任何困难。”菲利普斯向高纯提出了自己的看法。“毕竟我们两人都是经历过极其严格训练的人，对吧？而且，我们的年龄和智慧也不会让我们犯这种错误。”

高纯也报答他以同样自信的笑容。

但是，高纯的思想却集中在一件完全不同的事情上。他在努力对比他和这个叛徒正在经历的事情和他通常给那些招募进来的间谍所下的指令。尽管他们都是卖情报，但这只蝉和其他人不同，是另一类。之前高纯从来也没有碰到过来自对方的间谍，一个本身接受过各种训练而且正在活动的间谍，更不要说是一个一流的操纵指挥者了。

高纯在深思，这次顺利是不可思议的。你可能会认为我们如同一个新建的可口可乐灌瓶厂的工程师，但这时，高纯明显有了种需求，一种很快就需满足的需求，无论是什么原因驱使菲利普斯这么做，但这事只在一定程度上和他的性格缺陷有关，高纯确信，菲利普斯这么做主要因为他自己在情报局内部的所处的某种处境。

他们确定了今后一系列的碰头时间，以及与每次见面相对应的见面地点，并达成一致在约定见面时间之外尽可能少联系，即使联系也就是确认所做的安排，而不是交流。高纯给菲利普斯一部手机和用于联系此事的两个电话号码。

"哦，我应该告诉你，我期待着你我一起合作。也许有时我们三个人也可以碰面。"菲利普斯一边说，一边对张文涛笑着。

"没有发现我们三人不能见面的原因，"高纯回答说，尽管他知道他将把知道这种会面的人数控制在最小的范围里。

这只蝉似乎对他自己很满意。当餐馆服务员端着他们点的熏鱼过来时，他看了一眼手表。这道菜使空气里弥漫着姜和红辣椒的香味儿。在服务员给他们三人的碗里盛上米饭后，张文涛就请他离开了，然后自己给每人夹了一块鱼。

"我必须在十五分钟内走。"菲利普斯说。

好像还有另一个重要问题需要提出，菲利普斯停顿了一下，往桌前坐了坐，他拿起筷子，吃了一小口东西，菲利普斯静静地咀嚼着，似乎这饭菜失去了原有的味道。

张文涛想："菲利普斯在等待什么东西，一个他认为应该给他的东西，而这个问题他想让我们提出来。我知道了，对，这就是他要的。"

高纯也同样在思考这事，是钱的问题，怎么付给他钱，高纯首先提起这话题。

"你知道，彼得，你现在给予我们的帮助将使中国和澳大利亚之间建立更坚固的友谊。但这并不是说我和我的同事们是反对美国的，完全不是。坦率地说，目前华盛顿所玩的把戏不会帮助澳大利亚人被接纳为这个地区的一分子。所以你的贡献要在很长时间以后才能得到回报，也许我想表达的意思用英语并没有说得很清楚，但是……"

"远非如此，"这只蝉打断了高纯的话，"我可以很清楚地理解。"

"总之，这事对我们也不是秘密了。"高纯接着说下去，"这就是你目前干这事肯定会产生某种压力和紧张感。"

菲利普斯笑了，他知道下面会出现什么内容的谈话。

"好，我可以一周给你五千美元。"高纯说，"就当是你的开销。然后，在你连续提供帮助三个月以后，在香港给你开个账户，最终再给你一百万美元。"

菲利普斯脸上毫无表情，然后傻乎乎咧嘴笑了笑，"嗨，可不可以再稍微高一点呢?"

"什么人啊!"高纯想，他肯定知道他值多少钱。

"那就一百五十万美元?"高纯回答说，而其他钱的数额保持不变。

"好，成交。"菲利普斯马上说。

短暂的停顿后，菲利普斯的注意力又转到吃的上去了，他又吃了口鱼，静静地品味着。

高纯把一个绿色的装澳洲航空公司票的袋子从桌子这端推到了另一端，说："你第一周的钱。"

蝉的眼睛紧紧地盯着袋子正面的红色袋鼠，好像走神了，但很快他又集中精力了。

“你们不要收条吧?”菲利普斯问道，模仿这个行当里间谍们都遵守的习惯。

“嗯，起码现在还不要。”高纯笑着说。

这只澳大利亚蝉把他的夹克从椅背上拿下来，顺手就把装钱的袋子叠起来放进了衣服口袋里。他又看了看时间，“请你们原谅，”他站起来说，“我现在不动身的话，可能就赶不上飞机了。”他像是一位非常亲密的朋友有力地和高纯握了握手。

“真不想分手啊。”

“我们刚刚开始。”高纯回答道。

“还有你，我的朋友，”蝉说着，把头转向张文涛，“我坚信，我很快就会见到你。”

“毫无疑问，你会的。”这位中国人回答道，“同时，当有闲暇时间，你可看看这本书。”张文涛把名为《老子思想》的小册子递给了菲利普斯。

“这种厚薄的书嘛，我还可以对付看。”被这种表示所感动，菲利普斯说，“我会告诉你我对这本书的看法。”

菲利普斯在张文涛的背上友好地拍了一下，就离开了。

“这事我们不能太积极往前推，”总理戴维·法恩斯沃思说，“就是因为我们占优势，你看，我们有天然气，而他们则正想要。但是我们需要一种交易，这种买卖可以在一夜之间改善我们目前往来账户的赤字。”

“即便如此，”一个部门的头头恭敬地回应道，“但是我们承担不起被别人看成是极易被征服的人的后果。”

“那是真的。”法恩斯沃思同意说，“很明显，这是我们不得不考虑的因素。”

不过，他关注的是目前澳大利亚承诺给中国人的事情也许会破坏最终目标。澳大利亚政府和中国政府一年多来一直为在能源问题达成一致意见进行磋商和对话，对话的中心就是中国要成为在澳大利亚新发现的天然气油田开发上的主要参与者。在今天这个部门长官们与总理见面的周例会上，回顾这些谈判中的进展是最主要的议程。

“你们看，”总理说道，“无论中国人和谁做生意，他们总会列出和你那手臂一样长的要求清单。他们一般会期待像我们这样的政府最大限度地支持私营企业。好啊，非常重要的是，我们要让他们知道他们不可能得到他们想要的所有东西。但最终我们之间会没有秘密，我们无疑是世界上这个地区的最可依赖的供应商。马来西亚在政治稳定方面可远不及我们。所以我们要格外小心，不要捡了芝麻丢了西瓜。”

意思已经很明确了。

第四章

悉尼，4月中旬

从前天晚上开始下的雨把在海边沙滩搞的凹凸不平，柔和的秋日散发的热量没能让海滩在早晨这个时候去除晚间的雨水，从太平洋洋面上吹来的微风也没能帮上忙。

格雷格·梅森和张文涛这时都已经准备在悉尼郊区的巴尔莫勒尔海湾边开始跑步了。无论在什么季节，他俩每周日早晨八点都会在这里碰头，这已经成为他们的习惯了。

“我敢发誓，我有个故事要告诉你。”梅森开口说，“但我要等到跑完步后再讲给你，我告诉你，你得坐下来好好听这个故事。”

张文涛笑了笑，看着他的朋友先往前跑了。梅森在戏弄张文涛，因为他知道张文涛多么讨厌等待一件他感到非常重大的事情。

梅森认真地想了很长时间是不是要把这个事情全盘托出。但是他最后决定，最好的方式还是向这个中国人透露些信息，如果他们真的还不知道的话。如果日本采用其做法，澳大利亚的利益肯定会受到损害。

梅森的第一直觉就是直接向堪培拉汇报东京的计划。然后让人不寒而栗的现实就会出现，他所汇报的信息会直接传回澳大利亚秘密情报局。而这就会使他本身的价值立马降低，如果不是这样的话，那报告本身的价值起码在短期内贬值。情报局的管理层是不能信任的，因此，梅森反而通过一个在那家工厂工作的朋友把情报泄露给了澳大利亚主要的液化天然气生产厂商。这家生产厂商非常感谢梅森提供的这些内部情报，这些情报可以帮助他们重新调整给中国的报价。起码现在这个时候，什么都不能和堪培拉方面提及。那个经理说："那里有太多神经紧张的傻瓜敢对抗日本人想做的事情。"

梅森和张文涛肩并肩地跑着，享受着露天新鲜的空气和宽阔的空间，脚下潮湿的沙子簌簌作响。对他俩来说，跑步并不是一件考验耐力的事情。对梅森来说，这是件每天要做的常规事，他的公寓就在离这里很近的克莱蒙；但张文涛则和他的家人住在离被称为"桥"这个地方很近的瑞比利，因此，对他来说，一周一次就是最好的了。这两个人都很健康，这个中国人就像练功夫的人一样精瘦，而梅森经常进行带水肺潜泳，也时常打打高尔夫。是友谊和交往把他俩带到了这个地方。

他俩的相识是在张文涛第一次到澳大利亚任职时，当时张是堪培拉中国大使馆的经济处随员，而梅森那时为澳大利亚秘密情报局工作，正要从曼谷转到雅加达去工作，于是先回到了首都堪培拉。当时梅森接受了要与张文涛相识的任务，目的是评估一下张可不可以成为他们招募间谍的目标。然而梅森的观点是张文涛不大可能屈服于任何情报侦探的甜言蜜语和劝诱，张文涛不是那种人，在他的心中有一个死命令，上面写着"本人不出租"。

但这两个人后来变成了朋友，在某种程度上，大海也扮演了"媒人"的角色。张文涛是个历史学爱好者，而且是个中国明朝航海史的专家，比如有关前往非洲东海岸的航海，因此他对梅森曾经在残骸上潜水特别感兴趣。这两个人头脑总能相通，特别是在学习和知识方面，并且两人在一起时也都会感到自在与从容。当他们在堪培拉暂时分开的时候，梅森曾这样非常准确地描述了他与张文涛的关系。梅森讲述了几年前在他访问新德里时与一位年长的印度官员的会面，当时他们在谈论有关友谊的话题，这位长者指出，“友谊从来都不是建立出来的，而是一种志趣相投的伴侣，他们是互相认可对方并决心一起走完人生之路。”

现在张文涛和梅森整整跑了一圈，又回到了他们刚才起跑的地方。

一只孤独的鸬鹚展开翅膀站在微风中，好像在保护着他的宝贝东西。梅森和张文涛分别跳进大海去享受凉爽的海水。然后又分别抓起毛巾，眼光投向大海，云朵像波涛般在远处地平线上翻滚，随着太阳的升起，他们那淡黄色的颜色也逐渐消失。“多么美丽的景色啊!”张文涛用普通话感叹着。梅森回应道:“多么美丽的城市!”梅森说中文的声音和他说母语一样清晰有力。

“好了，格雷格，什么故事非得我坐下来听呢?”

“行，你坐下，我来讲给你听。”

他俩把毛巾铺在沙滩上，然后梅森大致讲了一下松友公司让他搜集有关天然气情报的事情。梅森也说了这些天他是如何一直在东京和他的关系们跟踪和搜集这方面情报，而这些人的身份一直只有他知道。正如所料，其实这天然气的事情比桐山泄露出来的情况复杂得多。澳大利亚什么也没有得到，相反，澳大利亚失去了很多。

“几个月来，”他接着说，“根据有关合同，莫斯科一直有一支日本天然气勘探队在其俄罗斯水域工作，他们在库页岛附近发现一大片新油田，油的质量很高。由于日本人对此事守口如瓶，因此此事细节一个字都没有被泄露。他们甚至也没有将此事告诉俄罗斯人，在东京没有准备好给莫斯科的提议之前，他们是不会把这天机泄露的。日本人提出的提议会是一个俄罗斯人反对不了的提议。但是如果日本人想一直处于优势、占上风的话，他们首先要把其他的事情隐瞒起来。”

张文涛仔仔细细地听着，之前他对此一无所知。

“这个发现具有战略上的重要意义，而且就在日本人的家门口。所以呢，日本政府也就将它作为最优先考虑的事情了。他们已经有了一支由官僚们组成的、小规模的秘密队伍正在尽全力实施这个国家计划，这个计划就是使日本取得最大的好处。这就是说，将日本的顶尖公司组合成联合体来开发这片油田，当然这要莫斯科方面同意让日本牵头才行，而目前的假设是莫斯科会同意。与此同时，日本方面已经召集松友公司来解决一些前期的问题，有一件他们必须要做的就是了解澳大利亚在经济上、战略上以及政治上对这种开发会有多大的竞争力。毕竟，我们是天然气的重要出口国，他们需要知道我们下一步会朝哪个方向走。他们也肩负着阻止堪培拉在开发这片新油田时从中国得到任何好处的任务。”

张文涛失望地叹了一口气。对有关能源方面的事情张文涛都很关心，梅森刚才讲的一席话使他目前花了许多时间在做的主要项目——一个与澳大利亚的长期商业协议受到了威胁。梅森也是感觉到他的这个任务，中国决心不要像日本那样在其经济起飞时依赖中东的能源。

“不管怎样，”这澳大利亚人说，“日本人认为他们已经把库页岛的事情都封锁了起来。日本计划以得到未来二十五年内独家天然气销售权作为对开发这片油田提供资金的回报。还有一点你想知道的，那就是，日本人要想做到这点，那就需要除了日本人以外，还要有两个主要的买家加入进来。这两家要承诺长期购买油田产量的三分之二。目前，韩国已经签约了，但如果中国不是买家之一，这事肯定不可能有所进展。你知道我是什么意思吗？”

张文涛只剩下了摇头，但是很明显梅森的故事还没有完。

“让日本人感到兴奋的是这样可以将北亚经济发展和日本、俄罗斯之间签订的和平条约联系起来。另外，他们会把朝鲜也锁定进来。当然，你们中国是如此依赖这个能源网，以致你们不会允许任何事情、任何国家对此造成任何威胁。总之，你可以想象，在得到一个切实可行的交易并将其交给俄罗斯人之前，日本人会拼命地封锁一切消息。他们对此事被泄露给国际石油和天然气行业，哪怕是只言片语也非常愚蠢地感到害怕，那些像艾克森石油公司和壳牌石油公司等就会上门去找俄罗斯，而俄罗斯对这些大公司的出价是不可能拒绝的。所以，对日本来说……”

“嗯，时间是最重要的。”知道了梅森的想法，张文涛说。

“完全正确，你明白了，就是这意思。你怎么想？是不是希望我再说一遍？”

张文涛独自沉思了一会儿，然后抬起头来说：“格雷格，你明白这些鬼子要做什么？”张文涛对日本人蔑视的称呼把日本人和最可恶的恶魔联系在了一起。“他们是想让中国人远离澳大利亚的能源领域，没有中国对这里天然气领域的投资，没有任何长期联系与合作，什么都没有。就是这么简单。”

“你对了，正是松友公司最合适做这事。”

“他妈的，”张文涛用拳头猛砸地上的沙子，用粗俗的中文诅咒着。梅森曾经见过他发火，但不很常见。梅森毫不怀疑，如果张文涛在这件事上能说得上话，那么日本人就得和这有希望获胜的中国人进行激烈的竞争了。

北京正在推进与当地的贸易——当然是在政府支持下——进行两个新油田的开发。油田位于西澳大利亚近海，靠近西北大陆架天然气项目的地方，是澳大利亚最大的资源开发项目。作为寻找今后能源需求保证的一种办法，中国的目标是推动这个项目不断扩大。北京需要优惠的资金来源，而澳大利亚则需要出口。澳大利亚政府的窘境在于不知道预付如此之大的一笔公款是否合适。

李大使委托张文涛负责注意中国的行动是否使堪培拉采取正确的政策。

梅森非常欢迎中国的介入，认为这对他自己国家的利益是极其重要的。如很多澳大利亚人一样，梅森长期以来一直担心澳大利亚对与日本商品贸易的过度依赖。也就是主要因为这个原因，梅森决定将他在日本搜集的情报要点告诉张文涛，他决心要见到澳大利亚在这次竞争中最终获胜，这种情况在过去二十五年能源领域里并不总是出现。张文涛说：“所以，松友公司的作用是通过他们的影响和金钱拖延澳大利亚和中国间签订的任何协议——如果不能阻止协议签约的话。”

“非常精确!”

“格雷格，非常感谢你告诉我这些。我会尽全力使澳大利亚得到尽可能有利的协议。”

“我知道你会的。”

张文涛站了起来，伸展双臂，深深地吸了一口气，感受着海边新鲜的、带着咸味的空气。一对中东移民的后裔从旁边从容地走过，他们的孩子刚刚开始学会走路。张文涛向那孩子摇摇手，孩子也望了他一眼。对张文涛的这种表现，梅森是非常欣赏的，并且在很多场合下见过这种情况。张文涛非常喜欢孩子和动物，并能很快就能和他们交流，这对于其他人来说是不愿意尝试的。

“我还得到里面去泡泡，”张文涛说，“这是使我凉快下来的唯一办法。”梅森看着张文涛又跑回海里，注视着把他们两个人拴在一起的海、海水……

梅森和张文涛都对人性的复杂一面感兴趣。他们曾经受过生活的打击，而这经历使得他们对人们所提供的好东西的直觉更加敏感。对他们来说，相互信任、忠诚、正直和智慧、乐趣是非常重要的。他们两人性格互补，有人说，张文涛很容易相信别人，但梅森则慢慢地去付出，他不容易被捉弄，经常尽力将他对别人的鄙视感放在心里，但张则相反，他很包容，也很坦然。在他们这次在悉尼再次见面后，张文涛直言询问这个澳大利亚人是不是在为澳大利亚情报部门工作。尽管梅森没有说他为什么离开情报部门，但他还是给了张文涛一个肯定的答复。他说，他和非常好的一些人一起工作，但由于各种各样的原因，他感到该是挪挪地儿的时候了。

张文涛带着微笑用中文说：“我非常愿意知道你选择退出的原因，

我想背后肯定有个很重要的故事。”

“可能你是对的。”梅森回答道，“你可能永远想不到，有一天我会告诉你为什么我从来没有进入到那个角色。总之，你为什么问这个问题?”

“哦，我想是由于几个原因。肯定你有过一些感受……比如对你周围事情的某种强烈的感觉，一些普通人感觉不到的事情。”梅森对张文涛对他的这种赞美表示感谢。

在而后离开海滩驱车回家的路上，普鲁再次浮现在梅森的脑海里，她也如此喜欢大海，也和他一样喜欢潜水。

马丁·克拉克引诱梅森妻子的事情发生在他对穆斯塔法在雅加达大喊大叫之前的几个月。尽管梅森很爱也很忠诚于他的妻子，但他意识到这一切还不够的时候已经太晚了。他把那漫长的夜晚都贡献给了情报工作，还常常在全国各地出差。最关键的是，普鲁感到她已经不是他生活的一部分。

“就再招募三个人，”梅森对普鲁说，“我就撤出，这样我就在这里留下了我的足迹。”但普鲁不愿意等了，并且屈服于克拉克的吸引力，像大多数女人一样，普鲁感受到了克拉克在生理上对她的吸引力，而且克拉克一直就知道如何去填补其他人的生活真空。这两个人很快就到一起了。梅森因此彻底被打垮了，而克拉克把事情搞得比想象的还要糟糕。但马来西亚的案子成为最后一根稻草，最重要的是，堪培拉的澳大利亚秘密情报当局已经出卖了他。面对克拉克百折不挠意志的挑战，温顺地接受其同僚、情报站站长的抛弃的后果就是一种软弱的表现。而梅森回到总部的时候，才知道克拉克一直在向总部进行反馈和汇报。

在一次与亨斯特卡波和摩根戴尔的交谈中，梅森把自己的感受全部宣泄了出来，前者是情报局局长，一个在情报行当里没有任何资历的前外交官，而后者则是那时行动部门的头头。当时他们之间的交流到现在梅森仍然记忆犹新。

“你们在印度尼西亚所得到的是，”梅森直截了当地对他们说，“一位过去情报学校的指挥官，这情报学校曾在对亚洲地区一无所知的情况下进入这一地区。然后一群像我一样具有语言优势和动手能力的新兵被招募进澳大利亚秘密情报局。但是马丁难以接受这一切，他是这方面一个典型的例子。在头几个岗位上完成任务回来以后，马丁发现人们可能认为刚进来的亚洲地区新兵和他自己及情报局干得一样出色。很简单，周围没有没有更合格的人了。然而，像马丁这样的人不能说服自己承认这些新手们是干这行的真货。当然这些新手需要更多地了解情报工作，但他们中的绝大多数人已经完全适应了亚洲地区的生活和工作。非常遗憾的是，这一切只是使马丁及他那一伙人妒火中烧。”

“一派胡言！”摩根戴尔喊了起来，“你知道你在说什么吗?”

“噢，你错就错在这里，巴斯，你是知道的，你和马丁一样坏，你们两个人都从未努力跟上时代的进步，你们希望现实静止不动，这样就不会威胁到你们自己拥有的、所谓的舒适的一切。好，你说的也许曾经意味着什么，有它的意义，但它现在阻碍情报局的发展。”

处于困惑中的亨斯特卡波在支持摩根戴尔的观点中找到了安全感。“你看，格雷格，如果你想继续待在情报局的话，”他突然插进来说，“你就得循规蹈矩，听从命令。”

“但不是和你们这帮管理这个地方的人，我宁愿到马路上无家可归。”

梅森当天就辞了职。

现在当他在周日早晨海边拥挤的车流里像蜗牛一样慢慢地驾着车，他感觉到了普鲁的存在，好像普鲁就坐在他的身边，听着他的解释。

“我很抱歉，普鲁。很清楚我是被为堪培拉那帮人做的事情蒙住了眼睛，而且我不能看着你离我而去，这是我的错，谁的错都不是，是我的错。”

梅森以前从来没有这样想念普鲁，他想要是普鲁现在在这里，事情会是什么样。

一阵突如其来的暴雨席卷堪培拉，马丁·克拉克和托德·兰伯特慌忙找地方避雨。他们曾想从外交部大楼旁边的澳大利亚秘密情报局总部出来散散步可能会有益于健康，特别是在饭后午休的时候散步。他们离开的时候，天空中飘着令人舒服的毛毛雨，也没有风。见到这被秋色装饰着的首都，乡下长大的经历使兰伯特特别怀念这种景色，于是他建议他们一起出去走走。

克拉克很着急，他盼望着今天下午那个有着特殊意义的会议，他非常好奇堪培拉那些官僚们如何处理这种事情。摩根戴尔原本要参加这次会议，但由于要和一位部长商谈有关递交给参议院委员会的一个复杂棘手的证据而不能到会。因此他要克拉克替他参加会议，并让他的助手做记录。

克拉克和兰伯特两人最先到达那低矮的政府办公楼，到达门口的时候，两人衣服还滴滴答答地往下滴着雨水。由于克拉克通常都在意自己的举止行动，所以他对外表的关注总把他这三十六岁的副手逗笑，尽管这年轻人不会让自己的感觉流露出来。作为一个前特种部队军官，兰伯特从来不关心这种事情。他短而直的头发、方下颚和他的体型以及清楚、坚决的话语完全吻合。

在楼上，总检察长办公室的高个子、长相出众的常务副部长把他们带进了会议室。他随手从隔壁的小厨房里拿出一条擦盘子的毛巾递给了克拉克，而克拉克充满自信的优雅让他暗暗地厌恶。

“你们看着像水淹了的老鼠。”这副部长对他们说，也许是由于感冒的原因，他的声音带着浓浓的鼻音，“很抱歉，我无法给你们浴巾。”

这时，其他人也陆续到了。这 4 月 17 日的会议是临时召集的，通报令人不安的中国大使馆内窃听事件的进展。当所有人围着长方形的桌子坐定之后，常务副部长开始进入会议议题。

“对那些还没有听说过这件事的人来说，”他说道，“似乎报纸上才会有这个故事。”

房间里变得鸦雀无声。

克拉克抓住着机会扫了一眼其他参加的人，这些人他都认识。房间里唯一的女性——亚历山德拉·坦普尔顿是国家评估办公室的代表。克拉克和她有着一种不冷不热的关系，不论从工作上讲或是从私交上看都是这样。那些来自澳大利亚安全情报组织、国防通讯局以及外交部都要求仔细处理此事。根据克拉克以往的经验，如果他不能够提出完整的证据，他提出的任何陈述都会被这些人怀疑。所有人脸上的表情都很严肃。“发生什么了？”主持人问道，“是不是《悉尼每日快报》那个调查记者艾德里安·麦金龙在堪培拉嗅出了什么？似乎他已经知道了这个谜团的某些内容，尽管这些还不能让他清楚了解目前正在发生的全部情况。最近有人偶尔听见他在询问什么并且做报道，这样使得这里的所有人对此事提高了警觉。”

听的人里面有人紧张地咳嗽了几声。

实际上官僚机构们害怕的就是这事真的很快被全盘泄露出去。这样政治大师们不仅要想办法逃避，而且他们也会寻找替罪羊，而这一切会发生在像美国这样强大的联盟国卷进来并做出反应之前。

“为了保险起见，”这位副部长接着说，“我们已经竭尽全力了。我们一直在监听麦金龙的电话，监视他的电子邮件来往，就是今天早上还发生了一件有趣的事情。你们知道，我们截获了一个他从悉尼打到《悉尼每日快报》总编杰里米·托伦斯的电话，托伦斯现在在北京。看上去好像托伦斯大约一周前就收到了麦金龙的快件，麦金龙给他通风报信。”

这副部长快速浏览了一下电话记录。“对，在这里呢。”他说着，准备大声读出电话记录内容。

> “这是个很吸引人的故事，我的兄弟。但这是一家报纸冒着风险接触此事前需要进行更多调查的故事。”

“麦金龙，”副秘书接着说，“肯定已经问过托伦斯他在澳大利亚的哪个联系人可以帮助他进行更深一步的调查。于是这两个人进行了伪装地非常好的交谈，包括谈到一些建筑术语。然后我们又听见他们说了下面的话。”

> “我告诉你，如果此时泄露出去，肯定会出现外交上的反应，当然，如果这是被证实是真的话。在目前这个阶段，这事就像是一个众所周知的坚果，很难咬开啊。”

“现在他们还没有真正公开这些名字，”常务副部长接着说，“但他们确确实实是在尽力鉴别出在堪培拉防卫和安全系统内这三个人的身份，这些人可能是懂得中国事务的，谁是值得与之聊一聊的人呢？”

副部长向大家解释了目前国家安全委员会已经开会商讨这件事情的发展情况以及带来的风险。会议的结果就是指示成立一个由官员组成的工作小组，在目前的这个窃听“圈子”里监视事态的变化。

他强调说：“在任何情况下，都不允许告诉美国人，他们那两个常驻在这里的监视这一行动的窃听技术人员将会受到我们的特殊关照。”

副部长夸张地清了一下喉咙，暗示着他马上就要模仿某个人了，“看在上帝的份上，在没确定马厩着火之前，就别吓唬那些马了。”

这是外交部部长对此事反应的生动刻画，引起了大家的窃笑。这位副部长向坦普尔顿表示了恭恭敬敬的致歉。坦普尔顿是国家评估办公室的最高级别的中国问题分析师，但这和他用的那些咒语没有任何关系，不如说因为她是堪培拉最著名的模仿者。坦普尔顿是个聪明、有吸引力的女人，也是一位杰出的语言学家，她经常模仿公众人物而使人们笑破肚皮。她的砖红色外套和奶油色衬衫给那些男人们穿着的阴沉沉的灰色和白色增添了赏心悦目的一笔。“我听到的要比从他那里听到的糟糕得多。”坦普尔顿是指部长使用的不敬之词。

副部长点了点头，说：“不管怎样，我们就是。在这件可恶的事情平息结束之前，我们就是看家狗，就是监视人，因此，我想你们首先阅读一下这段文字记录。”

国防通讯局的代表把文件递给了大家。这是一个很长的文件，因为是个长达二十分钟电话的记录。

“我建议你们仔细阅读，”主持人说，“因为那里记录下来的可能就是整个冰山的一角。那些他俩人都知道的内容，他们也就不会谈论，但我们必须要推断出这些内容。你们会注意到，我们在里面做了些有趣的标记，因为这可以说明他们两个人是多么相互了解。”

房间里又安静下来了，然而这种安静很快就由于副部长端着咖啡进来而打断，咖啡的味道使屋里枯燥乏味的气氛变得柔和起来。当坦普尔顿读到文件的第四页时显得非常局促不安，尽管她还不是一个胆小懦弱的人，其他人也有些不安。这是因为大家开始进入一个非常私密的对话内容，他们是否有权利闯入别人的私人空间是绝对受到质疑的。对话的前一部分与托伦斯妻子有关，她在八个月前生第二个孩子的时候很不顺利，夫妻两人的性生活还没有恢复。不管是不是合乎情理，国防通讯局的这种道德标准是被揭穿了。

坦普尔顿摇着头，其他人停了一下，继而又回到文件上去，但大多数人都意识到这可不是一个值得自豪的时候。

托德·兰伯特，这个屋子里最年轻的人第一个看完了电话记录，为了不落在他助手的后面，克拉克敷衍地把后几页浏览了一下。主持人坐在桌子前面沉思着，很明显他急着开始讨论这件事。

“麦金龙表面上所表现出来对这个事情锲而不舍地进行调查的决心正是我的关切。”副部长说出了他的考虑，“我就是不能想象出如果事情真是像我们所想的，这会给我们带来什么样的损失。”

注意到兰伯特正看着他，常务副部长抬了抬头并非常热情地笑了笑。他就是这种人，尊重知识分子，而且对比他年轻的人很热情，也就是这个原因，他很想听听兰伯特对此事的发展有什么建设性的看法。毫无疑问，克拉克的这个同事还有些年轻气盛，但起码他知道他在说什么。

当其他人都发完言后，副秘书说：“如果马丁同意的话，我很愿意让托德说说他的看法。”克拉克点了点头，表示同意，他决定一点都不在乎。这样他就可以放松下来，考虑他一会儿要做的权威性发言，他发言中的一些内容肯定会来自托德的发言。托德从来没使他失望过，而且总让别人看上去他的想法都是得到了他老板的指导才形成的。

“非常感谢，”兰伯特说，带着他通常的轻松感。他的声音充满自信，而且他那沙哑的语气更是强化了他的这种风格。

“哦，尽管我们没有百分之百的证据确定这些人在谈论有关中国大使馆的事，但我敢肯定，他们就是在谈论中国大使馆的事。”

其他人要不点点头，要不嘴里嘀嘀咕咕地似乎表示同意。“事实上，我是冒险做一个猜测，”兰伯特接着说，“而且说《悉尼每日快报》的这些家伙不知道这窃听事件和美国有关，但他们确实知道楼内电线是怎么回事。”

“你是说光导纤维那些东西？”一个人问道。

“是的。”

“不，我完全不这么认为。”那个外交部的代表说，“我真的不认为这些在他们的谈论之中，事实上，我感到他知道一切。”

很明显，大家都知道这位外交部代表是错的。但是兰伯特把这事先放了放，而提出现在坐在这桌子旁的大多数人都假设一个情报人员具有从别人的言谈话语中提炼出事情真相的能力。澳大利亚安全情报组织的代表明显流露出一种伪装出来、意味深长的表情。克拉克在椅子上有些坐不住了，但他什么也没有补充。

“多开心啊。”他想，“这里酝酿着一场真正的战斗。”

“所以，”兰伯特开始总结，并不在意外交部代表所持的反对态度，“我认为，我们的解释应该是他们还没有站在美国人的角度，起码到现在为止没有。”

克拉克的沉默不语表明了他同意兰伯特的这个附加说明。他们两个都领悟到他们在国防通讯局的同僚希望回去向他们的窃听拦截小分队做一个有明确意见的报告，并且这个报告要对今后如何关注此事有指导意义。而堪培拉会议经常做出的、需要从多方面考虑的结果从来都没有任何帮助意义。

“是的。”表示同意的回复像翻滚的浪潮来自圆桌各个角落。

只有那外交部代表一言不发。

“好啊，希望我们是对的。”常务副部长再一次以主持者的身份说，“但这情况能够持续多久可只是每个人的猜测而已。”

副部长不喜欢处理情报工作案子，因为这些案子往往凌乱和棘手。但这里需要的是清晰的思路、果断而有效的协调合作。

“当然，如果这事泄露出去的话，”克拉克说，“就会成为美国人能够承受的底线，美国人会比受到伤害的北京还要愤怒。我们得面对这一切。大家都知道美国中央情报局认为在我们系统里有内奸鼹鼠。”

房间里鸦雀无声，大家都在思考着山姆大叔大发雷霆时会发生什么事情。外边一阵暴风打在窗户上，这似乎预示着大多数人想象的华盛顿狂暴程度更厉害了。

没有人再提出什么，主持人开始下一个议程。他提出了澳大利亚安全情报组织在这窃听事件被公开后的计划，其中包括针对媒体更详细的追问、国防通讯局目前的警戒以及中国之后可能会采取的报复行动。而后者肯定是国家安全委员会下一次会议最主要的议题。

这是一次冗长乏味的讨论，但明确了一个事实，那就是在没有得到更多的情况之前什么决定也无法做出。

守口如瓶，克拉克对自己说，事情发展得不错，空气中似乎散发着某种机遇的味道，一种和这些人周旋的机遇。

乔·佩雷格里尼，一个秃顶、结实的澳大利亚安全情报组织官员提出了一个建议，他说："到今天晚些时候，我们都可以一直用国防机密通知的形式警告《悉尼每日快报》，从而将这事扼杀在摇篮中。"

国防机密通知是政府的一种策略，用来警告报刊编辑和媒体的其他人，告诫他们不要公布任何可能对国家利益造成危害的事件。尽管这种通知不具备本身的法律地位，但在其运用过程中，它固有的含义就是根据刑法规定可以考虑当事者是否触犯刑法。习惯上来看，媒体一般都会遵守通知的内容。

"嗯，说总比做容易。"副部长说，"坦白地说，这是一个程序问题，和冷战期间这种通知所具有的威力相比，现在是微不足道的。"

"那用禁令怎么样?"坦普尔顿说。

"哦，在这个具有法律效力的通知上……"

这个事情应该是在副部长的职责范围之中，但他的话被外交部那人打断了，后者似乎下定决心要收复失地，把失去的东西要回来。

"嗨，别吹牛了，那禁令又曾起到过什么作用?"他看着坦普尔顿的眼睛鲁莽地说，"这东西就是律师的玩物，亲爱的。这东西就会像往火上浇油，把事情搞得更糟，而不是灭火。"

就像在很多情况下，这个人总能一针见血地提出问题的关键所在，尽管他的方式方法往往削弱了他观察问题的优点。

机会来了，克拉克想，"那你有什么建议呢?"克拉克加了进来，他知道那位副部长会担心这种傲慢态度会把坦普尔顿惹毛了。"我没什么建议，"那人回答说，带着那种接近粗鲁的神态。

他从来都不喜欢克拉克们，他厌恶澳大利亚秘密情报局表现出的优越性，特别是在情报局非常依赖外交部来获得外交身份进行间谍工作的情况下。

“我说的是，没有一个法庭会允许自己纠缠在堪培拉狭隘的利益上，他们的目标是放在公众需要知道的事情以及我们中的任何一个人是否应该一开始就参与这样一个轻率的计划。”

他说的这些仍然是有理有据的。

直觉警告兰伯特，克拉克很想干一仗。他的那种诱惑、引诱外交人员的习惯令人讨厌，尽管这种习惯常常为他增加得分。

“坦白地说，”副部长小心翼翼地说道，“禁令仅仅是一种策略——一种工具。它不是一个必需的玩物。”

常务副部长边说边瞟了一眼克拉克，暗示他不想无端把这个事情扩大化。

“你看，我们武器库中没有一样称得上是完美，”他补充道，“但是呢，又没有一样本身就不好。”和通常一样，他的口才和他说话时所表现出来的镇定充分地总结归纳了当前的事态。如果克拉克不决定把事情搞得一清二楚，那么这件事也可能就已经结束了。

“你看，朋友，”副部长客气地对外交部代表说，但他毫无疑问是在寻求坦诚的答复，“请开诚布公地告诉我们你真正想得到什么。”

“哦，你看看在发生什么，”外交部代表在想，故意把目光从副部长那里移开，“他们不听你的，他们对我将把讨论引向何处更感兴趣。”

对于外交部这个人来说，这个问题完全是在摆架子，一副高人一等的样子。

“让我们正视这个问题，”克拉克简练地说道，“当这个窃听工作最初被提出来讨论的时候，你本人是持合作态度的，你完全支持我们把这东西装在中国那里的。但是现在你又全部推翻了。”

“是这样吗？”这个外交部官员耸了耸肩问道，似乎要与这由他引起的全过程脱离干系。他的脖颈开始变红，与亚白色的衬衣领形成鲜明的对比。

“那么你到底站在那一边呢？”克拉克穷追不舍地问。

这人躲过了这个尖锐的问题，而在克拉克没有说完之前就发怒了。

“你这话是什么意思？”他威胁性地隔着桌子用手指指着克拉克大声咆哮。

“好啦！”副部长恳求道，试图重新控制住局面。

但是克拉克不想就这样结束，“嗨，好像你曾经愚弄过北京。”他笑着说，以此弥补刚才的话。

这位外交官阴沉着脸，而其他人都惊慌地看着。很明显他的反应太过了，而这评论确实深深地刺痛了他。

“你怎么认为，乔?”克拉克看着这位澳大利亚安全情报组织官员问。

克拉克想如果你已经开始做这事了，那就继续吧！

乔·佩雷格里尼对外交事务也有一种明显的厌恶感，但副部长的严厉面部表情警告他不要被扯进这场克拉克的游戏中。

房间里的气氛很紧张，很多人在一分一秒地等待那个澳大利亚秘密情报局的对手出局。兰伯特比其他人更了解将会发生什么，在此以前他曾经见到过克拉克采用这种策略，尽管这种策略很残酷，也很不必要。

“你看，我以为这事有一种简单的办法，”克拉克说着说着突然改变了语气，“你们知道，我恰好认识麦金龙，所以我会给他打个电话。他时不时地会从我这里打探些事情。你们可能从来都不知道，他可能……”

“噢，马丁，”常务副部长打断了他，“我真的认为这样做不合适，起码在现阶段肯定不妥。”他瞟了瞟坐在桌边的人，希望从这些人那里得到支持。

佩雷格里尼耸了耸肩，而坦普尔顿面部毫无表情。

“嗯，这仅仅是一个想法。”克拉克说着，露齿而笑。

兰伯特了解刚才都发生了什么，尽管其他人也还没有搞懂克拉克这建议的真正意思。克拉克帮助煽起了这次风暴，然后又采用转换话题和将大家注意力吸引到自己身上来将风暴熄灭。如果说克拉克擅长某种艺术的话，那么就是操纵局面的艺术。

但为什么是现在呢？兰伯特想着，瞥了一眼他的同事，他注意到克拉克脸上的满足感。他从中可能会得到什么呢？

三个中国人组成盘点小组工作地很顺利也很有效率。他们互相的戏谑和谈笑掩盖着更深刻的专业性交谈。表面上看，他们的工作就是移移家具，贴贴标签，但实际上是他们利用这些来为正在进行的电子设备复杂的检查工作做伪装，他们利用这些事情来掩盖他们真正的目的。选择周末来做这项工作的原因是周末更容易让人离开使馆。

尽管张文涛不是这三人小组的正式成员，但却饶有兴趣地看着这工作一步步进行。他被要求作为旁观者参加这项工作，一句话都不要说，而其他人也不承认张文涛的到场。

负责的技术人员站在高处，拿着一个探测工具小心翼翼地在墙壁上方移动，并非常小心地不让探测器碰到墙壁。另外两个人——一个年轻的蒙古人和一个中年妇女仔细地观察着他的每一点移动。他们也闲扯，但却是故意的。当他们的仪器在政务参赞的办公桌上移动的时候。一个微弱的，但却是明显的信号出现了，还好政务参赞当时不在。他是一个挑剔的人，他不会高兴别人如此私自侵入他的空间。

“我恐怕搞不懂这画上的数字。”那个拿着检测器的技术人员用他另外一只没拿东西的手将一个卷轴画从墙上掀起来。把画放回去，他放下拿着检测器的胳膊，然后轻轻从参赞的椅子上方掠过。摸着他下巴的胡须，他沉思良久。

“什么啊？”那女人问道，“那是什么？难道有人用赝品进行了调换？”

停顿了一会，那人似乎要说点什么，但他却发出了令人烦躁的、像得了肺结核似的咳嗽。这让他的同伴们感到不安，因为他们知道他的这种肌肉痉挛有时会使他几天都不能做事。

张文涛静静地站在旁边。

“是，是，是，”这位技术人员回答说，这时已经恢复了镇静，“是的，可能是这种情况。”“赝品”是这个小组的用来表示一些需要到大使馆保密室去讨论的发现。

提及家具的变化等于就是暗示着他们已经很接近正在追踪寻找的光导纤维网络的核心部分。他在笔记板上潦草地画了个标志，那个年轻人帮助举着板，“也许在这个楼房的这一端有一个用电脑控制的传输控制盒放麦克，而且和我们有的图纸是相吻合的。”技术员写到。

那个蒙古人把那标志给那女人和张文涛看。

“好嘞，”那女人说。

她一面对这个技术人员的书面信息给予回应，同时也意味着他们可以继续了。“现在我们可以检查走廊另一边的房间了。我已经把那些和财产清单里对不上的椅子打上记号了。”

在彼得·菲利普斯和这个事情一起出现的一周后，北京方面就向澳大利亚派来了技术小组。就在技术小组离开北京之前，彼得和高纯进行了第一次一对一的见面，这是一次轻松且富有成果的见面，这澳大利亚人提供的多样、且与事件关系密切的一系列情况使中国当局感到困惑，这里面包括光导纤维网络的详图。这个技术小组伪装是进行资产清查和审计的巡视小组，知道目前正在发生的事情的人在堪培拉只有大使和另外两个人，在悉尼是高纯、张文涛和一个心理学家。高纯本身是计划参与这次检查，但由于一个情报人员的紧急请求而不得不去昆士兰。于是李大使建议张文涛代替高参加检查，大使认为这样比较好，起码有一个人能够看见对使馆的侵入到底达到什么程度。

尽管技术小组得到了相关的钥匙和密码，但还是通知了使馆工作人员不要到使馆来。

现在他们开始系统地在这个楼房内检查，那个内蒙古人第一个进到每一个房间。

他走到哪里，哪里就留下了他那带有大蒜味道的气味。就是使用那个简单的手持设备，他检查完说可以，其他人再进入。

“这些外交乡巴佬认为清点物品是在开开玩笑。”他用他那种带有浓厚地方口音的普通话嘲笑地说。

他刚刚从大使秘书的办公室里出来，那些在楼道里等候的同伴们都警觉了起来，因为他说的话里意味着发生了一些完全没有想到的事情，现在是那个技术人员拿着那笔记板。

“那里有一个小窃听器，”内蒙古人草草地写着，“在一个椅子下面，只有一个麦克，没有发射器。”

其他人都走进房间去看，这是一个日本生产的小设备，安装起来很快也很容易，上边没有生产商特殊的标志。然而这些中国人对这个设备的生产商是非常熟悉的，他们偶尔也在工作中使用同样的设备。这一窃听器是安装在等待进入大使房间的客人用的椅子上。一个个观察了窃听器后，大家都默不做声地站在那里。最终是那个女人拿过笔记板，用铅笔写道：“这里上次的检查是在九天前，有一种可能性是日本人自己放的。建议我们现在把它拿走。”她的同事们点了点头，同时一边聊着有关家具的事情，这时那个内蒙古人将椅子翻过来，用螺丝刀把贴在椅子上的麦克起了下来。小组人员认为，这东西和美澳事件没有关系，这是刚刚放上去的，是被某人为了一个短期或称临时性目的而放在那里的。但毫无疑问，这个麦克也是楼内众多窃听器里的一个，它被放进网络内，并有自己的发射器，它发出的信号由设在使馆附近的监听点监控。

下面的事情就是检查可能安装其他窃听器的房间，没有什么可怀疑的，李大使秘书的房间是主要目标的外围地区——小组成员都能肯定这主要目标地区是什么。过会儿，当所有的窃听仪器都找到并且彻底检查完剩下的所有房间后，他们将开始另外一项搜查工作，那就是他们将寻找鉴定这些仪器的所有者。显而易见他们会从在之前九天内到访的官员名单开始，如日本使馆有谁来过使馆？和李大使级别相当的人是不是过来进行礼节性造访？为南京大屠杀道歉？如果来了，那么又有多少人跟着来的？这些人的级别是什么？对于经过专业训练的人来说，搞清楚这些事情并不困难。

毕竟，北京方面对日本外交人员的了解——是真的外交官还是伪装的间谍——是无人可比的。

小组开始转移到大使的套房内进行检查。除了张文涛以外，他们没有一个人知道李大使会如何利用这些新的信息，但他们都确信李大使会熟练而又文雅地利用这一切，就像他运用他终生的爱好——书法创作中的自如和高雅。他的最好的作品就挂在他办公室的墙上。

“嗨，巴斯，你们这一对儿真是在考验我的耐心，”这个澳大利亚秘密情报局局长咧着嘴说笑道，“目前的情况既不是你们其中某一个在骚扰其他人，也不是你和马丁两个人势不两立。你们等我一会儿，好吗?”

除了是同行当的同事外，亨斯特卡波和摩根戴尔也还算是很不错的朋友，这点可以从副局长松弛的态度以及他坐在局长桌前那种懒懒散散的作风中看出来。摩根戴尔的胳膊已经把亨斯特卡波在非洲担任外交官时得到的一个黑木雕墨水台挪了地方，尽管这墨水台本身是件无足轻重的艺术品，但这却使局长大人不悦，因为局长非常喜欢东西放在非常精确的地方。对这个书生气十足而仔细的人来说，命令是至高无上的。

摩根戴尔已经听说了有关克拉克粗暴对待窃听事件委员会里外交部代表的事情，并且就他伤人的做法敲打了他。“真的，马丁，我们应该相信自己在任何时候都能够控制自己。”这些事就发生在他们来见他们的头儿之前，而他们两人之间对立也刚刚再次公开。就是在这种情况下，讨论的题目触发了他俩的对立——在中国启动新的活动计划。

很清楚，这事属于克拉克的职责范围内，但是对于摩根戴尔，这个对任何事情都具有强硬态度的人，一定要插一手，特别是有关中国的事情，他不仅质疑克拉克和兰伯特的判断能力，也怀疑行动部其他人的判断力。亨斯特卡波已经让他俩安静了下来，而且，克拉克相应地略胜一筹。“我仅仅希望你不要刺激他，巴斯。”局长说，“如果你强烈地感觉到了某些事情，那你就告诉我，我会提出来的。但不管怎么样，是你和部长谈而不是马丁。”

亨斯特卡波一直和摩根戴尔保持着很好的关系。在他的副手总是最大限度地支持他想做的事情的同时，局长多年来和克拉克一直走得很近。因此，他不可能付出让他们中间的任何一个人越位的代价。特别是在最近，在两个工作了很长时间的官员突然辞职的情况下，辞职的那两个人，一个是行动部的波尔森，另一个是保安部的伊姆莱斯。这两个人已经去雅加达了，他们在那里办了个咨询公司。克拉克和亨斯特卡波对此事都感到非常震惊，其中有些原因只有他们自己知道，而摩根戴尔则把这件事描述为“彻底的背叛”。

“我得说，比尔，我相当担心马丁的平衡能力——他对事情掌握分寸，特别是在和中国事务有关的事情上。”

正像摩根戴尔所期盼的那样，亨斯特卡波警觉起来了。这个副局长提出了一个很微妙的话题，但他曾经是虚假信息艺术的大师。在伦敦英国陆军情报六局的几年使他的这个技能更加娴熟。

“他是有这种感觉，比尔，没有任何人能够在这件事上不碰得头破血流而提出有用的建议。我完全不喜欢这样，这样会毁掉调查和权衡利弊，特别是在我们考虑如何最佳地与这样一个又大又复杂的国家保持关系的时候。见鬼，如果我们在那里迈错了一步，我们就将永远陷在那里。必须承认，马丁在中国问题上很少出错，但我们不能假设他永远正确。”

更多是因为困惑，而不是因为不同意，局长点了点头。摩根戴尔静静地坐着，如同得到了他栽下怀疑的种子后想得到的。

“看，关于窃听委员会，”感到气氛比较平稳后，亨斯特卡波说，“你们自己要保证在下次会议上和睦相处。如果你们做不到，就告诉我，我会叫马丁走开，这样兰伯特可以出席了。似乎没有一个人和他挑衅，另外他也代表着我们局的新面孔。”

摩根戴尔笑了。

第五章

西澳大利亚，4 月下旬

一群鲨鱼追逐着刚刚碰到塔台下水面的诱饵，有些鲨鱼挺大，但其中一条比其他鱼的颜色要苍白一些的鲨鱼就称得上是巨大无比。强烈阳光下的大海闪闪发光，这些生物上下拍动着自己的尾巴以抵挡那些竞争者。正在耐心等待着别人的残羹剩饭的海鸥们被惊吓地飞来飞去发出噪音。吊车放下一大块肉，这吊车通常是用来进行每周两次的食品供给，这些食品用船送到这个离海岸很远的近海石油生产平台。

一股强烈的海风掠过塔台，海风暖暖的，硬硬的，还带着刺鼻的咸味。

“天哪，他要抓住了！”迈克尔·沙利文博士阁下边移动着鱼钩边兴奋地喊了起来。

站在教授旁边的中国李大使有礼貌地微笑，但逐渐聚集过来的几个工人却偷偷地笑着。这是他们第一次如此近距离地看到他们的外交部部长，但他们从新闻媒介的报道中感到他在位两年中的形象是——他所做的事情是巩固而非改善。这个又高又瘦的沙利文四十多岁，相对所处地位，他有着与众不同的特点。无论是总理还是政党都得到了他的不少好处，尽管没有人认为他的议会同事会允许这种情况延续到下届大选。李大使注意到这些工人对部长的轻蔑，于是对此很快做出反应来帮助部长。大使有自己的理由要使这些澳大利亚人不做出过分的举动。如果这个国家的最高外交官无能到使自己成为嘲笑的对象，那么这就是个可以利用的机会。同时在某种程度上这事也使大使感到伤感，尽管他不是一个多愁善感的人。李大使在许多场合见到过沙利文，也喜欢他。这位部长先生很智慧、诙谐而且总是具有求知欲望，但却缺了一样东西，那就是常识。许多人都说，无论如何也不要期待一个从政的著名城市规划者能够让局势活跃起来，他确实带来了天赋和活力，还有五颜六色的领结，但这些细小而重要的东西并不是他的新职业所需要的。他往往如此热衷于做某件事而没有看到他的行为对他周围人的影响。

现在就是这种情形，被李大使称为“折磨”的情形使他想起了“视野狭隘”，那就是聚焦于某一短暂的一点，而排除周围其他的一切。他经常看见日本人出现这种情况，但很少出现在受过教育的英国血统的人身上。

“嗨，你知道，这怪物我可以在中国卖个好价钱。”大使看着那条让大家都着迷的大白鲨用英文说。

“那您是不是要拿走呢?”生产工程师问道。

工程师知道大使是在努力挽回部长的面子，所以也想帮帮大使。没有人愿意看到部长当众被嘲笑，因为这样会彻底破坏这次参观活动。

“谢谢，”李大使转而用中文回答说，尽管他的英文很好，他还是让张文涛翻译他接下来补充的内容，“但也许拿一小块儿。”但他总是注意到他的这位年轻同事具有从这种局面里寻找出幽默与诙谐的本事。

“李大使说了，如果你们能够仔细地把这大鲨鱼切成片，他就把它，还有那鱼翅带回堪培拉，然后在大使馆内部出售。这样他会使他微薄的工资大大增加。”

围在他们旁边、穿着橘色工作服的二十多人都哄堂大笑起来。一个外国的贵宾能够像他这样如此迅速打破僵局是很少见的。有关大使为工作人员带来数箱水果作为礼物的消息也在这一行人的直升机落地后几分钟内就传开了。

沙利文那长长的、卷卷的灰白头发被风吹起，秃顶也就暴露了出来，他对此事非常敏感，现在也在试图掩盖自己的尴尬。当大家的笑声都停下来后，他咯咯地自己笑了一阵子。

从西澳大利亚海边过来的长途飞行除了得到许多技术信息外平静无事。钻塔生产工程师和他们一起去了操作平台，平台建在不十分牢靠的、位于海面上的巨大金属塔上。飞机降落后，沙利文、他的高级顾问和中国人一起听了简单介绍，然后被带着一起观看了设备，吃了顿自助餐。在返回之前，还留了点时间在主甲板上呼吸呼吸新鲜空气，在这之前他们还和钻台工作人员一起照了相。那生产工程师还谈到大鲨鱼们，他叙述了那些大鲨鱼们如何汇集起来去尽情享受厨房从甲板上往下扔的剩饭剩菜，如果厨师有坏了的肉，那么有时就会把坏肉当诱饵用起重机吊钩放下去钓鲨鱼。李大使之前表示了对观看这一过程的兴趣，现在他们正在观看。

生产工程师说："我们经常把它们搞丢了。这些鲨鱼被钓上来的时候，总是拼命扭动，然后在我们把它们钓到甲板上来前就挣脱掉了。"

绞车刚刚把鲨鱼吊出水面，鲨鱼像发疯一样拼命打滚、扭动，吊钩又上升了一两米，然后那鲨鱼就从钩子上溜掉了。像鲸鱼猛冲一样，鲨鱼白色腹部在接触水面的那一刹那在太阳光下熠熠闪光，发出的响声在上面甲板上都可以听到。

"这家伙，"沙利文说道，"往往是大个的逃掉，对吧?"

没有人反应，大家一直看着那鲨鱼游走，一直到看不见为止。

大家都平静下来后，李大使看到他的机会了。挽着部长的胳膊，这个只有他这种年龄的人才会做的方式，大使和部长一起穿过甲板走到了另一头。所有看着他们的人都清楚，这两个人要单独待在一起。特别是张文涛，他非常高兴因为大使已经在进行他的使命了。如果说有人能够了解沙利文脑袋里所想的，那就是这个诡计多端的老头。

部长先说话了，“你对我们的钻塔设备感觉怎么样，大使先生？我说过的，这些设备可是世界上最好的设备啊。”“是的，令人影响很深刻。我还能怎么说呢?”李大使回答到，这样就把机会让给了他的主人来补充，如果主人愿意的话。

被接下来的安静放松了下来的沙利文转身朝大海望去。他仔仔细细、认认真真地看着那单调的海浪，在寻找话题。一只很大的燕鸥在几米开外滑翔升空又低空盘旋。不知什么原因，这燕鸥给了沙利文所需要的灵感。

“我一定要说，李先生，我们在堪培拉的许多人都期待就天然气这件事达成协议。”“你们肯定是这样。”李笑着回答说。这位老人的英文说得有些不自然也很慢，但容易听懂，他把每个词都说得很清楚。现在他又安静了下来，因为他知道沉默不语会让沙利文不舒服。

尽管风没完没了地把他的头发吹起，但部长还是不断地把他的头发往后捋。他的努力毫无意义，但他这样毕竟在做些什么。

“你对很快就签订个什么文件怎么想?”部长问。

“噢，我认为这当然非常好，事实上，是再好不过的了。”

沙利文非常喜欢听到这话，咧着嘴好像签字的日子就要定下来了。

“尽管对我们来说，”李大使以一种更亲密的口吻说，“这只是一个资金的问题。”

部长点点头，他想大使肯定是指中国存在的预算问题。

“你知道，”李接着说到了一个致命的关键问题，“如果你们澳大利亚提不出一个吸引人的优惠条件——我的意思是，恕我直言，一个实实在在的有吸引力的优惠条件，那么北京方面就不会成为你们的合作者。事情就是这么简单，坦率地说，迄今为止你方所提出的所有有关数目没有一个接近我们的期望。”

沙利文用回顾堪培拉之前提出的一个个数字来反击。

“直率地说，李先生，这些数目加起来也是一个不小的借贷了，而且是个利率极低的贷款。”

李并不为之所动。他只是耸耸肩，等沙利文继续说下去，而这也正是李大使急着想听的。

“因此，恕我直言，你真不能说堪培拉没有做出努力。”

这话说的到位，李知道他说的数目都对，但李在想的是另外一件事。沙利文那西方的脑袋瓜子已经僵住了，他根本没有办法感觉到另外一个策略将会把他吞没。

事实上，大使已经赢了一分，并为此觉得很高兴。

太好了，他心里用中文说着。沙利文显然已经看了简报，并很好地了解了内容。所以，他想探索一下具体内容，了解内部的情况。沙利文知不知道鬼子在东京密谋什么？我不能想象他对此一无所知，如果他知道此事，那么日本的这个有关库页岛的计划又给堪培拉方面多大的压力呢？这些澳大利亚人要花多少钱来确信我们将会选择对他们有利的方法而不是把钱花在离我们更近的日本人身上？

“事实上，你们开出的条件的尺度是讨论的问题所在。”李说，“这是——你们用英文怎么说来着？是个尖利的障碍？哦，是个关键的障碍。”

“关键的障碍？”沙利文说道。

“是的，确实是这样。如果你们不能够将你们开的条件再提高两倍或三倍的话，那么恐怕中国都不会考虑长达三十年的协议。这是完全不可能的事。”

沙利文这时六神无主不知所措了。

“他妈的！”沙利文心里骂着，“财政部预先制定的数额与这数字差得远了，见鬼，哪个政府会对一个商业交易支持到这种地步？”

李非常准确地判断出他自己的话所起的作用。沙利文把他所思考的东西暴露得太多了，他就像是一个把内部机械都暴露在表盘上的钟一样。外交艺术讲的是保持一张不露声色的脸，在与亚洲人商谈这类事情时，控制自己比其他任何事情都重要。

部长沉默着，不知道说什么。

“当然了，世界银行也许会帮助我们，”李说出了他的想法，目的是试图将沙利文从沉思中拉回来，“除非另一个有意者报出个价格……”

“哦，”沙利文打断了李的话，“我们都知道日本人有钱，而且他们迫切需要得到有关能源的确切消息来源。因此，就有这种可能性……”他没有把话说完，想知道李会做出什么回应。

“对啊，这肯定是要考虑的。”李擦去了他额头一层薄薄的盐粒。

“不相信！”尽管很吃惊，但李并不相信。他不知道这些日本人到底要干什么，也不知道他们发现了什么，或他们与莫斯科在做什么。如果他知道，他几乎不会以暗示的方法把日本人扯进来。

“也许，这是你们最好跟踪下去的一件事。”李说着，并选择以此再做最后的努力。“你知道，我非常嫉妒你们澳大利亚人和日本人的关系。”

“是的，”沙利文回答说，“这关系非常独特，我会考虑征求他们的意见。”

后来，当直升机离开了钻台并向东升空时，李整理了一下他的救生衣，靠坐在椅子里。坐在李旁边的张文涛在起飞时一直和部长的顾问聊着。现在有时间了，张转向他的头儿。

“怎么样?”他用中文问，“你感觉怎样?”

“你不会相信。我认为他对鬼子正在酝酿的阴谋一无所知。你知道，这就意味着他们计划的其余部分还处于秘密阶段。”

张有些搞不明白，但他努力不让这流露出来。

“那个顾问知道点什么吗?”李问道。

“不，一点都不知道。”

李微微地点了点头，他可以读懂张的想法，“为什么澳大利亚情报机关不知道这件事呢？还得过多久他们才会知道呢？”

中国在日本的情报工作人员正在努力打探这件事。在张文涛从格雷格·梅森那里得到的情报传回北京后，很快就得到了回复：“事情的性质正在酝酿，但细节仍很笼统。”张在想：“为什么格雷格不把这信息传给他在堪培拉的同事呢？”

“太棒了！”托德·兰伯特说，“但我们从来都没有从东京站那里听说过有关这件事的任何消息，一点儿都没听说过这使得马丁那狗鼻子到处嗅的事情，通讯情报部门也没有发出任何信息。我们所知道的就是最近我们到处打探的时候，有一种幕后正在发生大事的感觉，但你对是件什么事情却一无所知。我可以告诉你，巴斯为此事对马丁大发雷霆，然后马丁又把其他人大骂一通。”

这时兰伯特正背靠窗户坐在堪培拉近郊金斯顿的一家咖啡馆里，阳光从窗外暖暖地射进来。

梅森摇了摇头，澳大利亚秘密情报局应该早已知道了库页岛的事情。但那时他和兰伯特都知道站里所面临的麻烦事，站长被抓住用英文报纸上的报道作为信息来源制作情报，并被克拉克警告不能再这么做。长官训斥中的暗示是总部已经意识到他伪造有关特工的存在以及特工所需费用的事实。这让站长心情非常沮丧，因此也就造成站里活动的减少。

“不管怎么样，咱把这事拖一拖。”梅森说道，“不能让马丁从我这里轻易地得便宜卖乖，不能让他用他最近散布的那些话来得到好处。实际上，我在外交部的同事昨天给我打电话了，告诉我马丁所说的第一手材料。皮特偶然听到马丁让老板告诉他在悉尼的所有生意伙伴我已经不行了，说我是个这些人都应该避开的人。”

他厌恶地叹了口气。从堪培拉权威信息中，梅森清楚地感到，事情就坏在这里。“当然了，”他补充道，“如果你做这件事，托德，我对这种制度还有一些信任感。”兰伯特张嘴大笑，然后说，“另外顺便说一下，格雷格，这里的印度尼西亚人和中国人现在也有一场激烈的战斗。我得说，卷进这事里的一些人会毫不犹豫地利用这类事情将来自北京的建议消灭在萌芽中。很明显这样对澳大利亚不利。”

梅森点了点头，他对这些内讧所具有的能量非常清楚。因为主要从事涉外任务，他们在国防部以及情报部门里都有追随者。

尽管梅森在情报部门有朋友，他只能和兰伯特摊牌。兰伯特比梅森年少几岁，早在梅森离开情报部门之前，他就从澳大利亚特种军团转到澳大利亚秘密情报局。兰伯特是个不受活动安排束缚的人，而且责任感很强。两个人都对潜水有兴趣，而且都曾与朋友一起前往位于太平洋的第二次世界大战失事船只那里去潜水。梅森到首都堪培拉来和兰伯特及其他人讨论他正在为松友编辑的报告，但他只告诉兰伯特日本人的发现。

当服务生为他们端上卡布奇诺咖啡时，兰伯特说：“这事目前还有另外一面，我也是刚刚听说的。”他停顿了下来，待服务生走后接着说：“你知道，上周总理在雅加达的时候，总统曾对能源一事向他提出一个建议。在目前阶段，这事似乎完全不是正式的，没有任何书面的东西，而且也没有放在讨论的内容里面。”

梅森在琢磨：“这会是件什么事情呢？”

“简言之，能源部长苏博伦托在考虑这两个国家会不会将其两个石油运输网合并在一起。如我们将共享联合加工的设备来开发帝汶海气田等这类事情，同时还有一个长期协议来解决资金问题，一切都在非常友好的气氛中进行。”

“真的吗？”梅森好奇地问道，“为什么在这个时候提出这个事情呢？在日本人忙着他们的计划的时候提出这事呢？”

“嗯，据我得知，这是一个大概六个月前和大使刚刚开始谈论的话题——一个非官方的话题，而且大使在向堪培拉汇报时还对此加注了他个人的意见。似乎总理对此举棋不定，在他有时间仔细考虑这事之前，他不想让此事留有记录。我听说他认为这事还是不错的，但又认为印度尼西亚太变幻无常，因此什么事情都可能发生。而所有人又都在忙中国的事情。中国的提议要具体得多也更有希望成功，我是说如果我们能够在这事的资金方面搞成了的话。”

“我明白了。”梅森说，“你可以想象如果印度尼西亚那些游说人感到此事可行的话，他们会如何操作这个有关帝汶岛的事情。”

“这个——格雷格，就是为什么总理不把此事纳入正规的程序的原因。与此同时，他已经告诉了沙利文和其他几个人要更认真地考虑中国的提议。他知道我们的希望在哪里。另外，他也担心政府已经把太多的宝押在印度尼西亚方面。所以要把雅加达方面暂时放一放，而将北京提到前面来。”

梅森陷入了沉思之中。

“因此，这对你为松友公司做的报告会有什么影响呢?”兰伯特问道。

“这正是我在想的问题。这事我知道得越多，我就越感到许多内容我不会提及，这样也就不会留出可以草率处理的实质内容。但是我已经说了我会报告，因此我会杜撰一些内容。我知道，我要这事孤立出来。如果不是用此事做抵押，那我就沾都不会沾。”

兰伯特同情地点了点头，尽管他意识到这不是梅森允许他自己参与此事的唯一原因。梅森喜欢处理这类事情时所感受到的激动、兴奋和紧张，他喜欢他在澳大利亚秘密情报局的工作而且也从未放手不干。正如情报局的一个老资格的人所描述的那样，他和其他的前任官员们没有任何不同——他们就像空中交通指挥员，即使走下塔台也会带着他们的雷达探测仪。

五十岁的总统斯坦福德·邓巴靠坐在他的椅子上，考虑着中央情报局局长刚才说的话。

目前有四个针对国外目标的重要窃听系统处于工作状态，他已经要求将重要进展都报告给他。另外，由于海外有这么多处于紧要关口的情况，所以让情报人员睁大眼睛随时准备行动是一种非常有效和有用的手段。

“在堪培拉有另一个叛徒——这点是肯定的，是不是？我们一直认为还有更多的叛徒。”

“我们这里肯定有叛徒，总统先生。”

“但你肯定吗？”

“哦……”

“说吧，约翰尼，说说这是怎么回事。我们都知道你对澳大利亚人的怀疑。但是如果你已经确信无疑，那么对我来说就足够好了。”

这正是约翰·谢林顿想得到的暗示。留着胡子和剪着他在越南时期的水兵发型的约翰·谢林顿是个与众不同的前军团长官，他的声音和他具有权威性的做派与他的背景及职位是非常吻合的。当三年前邓巴赢得总统位置的时候，他已经是中央情报局的局长了，总统很快就确定了老朋友在关键情报部门的位置。他们俩交往甚久，友情可以追溯到他们在法学院的时候。邓巴长期以来一直着迷于谢林顿具有的那种被他称为“古老的诡计技巧”，这也就大大地增强了他俩人之间的关系。总统是个能给人留下深刻印象的人，高大、健壮且长相英俊，他的智慧和谦和的风格使他在政界顺顺利利。在4月21日清早听取由中央情报局编写的总统每日简报之前，总统就已经了解到有关美国和澳大利亚联手在堪培拉进行窃听行动的情况，以及担心中国是这一行动目标的真相会被泄露给中国方面。他已经要求一旦有关人员能够集中在一起，就尽快给出这一事件的单独报告，现在这五个人都和他一起在总统办公室里。

谢林顿知道即使他们已经相互认识，但还是需要正式的礼节和手续。他们围着总统办公桌坐成一个半圆，谢林顿坐在半圆的中间，他旁边是他的最高级别的中国问题分析家。这些人里包括新任命的负责东亚事务的助理国务卿——一个看上去还很年轻的女性和国家安全局局长，这个将军还带来了一个他的技术顾问。上午的阳光从外面春天的天空中照射进来。

远在澳大利亚，操控中国大使馆窃听行动的国家安全局的技术工作人员两周来一直有些疑惑。使人感觉出问题的第一个迹象发生在之前中国大使馆进行全面检查的时候，当然对这种检查的精心伪装只是让人确信北京方面已经意识到他们是攻击目标这一事实。说句玩笑话，这财产清点的伎俩只是一种公认的程序而已，但谁又会指责他们呢？中国大使馆向国内信息传送形式的变化，以及堪培拉和其在悉尼领馆间通过其他渠道交流的频繁加剧——如果在预料之内的话，就证明了这个事实。另外，从与使馆每日工作交流中得到的正常情报数量也明显减少。使馆全面清查以后几乎什么信息都得不到了。实际上，使馆内部对敏感信息的口头交流似乎也是讳莫如深，谁都不会吐半个字。这种情况显示出来的是种很微妙的感觉。

美国人对这事的怀疑还没有通告澳大利亚人，而是把窃听行动收获内容的减少归结于光学纤维和传声网络的技术故障。但美国必须立即决定下一步怎么做。

“所以，约翰尼，你肯定还有一个叛徒，对吧?”

“是的，并且我会坚持这点看法，总统先生。”

“我知道了。”邓巴说着叹了口气，“你知道，我们的堂兄弟澳大利亚是我的软肋。令人悲哀的是他们继承的英国人的基因超出我们的想象。”他的这番话引起了大家的笑声，所有人都意识到和英国人分享的情报的大量泄露。

“来，我们都想想这事，”总统说，“也许实际上就是这些英国人把这事情掩盖了。毕竟从这个事情得到的信息都是通过他们在堪培拉的使馆，对吧?”

邓巴盯住了国家安全局局长的眼睛，他是不是有什么想法呢?

“总统先生，我真不认为会是他们。我敢打赌英国人在这个事件中不是问题所在。他们仅仅提供传输设备，就像我们经常为他们做的那样。这是一个针锋相对的事，是个很少听说会击败对手的事。总之从中国那里得到的东西不加任何处理就转到国家安全局，从技术的角度看，英国人并没有插手此事。我们对材料进行了编辑，去掉了我们不想让澳大利亚人或英国人知道的内容，然后我们再把剩下的材料返回给他们。英国人不会的，是澳大利亚人他们对这事已经嗅觉出不好的味道。关于这一点，总统先生，我尊重约翰的意见。我们要面对这件事，中央情报局在这方面的决心比我们下得早得多。”

邓巴点了点头，很少看到资深官员如此顺利而流畅地工作，他的注意力往往被华盛顿那些永无止境、相互削弱的内部斗争所分心。

“这当然是真的。”谢林顿说，“但似乎澳大利亚人认为，这些叛徒的事有些可笑。不是他们中间没有认真对待这些事情的人，他们有这种认真人，并且还不少，但他们所做的努力看上去是因为高层的不断偏袒而白费了，太多的情报部门长官愿意出卖他们的职业灵魂而得到一个好位子，并保住乌纱帽。我不记得澳大利亚这个级别上有任何人在这个制度需要完善的时候采取尽职尽责的态度。”

谢林顿暂时停止这个话题，这是一个非常敏感的事情，即使在华盛顿看来也是这样。而且邓巴追究、挖苦这些坐在他面前的人的良心的风险总是存在的，他喜欢这种讽刺挖苦。

谢林顿解释说，中央情报局的怀疑始于冷战时期，但在对此事的关键问题几乎没做研究探讨。阻断流向澳大利亚人的美国情报总比追踪在堪培拉泄露的情报然后再堵住要容易。如果出于美国利益而要与澳大利亚共享某些东西的时候，澳大利亚人也是会被告知需要他们知道的内容。总而言之，一直以来澳大利亚人得到的情报越来越少，这种现象已经持续很久，以至于人们都不在乎还记不记得他们。但澳大利亚人似乎没有意识到他们越来越衰弱的地位，并且还在自吹自擂地说他们处于西方世界情报集团的指挥中心里。

“您知道，总统先生，”谢林顿接着说，“这些澳大利亚人就是失去了清理自己内部的能力。”

谢林顿往前探了探身体，他神秘的目光非常尖锐，总统越来越关切地看着他。

“他们不可能抓到任何一个叛徒，并且他们也不能采取正确的、合适的方法对待、处理他们。依我看，这是怯弱的表现。我们队伍中有时也有烂苹果，但我们能够把他拣出来、拉出去，而且他们必须为自己的行为付出高昂的代价。不过，澳大利亚人似乎想把他们的烂水果单独放在另外的集装箱里。让我们来看看，澳大利亚也有和其他发达社会相同的事情，诸如谋杀、强奸、纵火等，但是没有叛徒。见鬼！如果这是真的，就胜过无原罪成胎说了。”

每个人都笑了，但不是开怀大笑。屋子里的人除了邓巴和助理国务卿之外都知道接下去可能会发生什么。在没有将所有事情都搞清楚之前，谢林顿是不会就此半途而废放过这件事的。这次他所要的是行动，并且已经下定决心搞个水落石出。

“我跟你们讲，在澳大利亚未曾有一个间谍被抓。”他说。

“真是如此？”总统回应道。

“哦，先生，我认为现在是我们对此事采取一些行动的时候了。您知道，历史告诉我们发现背叛者的时间越晚，他们在这个体制里的地位就会越高。根据堪培拉方面的追踪记录，我得说，我们对有些事情真的应该担心了。”

“那我们该做些什么呢？”邓巴问道。

“这次，总统先生，我希望在那里很快找到一个人，一个可以告诉我们那里在发生什么的人，一个可以直接获得这方面情况的人，一个能够发现变节者并把他暴露在光天化日之下的人。”

邓巴点了点头，问道：“如何做到这点呢？”

"嗯，刚开始，我们不和澳大利亚人谈及我们的怀疑，不能正式谈，这一轮先不谈。这个决定，我想我的国家安全局同仁会完全赞同。"

"是的，我们在这点上同意你的观点。"国家安全局局长说，"这将是我们全新的、始无前例的行动。"

邓巴明白谢林顿指的是一笔交易。

"你可能还记得蓝色欧米伽?"中央情报局局长补充道，"正是它给了我某种启迪。"

总统的脸上浮现出笑容，他津津有味地听着这行动事件的分析就像是在听故事，而蓝色欧米伽比他见到的任何一个间谍都更令人激动不已。

伸着一个手指头指向他自己的嘴巴做出不要出声状，艾德里安·麦金龙悄悄地走进了他《悉尼每日快报》老板的办公室，他递上一张上边有着简短说明的纸，这信息是打出来的，而非手写的。在说明的下方，他写道:"如果上面的内容属实的话，我们被窃听了。我们出去谈吧。"几分钟后，这两个人就离开的这座房子，来到一个可以自由聊天的地方。悉尼这天的天气很好，天高云淡。

"我得说，这事是真的。"杜·胡尔，这体型瘦弱的总编说，"当然，理性的人往往会想出其他的可能性。但直觉告诉我，这是真的。让我们面对这事吧，这也不是我们第一次碰到这种警告的事情了。"

一年前，麦金龙就曾得到一个有关对外政策的匿名线索，这个线索来自国家评估办公室的一个进行此项工作的人员，他听说了此项政策。这个独家新闻片段帮助麦金龙写出了一篇得奖文章，这篇文章对外交部部长是否能够得体地在公众场合进行回应出了一个难题，也是对他的一个考验。

在派尔蒙特桥上，一群办公室员工溜溜达达地从他们身边走过，这些人是去吃早中饭。

“坦白地说，”胡尔说，“你现在面对的是一个事情的地狱。相信我，我会一直支持你的。”

麦金龙伸出手与老板握手表示感谢他的支持，作为快报长期以来的主编，这个白头发的老手受到所有年龄层次的记者们的尊重。对于那些年轻人来说，胡尔是他们工作上和做人上的良师益友。在这个行当里工作的四十年中，胡尔曾经在欧洲和北美以及雅加达、东京、马尼拉和香港等地做过驻站记者，可以说他是另一个时代的报人，他的这些经历使他能够从事物本质出发来观察并能从事物外部往内部看出本质的本领，这种本事是不可多得的。精明、狡黠的麦金龙正是看中了胡尔的这种“与众不同、别人没有的特点”。这个老头子胡尔的眼光和他的大脑一样敏锐，默默无闻的他在兴奋时总是发出响亮的笑声。艰苦的成长经历使他懂得要为生活增加亮点，他会充分利用每一次机会。

快报调查型记者的一号人物麦金龙也有着和胡尔相似的性格特征，这也说明这两个人的共同点。胡尔把麦金龙看成他自己的年轻版。麦金龙同样对历史有着强烈的兴趣，他写的文章具有坚实的事实依据、教育意义和大量信息。除了强壮和长着一头姜黄色蓬松直发，麦金龙和他的头儿可能没有其他不同的地方了。

麦金龙和胡尔把胳膊搭在桥栏杆上，思考着下一步怎么做。三组划龙船的爱好者们正在那色彩鲜艳的龙船上训练，划着龙船驶向麦金龙和胡尔脚下的拱形桥洞。下面的船只逐渐消失了，但划船者的吼声仍回荡在水面上。

在过去的几个月中，中国大使馆的案件占据了麦金龙的大部分时间，对来自各方有疑问的信息，不论是来自堪培拉还是堪培拉以外的信息他都认真关注。他猜想，迟早有一天，这个系统内部的某个人会对他的动机闻出味道来。到了那个时候，澳大利亚安全情报组织的警告随之而来也就不奇怪了。他很清楚，他在这个系统里是有朋友的，他们高度评价他所做的事情。

警告信就丢在快报的前台上，信放在一个素白信封里，上面有麦金龙的名字，信中写道："澳大利亚安全情报组织已经了解到了您的兴趣与国家利益有关联，您所有的往来通讯和联系正在被监视。目前还未发执行令。"

于是，麦金龙拿着这通知直接进了他上司的办公室。但首先他是向胡尔和快报编辑简要汇报了有关中国的这个事情。这件事他最初是从工程公司的一个朋友那里听说的，这个工程公司承接了堪培拉中国大使馆新馆舍的一部分工程项目，而麦金龙的这个朋友是当时的现场经理。在首都堪培拉的进一步了解证实了大规模窃听案件的存在，麦金龙逐渐将点滴的、不完整的信息碎片拼接出大致的事件详情。麦金龙知道大使馆已经被光导纤维控制了，而馆外的协助是启动、运行窃听的关键。直到最近，他才知道美国插手了这个窃听事件。将这个报道付诸印刷还是存在障碍，但是麦金龙却不乏决心。

"喂，喂，喂"，一个熟悉的声音从背后传来，模仿着伦敦警察最通常的打招呼声音。这是快报一个最资深的记者，这人体态滚圆、穿着件旧灯芯绒夹克，胳膊底下还夹着一捆报纸，他刚刚采访完一宗亚洲有组织的犯罪活动回来。"得到点新情况吗？"胡尔问道。"肯定的。"这记者边喘着气边回答说，"但我发现你两个人也没闲着。我过会儿再发表我的不起眼的独家新闻。"他慢慢腾腾地走开了，边走还边为自己道歉。

"如我之前提到的，"胡尔说，"堪培拉已经为你准备了可恶的国防机密通知，或者说起码是个禁令吧，他们以此来打击我们。你知道的，这会使他们自食恶果，那就是把屎拉在他们自己裤子里。"

麦金龙知道无论是他的头儿还是编辑都不会允许他在此事上走得这么远，除非这事涉及的某些内容说明这可以如何更好地为澳大利亚国家利益服务。如所有快报同仁所欣赏，胡尔不是那种当知道自己有充分理由还会回避与人争辩的人，如果事情发展到与政府产生公开的争论，那么，他会坚持报纸有公开事情真相的义务并由公众自己作出判断。

自从麦金龙得知美国政府插手此项行动，他和一些线人提及过此事，并注意到他们都对得到此事的途径感到不满，甚至一些沉默寡言的人都公开表示了这点。所有人都是忠心耿耿的澳大利亚人，大家对国家最高决策人都未能获知这些情况而感到震惊。

“可以肯定的是，当堪培拉方面认为你是个恶魔的时候，”胡尔说，“对你的行动监视也就是这个警告的一部分了。”

“我脑子里也有这种想法，”麦金龙回答说，“但这一切真是一个闹剧。如果此事真的如此重要，为什么情报人员不到我们这里来直接对我们说呢？所有这些玩弄别人的家伙只会把事情搞得更糟。”

“我太同意你的看法了。安德里安，我的兄弟，让我告诉你一件事。根据我的经验，这些家伙们在掩盖自己的错误方面做得最好。你可以说我是个玩世不恭的人，但在这些年中我知道了这些乌合之众有着和其他任何人一样的人性弱点，而且他们在掩饰自己方面比政府的其他任何一个机构的能力更强。”

“是在国家利益上。”麦金龙咧嘴笑了笑。

“再自然不过了，”胡尔说，“不管怎样，快报有自己需要关注的利益，这是说，我们得很快成立技术队伍检查我们的线路，看看里面是否安装了什么。我认识那些做这些工作的人，如果幸运的话，他们可能会追踪出一些线索。”

胡尔推断，麦金龙住宅电话、手机还有个人电脑都受到威胁。但胡尔在堪培拉高层有他自己的线人，如果让他们来确认是谁下命令采取这种策略，那么事情进展就会很快。胡尔在琢磨，谁愿意抓住在无证据的情况下监视一个记者的澳大利亚情报机构呢，当然是在某人的指令下来进行。胡尔认为，这事要比人们想象的有趣的多。

“当然了，我们不可能永远隐瞒、掩盖此事。”胡尔在回办公室的路上说道，“因此，一旦你能排除人们正常的怀疑，并证实澳大利亚不完全负责此事，而且为了公众的利益大家也需要知道这一点，那么我们就可以运作这事了。”

麦金龙的心思都集中到这个再清楚不过的要求上了。他知道快报的最高法律顾问会确保事情是否是这种情况，而胡尔也邀请了这个顾问晚些时候见面。

胡尔看着麦金龙，然后说：“安德里安，在这点上，我是支持你的，但如同我们准备爬岩的时候要首先确认这石头是否坚固一样，我们要有确实的信息基础才能运作这件事。”

“噢，不行了，再吃，我肚子就要爆炸了。”蝉说着，看见服务生又端着一盘菜来到他们桌前。

高纯答应过他，请他饱餐一顿在中国餐馆也不多见的、一道接一道的菜肴，新端上来的这道菜以蒜叶为主料，是澳大利亚人从没见过的。这天晚上中央王国俱乐部里没有几个来就餐的人，和这里气氛相称的轻柔管乐与他们谈话的声音和谐地融在一起。这里是悉尼的中国精英们造访的几个主要地点之一，只有很少的一些非成员可以进入这里，到这里的客人往往被期待能够进一步加强在中国社团的地位与名声。蝉以前听张大使提起这地方，然后又听了高的话之后，他非常想尝一尝这里的饭菜。

现在是五月初了，自从这个澳大利亚秘密情报局的叛徒加入进来已经过去三个星期了。高与他的见面都很顺利，事实上要比他曾不敢想象的要好得多。蝉这人已经成为一个很稳健的演员，他的举止言谈中没有任何事情威胁到他们正在建立的联盟。然而，高在每次与他见面后都会与那个姓周的心理学家和张进行一次梳理和更新工作。他们现在领会到，钱是这个澳大利亚人渴望和追逐的东西，但看上去他从曾经进行的另一条途径中获得另外一种信心。在没有暗示来说明他叛变原主子的程度的同时，他透露出的情报的精密性质似乎使他有种目的性和动力感。不管这种目的性和动力感被如何精心地伪装，对中国人来讲都是可以辨别和认知的。和这个澳大利亚人一样精明，高有他自己的方式——起码在有效程度上，高感到他一般能够看到面具后面的东西。

高一边看着他一边在想这个混蛋正在为自己得意呢。

当服务生走后，蝉仔仔细细地看着这盘新端上来的菜。

“嗨，让我告诉你件事。”他说，降低了他的嗓门。蝉往桌子前靠了靠，把他的碗推到了一边，双手将他面前的白桌布整平。

“什么？特别的意思？”高在想，他现在想做什么？肯定是意味着什么，他已经准备要说一件很大的事情了。

蝉用手弹去一小块吃的，然后说：“你看，现在事情已经有了很重要的进展，一个任何人都不知道的进展。”

显然他对高的反应是很警觉的。

“噢，是吗？”

“是的，一个快报的记者在注意这件事了。”

“不是我们这件事吧？”

“恐怕是我们这事。报纸知道你们使馆被窃听了。”

“怎么会呢？谁告诉他们的？”

“嗯，这就是个大问题了。似乎堪培拉那些把这事公开出去的人还没有什么线索。”

“你知道那公开这事情人吗？”

“噢，是的。据我听说，他们正在四处打探是谁泄露了这秘密。但我告诉你，这事不是一个人泄露出去的。”

“你认为这个记者知道在堪培拉真正发生的一切事情吗？”

“不，不一定知道全部事情，没有他们知道得多。”

“他们？”高说，他在假设蝉可能对此事了解得和其他任何人一样多。

接下来的是非常重要的事情了。

这个澳大利亚人说，他在堪培拉总检察长办公室举行的澳大利亚秘密情报局会议上听取了有关的简要汇报，然后又得到了一份通常情况下参加会议的人名单和每个人的职责。蝉仔仔细细地讲述了谁认为那个记者知道多少和为什么，又是谁认为这个记者不知道那么多。蝉解释说，政治家们对事情的轻重缓急有一套安排，但与此同时，官僚们也有他们自己所关切的事情。不管高提出什么问题，蝉都能给出答案。

“这可是个开始，”这中国人想着，“我身处这种游戏里已经多年，但从来没见到过像这样的事情。”这人像吐豆子一样一个一个地道出了名字。

这时就像高本人在总检察长办公室的会议上一样，他知道无论特工人员多么经得起考验，与他们的会面都会受到概念的约束，那就是一方会作为将秘密传递给另一方的渠道。而情报部门官员则身处他地并且是特工可以联系的控制中心，事情总是如此。

“但这次却不同，”他想，他好像已经突破了一个不可逾越的屏障进入到蝉所效力的部门，然后坐在那里和他及他的同僚聊天。

作为间谍，他和高可以体会到由于窃听危机政府所处的境地极其尴尬，为此蝉本人看上去似乎愉快而充满信心。高从内心里感到很欣喜，但在表面上他则一点都没有表露出来，只是有限度地表示了对两人能分享信息的感激之情。

“你猜这么着！那个倒霉的记者也被窃听了。”澳大利亚人说道，并不知道他的这些话使高脑子转的更快。“他们在看这记者的邮件、黑了他的硬盘，还加强对他的监视。”

蝉认为这事很滑稽，而高也在一定程度上这么认为。但这中国人还有更急迫的事情要说。

“那么，快报什么时候会跟踪报道这件事呢？”当澳大利亚人停下来的时候，高问道。

“我还不知道，也许一两个月以后。”

“什么事情使其停顿下来呢？”

“不清楚，肯定是有些情况他们还没有摸清。”

“那你会在他们准备付诸报端时知道了？”

“我猜是这样的。”

高感到这话题也就到此为止了。很明显，这澳大利亚人脑子里还有些其他事，高希望知道那是什么事。

服务生又来了，问他们吃完了没有，如果吃好了，他要收走盘子了。高很快接上话说，他们还要一壶茉莉花茶。蝉再次整平台子上的桌布，他脸上出现一丝模糊的失望表情，好像想说什么。两个人都沉默片刻，高对此显得泰然自若，丝毫没有不安。

“你知道，当这件事发挥出全部影响力的时候，”澳大利亚人说，“我想，就是你我目前所做事情的完结。”

“不，完全不是这样。为什么会是这样呢?”

“嗯，在严格意义上说，那时就没有什么我可以做出贡献了。”

“他在钓鱼，”高捉摸着，“那鱼是什么呢?”他为对蝉的生活了解甚少感到有些沮丧。这人知道这么多事情的详细情况，但他的真实身份却还没有很准确地确认，他对在澳大利亚秘密情报局的追踪记录闪烁其词。如果在情报局有可以吹嘘的事情，他肯定会毫不犹豫地说出来。但他总是迅速地扯到一些坊间流传的事情，而通过这些往往是不能归结出来许多结论的。也许这正是事情的关键，他问题的最根本的症结，那就是他本身没有什么值得一提的资本，就更别说他在秘密情报局的事业了。

高从经验中知道，不中用的东西在智力方面往往具有离奇的向上攀升的空间。一个沿着梯子向上爬的人似乎吸引着另一个人，但很快相互保护的需要驱使处于高处的人要掩饰他们的失败，无论在间谍游戏、官僚机构还是政界都是如此。这些人始终为在其领域展示出具有更好从业人员的天分而感到快乐。这也是为什么这种类型的人一般不可能被从体制内铲除。高自己就曾两次触犯了这种人而差一点断送了自己的事业。他越是奋力回击，这裙带关系网越是联合起来对付他。外界的人，特别是那些书生气的人不会相信间谍会是多么卑鄙。但是现在，高把他心里的这些想法说了出来。

“朋友，别担心。你还会有许多可以贡献的东西。”高说着，伸出手拍拍蝉的胳膊以表示对他的支持。“这仅仅是开始，而不是结束。另外，你还可以以其他方式帮助我们啊。”

澳大利亚人笑了，“好啊，我也一直在想这事呢。如果对你有用的话，我还真有线人，他们能接触到你想要的事情。”

高被这个非常实际的消息吸引住了，但他仍控制住自己的兴奋，因为这正是他一直在考虑引入的话题。一个间谍总是在寻觅自己的特工，这个人要能够有所进步并能在今后担当起更重要的角色。作为中国在澳大利亚的高级特工，高首先关注的是工业方面的谍报。这方面的情报范围和内容在澳大利亚远比人们所意识到的多得多，广得多，中国并不是唯一一个在做这种游戏的国家。也就是这个原因，高非常注意监视澳大利亚安全情报组织行动程序的效果，以此来确定自己行动的方式。

“其他人?”高问道。

高要了解蝉暗指的整个脉络系统的范围和可靠性。

“嗯，我在这整个系统里都有很密切的联系人。”

当蝉形容他的这些联系人的身份位置很好而且可靠时，高便问他这是什么意思，于是蝉列出了许多组织的名称。“位置好、很可靠”在情报行话中是常用术语，但私人的亲密关系会赋予这些常用术语以更多的意义，同时也会导致曲解。

“他们大多数人都欠我情，这些人几乎会把我需要的任何东西都给我。”

“那给他们的回报……”

“哦，我通常回送一些东西。”

“那就是金钱交易了?”

“对啊。”

蝉盯着高的眼睛，“我是说，如果我俩都在跟踪某件特殊的事情，我肯定会为此铺平道路，如果这是你想……”高点了点头，这其实就是他想要的。

“那么，然后代表我，”高说，“你会与澳大利亚安全情报组织做同样的事儿?”

“当然了。”

“好吧，我们就这样试试吧。”

“为什么不试呢?”

接下来，他们对蝉当晚早些时候给的一些情报进行了交易，情报中包括美国和英国关注中国的首要问题。这最后的交易使这天成为高永远也忘不了的日子。

第六章

悉尼，5月中旬

吉田一郎呷了一口他的冰冻雷司令，细细品尝着，这是布朗兄弟酒庄 1992 年的酒。他非常欣赏自己能够区分好酒味道的微妙差异的本事，对他时常在这种情况下以这一本领吸引注意力感到很得意。吉田一郎非常有本事在合适的地方用话语来坏事儿，而且他还愿意让人知道这点。

“我不会转弯抹角，”他说，“当前在东京发生的某些事情……我怎么说呢？嗯，就是处于一个非常微妙的阶段。我非常遗憾地说，我不能告诉你细节。我只能说我们需要您的帮助，而且是很快。简单些讲，我们必须扼杀中国在澳大利亚进行长期能源交易的任何可能。”

吉田此时正和他的同胞站在一艘豪华游艇的后甲板上，几个人静静地喝着酒，而大家的户外午餐也正在准备着。把酒杯再次拿到鼻子旁，他对这雷司令的味道进行着最后一次鉴定。吉田从国家大事一下子转到对酒的味觉，其速度之快也反映了他的权威性。

“这小东西味道真不错啊！”他说道，语气优美流畅。“是啊。”其他日本人异口同声地赞同他的评价，他们的反应也可说是对吉田评价的尊重。

天气阴森森的，没有风，空气凉飕飕的。

5月中旬悉尼的太阳懒洋洋地躲在云彩上面，海湾很凉爽。这种气候条件很适宜游艇停在海湾里。

吉田是个瘦小的中年人，具有出身于上流社会的背景，他散发着一种傲慢的自信，大多数和他一起工作的人都发现这种自信非常可怕。吉田刚刚担任内阁研究办公室的主任，在上任后的第一个礼拜，他就遭遇了一起突发事件：秘密发现库页岛天然气。但是他乐在其中，因为他相信因错综复杂的事情而大胆地为国家承担挑战是证明他的勇气和谋略的机会。他是乘夜航这天一早到达悉尼的，这是他第一次来澳大利亚。四个人中话最少的是日本驻悉尼的总领事，他是个用官僚方式办事的老手，担任的职位则是一个从二十世纪六七十年代资源贸易如火如荼时起重要性开始逐渐下滑的职位。受邀旁听白天的秘密会议，他知道吉田在午饭后会直飞堪培拉向大使简要汇报目前的计划。

另外一个日本人，宫田显得矮小精悍，是这里唯一一个敢于把他的外衣脱掉的人。宫田以前担任松友公司澳大利亚运营部的头头，他将负责天然气事件直至事情解决后再回日本。东京的要求给宫田造成了精神上的困扰，他一直努力坚守他做生意的原则。宫田这人可能比较守旧，但他从来不喜欢公司允许自己被扯进政治游戏的做法，按照他的思维方式，贸易公司不应该是这个样子。但无论如何，他会竭尽全力的。而他悉尼的后任中川敏夫，一颗正处于上升阶段的新星，将确保这点。

中川是日本公司主席的女婿，他根本不在意伪装他的野心。中川也是个合格的滑雪教练员和骑手，他不屈不挠的气质也意味着他严厉的性情。他头上涂得那厚厚的头油使不喜欢他的人开玩笑说他肯定有日本黑帮关系，日语中叫 yakuza。中川也意识到这次阻止中国与澳大利亚能源交易的任务将会使他出名。像宫田所认为的那样，如果宫田挡了这个年轻人的路，那么这个能说会道的中川会像踩羊肉串一样碾死他。

做着深呼吸，吉田一郎在欣赏着海滩的风景。一股浓浓的海的味道弥漫在空气中，“怎么样?”吉田询问游艇停泊的小湾的情况。

按照礼节规矩，吉田一郎有权决定这个小组讨论的议题。

挡住刺眼的光线，他仔仔细细打量着一百米开外山坡上低矮的房子。哪个房子位于海湾入口里面呢？这是在来这里的一小时路程中他提出的许多问题中的一个。他们在十一点三十分离开歌剧院旁边战俘修建的战舰石头台阶，然后去看了看桥下的悉尼鱼市，那里年轻的澳大利亚船长把一大盘新鲜的刺身添加在那些已经保存着的自助餐食品里。

“那些建筑体，”中川故意显摆地解释，“是十九世纪早期修建的检疫站的一部分。”

“啊哈，”吉田喉咙里回应了一声，这是典型的日本人对新接触的事物的反应。一个急于想知道事实的士大夫，给予了中川无数机会来展示他的博学。

“先生们，吃午饭了。”船长忽然从甲板室门口用地道的日语说，身穿白色的海军服，显得很精神。

客人们坐下后，斟上酒，大家也就自由地开始吃饭了。一瓶夏敦埃有机红酒和一瓶有名酒庄产的德宝装美莎丽白葡萄酒都打开了，放在桌边的银色冰桶里。下面厨房里的澳大利亚人把自己的饭菜做的与众不同。

“干杯!”吉田一郎举杯祝酒，“祝我们将中国龙牢牢控制!”

“为成功干杯!”中川沙哑着嗓音说。

其他人也跟着重复同样的话。

“为该死的中国人远离这个地方，干杯!”吉田又举起了他的酒杯。

他的同伴们都恭敬地点了点头，注意到吉田用贬义词来形容这些生活在中央王国的人。

吉田挑出来不准备公布的消息是：在六月下旬，也就是一个多月以后俄罗斯勘探人员将会同他们的日本同行一起在库页岛远海进行海上试钻。一旦上了船，就没有办法不让俄罗斯工程师们知道发现了天然气。

如同猫会钻出口袋，秘密总会泄露。在澳大利亚的一件艰巨的任务就是阻滞中国努力推动的双边协议的签订。中国巨大的购买力会被利用帮助促进库页岛项目。但是在和北京进行谈判之前，日本希望能够确认中国没有与澳大利亚进一步开展项目的可能。吉田在这件事上扮演的角色清晰明了，如果他失败了，那么他的结局会很不好。

“还有一件事要告诉你们，”吉田神秘地说，“我们在堪培拉的大使馆非常巧妙地对中国大使办公室进行了监听，”他停顿了一下，看看反应，“但非常不幸的是，东西失灵了。”总领事紧张地咳嗽了起来，但在开口前他又恢复了镇静。

“我听说，中国人发现了这个装置，然后让它不起作用。”吉田一郎说。

他蔑视地摇了摇头，强烈地暗示着日本方面出现了意想不到的、不专业的失误。吉田又向前靠了靠，好像准备好要宣布另一件事。

“看，我们在这里要得到的是，”吉田坚定地说，“让这些澳大利亚乡巴佬们反悔，必须让他们使中国人相信他们还没有拿定主意。”

他用乡巴佬这个轻蔑的词是不友好的，但他就是这个意思。

“北京方面在这里的谈判已经拖了一年多了，”好像得到了作出贡献的机会，中川说，“所以让这事转向我们这边也不太难，如果我们找对了办法就不难。”

他故意把话说了一半。宫田知道下面接下来是什么，也知道这不是玩笑，但他的脸上却一点儿也没有流露出来。

“你是什么意思?”吉田问。他严厉的举止使人毫不怀疑给出的答案必须要令人满意。

“嗯，你看啊，长期以来，我们在这个国家广交朋友,”中川回答说。这话除了他自己那炫耀真相、利欲熏心的本领外没有任何新意。“所以，如果我们不能直接去找那些会倒向我们这边的人，得到我们想要的，那么就是我们会被笑话了，而不是当地人。”

“这点说的很好。”吉田点头称道。很明显，他急于知道更多，而且他注视的目光等于警告中川说，他可不习惯等待。

“决定中国在这里的任何一项大的贸易活动，”这年轻人说，“都必然以政府为中心，私人企业不可能单独来做。这就是说，堪培拉是焦点，我们在那里感兴趣的就是拖延，就是延误，也不需要多问。要想达到我们的目的，我们只需确认我们发放出去的钱是否击中了目标，是否准确、迅速地击中了目标。这就是我们不得不做的事情。”

“因此？”吉田一郎还希望得到更多。

“因此，哪里缺油我们就在哪里加油。”中川得意的样子展现了他不择手段、狡猾的一面。“我们已经安排了这系统内的二十多个人，他们可以拖延任何一件这类事情，他们可以让这事的进展像蜗牛爬一样慢。想一想这事，我们早些时候已经把详情报回你们设在东京的办公室，但到现在也没有得到我们所需的经费。似乎他们就不会懂得我们现在是把这机构安排归位，而且已经马上就要行动了，特别是那些对日本至关重要的事情。”

吉田一郎承认这一点，但又明显对中川的话不满。

宫田又害怕又高兴。

“你这次走得太远了，你这个聪明的笨蛋。”宫田心里想，“这个傲慢的阔佬可能是个新手，但班门弄斧是你做的最傻的事情，他回东京后会骂你个狗血喷头。但毕竟你已经为你自己搞到了许多信息，比我预期的要多。然后你可以在事情进展中用真实情况去打击他。”

受阐述这案子基本原理的鼓舞，中川态度坚定。非常奇怪的是，作为日本人，他缺少控制正常行为的思维方式，而正是这种思维方式会提醒这个乡下人有时需要保持沉默。

“你说到点子上了。”吉田说，“那么你建议怎么做呢？”

“噢，如果你在东京的同事可以把钱给我们，我们将让这里的澳大利亚雇员把钱发出去，以得到最好的效果。”

他解释说，那个人已经为松友公司工作好多年了，是个用钱贿赂有权之人的老手。他在各方面都非常精明，他的汗马功劳从来没有传回东京。

“啊哈，是这样的。”吉田用日语讽刺地回答说，“真的吗？那这人肯定是我想要的能人了，如有你的合作方作为缓冲是很好的，很自然东京方面伸出的触角要不惜一切代价加以保护。当然了，正如你们都已经领会到的，我们在堪培拉的大使会以他自己巧妙的方式提供帮助。”

吉田的话里藏针，这就是，“我们在澳大利亚的工作不仅仅通过你一个人。”

其他人都赞同地笑了，而中川像是被受到的反驳刺痛了。

“我们必须要让这些澳大利亚人明白，先生们，”吉田说，“对他们来说，独立开发他们的天然气储备并把与中国的合作锁定在标准的短期合同要更好。这样肯定更容易、更可靠。”

“肯定是这样的了。”其他人都同意这种看法，这是毫无疑问地。

吉田久久地、严肃地盯着主席的女婿。

“让我们祈祷，中川，”吉田用了一个日语中的简体称谓来进一步贬低这年轻人，“但愿你那表现出色的澳大利亚雇员能够传递我们的话。”

吉田驾驭语言的能力如同驾驭刀剑，剑到血出，其精确性无人堪比，他的傲慢只是更突出了他的影响力。

几分钟就安安静静地过去了，船慢慢地摇着。

“我猜你在中国城有一家餐馆吧？”这个肌肉发达的年轻工人问到，在梅森去卫生间之前，他就偶尔听到梅森和这个中国人在谈工业天然气的事情。“我真希望我有家餐馆。”张文涛咧嘴一笑。在确定这些澳大利亚人想要做什么之前，他要保持警觉。

“我正准备搞一家，”他补充道，“那么我就可以非常幸运在周末喊我家里人喝早茶了。”另外那人哈哈大笑起来，他那在酒吧的六七个同事也哄堂大笑起来。空气中充满了啤酒的味道。

穿着蓝色T恤衫和短裤，这些人是一家钢琴搬运公司的工人，他们刚刚给人送了一台斯坦威大钢琴。在温暖的周六早晨，他们在回仓库的路上到饭店来喝点什么。这一带是劳动阶层的地区，离城市不远，张文涛和梅森也正好经过这里。

梅森当时感觉到张好像有些事不吐不快，他想："也许喝点东西会有助于此事。"这两个人刚刚开着张的四轮驱动的丰田汽车取回了个旧木箱，这旧木箱在快报上做了广告。张和他夫人都喜欢澳大利亚早期家具，当价格合适时，他们会挑一些稀奇古怪的小家具买回来。

"那你做什么为生呢?"那个年轻人问。

"我其实是在中国领事馆工作。"

张回答说，他有些感动，当他一个人孤零零地站在那里的时候，这伙人在想方设法与他搭讪。"我和我的朋友刚才正在聊液化天然气，但这和厨房做菜没有任何关系。"

梅森回来后，两人又与那些人聊了聊后才回到他们先前的话题。

"另外，格雷格，"张说，"记住我在给你整理一个有关中国能源采购的卷宗，这不是什么机密的东西，但除非你是系统内部的人，否则是很难得到的。这东西对你完成松友公司的报告还是有帮助的。"

"万分感谢。"梅森笑着回应说。

"说到能源，"张接着说，"在这个澳中能源协议上，我们在堪培拉寻求的不妥协是非常令人困惑的。我想是你们称之为'冷热对冲'。我们知道澳大利亚方面从一开始就有疑惑，一旦这种理念历尽艰辛冲出官僚机器，希望那些赞同国家发展的政策制定者们取得成功。尽管近期这事有一点进展，但突然一下子又再次慢了下来，而且没有明显的原因。"

"哦，是一些有意思的事情使之出现这种情况，"梅森说，"可能是一些小流氓的因素，而我们没有意识到。"

"你认为是什么呢?"张说，"我的一些同事宣称他们知道。"

“嗯，可能是日本人。如果真是他们，他们肯定是带着伪装在干，在系统内指手画脚。但这事一定干的非常巧妙、精明，因此捏造个情况，大家就谁都不知道他们要做什么。”

张沉默不语。美国和澳大利亚如此大胆地在他堪培拉的使馆内进行技术合作使他感到非常心慌意乱。这只蝉又使他雪上加霜，而蝉的这些新情况是北京那些一厢情愿者们还没有设想到的。但是梅森似乎无视这些变化，不管怎样，这些很明显是他俩人绝对不可进行讨论的话题。“我告诉你，”梅森说，“我什么东西都不会让日本人看到。他们是决心要阻止澳大利亚和中国的交易。前两天，我去松友公司讨论我的报告。嘿，你知道我是如何接受问询的？整个款待就是，问这个，问那个。我接触的那个主管的电话本有多厚就来了多少人，我估计他耳朵里都是些这种东西，他像镶着金牙的老鼠一样聪明。”

“你认为，他们目前进展到什么程度了？”

“坦率地说，如果你的地盘是他们的目标，我都不会感到奇怪。你什么时候最不希望这种情况呢？”

“你到底是什么意思呢？”张问他，对梅森在暗示的、只有中国人才会意识到的事实真相感到好奇。

“你们大使馆仅仅是个开始。他们利用接口将一种仪器接进去，然后看看你们想要什么。他们也可能对悉尼总领馆采取这种方式。”

张对这种事件所展现的问题感到非常震惊。

“你看，兄弟，如果你认为他们不会这么做，你那该死的脑袋瓜就该多增加点学问了。正如我们所说的，他们可能已经从地板到房顶在监听你，或者是可以这么讲。”

梅森自己被自己的玩笑话逗乐了，尽管文字游戏常常使他觉得很好玩儿，但张这次一言不发，梅森感到要发生事情了，所以没有打破沉默。梅森怀疑张就要进入一件重要的事情了，他们两个人从来没有谈论过核心情报的事情。大气干扰、甚至心理学和具有知识技能、错综复杂的工艺都是他们经常进行仔细研究的话题。但更敏感的事情，像澳大利亚、中国以及其他机构可能正在做什么等都默契地回避不谈，他们从来也没有在这方面出现过例外。然而梅森提及日本的策略有些打破了这种平衡。

张深深地吸了一口气，“格雷格，现实是鬼子已经开始实施他们的诡计，如你描述地那样，你实际已经一针见血地谈到这个问题，你知道，他们已经在我们使馆里开始行动了。”

梅森假装感到很吃惊，但什么都没说。

“你知道，他们已经在大使办公室和旁边的一间屋子里安装了窃听器。我们在几周前的一次大扫除时发现了。我听说那仪器可是真正的日本货。我的同事回查了所有造访李大使的客人并关注到底是谁犯了窃听罪。你猜是谁？一个日本使馆最近刚履新的技术人员。他伪装身份，好像是个研究助理，有时还担任会议记录工作。他和日本大使及另外两个外交官一起来拜会我们的头儿。”

梅森的眉毛都竖了起来。

“在他们来见大使的前几天，这王八蛋还来见了大使秘书，说是谈谈日本大使送李大使礼物的事情。他告诉我们的大使秘书，那礼物和李有一次在日本大使办公室赞美的那件物品差不多。后来得知那礼物很贵重，是一个制作精良的艺妓玩偶，大约六十公分高，有一头很长很长的头发和弓箭。在展示的时候，还要把几件小部件拼上去，那人当时还问李大使要把这东西放在办公室的什么位置，大使要不要过来先看一看，这样就不会出现像箭之类的东西指的位置不对。”

“啊，考虑够周到的。”梅森说，“那你们的人就喜欢上了。”

“是的，我们大使秘书让他进去，看了将会摆放玩偶的架子。当然了，后来我们发现了什么？那可恶的玩偶脑袋倒真的是制作精良的陶瓷手工艺品，但里面装着红外线发射装置，还有麦克风。”

梅森笑了，这些一点儿也不令人吃惊。

“为什么摆放的位置很重要呢?”张接着说了下去,“因为红外线会通过玩偶脸上的一只眼睛穿过大使办公室的窗户发射出去,要以——你们管它叫什么来着?对,特定的角度,以特定的角度发射出去。”很清楚,两个话筒收集到的信号会经发射器通过光束传递出去。一个话筒安在大师秘书办公室的椅子下面,而另一个则装在玩偶的另一只眼睛里面。据我们所知,和大使的会面完全是为安装这些仪器而安排的,而且就在我们的鼻子底下。这的确让人感到很受刺激。

张和梅森嘲讽厚颜无耻的日本及东京的同谋特使。

“啊呀,太绝了。”梅森装着很诧异地说,“谁能想到日本人有这么堕落?”

“你总是告诉我,格雷格,间谍是一种肮脏的游戏。”张观察到现在有机会让梅森聊聊这玩偶以外的事情。张和他夫人也经常讨论过,事实是梅森当时是通过钱拉过来的,他似乎希望一劳永逸地摆脱关系。

“你看啊,”张很机智地试探道,“我最近一直在想你为什么这么高兴地与你以前的工作脱离了干系。实际上,我这是顶着可能冒犯隐私的风险,我想知道是不是……”

“妈的!”有人大声骂道。

有人从大街上大摇大摆地走了进来,如同警察突击搜查地下赌场一样,这些人的吵闹打断了酒吧里谈天的客人。大概有六七个二十来岁的年轻人正往这边走,看上去他们也没有喝醉。身着紧身牛仔裤和黑皮衣,他们四下徘徊,看来是在找茬儿。

激起内心的动物本性,张文涛那肌肉发达的搬运工朋友一开始就知道这些人要干什么,梅森看到他盯着那些精神集中在这个中国人身上的人,这个享受这地方的唯一的中国人。

和张肩并肩,这个强壮的粗人侧身贴近了张文涛。他故意接近张文涛,很明显是带着想激怒张文涛的目的。

“看什么呢?你个亚洲人!”他大声咆哮。

“他不是在找麻烦。”梅森站到了前面来保护他的朋友。正值年轻力壮，这时他的声音都更有分量。

张知道梅森的脾气会如何突然发怒，而接下来的可能就是一场不管不顾的打斗。如果真的是这样，这些打人中的某个，如果没有更多人的话，就会在都不知是什么东西打了他的情况下死去。梅森是接受过这种杀手训练的。尽管梅森稍微比找茬儿的矮一点，但这完全没有任何意义。

“这和你有什么关系？喜欢中国?”那人对着梅森大声叫道，而他的同伙们也聚集过来。

他的话音刚刚落下，两只粗壮的大胳膊卡住了他的喉咙，“不要对我的朋友这样说话，”这个年轻的搬运工对这个倒霉蛋大喊，他所表现出来的权威性和那老虎钳般的双手完美相配。

“说对不起，不然我就把你这脑袋拧下来。”

“好好好，我不是这意思。”这新来的小子喘着粗气，都快窒息了。

“我告诉你说对不起。”张文涛的这个新朋友命令道，把那人的脖子卡的更紧了。

梅森瞥了一眼这人的同伙们，并看到他们的怒气正在上升。他感到这个搬运工的同事们也注意到了这点，他们迅速地靠近在一起。这是一伙儿横主儿，毫无疑问他们曾经打过许多架，很会读懂这种信号。他们已经准备采取行动，他们知道梅森也准备好了。此地的紧张气氛一触即发。

“对不起。”那小子语无伦次地说。

“再说一遍。”

“对不起。”

这时，一个新来的拿出了刀。张文涛一下子抓住他的手腕儿，然后一个干净的柔道动作把他放倒在地上，梅森也这样制伏了他们中的另外一个。搬运工们锁定了其他人。

“该走了。”梅森整理了一下他的衬衫，转向张文涛。

“这是个不错的主意。”张的朋友咧着嘴插进来说，“这事就这样吧。这还真不是个外交官该在的场景。”

“我们给你打电话。”梅森边说边和张离开了。

“肯定的，祝你们一天愉快。”

后来，开着四轮驱动车，梅森问张，在那帮地痞进来之前他正准备要说什么。

“嗯，”张猝不及防地回答说，“没有什么。”

张意识到已经没有了谈那件事的所有激情和动力，而他在考虑准备和梅森谈另外一件事来取而代之。

“你看，你可能不会相信。”张突然用普通话说，李大使在雅加达有这样一个好朋友，是个总统的耳目。很明显，东京一直在给马来西亚施加压力，使其能一起和澳大利亚搞一个天然气方面的合作。日本人想在西澳大利亚投资，并借助此事来开发帝汶海的天然气。他们希望雅加达也加入进来。但现在由于库页岛的事情快把他们逼疯了，所以鬼子加倍努力。

“地震测量表”，一个可随身携带的地震仪，这是我需要的。

在北京的一间房间里，五个男人和两个女人看上去都很困惑。他们知道这个说话的人是在打趣，尽管他彬彬有礼的话语暗示着这里面还有比表面更多的内容。

“如同在一个情报的断层上，”高纯接着说，“你永远也不可能知道像这样一个特工下一步会跳到里克特震级的哪一级。”

类比分析已经达到了预期的效果，国务院官员脸上露出的吃惊神情说明了这一点，他已经询问过高纯可能需要带哪些对此案有帮助的东西回悉尼。

这个官员看了一眼手表，然后看了眼王梅剑，一个活泼的中国情报长官。王梅剑有六十来岁，是这个国家最有权力的女性。她正在主持会议。内心强硬的她以铁腕手段管理着她的领域。然而，王梅剑在坚持公平的同时也要求遵守纪律，她要求她手下工作的人广泛尊重别人和具有献身精神。王梅剑个子不高，修剪整齐的白发，穿着她标志化的灰色便装。一件乳白色的丝绸上衣是王梅剑具有的女性温柔一面的体现，还有就是她西服翻领上总是别着一朵小小的红花。这天她别了一朵小月季花。

房间里的其他人也都看了看表，刚过午时。

这些人围坐在国家安全部顶层一间屋子的长会议桌旁，这是一座低矮的改造过的楼房，带有斯巴达时期建筑物外观，面对天安门广场。八个人在里面已经谈了一个多小时了，这间屋子铺着很厚的绿色地毯，这起码能够减轻天花板放大的共振。墙边有秩序地放着几个痰盂。窗式空调发出的令人讨厌的声音似乎要压倒在这间屋子里进行的最枯燥乏味的谈话声音。但没有人抱怨，在这个首都，各个部机关的房子都是让人恼火的迷宫，而且他们拒绝调整。

作为这个部的长期领导人，王梅剑召集此次会议不仅是让这些与会者了解更多的情况，更主要的这是一次政治行为。高纯，这个长期以来在特工圈子里她最喜欢的人之一，在北京只停留几天，因此这是一个不能放掉的机会，她可以向这个系统的最高层的关键顾问们简单介绍一下这种工作的技巧和手段，然后不会让他们知道更多了。自始至终，一个被称为“常哲蝉”的澳大利亚秘密情报局高级官员被严密地注意着。这只会唱歌的蝉被描述为“来自堪培拉高层的不速之客、不请之人”。除了王和高以外，这屋子里只有另外一个人知道他是谁，或者起码知道他的化名是什么。

会议进展顺利，王的目的也达到了。高纯这人强硬、灵活而又专业，在会上进行了一次圆满的表演。其他人一走，他将得到比这次会议重要得多的交流。

“非常感谢你们来参加会议。”王梅剑从那罩着白色蕾丝边椅套、笨重的椅子上站起来说。她的声音很清晰但不大，让人听起来又自信又悦耳。“我想，我们没有浪费你们的时间吧？”

国务院代表说：“不，一点都没有。”他也是替别人说这话，“详细了解这间谍行当内部的事情是很吸引人的。”

“我们都祝你顺利，高先生。”另外一个人补充说，“我们希望你的特工线人没有给你制造任何麻烦。”

这条评论总结出他们的感觉，而且说明他们感到与“常哲蝉”这类人打交道看上去可不是件容易的事。

“我带你们下去吧。”王打消了他们想自己走出去的想法。这是一个很细心周到的姿态，其实像她这样职位的人是不必这样做的。

按照事先安排，高纯没有离开，他要回答最后一个问题，问问题的那个人向其他人挥挥手，让他们先走。

辛玉世，一个体态臃肿的人，也由于这个完全相同的原因沉思着。辛就是那个知道“常哲蝉”是谁的人。作为高纯的良友，王梅剑邀请辛玉世与她和她常驻悉尼的同事共进午餐，辛是王信任的老同学、老朋友，也是主席办公室的顾问。辛玉世的年龄和王梅剑相仿，他在幕后所承担的任务比很少几个人所知道的还要重。出生在南方四川省的辛和王一直保持着他们童年时期的友情，期间也经历了一次次意识形态和帮派组织变化。辛是个坚韧不拔的人，因其生存技能而著称，然而他的脸也一点儿都没有掩饰他的毅力和韧性。细腻的皮肤和衣领上的双下巴，他的容貌比中国唐朝那些习惯了放纵生活的小王子们还要小王子。

尽管高纯以前从来没有见到过这个最高顾问，但他知道他和王都来自四川。

王梅剑很快就回来了，随着她脚步轻松地从楼道里走进房间，一个服务生关上了她身后的房门。

“嗨，我的朋友们，”王说着，高兴地搓着她的双手，“让我们吃饭去吧!”

他们走过几个房门后来到房间的最后面，随着这三个人的到来，一个餐厅侍者从里面给他们打开了门。

这时，出现在他们面前的是一间铺着地毯的、舒适的小房间，屋子中间的餐桌上摆放着中式的餐具。墙面刚刚漆成浅浅的金黄色，上面还有些白色的木质装饰，房间的一个角落里的竹架上摆放着一个有一人高的木托，上面有一个装着蓝色牵牛花的瓷瓶。这是间非常舒适的房间，高纯还从来没有见过。里面的空气很凉爽，显然是过滤过的，但看不见空调，就更不要说空调的声音了。房子里弥漫着中国辛辣菜肴诱人的味道。

“看看这里的景色吧。”高的上司一边说一边热情地拍着他的肩膀。

这也是一个表示，告诉辛这是一个可以信任的人。透过窗外被雾霾污染的天空，毛主席纪念堂后面鞑靼人门上的灰瓦屋顶隐隐约约显得很大。

高纯的注意力被暂时分散了。

“你知道，王收藏任何不用螺栓固定的东西。”注意到高对墙上和架子上的东西感兴趣，辛说道。除了西方古时的风景画以及著名人士的照片外，几张亚洲政要的书法作品也都装上了画框，这几个政要都很珍惜大家共享的中国文化，其中有一张很醒目的毛笔作品与那些传统作品不同。高纯仔细地观察着签名，发现是早些年一个日本右翼总理的名字。其他两个人注意到高脸上的诧异后只是笑了笑，什么都没说。

当他们都坐下来以后，侍者展开了浆过的餐巾。桌子上没有摆放玻璃杯，因为王在工作时间里是一个严格的戒酒者，并希望她的客人也是这样。很快，第一道菜从厨房里端了上来。

“我们出生地的影子，嗯，对吗?”王梅剑说。

这肯定是四川菜，这说明她的私人厨师也和他们是老乡。

“我对您给我的厚待感到受宠若惊，主任。”高说，如同他在其他人的公司时一样向他的主任致辞。本应是这样的，除非这位高官女士自己改变这做法。

“听着，朋友，”她回答说，“别和我们讲客套，我们到这来是谈正事，而不是要来讲礼节。”

高纯对这定下来的谈话基调感到如释重负。

“你瞧，”王梅剑说，“明天一早我和辛的第一件事就是去中南海。”

高点了点头，他知道所有重要决定都是在与紫禁城一墙之隔的中国领导人所在地决定的。

“我们希望进一步仔细考虑、提炼我们的提案，使我们下一步行动能够获得绿灯通过。”王一边解释一边用筷子夹着盘子里的菜。

高笑着，尽管他不知道王梅剑的意思是什么。

“事实上，下一步的行动已经可以执行了。”辛补充说，“但你给我们带来的更加重要的情报可以使我们这个提案更加出彩。我们知道有个人会通过某种渠道得到这些东西。”

“看看，这事归结起来是，”王插了进来，咽下嘴里吃的东西，“我们能使你那澳大利亚的特工走到哪一步的问题。这也是我们逻辑思维的出发点。”

辛接着说：“有一件事情我们希望你让他去做。但显然有些事他可以处理，有些他则处理不了。”

辛脸上流露出来的严肃表情告诉高，这一对高官只欣赏他的判断，只有他的判断才能够给予他们所需的评估。

“哦，不管是什么事，只要他能安全地处理，我就可以让他再向前走一步。”高说。

他认为他的回答很智慧，为他留下运作的空间。

“常哲蝉和他的线人目前在收集的绝密情报是那些在澳大利亚的大多数收集中国在澳大利亚情报的其他间谍人员回避去搞的事情。”高继续解释着。

“为什么我们要问呢，”王说，“原因是我们在关注让你的朋友为悉尼的那家报社提供他们还没有搞到的故事的枝头末梢。我们希望向报社提供所有他们想要的信息，然后他们传播的越广越好，尽可能广泛传播。坦白地说，我们就希望整个世界知道中国受到了多么卑鄙的对待。”

她夸张地摇了摇手。

“山姆大叔和他的弟弟窃听中国。”辛模仿着报纸上可能出现的标题。

“在我们瞄准这个目的的同时，我们还有机会一石二鸟，剥这猫咪两层皮。”

“你看哦，”辛说，“如果我们可以把这件事这样加以恰当修饰地公布出去，我们就会处于一个理想的位置向澳大利亚人说明我们的沉默。当然是为了得到合适的价格。”

高点点头。

“你知道我的意思了吧?”辛笑着问，“有了这种杠杆作用，那么催促澳大利亚政府尽快签订我们一直在谈的长期能源协议就应该不是那么困难了。至于有关中国一直在推动的条款问题，可能，我斗胆一句，可能会更好。无论是私下秘密地、谨慎地在幕后决定还是中国在国际舞台上跺脚发怒，利用一切可能发生的变化，往伤口上撒盐。对澳大利亚来说，选择是很严酷的，但却是不可避免的。毕竟是他们自己搞得一团糟。他们可以自己把自己择出来。”

“但这仅仅是第一步。”王打断说。

“一旦我们有了盖章签字的秘密协议，我们就可以解决日本人的问题了。我们将告诉鬼子‘不’，我们中国参与库页岛的项目不一定是不可能的。但是条款和条件将必须对中国很有吸引力，如果中国不得不承担两个长期承诺的话，一个是在澳大利亚，一个是在离中国很近的地方。”

“那么，你怎么认为?”辛盯着高的眼睛问，“你的这个特工胜任这项工作吗?”

“是的。”沉默了一下，高回答说，“我认为他能胜任。”

很明显，听到这个回答，王梅剑和辛玉世都很高兴。

辛想：“事情真是再好不过了。我会相信王对这个人的信任。我喜欢像这样对事情做仔细的回复，而他就是给予这样的回复。看到一个人在关键时刻承受压力时能这么做真好。你可以看到他内心所隐藏的全部优势和弱点。这个人不是等闲之辈，你可以感到，他处于事业的顶峰状态。”

王梅剑也坚信高纯可以完成这项任务。之前王向辛转述了高纯在澳大利亚的业绩，这些本质性的事情使王坚信不疑，但她还是要非常小心谨慎。她可是知道得太清楚了，而高纯也知道这点，澳大利亚人可不是什么容易打败的人，他们也有许多优秀的人。

当王梅剑瞥了一眼高的时候，她发现他有些走神儿，她一个最贵重的东西吸引了这位客人的眼睛。

“你觉得怎么样?”看见高正在细细地看那东西上的纹路，王问。

王对高表现出来的兴趣也感到很好奇。高盯住看的是一只精美的古董钟，放在锃光瓦亮的紫檀柜子的一边上。

“啊，这可是件一流的古典玩意儿，很柔美，并且不是很华丽。”高回答说。

“英国造，”王很热心地说，“是英国造的。”她的眼神变得活跃起来，“他们让我相信这是大约1780年左右的东西。从外面看非常雅致，而从里面看就会发现这工艺是一流的，但这东西的故事还不仅如此。”

“你不会告诉我们这是世界上最早的窃听设备吧。”辛说。

“别担心，我已经让人检查过了。”她很吃惊，这俏皮话居然几乎无误。“这是英国陆军情报六局局长送的私人礼物，英国的秘密情报组织。我的英国搭档被他们称为C，他当时在北京，我们就伦敦提出进行专业情报工作培训一事展开讨论。我怀疑这只钟是用来俘虏我的。”

“毫无疑问，它做到了。”辛对高说，“老天爷才知道你需要在澳大利亚发现什么宝贝才能让这无畏的女性保持安静。我警告你，你最好开始寻摸。”

高纯已经知道这点，他回去后就马上建议李大使把那个具有高科技瓷脑袋的日本歌舞伎洋娃娃给送过来。

“尝尝这个红烧茄子，”辛朝高做着手势，用的词也显得更加亲密，“你不可能发现这样的东西，我说是在……”

刺耳的电话铃声中断了他的话，这是一台很老式的、并联直线电话，放在靠近厨房门口的餐柜上。一位服务员很快走了出来，把听筒递给了王梅剑，王便拿起听筒，并表示歉意。

王梅剑专心致志地听了一会儿。“是，是，好嘞。直接拿来。”所有的话意思都是“是的”。通俗易懂。

很快，这主任的助手就带着消息到了。这是一份有关日本针对库页岛天然气所做的通盘计划的报告，是中国驻东京特工站刚刚送回来的。王浏览了一下报告，然后让她的助手离开了。

这是一份很敏感的文件，是从日本一个极其机密的渠道得到的。她从这份文件最前面的梗概译文开始读起。

绝密

内阁研究室，东京，五月十五日

送：总理坂本龙一

吉田一郎澳大利亚之行：

如文

概要：

这份报告详细报告了内阁研究室局长与松友公司在悉尼总代表、我国驻堪培拉大使谈话的成果，以及在内阁研究室局长回国后举行的内阁研究室协调会上所达成的结论。陈述如下：一、中国进入库页岛天然气项目的可能性；二、美国对公开俄罗斯水域的发现的预期反应；三、针对美国要求该国公司参与的要求，俄罗斯和日本将采取的让步，特别是在通往俄罗斯东部、韩国以及中国的天然气管道的合同上。

“太好了，”王一面说一面把这满满三十页的报告递给了桌子对面的辛玉世。“这件事做得非常好。即使我自己也这么说。现在我们在这里从两方面得到了这个消息，一个是来自日本政府那里经过过滤的事实，称为建前，一个来自他们系统内的我们的自己人所理解的事实，称为本音。”

这“建前”和“本音”可是日本人和日语的一个聪明的探索。他们对事实的两种诠释，一种为官方使用，一种给私人使用。日本人对两种版本的偏爱并不是这位女士赞美的特点，尽管中国人自己并不缺少这种特点。

这两个人在仔细地看这篇报道，而王说声对不起，就溜达着进了厨房。她嘀咕着要看看当餐后甜点的四川水果。

“这种自大的臭狗屎，这些日本龟儿子们！”辛玉世评论说。

高纯对用来说这种话的语言所具有的淳朴性感到非常可笑，他对辛评论的反应是：“我听说过有更厉害的措词来形容他们。”

辛玉世冷冷地笑了下，说：“我是指我们大使办公室里的能够发射信号的娃娃头。”他说着拍打自己的腿，这似乎是当他中意某件事时的习惯性动作。“这种词是非常丰富的，在每个人的书里都有。”

第七章

悉尼，5月中旬

“嗨，你好!”

“早晨好!”一个美国女人在电话另一端用印尼语说道，“是梅森吗?”

“是的，是我。”

“你觉得我们中午去吃那种印尼炒饭怎么样?”那是一种带着晃来晃去的生鸡蛋黄的印尼炒饭。

她的话如同一束光，但这还有更多的意思——一方面是非常温和亲切，而另一方面则可能是阴险和恶兆。梅森不知道这话是哪个意思。

格雷格·梅森已经很长时间没有听到这个声音了。七年前，当梅森最后一次在澳大利亚秘密情报局供职时，他与伊丽莎白·坎特雷尔曾密切地一起工作过。坎特雷尔曾是在雅加达的间谍而且还参加中央情报局在美国大使馆内定期举行的通气会。正是通过这种会议，澳大利亚秘密情报局人员和他们的美国伙伴建立了普遍的联系，并且共享有关印度尼西亚以及更广泛的东南亚国家的政治、经济和军事方面的情报。然而，梅森和坎特雷尔都有对能源方面的特殊兴趣，在这方面他们的行动得以精心的协调。坎特雷尔毕业于美国的康奈尔大学，学习亚洲事务，是个印度尼西亚问题的专家。她有扎实的语言功底，讲得一口流利的当地语言，她在雅加达政府圈内的关系网无人可比。

在美国中央情报局和澳大利亚秘密情报局之间的个人层面上，相互信任度很高，大家更多谈论的是那些通气会上的内容而不是大多数人在意的落在纸上的东西。那一次，梅森和坎特雷尔都感到了一种完全的放松，一种在美国站范围内的工作上的放松。他极其喜欢那次对话。马丁·克拉克没有什么参与的兴趣，对他的副手替他出席感到满意。

当听到电话那边坎特雷尔的声音时，她的样子又重新一幕幕出现在梅森的脑海里。他想起一个事实那就是她现在应该是快四十岁了，比他要年轻几岁，结束一次没有孩子的婚姻后，她又重新成为单身。

她这次在玩什么游戏？梅森在想，难道是就看在过去的份上，或许可能是有些调情的味道？或者真是有些事情更神秘、更紧迫？

大家都叫她贝丝，曾经是和蔼可亲，梅森和他雅加达的同事们，包括美国和澳大利亚朋友都喜欢回忆她的那个样子。贝丝比一般人要高许多，有着轻盈的、垂到肩膀的天生金发。她那不露声色的幽默感和同时发生的笑声与这个自信而又高素质女人的个性是非常般配的。

她和梅森所属的雅加达小组里的好几个成员都对那种印尼炒饭感兴趣，在印尼各地都可以找到这种炒饭。然而，有些人则对这种放在米饭上的、往往蛋黄仍是生的炒蛋很厌恶。梅森就是这种类型人，看到这种炒饭，他往往是第一个把脸转到一边去。但在它与贝丝之间，这种鸡蛋则是一种暗号语言，是一语双关的语言，根据语调可以确定具体含义，是“我需要马上和你聊聊”，或是“因为工作上的事情，我要尽快见到你”。

“嗨，那你现在有空吗？”贝丝问道。

“哦，那要看怎么说了。你知道，我已经不做这个了。”

“这么说，格雷格。我这有些事要告诉你，这事你还真是要听呢。午饭那个晃来晃去的蛋黄就是这次交易的一部分。”

“难道你要说的也是摇摇晃晃不确定吗？”

“当然了。”

贝丝非常严肃地说。

“好，那我来。”格雷格答应了。

梅森感到坎特雷尔还是和被他称为“兰利暴徒”的中央情报局在一起。以前那怪怪的信和近来在电子邮件中的玩笑告诉他什么占据了贝丝的大部分生活。贝丝也感觉到梅森的前妻是怎么死的。

在澳大利亚，梅森照顾着普鲁生命的最后几年。和克拉克麻木不仁正相反，梅森的宽宏大量和慷慨正是坎特雷尔永远忘不了的。但贝丝在雅加达和克拉克的友谊与亲密则给梅森留下了不可抹去的印象。现在这些事情像洪水般涌入了梅森的大脑，比如说克拉克的广泛兴趣以及他印度尼西亚边远偏僻地区之行都使得贝丝痴迷、着魔。当年克拉克在边远地区时从一个商人那里还淘到了一些精美的中国陶瓷，那些陶瓷是从早期中国商人的墓里盗出来的。这一切都发生在克拉克与梅森妻子在一起之前。和贝丝在一起很有趣，等待再次相逢来消磨时间也是件很开心的事。梅森注意到贝丝在电话里没有提及她自己的名字，这可能说明贝丝害怕他的电话被人监听。“那这人是谁呢?”梅森想，“只有我以前的老板会做这种事情。”

“你能过来吗 ?”知道梅森在家里，贝丝问，“我现在在克雷蒙轮渡码头，而且二十分钟内有船去循环码头，你过来可以吧?”

“我真的可以。”梅森用他那不知从哪儿蹦出来的印尼语说。

在去往轮渡码头的路上，梅森的脑子里装满坎特雷尔曾经给他带来的窘境。她明显和克拉克上过床，这是一个不容易接受的事情。在雅加达澳大利亚秘密情报局工作站，克拉克曾经向梅森和另外五个同事吹牛他占有了贝丝。

她自己事实上也承认了这件事，梅森想起了那时坎特雷尔说的讽刺话。当时，他们一直在谈论克拉克未能获得印度尼西亚工业部一位女高级技术专家的青睐。克拉克认为那位女士很容易屈服于他的甜言蜜语，但之后证明此事很困难。

“这对他的骄傲可是一个打击。”梅森说。“不，”坎特雷尔反对道，“按我对他的了解，这事对他的男人气概没有任何影响，当然对他的性能力也没有任何影响。”随着这话贝丝表现出来的讽刺的笑容足以清楚地告诉梅森：“她和她老板睡过。”

那么，她怎么就变成了这样一个献媚者呢？梅森问自己，在雅加达时他就想过许多次这个问题。这种想法仍然使他摇头不可相信。

梅森提前几分钟到了码头。他穿着深色的海军装，做好了晚些时候去参加另一个会议的准备，他系了根金色的丝绸领带，衣袋口上还有与之搭配的手帕，很久以前坎特雷尔就说他适合用这种颜色。一上午在家中的电脑前工作，现在港口宁静的海水使梅森感到神清气爽。深邃的海水像镜子般反射出来的光线和海岸线上零零散散的植物使得梅森大脑很清爽。这是一个雨后晴朗的天空，漂浮的水分使空气中的咸味变得淡了一些。

坎特雷尔站在那里，身后约二十米处是一群到城里买东西的人。她穿着件米色的巴宝莉的大衣，肩膀上披着一条杏黄色和褐色相间的真丝围巾。梅森注意到她金黄色的头发比以前短了，除此之外她的外貌没有什么变化。尽管坎特雷尔背对着他，但梅森还是很容易回忆起她的容貌。

她的直觉感到了他的到来，转过身子，她看到他站在那头。两人并没有做出任何信号，但好像两个人越过这些客流在说话。从城里来的这条下绿上黄的渡船按时抵达。当船转头的时候，引擎的反转带起了巨大的泡沫，梅森感到这时的泡沫比船到达的时候还要多。

有一群乘客推推搡搡地上了船，很快引擎又转了起来，船又出发了。梅森走出了船舱来到甲板上，一股充满海水气息的海风掠过梅森的脸。鲜红色的椅子从甲板上的这头排到了另一头，他看到坎特雷尔在船头。

“好享受啊!”梅森一面说一边坐到了她旁边的空椅子上，在她的脸颊上轻轻吻了一下，“我真不敢相信现在发生的一切。”“我也是这样。”坎特雷尔回答道。他俩聊了一会儿，都是些两个人谁都不显老的话题，这时梅森决定切入主题。

“嗨，我们有多长时间？你在这里待一周还是几个小时?”

“格雷格，不管你相不相信，这要取决于你。”

“啊哈，所以事情就是这样啦。”

“嘿，我们只得面对了，对你，我是隐瞒不了什么的。”

“你就直截了当告诉我吧，贝丝。我知道你是等不及的。”

“一些肮脏的事情真的在堪培拉已经沸沸扬扬。这就是发生的事情。”

“那么有什么新的消息吗?”

“没有，格雷格。这是件大事。你知道的，美国和澳大利亚多年来一直在进行技术方面的合作，而新建的中国大使馆就是目标。这个事情都是由华盛顿方面的美国国家安全局一手运作的，而且他们还安排了两个技术人员在澳大利亚现场。”

“妈的，”梅森在想，“我刚告诉张文涛一定要很好地检查一下。”

坎特雷尔解释了一直到前几周一直用于窃听的光导纤维技术以及从行动中得到的情报种类。

“嗯，我还没有听说这些情况。”梅森说。

坎特雷尔在此之前也是这样认为的。

她继续说道:“美国国家安全局首先注意到管理系统模式的变化，接下来的是中国人通话数量大幅度下降。一周内所获得的东西也就变成了涓涓细流。然后，他们截取了从大使办公室发出的信号，而这些信号很清楚地被日本人监控了。”

梅森笑了，这事听起来非常相似，这正是张在酒馆里告诉他的东西。

"总之，没过多久，中国人就开始在他们的处所进行大清查。这清查要远比例行检查要仔细、彻底的多。在这清查过程中，似乎他们偶然发现了日本人'种下'的装置。"

梅森认真地听着，他对自己过去太多的回忆也油然而生。上帝啊，我希望他们可别让我卷进这事，他暗自想着。

"所以呢，格雷格，结果是美国中央情报局、美国国家安全局还有美国联邦调查局紧急地碰了头。结论就是，我们确信对中国大使馆的监听被出卖了，而且是在澳大利亚阵营内部。"

梅森摇了摇头，厌恶多于不相信。

"另外一条至关重要的信息，"坎特雷尔接着在讲，"是在谢林顿向总统及其他重要人物简单汇报了此事不久得到的。谢林顿告诉他们他将一劳永逸地清理澳大利亚情报系统。你知道，格雷格，传递给我的决定是已经定下了的事情，当时东京提出了一个让谢林顿大怒的事情。你可能知道，但当时日本人急需中央情报局的帮助，以至于他们提供了一份他们从堪培拉中国大使办公室窃听的一份谈话记录稿作为给出的甜头。"

梅森一句话没说。

"这份记录是中文的，是一份大使和他的另外三个官员谈话的记录。里面大使特别提到了一份美国的报告，一份已经由中国在澳大利亚情报系统内的一个'唱歌的鸟'提供的报告。格雷格，这是我们的一份报告啊，是有关中央情报局在中国行动目标纲要。根据澳大利亚秘密情报局的要求，我们把这份情报送给了他们，我们只是给了秘密情报局。据我们所知，下一步就是这个该诅咒的中国驻澳大利亚大使正在进行判断，这事就像是我们给他递交了一份私人微型副本一样。"

梅森非常吃惊，但克制着没有做出任何评论。

"非常遗憾的是，从这份窃听来的谈话中没法确定出澳大利亚秘密情报局的叛徒，除了谈话中几次提及此人时，把他称作是他们'唱歌的鸟'。因此，格雷格，你知道这事情了吧，这就是事情的全部。"

梅森只剩下摇头了。

坎特雷尔继续着："我们认为几年前有关堪培拉叛徒的警告会导致一场彻底的清理，但似乎没有做到，而且现在别人盯上这事了。你知道谢林顿对这事有着举足轻重的作用，他不会容忍任何泄露情报的同盟者。他很欣赏你们许多人做的工作，但他也确信在你们的高层有几个人是可疑人。"

太清楚这关键意思了，梅森点了点头。尽管他从来没有见到过这个中央情报局局长，但这人对这类事情的态度立场却不是一个秘密，特别是在这些了解什么会刺激他起疑心的这些澳大利亚人中间不是个秘密。一个中央情报局官员一次曾对梅森透露说"你永远不会真正了解谁是你们的人，直到你们这些澳大利亚人有勇气用测谎仪来试"。

"总之，格雷格，这次头儿把这事一直捅到了最高层，而美国国家安全局也最大限度地支持他。我可以告诉你，谢林顿不会让这事就这么过去。他要的是行动，马上行动，而且他下定决心要搞个水落石出。现在白宫也已经插手了，大家都在等结果，你了解他们是什么样的人。事实上，如果中央情报局不拿出点什么的话，谢林顿的对手就毫不犹豫地用这事来攻击谢林顿，而且是毫不留情地攻击。"

这时梅森的脑子像齿轮般飞快地转动着。

如果美国总统要推进此事、采取行动的话，那这行动将是果断而迅速的，谢林顿将确保做到这点。而现在贝丝在努力做的就是把我捆到这场搜捕中，让我来对付我以前的主子。我打赌，这就是全部的目的，梅森想着。

坎特雷尔捕捉到梅森脸上有些古怪的表情，这表情说明他逐渐意识到了目前气氛的含义。她非常了解梅森，而且知道梅森已经嗅出了味道。

"嗯，那你是想让我……"

"完全没错。"

“和……”

“没有其他人，希望就你自己，只有你这个资源丰富、足智多谋的人，起码刚开始是这样。我们理解，如果事情发展到我们所期待的话，你可能会找几个其他的澳大利亚人来做这件事。当然你可以从美国那里得到你所需要的任何帮助。”

梅森毫不怀疑坎特雷尔可以提供这种帮助。她是一流的中央情报局官员，而且曾经巧妙地挖出了她局里不止一个叛徒。梅森很清楚为什么坎特雷尔要选择他做这件事。

“但问题是，”梅森若有所思地说，“澳大利亚和中国在这件事的利益关系要比澳大利亚与美国的利益关系更紧密。这种情况是可能出现的，不是吗？”

坎特雷尔没有作声，这不是她想听到的，但她知道梅森的目的。

“尽管我们是朋友也是同伴，”梅森说，“但我最重要的忠诚还是会献给我认为澳大利亚最重要的国家利益。”

坎特雷尔点了点头。这点是完全合理合法的，如果梅森有必要说明这点，她是不会反对的。坎特雷尔脸上掠过的一丝微笑告诉梅森，她知道了梅森的意思，并会记得这一点。坎特雷尔很有礼貌地转回他们当下的话题。

“格雷格，当中央情报局本部发出指令说，一个澳大利亚人，特别是一个非常了解这个系统的澳大利亚人要承担这项任务时，提出了一串名字。而你的名字列在了第一个，你是最前面的。”

“他妈的，别告诉我为什么。”

“哦，我必须说，他们特别让我把这事告诉你。他们希望你意识到他们决定选择你的真实原因，理由是很多的，格雷格，但信任是主要原因，我是说，你提出的忠诚这一事实就凸显了你的正直。现在，从我们这边来看，正直是非常重要、起决定作用的，我们必须知道我们选择的人的确切来路。同时我们认为你具备强烈的使命感、清晰的思维以及可靠性这类的品质。另外，当然了，你还很了解澳大利亚秘密情报局和其主要特点，最重要的事实是你现在已经不再那里干了，而且当你离开后，你仍然坚持原则。”

梅森耸了耸肩，他对此没有异议。

“然后就有了‘蓝色欧米茄’。”

这又使梅森脸上有了笑容。在梅森初入情报战线时，他曾经在香港进行一项澳大利亚秘密情报局一个很敏感、很机密的针对中国大陆的行动，他为此在香港待了六个月。那时一个中国人民解放军的高级特工告诉梅森，有人以非常荒唐的价格向他提供了一个秘密，说是在澳大利亚很快就可以得到先进的军事技术。仔细的调查显示这个军事技术是一项非常复杂的反导系统，澳大利亚防务科学家们正连同来自国防部五角大楼的人员一起改进这个系统，这项工作是在墨尔本郊外一个令人注意的、敏感的建筑物里进行。

梅森发现一个在澳大利亚隐藏很深的法国流氓间谍已经渗透到这个项目中。正是这个法国侦探正在想办法将美国和澳大利亚合作的成果通过他在北京的线人卖给中国军方。

梅森把此事的细节都汇报给了澳大利亚秘密情报局总部，但却从来没有被人认真对待。于是他把全部情况汇报给了他在香港当地的中央情报局同事，华盛顿的天都要塌了，因为这件事被证明是真实的。梅森的这个密报还使得美国人发现了在美国的其他法国侦探。这个代号为“蓝色欧米茄”的整个联络网被连根拔除。澳大利亚秘密情报局非常恼火，但他们却不能做什么来惩罚梅森。梅森没有违反任何规定，反而事实是梅森以一种方式表现出他的主动性，而这点受到秘密情报局许多人的公开赞扬。这事随着时间的流逝过去了，尽管对一些高层人士，特别是摩根戴尔来说，梅森的那种不按规矩出牌的形象一直留在他的头脑中。

“由于他脑子里有这个印象，格雷格，于是谢林顿说，‘可能的话，你找到他，他就是那种我们想要的顽强的人。’于是就是这样了。你已经帮助过我们一次了，那你可不可以再完成一次任务呢？这次和上次一样简单。中央情报局得到了所有的权利操作这次行动。老板决定要做的第一件事是让堪培拉没有任何渠道了解这件事，肯定是一点儿线索和暗示都不能让澳大利亚秘密情报局知道。‘该死的地狱！如果我们把这话和我们正要抓的叛徒说了，我们就完蛋了。’”坎特雷尔模仿着老板的话说。

“因此呢，格雷格，时间是最重要的。谢林顿的打算是搞清事情的真相。如果你愿意帮助我们，你可以要你想要的任何东西，只要需要。如果这事对你的生意有影响，那么我们会赔偿你，而且会多得多。问题是你做还是不做？”

梅森已经是在考虑这个答案了，但思路被其他的事情打断了。

梅森对这个美国人针对中国人采取的行动完全不感兴趣。从坎特雷尔的话中知道，这是一个老大哥具有全部控制权的经典案例，对梅森来说，想象出华盛顿在事情进展中所获取的东西是不困难的。这里还会有关于中国会向澳大利亚购买多少小麦的材料，而在这点上美国是澳大利亚主要的竞争对手。

“但那时，”梅森想到，“我已经把自己的底线确定了，如果出现利益的冲突，我不会跨越我的底线。所以，如果他们准备以这样的条件雇我的话，我也许应该了解后再看看。”

“你是知道的，贝丝。我已经把自己从这种间谍游戏中解脱了出来，而且我陶醉在我简单、一维的生活。但现在，你来了，要我再次退回我以前的生活。”

“你可以这么说。”

“因此你是希望我颠倒我的世界，然后再跟着你的指挥棒转？”

“那这由你决定，格雷格。我不是到这儿来强迫你的，只是想知道你的反应。”

这时，生意被中断、其他被卷进这漩涡的人可能没办法逃脱的情景一幕幕在梅森脑子里闪过。他心灵深处一股强大的力量叮嘱他要保持清醒，甚至他的老朋友张文涛也曾经试图和他谈这件事。但是他过去的职业直觉一下子爆发，压倒、超过了其他一切事情，这就如同一束亮光照亮了前方的路。

“我长期以来一直希望看到堪培拉进行内部清理，”梅森想着，“如果抓到这个叛徒，而且其他一些人也有希望一起被揪出来，那么我们最后总算是见到了一些进展。另外，做这件事将获得美国总统的支持，前景将好得让人感到是真的。这也确实符合澳大利亚的利益。”

他的回答是很明确了的，就在他要说出来的时候，他把这事和另外一些必然的诱惑联系了起来。

“嗯……”

“你是说可以?”

“哦，是的，可以。”

他感到命运正在为他做回答，而这也使他感到心神不安，过去运气一直对他不错。但是伪装成命运的情感有时候会出来挡道，把事情搞得永无休止。

“谢谢你啊，格雷格。你知道我们的意思。”

梅森点点头。

他对他刚刚做出的许诺感到纠结，因为他知道他应该要求起码有一晚上的时间来消化这件事。但坎特雷尔不是这种人，对她来说，直觉在这种事情上是至关重要的。他在这里的犹豫只能有一种理解——他已经不再胜任这件工作了。

“噢，还有其他的事。”坎特雷尔的话打断了梅森的思路，她咧着嘴笑笑，暗示着其他轻松的事情。

这时的轮渡已经靠近环形码头，一座高耸壮观的玻璃塔立在前方，如同一名哨兵从上往下检查着每艘进入的轮船。

“还有其他事——除了这事？好吧，告诉我。”

"哦，还有一个家伙，叫本·詹姆森，一个美国黑人，他负责设在悉尼这里的分站。他会在外面等我们，你可能已经看见他就在附近。"

梅森表示他已经注意到他，他回忆起看见本曾经在那家美国人俱乐部里用餐。

"他非常想结识你，这个人精力旺盛、生气勃勃，是个很可爱的人。其实在我们见了以后，我就和他用手机通了个简短的电话，让他知道我们要到了。如果你拒绝了我们，格雷格，那么你和我就会直接从他身旁走过去。但是看到你既然上了船，我们三人还是一起吃午饭吧，如果你有时间的话。"

"听起来不错嘛!"

渡船沉重地敲打着船边的水，发动机反转着准备停下来。

"我得说，贝丝，你一点都没变，是吧?"梅森说着，两个人都从椅子上站了起来。

她笑了。

船的金属跳板带着重重的响声放了下来，旅客们推推搡搡地从那跳板上了岸。

"你知道的，"他说着，"我不会介意看看那日本人的文字记录，就是那个窃听来的中国大使的谈话记录。"

"那你就问问本吧，他会安排。"

克拉克在澳大利亚秘密情报局的副手托德·兰伯特认真地听着他朋友告诉他的事情，他很想知道梅森对他自己与情报局的元老秘密见面的报告，还有就是梅森为了这些秘密会面而从悉尼飞过来的更多的原因。

自从坎特雷尔五月出现以后，梅森曾经去了堪培拉开始寻找叛徒，梅森采用了非常谨慎以便两个过去同行可以谈话的方式，通过电话向兰伯特传递了将要发生事情的要点。梅森认为兰伯特是情报局最聪明、最信任的朋友，毫无疑问他也是忠诚于国家的人。梅森首先是与阿尔菲·特里维廉会面，这位老人和他妻子在离首都不远的地方经营着一个休闲农场。而梅森当天最后的的事情则是晚上在兰伯特的家里和他见面。

“托德，”梅森说，“阿尔菲用他典型的风格对我说：‘好，你告诉我你认为这是谁，然后我们再从这里开始继续进行。’我就告诉他了，这就是这位老先生出于本能对这件事情的第一反应。”

兰伯特知道梅森是什么意思，梅森和他都很了解这位七十多岁的特里维廉。特里维廉长期以来是秘密情报局少壮派们的良师益友，他是二十世纪五十年代创建澳大利亚秘密情报局的元老，他官至秘密情报局副局长，并且被看好是会升到最高职位，但就在马上提升的时候，他意想不到地退休了。1942 年 12 月珍珠港事件之后，他本来是在陆军情报部门工作，在他二十多岁的时候，他接受了日语的强化训练和审讯培训，那时特里维廉是小组里最聪明的成员。梅森的父亲和特里维廉一起参加了这些训练，他们的友谊一直保持到现在。特里维廉和梅森的父亲也都是代号为 Z 精英部队的成员，这支队伍当时在位于印度尼西亚和现在的新几内亚（澳大利亚北方岛）的敌后工作。特里威廉勇敢的业绩在国防军中是个传奇，乃至半个世纪之后仍然是这样。实实在在的效率和清晰的思路一直是他的基准，当年在澳大利亚秘密情报局时，特里威廉就以这基准来支持那些进入间谍行业的人。梅森在他手下干了几年，并与他形成了一种亲密的父子般的关系，在这位老人离开秘密情报局后，这种关系更加深厚。

兰伯特是在特里威廉走后从澳大利亚特种部队转到秘密情报局工作的，但通过梅森结识了这位战争英雄。

在休闲农场，特里威廉和梅森谈了好几个小时，这位年轻人因而得到了他需要的对此事的深刻理解。现在已经到了这一天的最后时间了，梅森和兰伯特在自己准备晚餐。身为护士，兰伯特的妻子正好在值班。梅森在来的路上买了些肉排还有瓶价格不菲的酒。现在他正在把这肉排切成小条，而兰伯特则在切蔬菜，准备爆炒，再加上几勺叻沙酱，他俩就可以享受一顿不错的晚餐了。

听了梅森说的事情，兰伯特一点儿都不吃惊，梅森叙述坎特雷尔的事情也没花多长时间，兰伯特迅速而又积极的反应对梅森的精神是个鼓舞，尽管兰伯特心存疑虑怀疑梅森是不是把一些他不能够解决的问题隐瞒了。“我一共给阿尔菲七个名字，”梅森告诉兰伯特，“名字是按照可疑程度和可能得到这类信息的顺序排列，没有考虑他们是否因为其职位而了解中国的这个行动。当然，以你的位置，你比我更能判断谁知道这事。但总之，我首先排除了局长，因为我认为背叛不是他做的事情。”

“我同意。”兰伯特回答说。

“现在，再从他们可能的动机来判断，”梅森接着说，“我采用的主要标准是贪心，而相对较少考虑意识形态。直觉告诉我，这件事肯定完全是为了钱，钱是这一切背后的推动力，而阿尔菲也是这个观点。”

兰伯特点着头。

“好，那么第一个是马丁·克拉克。”梅森说。

兰伯特的眉毛扬了起来，但他的表情却一点都没有不屑的意思。在最近几个月里，兰伯特从朋友那里听了不少有关克拉克的各种行为。

“我明白你，”兰伯特说，“我知道你的这种判断是从哪里来的。说到钱，他无疑是一个人选。”

“巴斯·摩根戴尔。”梅森接下去说。

“他肯定也是这类搞金钱的人。”

“蒂姆·维兰特、凯瑟琳·雅各布森还有马克·科比特。”

兰伯特摇晃着脑袋，“可能，总之我们得查查他们。”

梅森提出的其他几个人的名字引起了兰伯特类似的响应，他又加了三个他认为是嫌疑人的名字，其中一个是由于职务而知道中国的这次行动，另外两个是通过摩根戴尔而知道此事，他们是要好的朋友，经常在外面聊天。

“我认为，是巴斯和马丁两人中间的一个。”兰伯特说道，“但我们现在还不能排除其他人，我们需要很严格地考虑他们的可能性。”

他把手里切洋葱的事情停了下来。

“嘿，格雷格，这里面还真有一件颇具讽刺味道的事。你知道，几周前，国防通信局截获了麦金龙的一个电话，就是那个业绩非凡的快报记者。他打电话给他们在北京的总编，杰里米·托伦斯。他们的谈话显示他们也在跟踪中国大使馆的事情。”

“噢，太有意思了。”梅森说，“如果此事不能保密的话，谁知道你该如何操作它？”

“的确如此，你是知道堪培拉的。因此不必说政府对此事多么困惑，就像某人把这事称为所有泄露的祖宗，再大的泄露也不过如此。但无论如何，他们还是做了所有好政府在极大恐慌时该做的事情，那就是成立一个委员会。这是一个设在总检察长机构里的一个工作小组，这个小组将严密监视整个局势，直到我们对谁知道这些人、知道些什么和怎么知道的有了一个比较清晰的了解。但目前他们取得的唯一成果就是截获麦金龙的通讯联络。而对此，这个小组里的乔不是很高兴，我对此也不满意。”

乔·佩雷格里尼是澳大利亚安全情报组织技术运营部门的头头，梅森和兰伯特对他都很了解。梅森知道此人对这种事情的观点——重点是集中政府资源注意那些得到这些信息的人，而非那些可能泄密的人。

“你没必要告诉我乔的想法是什么。”梅森说。

“我知道，但这不是全部，格雷格。巴斯就是这个委员会成员，尽管他几乎不出席会议。而马丁也来参加会议，但他以一种错误的方式与外交部的一个官员产生了摩擦，那可怜的家伙几乎要拂袖而去了。”兰伯特接着说，“你知道，目前他们把我推到了前面，因为我被认为在职业上精明，而且相对不大可能会卷进个人恩怨。”

“这事不难。”梅森笑着说。

梅森知道摩根戴尔和克拉克用这种方法把那些帮助他们摆脱困境的

人集中在他们周围的诀窍。他们正在把兰伯特当做代用品，作为他工作的一部分，兰伯特会例行公事地把他们需要知道的每件事向他们汇报。

“这个小组里没有很多有天赋的人，”兰伯特说，“除了乔之外，另外两个削尖脑袋挤进来的是国家评估办公室的亚历山德拉·坦普尔顿和国防通信局的一个小伙子。”

“告诉美国人这泄露事件了吗？”

“没有，一个字都没和他们讲，我认为那是自找麻烦。事实上，我们得到严格命令此事一点儿都不能泄露，一个字都不能。这种情况一直要持续到事情明朗一些，并且我们——我是说政府——和堪培拉一起找出解决方案。正像你预料的那样，他们希望永远捂住这事，这样那些美国佬就永远不会知道。”

“但他们已经知道了。”梅森说。

“而且会知道的更多。”

兰伯特往锅里放了些油，然后把火打开。

兰伯特问：“阿尔菲对这一切的看法是什么？”

“他感到震惊，这并不仅因为这个行动已经被透露了出去，更因为一个事实，那就是美国人认为有必要通过利用我这样的人秘密地把这人找到的方法来处理这事。”

“是的，对老阿尔菲来说，这事就像对一头公牛挥动红旗。”兰伯特跟着说，“毕竟他曾为与美国的关系而拼命工作过。”

每当从美国人那里得到线索显示某个澳大利亚官员的忠诚出现问题的时候，特里维廉会主张迅速采取行动。但他的努力通常都会遭到反对，也很少采取行动。他经常对一些需要知道的人嘀咕：“一个情报服务机构好就好在它的行为准则和伦理道德。”在他的告别讲话中，特里维廉向工作人员再次重复了这个警告。

“阿尔菲对你提出的嫌疑人怎么看？”兰伯特问。

“嗯，他目标直指巴斯和克拉克，但他也同意我们同时需要注意其他人。‘先盯住这两个人。’他说，‘他们两个人可能都卷进去了，尽管我不可想象他俩一起干。’如果要说有什么区别的话，他先是认为巴斯比马丁更值得怀疑，但是谈了几个小时之后，阿尔菲就把这两个人相提并论了。阿尔菲认为巴斯是那种很容易出卖自己灵魂的人，这也是巴斯加入情报机构的唯一原因——事实上，就是想中饱私囊。”

兰伯特点头同意，他知道这是暗指曾经使情报局战栗的创伤。

特里维廉是由于澳大利亚秘密情报局未能控制住摩根戴尔而辞职的。摩根戴尔干涉自己职责以外行动事项的习惯破坏了“该知道就会知道”的原则，而特里维康认为这是一条最根本的原则。然而，摩根戴尔的狡猾和奸诈总是占上风。最终，摩根戴尔亲自向副局长提出了挑战，他插手特里维廉在中国发起的一次行动。通过在伦敦的联系人，摩根戴尔把英国陆军情报六局拉进了这场游戏，结果是引起一片混乱并失去了一些很有价值的特工。当时梅森是这次行动里特里维廉团队的指挥者。最后摩根戴尔侥幸地留了下来，而特里维廉却走人了。

“阿尔菲认为如果巴斯是我们寻找的叛徒，”梅森说，“那么，出卖中国行动将是一系列行动的一部分。他认为巴斯不是那种心血来潮做出这事的人，巴斯是个阴谋家，这可能是一个庞大计划的一部分，这个计划就是确保他能够得到他认为自己有权享受的生活方式。”

“那么马丁呢？”

“哦，阿尔菲认为这两个人有一个真正的区别，他不认为马丁会有计划地将澳大利亚秘密情报局的秘密泄露出去，就是说定期地泄露出去，反而一些事情进展的不顺利，压力逐渐增加到他不能够再承受，太多的焦虑和恐惧几乎使他崩溃，于是他就采取反击，一个一次性的、巨大的、令人不快的反击——刁难秘密情报局，而金钱可以是这个交易的一部分。”

兰伯特点了点头，这一切听起来很真实。

“你我都知道，托德，阿尔菲总是特别怀疑马丁，我们俩都曾听他说过当年不应该把马丁放在第一的位置进入秘密情报局。其实阿尔菲今天对我说，最初，马丁是被招聘委员会拒绝了的，但是幕后操纵使他进来了。阿尔菲认为此事非常可疑，他仍然认为所有马丁的名声都基于骗术，这也就是他为什么总是和我这样的人争吵，阿尔菲相信马来西亚的招聘全凭运气，马丁正好在合适的时间出现在合适的地点，但那两个印度尼西亚人则一点儿门都没有。”

在克拉克早期的事业生涯中，他曾被派遣到马来西亚，在那里他度过了在别人看来很危险的短暂时光，之后他成为外交部的高级官员。这位特工在一年内搞到了最高质量的情报，但然后又突然被解雇了，并且失去了所有的联系渠道。之后，当克拉克作为卧底官员第一次被派往雅加达的时候，他在六个月内进行了两次令人瞠目结舌的招募工作，其中一个是警察上将，另一个是资深陆军军官。特里维廉坚信这两个人之间有联系，而且都是双面间谍。事实是他们盯上了克拉克，而非相反。他们的成果在堪培拉很受欢迎，澳大利亚秘密情报局也为其带来的赞誉而高兴。特里维廉和其他一些人力主的安全审查也就被阻止了，最终也没有进行。

“阿尔菲还指出了马丁的另外一个迹象。”梅森讲，“他确信，如果马丁是叛徒，把他拉进这次行动就是对他的一次报复，他由于过去的事情会得到惩罚。一旦他进来了，就会深深地陷进去，不能自拔。”

“阿尔菲听说马丁的新工作了吗?”兰伯特问，“就是那个接替行动部主任的工作?”

“是的，他认为这可能是马丁的最后一次机会了，尤其当巴斯提升到比他高的位置时，阿尔菲认为让摩根戴尔成为比尔的副手是件蠢事。”

亨斯特卡波局长对克拉克有种温和的感情，他也曾倾向于让克拉克担任他的副手，但部长已经明确地表达了选择摩根戴尔的倾向。局里的很多人都相信他们的局长会直面他的政治导师而作出自己的决定，但亨斯特卡波不是情报界的行家里手，而是个官僚的政客。因此他能领会这种方式的好处，所以当有人建议新的北亚地区主任人选时，亨斯特卡波也就同意把这副手位置让出去了。北亚地区是整个行动部门的一个分部门，此前未曾独立管理过，这也就是一个权宜之计的安排，不过就是一个小小的甜头而已。

“就连那个倒茶的女人，”兰伯特说，“都知道马丁会因这半不拉的提升而高兴地跳到房顶上去。他妈的，有马丁和巴斯这两个最凶恶的对手，肯定是自找麻烦。比尔应该给巴斯一个职位，像他一直想要的华盛顿联络部或是海外一个有吸引力的位置。”

“我的直觉告诉我，托德，马丁可能是主要目标，巴斯紧跟其后，阿尔菲的直觉也是这样。”

这时梅森头脑中闪过一个念头，但他认为还是不和他朋友共享的好，起码是在现在。当时在那个农场上，特里维廉曾经开玩笑告诉梅森，他最希望看到的事情就是摩根戴尔被当作叛徒钉在十字架上。“你可能对马丁有同样的感觉，格雷格。他在雅加达那样对待你，可真是耻辱啊！”但梅森和特里威廉都一致认为在处理这类重要事情的时候是不允许掺杂任何偏见。

“嗯，你可以依靠我。”兰伯特告诉梅森，“我会帮助排查所有这些人。然后还有乔，他怎么样？我敢肯定，他也非常愿意做这事。”

梅森已经考虑过佩莱格里尼，梅森很了解他，也很相信他。拉上澳大利亚安全情报组织的技术部门头头一起完成这种任务可以避免走歧路。

“我先来看看美国人的意图，”梅森回答道，“我希望我是他们所有事情里最想得到的人。”

“格雷格，碰巧乔和我后天出发去维多利亚，那里将举行一次澳大利亚秘密情报局和澳大利亚安全情报组织的联合演习，让我们两个去做评估。如果你想让我们在那里的时候试探试探他的话，你就告诉我。”

“谢谢。”

“嗨，兄弟，与此同时，倒点儿你买来的便宜酒。”兰伯特边说边拍了一下梅森的后背。

梅森去拿酒瓶，他仔细权衡这个事实——兰伯特把自己当成中央情报局的代表。

他在想，今天一天下来，所谈的都是信赖和强烈的责任感。有了托德在旁边，还有像乔，也许还有亚历山德拉这些人，起码这个事情最终可以做起来。这些人都一直希望看到秘密情报系统得以清理和清查。

梅森记得在分手时，特里威廉说，“和托德紧密联手做这件事，你会把这事搞得真相大白，如果你失败了，那么美国人再也不会相信我们。”

兰伯特的支持让梅森安下心来，但梅森还一直对自己再次冲动地进入间谍的黑暗世界感到纠结。很奇怪，张文涛在最近一次星期日早晨跑步的时候还警告他，当然也是非常让人感动地警告他远离这种事情。

“我可以问个问题吗，托德？”梅森说道。

“当然可以。”

兰伯特感到梅森要问的问题是个重大问题。

“你知道的，你对这件事的支持对我来说非常重要，你肯定认为我是在做一件正确的事情吗？”

“喔，我对此毫不怀疑，完全不怀疑。而且不管怎样，现在我们两人都在其中了。”

“我还能说什么呢？”兰伯特默默想着，“除了相信之外，我还能说什么。格雷格几乎不能拒绝美国人，而我肯定不能。”

但是兰伯特知道当梅森还在试图与他的过去分道扬镳时，这是他需要做的最后一件事。这事也会使这个进程推迟几年。

梅森在锅上边举着那开着的瓶子，而兰伯特在搅动锅里的东西。

“嘿，别放那奔富 389 红酒！”兰伯特喊道，把他朋友的胳膊推到了一边去。

“但谁会喝这么廉价的酒呢？”梅森讽刺着说。

兰伯特笑了，“瞧，你干点有用的事情，去摆餐具吧。”

梅森慢悠悠地走进餐厅，这时他在雅加达的情景都涌进了他的大脑。特别是他和阿尔菲在农场上回忆起来的最形象生动的一件事情，那是他作为职业情报卧底特工期间一次非常侥幸的脱险事件。

“你们是哪儿的人?”那个警察用当地话朝他喊着，招手示意让梅森和他印度尼西亚的朋友到吉普车的另一边去。

警察的司机把车熄了火，要仔细盘问他们两个人。也许，梅森他们之前就被盯上了，否则在狭窄的小街道上阻断白天很繁忙的交通车流不合逻辑。

“说是另一个国籍是没有用的，”梅森飞快地思索着，“如果他们把我们逮进去，他们很快就会查清这一点，那我们的麻烦就大了。”

“澳大利亚人，”梅森也用当地话回答着，并表现出对接受提问的热情。

毕竟这警察是用最通常的印尼语打的招呼，而且印尼人，大多数印尼人都是很友好、很外向直率的人。

此刻，梅森非常感激他的印尼朋友一言不发，他叫莫思达，是澳大利亚秘密情报局一个最敏感的特工。这两人也曾设想过如何应对这种情况发生，但梅森不清楚这人在承受压力情况下的表现怎样。

那警察点了点头，似乎暗示着接下来要问一些更严肃的问题。梅森已经准备好了他自己的故事，但如果要把这故事讲的仔仔细细，清清楚楚，或者被刨根究底，那么他和这个特工注定要完蛋。莫思达，肯定会被砍头而结束他的一生，这是所有叛徒一般的下场。而梅森将会遭遇与莫思达同样的结局，如果雅加达的愤怒超过了恐惧——它不得不向澳大利亚政府解释梅森秘密失踪的恐惧的话。

莫思达是印度尼西亚驻北京大使馆的武官随员，和总统有远亲关系。他可以讲一口流利的中国普通话，这点对穆斯林的印度尼西亚人来说是很不同寻常的。莫思达的这个技能一般用来与中国领导人进行亲密的、一对一的谈话，是那种远离正式的、远离一群官方翻译的谈话。当时，中国的国防部长正在秘密访问雅加达，目的是与雅加达商谈可能的导弹开发协议。使得这个话题不同寻常敏感的是以色列直接参与这类项目。为了防止泄密，双方同意莫思达从北京飞过来做翻译。

莫思达到了雅加达不久，尽管小心翼翼，但他还是想办法给梅森递了信息。从梅森把在香港进行中文强化训练的莫思达招募进来以后，他们两人一直相互非常信任。现在，当梅森已经准备好回答警察的下一个问题时，前一天他的特工在汇报时提出的警告闪现在他头脑中。

“格雷格，总统把我直接从机场带到了他的办公室，然后使我屈服于一件我以前从来不知道的事情。你知道，他递给了我一个没有封口的信封，让我打开。里面装满了簇新簇新的美钞，一共是五千美元。当我问钱是干什么用的，他简洁地说，‘这是你的。我需要完全有把握，你是我的人。如果你不是，知道会发生什么吗?’他把手指横放在他的脖子上。当然了，这一切都包装在友善的爪哇语中，如同一个玩笑。我自然地笑了笑，因为我不得不这样。”

这个报告里包括了堪培拉和华盛顿想得到的有关导弹协议的所有信息，但克拉克坚持要梅森回去搞到更详细的内容。这是个没有理由的命令，梅森坚决反对，特别是在他和莫思达好不容易才安排了一次会面的情况下。梅森也想过彻底拒绝，但是克拉克处在控制狂的心态下，彻底拒绝似乎也没有用。这个主任恐吓他说，如果他不按命令做的话，就得坐下一班澳洲航空公司的班机回去，正是这个命令，他就不得不违背他自己的专业判断。他怕的是如果他真的走了，那么克拉克绝对会自己与这个特工——莫思达联系，这是很致命的，特别是克拉克的情报工作身份就会暴露给印度尼西亚人。

“那么是什么使你们俩在一起?”那个警察问着，几乎和法庭上的口气一样。

“我们进行人工受孕的工作。”梅森回答说。

“在干吗?”

“我们是退伍军人，在中爪哇省做一个牛的饲养项目。”

这警察有些困惑，原因似乎不仅因为梅森掌握印尼语的本领，也同样因为他所说的。

“我他妈的!”他一边骂，一边狂笑着转向与他的司机，“你永远也不会知道你下面会听到什么，对吧?”

“太正确了。”另一个印度尼西亚人说，“我想我们没有什么可以问他们的了。”

这警察也同意这个说法，“那你们去哪里呢?”那警察问道，很明显他现在客气多了。

“哦，”梅森回答说，“我的同事答应带我去看古老的葡萄牙教堂，但我认为我们可能不去那里了。他可能对花钱不多的和性有关的事情更感兴趣。”

“听着，你个畜生，”警察嘲笑地对莫思达说，“你得对你朋友尊重点。你们俩，现在都给我上车，我带你们直接去那儿。”

回到兰伯特的餐厅，梅森觉得自己很可笑，就在那警车开走以后，他们就安全地在教堂里面了，那种解脱的感觉是非常强烈的。靠近祭坛的一小群意大利游客正在四处观望，心里在想是什么使这人到这里来。就在此时，那些人脸上的表情在梅森脑海里历历在目。

但他的思路很快就回到克拉克的事情上了，他在想，我们两个人到底能搞成什么样子呢？马丁这小子还在秘密情报局工作，可我出来了，但是还在跟踪他的劣迹。情报机关把克拉克吸收进来，然后又使他摆脱他的深渊。然而这个机灵的卑鄙之人一直用他的魅力来掩盖他的缺点和短处。如果说有一个人熟知两面人的艺术，那就是克拉克，而且是出于非常肮脏的原因做两面人。

这时兰伯特在厨房里的喊声让梅森回到了他手头的任务。

第八章

悉尼，5月中旬

“在那儿，就在那里。”蝉说着，指着他慢慢开车经过的一个小屋子说。

对常哲蝉和他在一起时表现出来的放松，张文涛感到很高兴，希望这能使高和其他同事给他列出的问题能够更容易地提出来，这些问题他一直牢牢记在心里。高纯和这些同事希望尽可能地得到一些个人信息，以及其他信息。

让这房子的风格和外观与这一地区优雅的格调一致，主人肯定花了不少钱，棕榈树就是这一片地方的特点。坐落于城区北部一小时车程的地方，这片地区是大富豪们的游乐场，一幢幢奢侈的房子建造在一边的陡峭山坡上。大多数人都希望自己的房子里能有令人羡慕的太平洋海景，当然价格也会与之相配。那海滩本身就颇为壮观，它有着金灿灿的沙滩、一排排高大雄伟的澳大利亚杉树以及经常来这里乘风破浪的冲浪者。

他们正沿着海滨大道驱车，这海滨大道建在海滩旁的平地上。

这是周五的早晨，天气好极了，天空中没有一片云，一阵阵微风从海上吹过来。整个海面金光闪闪，一直通向天边，把从城市里带来的所有烦恼一扫而光。两人都穿着休闲装，坐在车窗摇了下来的蝉的旧宝马车里。一阵刚刚割过的青草发出的芳香随风飘了进来。

“你知道，他们已经把这个地方的面积扩大了一倍，”这澳大利亚人说，“但对我来说它仍然是那个小棚屋。”

靠着堤基，这个小别墅外墙上新涂上的颜色格外显眼。这纯白色和花园里盛开的紫色和淡紫色的蒂牡花丛形成鲜明的反差。

“当然了，我妻子实际上拥有这块地方。她的父母在战争前买了这块地方作为周末的休息场所。但后来，老人们失去了兴趣，而在他们港口旁边的另一座房子里度过了许多时光。”

沿着北边海滩一直向上开，蝉向张讲述着他和他家人夏天在小别墅里度假时的愉快日子，澳大利亚秘密情报局派他到海外工作中断了他们到那里的度假，而其他“不幸的事情”都导致了他的婚姻触礁。这是张以前没有听说的事情，因为从这澳大利亚人五周前开始来找他起就一直拒绝谈论他的个人生活。

也许我们应该通过房子的所有权来查查他的身份，张还是在心里想着，尽管他不得不停止推测的思路而把精力集中在他们的谈话内容上。其他人可以稍后查一查。

与此同时，高纯和蝉有过几次会面，之前张只见过蝉一次，而且是和高一起见的，会面时间也不长。高纯还很快回了趟北京，蝉都没有感到高的回国。高纯重返澳大利亚后，就同意将这个窃听事件的关键部分——似乎悉尼快报不知道的关键部分泄露出去的建议。蝉认同高纯的逻辑思路，如果这个故事终归要公开，那么为什么不让中国人自己来安排公开的内容和时间呢？

今天与蝉的见面是应这个澳大利亚人的要求安排的，蝉来悉尼参加澳大利亚秘密情报局的一系列会见，他想办法让自己有一天的空闲时间。张文涛是不是愿意和他见面呢？是的，他肯定会感到高兴的，另外张文涛还有几个新的功夫电影碟片要给他呢。高和其他同事认为这是一个好主意，并把这形容为优雅的“幸福任务”。

蝉决定两人一起去兜风，然后去野餐，张对此也没有什么意见。正如高所观察到的那样，他们离这个城市越远，他们也就越不大可能被发现，去越偏僻的地方越好。

“我其实是希望，”张之前对禅说，“出去到水上玩玩，比如说划艇，我已经一年没划船了。我们可以去个没人去的岛然后在那里吃点东西，这种事情可不是你在中国任何时候都可以做的事。”

蝉好像对能够这样款待张文涛感到非常高兴。

两个人约好早晨八点钟碰头，张夫人准备了一个食篮，装上吃的东西，而这澳大利亚人则预定了一条船。在开车去棕榈滩的路上，蝉显得不同寻常的坦率和随和。一上路他就开始聊他刚成年的那些日子，像他的初恋啦，大学生活啦，还有他被招募进了澳大利亚秘密情报局等。他的这种变化使张很吃惊，张不知道为什么他会这样，在现实中经常有人向张文涛倾诉内心烦恼以期得到安慰，但这次已经超出了这种限度。蝉和高纯却很少谈私事。

现在这个澳大利亚人的情绪很高，随意流露出幽默感，如同一个松了绳索的城市里的狗。他们停好了车，慢慢向海滩的南端走去。蝉的步履轻松而缓慢，沙滩到那里就没有了，而那些岩石中修建了一个很大的游泳池。一些年轻的母亲坐在海滩边上，享受着那里的安静，她们一边在阳光下聊天，一边密切地注意着那些刚刚学会走路的孩子，孩子们在岩石后面玩耍。蝉在给张讲一个又长又猥亵的笑话，说的是一个修女刚出修道院的第一天就有人向她介绍色情文学。这个中国人在可笑之处说出之前就很快抓住了笑话的要点。

两个人看看海，享受享受微风，消磨着时间。当注意到远处有一艘油轮时，蝉用手遮在眼睛上看着。这艘油轮沿着海岸线行驶着，走得很远，在悉尼已经看不见了。

“可能，”蝉若有所思地说，“你应该待在澳大利亚，而我到北京接替你的位置，你认为如何？”蝉转向张文涛，打破了两个人都没有意识到的沉默。

“噢，我不知道。”

“什么意思？”张琢磨着，他到底是什么意思？难道就是因为我喜欢澳大利亚和这个国家的生活质量？或者是件更阴险的事情，含蓄地暗示着他准备进行的一个狡猾的、背信弃义的游戏？谁知道呢？

高纯也曾经讲到过这种现象，这曾在他头脑中稍纵即逝的想法。他把蝉描述成破碎的猫眼石，大多数情况下呈现耀眼的绿色和蓝色，但遇到恶魔在里面一搅和，就会出现黑色的条痕。

这也许就是典型的叛徒的头脑。

“我们最好走了，”这澳大利亚人看了看时间，说道，“我预订的船是十点的。”

他们溜溜达达回到车上，然后不紧不慢地开着。蝉预定的小船属于新港的一个船坞，离一个叫皮特瓦特的入口处不远。从棕榈滩，十五分钟或二十分钟他们就可以到那里，而沿途都是海滩的美丽风景。

“嗨，说说，我什么时候可以见到你的家人？”在他们驱车离开海滨大道时蝉突然问，“他们好像是非常好的人。”“这点我同意，”张揉着下巴说，“让我看看我可不可以安排一下。”

这是一个他没有意向遵守的允诺，他认为，不应该让妻子和儿子牵扯到这里来。但如果高纯和李大使说我不得不这么做的话，那又怎么办呢？工作和私事又该如何分开呢？

“孩子呀，”蝉大声地回应着，“也就是好玩一时，但对他们的付出比他们给予的快乐要多。而成年人就算不再生养不再加重负担，他们也已经给自己提出了足够多的挑战。”

张遵循着一条原则，就是尽可能地记住细节，因为他知道即使是最微不足道的地方也可能对李和周，那个心理学家有用。高曾经警告过张，如果万一张自己成为谈话的主题，那他就要仔细巧妙地将谈话的中心重新转到蝉的身上。

当天早些时候，这个澳大利亚人曾经问过张文涛近来有哪些新经历。张自然就倾向和他聊聊他碰到的那些钢琴搬运工以及发生在酒吧里的打斗，但他突然打住没把这事告诉他。因为如果他这么做，那么作为蝉在秘密情报局以前的同事梅森的卷入就得加以伪装。不行，这事太不合适了，太露骨了。他也在想，如果这种事情总是能够排查出来的话，那又会怎么样呢？

张不是一个天生的骗子，他肯定知道这个。正如梅森告诉他，这是一件他必须能够应付自如的事情。一个间谍要把生活封装在两个箱子里：大箱子装这种事，小箱子装那种事。这是个分开隔断的迷宫，而这个间谍不得不从属于这两边。一些人可能会蜂拥而至这个箱子，一些人会慢慢渗透而进那个箱子，但这种事情总是人为可控的。间谍也不得不调整改变性格以适应各种局势。正像高纯所说："情报官员是适应性很强的人，但却是难以适应自己的人。"

张文涛提及一件他作为贸易官员时发生的事件，而正是这个事件引起了蝉的反应，是有关威特兰政府全面降低关税对澳大利亚经济所受冲击的分析。张非常高兴，因为他不需要记住蝉说的这些内容。

现在，谈话出现了难得的空隙，当这个中国人准备借此机会来改变话题，问一问蝉是否将任何信息传递给了快报时，蝉却先一步说，船坞就在就在前面了。然后话题突然转到了天气，说这种天气对在水上游玩是再好不过了。

"呸，你倒是快。"张想着。

也许间谍更加独断自信，而我对这点的估计是错的。不管怎么样，在船上还有很多时间。

张迅速地回忆着他记在心里的那些高纯交给他的主要任务单，像念咒语一样在心里又重复了一遍，决心要让他的同事看看他这个智慧的外行能够做什么。他美滋滋地想着他可以对高汇报说："是的，同志，正像你告诉我的，这完全是人际关系。"

这个案子是值得做出这份努力的。高曾经告诉张，蝉的情报质量很高，他的间谍情报技术也很高超，另外他通常都专注地做特工。北京方面对得到他的情报狂喜，并多次强调没有理由怀疑这些情报的真实性。最大的问题是他为什么这样做以及多久以后他可能会感到他已经完成了他的既定目标。

在新港，他们没费劲儿就找到了停车的地方。蝉跳了出去，打开车行李箱，他取出早晨张在克瑞比利给他的功夫碟片，仔细看了看，他对其中的一个特别满意。

"嗨，我没有企盼能在今年拿到成龙的电影，但现在就在这里!"他喜气洋洋。

"我听说，电影制片厂把它列为优先级。"张说道，"他们想为他出演的另一个大片让路，所以就提早结束了。"

"真无法表达我对你的感谢啊，"蝉回答说。

"不客气，非常高兴为你效劳。噢，另外还有一件事。"张拿出一个松松垮垮的包裹，然后打开，拿出一个竹编的笼子，有半个鞋盒那么大。

"装蝉的!"这澳大利亚人说道，马上就知道了这个笼子的目的。"你哪里搞到的?"

"中国城。我在那里的一个朋友从香港带来的。我想它可能有用。"

"天啊！兄弟，你想象不出这东西对我意味着什么。"

"嗯，让我们这么说，如果你高兴的话，我就高兴。"

他们从汽车行李箱里把东西拿了出来，从里面挑出了两顶毛巾帽、张文涛带来的老式藤条食篮，还有一个有着鲜艳黄盖子的小塑料保温盒，蝉觉得这个挺重要，就自己拿着。

他们漫步穿过了办公室，其实这办公室也不过是个棚子。一个穿着淡蓝色T恤衫的黑头发年轻女人和他们打着招呼，她的领子立着，几粒扣子也没有扣好。她解释说，她的丈夫出去找生意了，一边说，一边领他们来到了他们的船边。

“嘿，等一会儿!”张兴奋地说。

“我们还能钓鱼吗？”

“那是肯定的，可以钓鱼。”她回答道，“但不能钓马林鱼或这类鱼。但是我们有小马达艇，可以把你们带到很远的地方去，别的小船是不可能带人去的。”

“嘿，你看看，”张转向蝉说，“我们可不能失去这个机会。这可是当我对工作感到厌烦的时候做梦都想做的事情。”乘坐一个小时的快艇可完全不是蝉想做的事情，由于某些原因他不愿意和别人一起坐船。

“来呀!”张注意到这澳大利亚人脸上的疑惑，“你担心什么呢?”

这时的蝉犹豫不决，但又怕显露出他的软弱和举棋不定。“你能肯定这不会打乱你的安排?”他向那个女人问道。

“噢，绝对不会。”她回答说，“我已经准备好去那里，这里还有一些鱼饵你们可以用。”

这条红色船身的船懒洋洋地在水里转着，旁边还有一些相似颜色、相似大小的其他船。这些船都绑在不高的、悬在水中的木码头上，这个码头如同顺着早晨的潮汐漂浮着，一直延伸到海湾里。码头的一侧从头到尾镶着白色的金属栏杆，码头的尽头歇息着一群海鸥。张感到了一种他期待的氛围，对他来说，这个澳大利亚人处在其最佳状态下。

他们沿着码头的木板走着，蝉忽然给了那女人一些钞票，这可是张文涛未曾想到的。高纯曾坚持张要付钱，原因不仅是一种礼貌，而是很明显，钱是蝉自己找上门来的一个非常重要的因素，于是中国人应该承担所有成本。

现在就不要争了，张在想，但回头可别忘了这事。张下到船里，蝉递给他食篮和帽子，然后递过来保温箱，还有这澳大利亚人最喜欢的啤酒——库珀啤酒。

那个女人坐到了船尾的一侧舷边，她把鱼饵放在一边，拿出事先放在船上的鱼竿，开始装鱼线。

"你们两个计划去哪儿呢？"她对跟在她后边上船的蝉说。

"我要带着朋友去狮岛那边看看，正是在那里曾经有一次我收获颇丰。"

那女人对张笑着："你会喜欢海湾外面的风景。"似乎她认为张是一个在悉尼逗留时间不长的访客。"那边整个海滩，"她接着说，"是国家公园，那里有很多悬崖峭壁和大树。那里相当大，并且也没有被污染，你在那里会很愉快的。"

张文涛感到她声音中的热情很迷人。"我肯定，我会的。"张说道，眼睛闪闪发光。从内心里他是个色鬼，很喜欢这样与女人邂逅。

"嘿，你要不要啤酒啊?"蝉插嘴问道，给了她一瓶啤酒。

那女人拒绝了，于是蝉把这酒递给了张，根本就忽视了张曾经说过他从不在白天喝酒这个习惯。但不管怎样，张接受了这酒。他曾经听高纯说，酒和烟是做这种生意的手段和工具，不管这间谍喜不喜欢，从事特工职业，不管这个叛徒心态有多么正常，这种背叛行为总会伴随着紧张和压力，而喝酒和抽烟似乎能够帮助人解脱，带来安慰。

蝉又打开一瓶酒，张和蝉两人为能够有所收获干杯。

鱼竿安好后，那个年轻女人爬出了小船。

"如果你们能等几分钟，我丈夫就会回来，他可以帮你们启动小船。"

"我认为我们没事的。"蝉回答道，他似乎急着自己来做。

张和蝉向她招了招手，她走向船棚篷，并回头看了一眼张。

在这两个人享受着海水由于巡洋舰慢慢驶过而熠熠发光的景色中，时间很快就过去了。张感到非常轻松，蝉呢，似乎也是这样，蝉打开了另一瓶啤酒，他的第一瓶啤酒已经喝光了。

张文涛不希望蝉以这种速度喝酒，但他也意识到，这天气不错，而且他的朋友确实喜欢他的酒。

这澳大利亚人把酒瓶轻轻弹入水中，然后走向船尾坐在了刚才坐过的舷边。好像有事打扰了他，但张不知道是什么事。忽然，蝉一下子从燃料箱旁边挪开，好像那燃料箱要咬他一样，然后和中国人一起坐在了船中间的座位上。

我希望他别指望我开船，张文涛想着，“哦，我说，我一定要把这船费还给你的。”

“不不不，千万别担心这个。毕竟这些日子我得到的钱不少。”

“但我是给你现金的。”张一面说着，一面想着高纯的叮嘱，“你要支付你自己花的钱。”

“不，我是说在香港信托账户上的那一大笔钱。这钱实际上足够我生活了，因此你不能拒绝我偶尔也大方一次啊。”

“是的，但那钱不是你随时想取就可以取的啊。”

蝉的脑袋猛地转了回来，“这是什么意思？”

“嗯，就是说香港这笔钱可能会冻结一段时间，懂了吗？”

澳大利亚人困惑地盯着张，他的脸都变得惨白。

张忽然意识到他真不该谈这个话题，然而直觉警告他再也不要多说一点这个事，否则他将自找麻烦。张笑着，但蝉似乎没有注意到他的笑容。蝉只是耸了耸肩，回头看了一眼舷边，然后把眼光又转向燃料箱。

“上帝，这汽油发动机！”蝉说着，把拳头打进海水里。“我需要的就像是一个完全没用的东西！”

张文涛不知道这事为什么如此重要，但也知道问是不明智的。蝉对此没有任何解释，很快他的愤怒似乎平息了，但这使张很担心，而且让他高度警惕。

“来，再喝一瓶。”澳大利亚人又递给张一瓶酒，张接了过来。

随着从海湾冲刷进来越来越多的潮水，船慢慢地开始晃动，船的有节奏的晃动使这两个人变得安静无语了。为什么他情绪变化地如此迅速?张文涛琢磨着，为什么他眼睛总是像美洲豹准备出击一样看着燃料箱?可能是他对燃料过敏?不会，肯定不会这么简单。或许是他从童年期就有的一种恐惧症?或者是由于谈到了钱?是的，肯定因为这钱的事。

蝉的脸色更加难看了。

“看看，我能帮你吗?”张边说边伸手拍了拍他的肩膀。

“噢，别担心，我只是有些想吐。”蝉显得很感谢张做出的表示，同时也在想再说点什么。但还没等到他说出来，就突然歪倒在船边，向水中呕吐。一会儿，他把他一天吃的，也许不止一天吃的都吐了出来。

张文涛用力拍着他的后背，希望这能帮他舒服些。

“我想，我得回车里休息一下了。”恢复了镇定后，蝉嘟囔着，“我感到非常尴尬。”

“哦，你看，”张对蝉说，“你不必担心我。”

“太谢谢了。”

“嗨，为什么我们不放弃钓鱼，慢慢开车回市里呢?你先走，我把这些东西拿到车上去。”张建议说。

“好啊，这是个好主意。”澳大利亚人爬上了码头，扶着栏杆，蹒跚地走着。

张文涛还没有把所有的东西拎出船，那个年轻女子从办公室里走出来帮助他。很显然，她刚才碰见了正在往车那边走的蝉。

当把所有的东西放进车的行李箱后，那女人把钱退给了张，而张很快把钱塞进了口袋，这时，没有时间让他考虑这种事情了。张文涛开着车，蝉基本上睡了一路，只要他醒一会儿，就是道歉。对蝉的这种情况，张感到很感激，因为这给了他足够的时间在大脑中来一遍遍回放这一天的事情。

“简单点儿说，安德里安，政府绝对不是这样行事的。”检察院副检察长说。

他显得非常镇定自若，但很快也意识到麦金龙事先已经被秘密通告了，他刚刚提供的一些细节就证明了这一点。

这快报记者盯着副检察长，脸上只流露出讽刺的微笑。“是这样吗？”对此表示怀疑，他像鹰一样看着副检察长。

冰冷冰冷的沉默，麦金龙似乎并不想打破这沉默。

副检察长感到自己无法撤回刚才说的话，于是就选择了转换话题。但麦金龙马上抓住这点，他不会让这事就这么溜过去。

麦金龙还不知道，他和悉尼快报被当作目标已经有很长一段时间了，这时间之久令人发笑。尽管乔·佩雷格里尼提出了相反的忠告，但政府下令澳大利亚安全情报组织提高对报纸特别是对麦金龙的监视等级，甚至总检察长还向快报下达了国防机要保密通知，警告说一旦窃听事件公开，国家安全将处于危险之中。在这个事件中，如同麦金龙和胡尔设想的那样，堪培拉的一位曾经也泄过密的人已被调动起来提供更多的信息。两个人已经达成一致：麦金龙应该马上飞到堪培拉，争取采访副检察长，很多从事新闻调查的记者都认为这副检察长会主持处理这种性质的情报事件。

这个采访要求将检察院上上下下搞得很困惑，副检察长的大多数同事都反对和记者直接接触，特别是来自服务于一个国防机要保密通知对象的报纸的记者。他们议论说，最终这事肯定被认为是不妥的。但检察长自己认同了副检察长的看法，副检察长认为，快报将采访内容定性为政府与媒体就保护国家安全的讨论，因此拒绝这种对话是不明智的。不论这是不是噱头，还是经历一下为好。于是检察长说，见见他，也唬唬他。

但是副检察长从来也没有想象过麦金龙可能放弃他所做的事情。一对一的会面一开始，麦金龙就点明，他现在被澳大利亚秘密安全情报组织监视。尽管这个人要做的事情是确认事实，但显然是一不小心说漏了嘴。

麦金龙锐利的目光像道激光穿透了他的心思，这副检察长刚要开口，麦金龙意外地插了进来。

“您看，尊敬的先生，你们的国防机要保密通知目前的收获就是——对我们来说，就是确认我们正在调查的事件的真实性。因此，我被授权向您递交一封悉尼快报的信函，也许这有些不恭不敬，信中建议现在是政府整理其内部秩序的时候了。一家不具备堪培拉所拥有的可利用资源的报纸都可以搞到这种事件的信息，那么在大一些的范围内又有多少事情可能已经被人所知了呢?”

副检察长看上去很不自在，这也是他最大的担心。

“因此，你看啊，”麦金龙停顿了一下接着说，目光告诉另一个人此事不容易做到，“也许更合适的是快报代表民众给政府下达一张国防机要保密通知，要求终止泄密。”

他们都知道这将是一个漫长的夜晚。

天空一片漆黑，似乎今夜月亮也不会出来，南面吹过来的一丝微风搅动了海面。

这在任何时候肯定都是最离奇古怪的事情，兰伯特在想：美国训练中国特工!

给北京一些小恩小惠是完全没有意义的。现在北京知道他们的大使馆被窃听了，他们就会出击，从我们这里挤压出他们所能够得到的一切。兰伯特还有其他人都曾公开指责训练中国人的主张，但外交部长沙利文已经指示对提案进行正式评估。兰伯特用笔形电筒看了下时间，他一头漂亮的头发上扣着的棕色羊毛便帽一直拉到耳朵下面，他的陆军夹克领子高高地拉了上来。

“已经深夜两点了，乔。”兰伯特用低沉沙哑的嗓音说。

佩雷格里尼，兰伯特在澳大利亚安全情报组织的同事，和他并肩坐在军用防潮布上。佩雷格里尼穿着和兰伯特一样的夹克，戴着一顶招眼的迷彩帽，脖子上围着块儿卡其色汗布，矮小精干。

“十五分钟，他们就该上岸了。”兰伯特补充说。

“如果他们按计划的话。”佩雷格里尼说，他从来不是一个对这种例行训练有耐心的人，除非事情发展的像钟表一样精准，否则他总会发火。

现在他两人正在等一群澳大利亚秘密情报局和澳大利亚安全情报组织招募的新兵上岸，根据事先精心设计的安排，这些人将从潜水艇出来上岸，然后前往附近一个农舍，那里扣押着人质。但实际上，他们根本不是去解救任何人，相反，他们在前往农舍的路上将会被逮捕，然后在一个周围荒无人烟、被遗弃的锯木厂受到长时间、令人筋疲力尽的审问，特别是一切都由闭路电视监控。这是情报工作训练课程共同的特征，同时也想了不少办法确保其真实性，评估受训者们保持镇定的能力。但这种过去曾经向其他国家提供过的训练可不可以提供给中国人呢？这个问题也是兰伯特和佩雷格里尼需要汇报的内容。

高高的悬崖峭壁上，枝枝杈杈的残树根后，这两个人用他们的夜视镜查看着下面的岩石前端。这岩石尖就像一个巨大的手指远远地伸进到大海，水在下面流过。但第一只充气星座小船载着四个受训人员接近岩石前端，行动就将开始。

佩雷格里尼大约四十多岁，黑胡子、秃顶，他在这个系统里升迁很快。他是在澳大利亚出生的意大利后裔，具有很好的领悟力和电子学科的扎实功底，他反对迄今仍在破坏其组织的警察慢慢吞吞的形象。和自信、活泼的兰伯特一样，他也是澳大利亚秘密情报局里的年轻一代。他们两人是兰伯特在澳大利亚特种部队时认识的，当时佩雷格里尼是唯一一个参加柬埔寨冒险行动的澳大利亚安全情报组织成员，那次行动需要专门技术。正是在这次冒险行动中，兰伯特有了从军队转到情报机关的想法。

“我想知道的是，”佩雷格里尼说，“是谁最先把这个欠考虑的想法告诉沙利文外长。外交部说我们在北京的大使馆声称如果我们主动提出的话，中国国家安全部不会考虑少于五十人参加这样的课程。但傻子都知道他们不会选送他们最好的人员，他们不会透露他们最聪明的人员，你也不会展示你们最棒的人才，让每个人都知道他们是谁。好了，没人说你不能做个姿态，但总有一些你不能忽视的实际情况。”

一只猫头鹰在后面的矮树丛中叫着，转移了他俩的注意力。

“我们所有可以做的，”他接下去，“就是让中国人观察到我们的优点和缺点，在某个时候的间谍前线，他们就会把我们其他人不知所措地都甩在后面。他们会自己问自己：‘这些澳大利亚人认为他们能搞清楚吗？’”

“我同意。”兰伯特表示赞同，“但我怀疑这是外交部的计划。根据我听到的，总理让沙利文去负责了解如果这个窃听事件被彻底公开我们能够向北京提供什么，哪怕是一些在事情发生前我们就可以舍弃的东西。这是一些使我们看上去不那么像美国佬的仆人的东西，而后反而会暗示我们是被他们强迫参与大使馆的窃听事件。不管怎么样，这是他们最起码的说明。”

“听起来这是个如意算盘啊。”佩雷格里尼说，“但无论如何，这并不是做这事的最好办法。”

“那肯定。但是如果你是沙利文，法恩斯沃思向你询问对中国的有关事情，你会找谁呢？”

“你是说巴斯？”

“一点都不错，我是指他。我可以看到他在这方面留下的痕迹。你看啊，在过去几周里，他开始谈论澳大利亚秘密情报机构需要开拓亚洲新视野。提醒你，曾经有那么一段时间，他加大训练尺度。”

尽管是在黑暗里，佩雷格里尼仍能看见兰伯特在咧嘴笑，他也知道原因。

“但是，不论什么原因，巴斯确实是一下子又回到这事上来了。他说，例如英国人和法国人都将这种事情变成了一个有利可图到的行业，我们也应该这样做。我们肯定不应该让欧洲国际服务机构拿走我们在世界这个区域培训这块大饼的份额。”

“这也是让我担心的事情。”兰伯特说，但他避免提到几天前在堪培拉梅森和他谈起的背叛一事，因为当时他允诺，这事情只有他一个人知道，绝不向其他人透露。

“如果巴斯是那个把我们出卖给北京的人，”兰伯特在想，“那么肯定是他操纵掌控着事情的发展。”

兰伯特和佩雷格里尼都感到暗暗发笑的事情是几年前一件涉及摩根戴尔的小插曲，那时他们两个人都近距离目睹了这件事。

当时澳大利亚秘密情报局和澳大利亚安全情报组织正联合给来自印度尼西亚陆军的特种精英部队一个分队进行类似的一次性培训课程。这些人被告知，他们自己国家的一个商界巨头，也是他们总统的朋友被绑架了，这商界巨头当时和他的妻子在墨尔本看望他们还是学生的儿子。

亚齐省的一些造反派就把他们夫妻作为人质押在维多利亚海岸的一间农舍里，而雅加达建议澳大利亚政府在此次解救行动中使用特种部队小分队。

比大多数接受这种训练课程都更加严格，这些印度尼西亚人要求特殊对待。当时组织了一些外形酷似土匪飞车队员的自警团来检测他们对审讯的抵抗程度，兰伯特因为其特种部队的背景也在其中。这些印度尼西亚人在去往农场的长途跋涉中受到了有关亚洲移民正在毁掉澳大利亚这类疯狂流言的影响，然后被送往一个锯木厂。他们被警告说，如果他们不能够解释清楚他们是谁和他们为什么带武器的话，他们就会被枪毙。宣称他们是正在进行训练的特工，很显然肯定会激怒这些捉拿他们的人。

据说，摩根戴尔被选来扮演一个配角，因为摩根戴尔想说明自己作为高级管理人员仍然可以用很实用的方式作出贡献。到底发生了什么在情报局里仍然是个不能讲的话题，尽管马丁·克拉克曾在知道这一事情后便大肆传播。在这一事件的录像带仍旧被封存的同时，盗版的录像带却在流传。

对于兰伯特和佩雷格里尼来说，这事情仍然清清楚楚地记在他们的脑海里。

“你们他妈的这些骗子！”这些强壮的飞车队员喊着。

这个年轻的印度尼西亚人几乎都要退缩了。结实且肌肉发达的他敞胸露怀地坐在房屋中间的凳子上。几个敌对分子围着他站着嘲笑他，这些人丝毫不掩饰他们要打扁他的愿望。从高处房椽上吊着一根电线，上边接着的电灯泡晃来晃去，离他的脑门只有几公分，光线非常刺眼。

“之前，你说过是一个三个月的大学课程，现在仅仅是八个星期。噢，八个星期，兄弟，你可别把它加到倒霉的三个月。”

这间屋子是锯木厂的工具房，也是废油脂、锈铁和旧木屑的存放地方。空气中弥漫着一股辛辣的小便味道，这是一些受训者实在憋不住了才不得不为之。这个被拘留的小组成员们二十四小时之内没有食品和水，也没有睡觉，而且每人受讯问次数不止一次。要求上厕所的话就到外面去并且有带着手电和咆哮的狼犬的虐待狂——那些摩托车手们看着。没有纸和水，这使得人格受到了更严重的侮辱。

“你怎么说，大骗子？是不是三个月？”

“我只是说是两个月。”这个印度尼西亚人回答说，他讲的英语很清晰，声音也很自信。他的回答是正确的，但询问者的目的是迷惑他。尽管其他人都不乏勇气和毅力，他却是这组里最坚韧、最坚强的受训者。

“如果你不告诉我们实话，你这个废物就不会活着离开这里！”这个询问官把脸靠近这个受训者，大声咆哮着。

他是澳大利亚安全情报组织的询问专家高手，尽其可能发挥出最大作用。他在努力瓦解这印度尼西亚人的抵抗，挑唆他以便产生效果，而他的同事都在认真地学习着。这些观望者中就有摩根戴尔，当时他穿着一件镶着银边的黑色皮夹克。兰伯特穿着和摩根戴尔类似的装束站在他的旁边。

忽然，摩根戴尔插了进来，要争做主角，“把这个王八蛋交给我，”他大喊着，走到了前面，“我会告诉他不要浪费时间。”

这个讯问官不太高兴，但还是停了下来。

没有一个人知道什么使摩根戴尔着魔，他的这一举动远远超过了别人都了解的他喜欢介入别人事情的习惯。尽管这个不受欢迎的干扰毁掉了询问官很巧妙地建立起来的事态发展方向，但询问官却克制着没有争论此事。毕竟，整个过程当时被闭路电视系统记录了下来，而且会在训练最后重放给受训者。他在想，哪个能比这个更好地证明摩根戴尔的破坏性行为呢？对澳大利亚安全情报组织来说，这可是一个天赐良机。在问询这个行当里认作是专家的这些人从不干涉这个系统里其他部门的事情。

“快点，你们都出去。”摩根戴尔命令着，装模作样地把其他人从这间屋子赶出去。“就我们俩人在这里，我会展示给你们怎样让这个黄色人渣喜欢这种谈话。”

询问官没有说话，反而暗示他的同事跟他走。

兰伯特，最后一个迈出门的人，把门半开着。其他人都去控制室了，他们可以在控制室的屏幕上看到屋里发生的事情，但兰伯特却选择留在离现场更近的地方，他关心的是这事会向什么方向发展。

摩根戴尔看了一眼周围，看看是不是他们都走了。

“好，哥们儿，”在给这人致命一击之前，摩根戴尔在这个印度尼西亚人面前晃来晃去，趾高气扬，“我会关照你的。”

摩根戴尔拉过来一把旧木椅，把它转过来，然后肚子贴在椅子背儿上，坐在了这个受训者面前。

“看，我就和你直说吧，”他说话声音低沉而缓慢，“我这里的这些狐朋狗友们都是些相当不老练的家伙，他们现在消遣一会儿，就这样。他们就喜欢惹人生气、让人遭罪。但如果你告诉我真相，就是一点暗示、一点线索，然后我们可以逐渐整理出一个故事来告诉他们。你知道吗，这里面临许多危险。孩子，除非你帮助挽救。他们会对你很粗鲁，这很可怕，他们为了取乐会杀了你，你们所有的人。你听懂了吗？”

“是的。”

“那么？”

“那么什么？”这个印度尼西亚人轻蔑地说。

“那么你告诉我真相。”

“我已经告诉你真相了。”

“别和我说这屁话！”摩根戴尔一下子爆发了。

“如果你这么认为的话，”印度尼西亚人说，“我就帮不了你，非常抱歉。”

摩根戴尔目瞪口呆，他似乎不能接受任何与他的希望相悖的回应。这一下子让他失去了控制。

摩根戴尔很快意识到事态发生了转变。这位询问官自己现在处于压力之下，起码他要想出攻击对方的新路数。年轻时的摩根戴尔比现在要机敏得多，但是多年来远离实践经验，他现在最多也就是能说是很警觉而已了。他的判断能力很糟糕，在他头脑中闪现的是他自己在闭路电视屏幕上的形象。他知道那些看着电视荧光屏的人会明白那个印度尼西亚人的表现比他出色，并且他们很尊重这些印度尼西亚人的勇气和不屈不挠的精神。

摩根戴尔感到很恐惧，“听着，你们这些猴脸王八蛋，别想妨碍我！”

这个印度尼西亚人一动不动地坐在那里，但摩根戴尔发现在提及猴子的时候，他似乎有些畏缩，大多数亚洲人都是这样的反应，这使得摩根戴尔想到了一个主意。

“我的一个摩托车车友，”摩根戴尔大叫着，“喜欢把你们这种褐色小孩的屁股拧下来。你认为这符合你们的伊斯兰信仰吗?”摩根戴尔举起手来想打这个印度尼西亚人，但他还没有碰到这人，这印度尼西亚人就挡住了他的手并开始攻击摩根戴尔。刹那间，摩根戴尔的脑袋被夹住了，他的胳膊被拧到了背后。这不仅仅是个领先得分的事儿，这个印度尼西亚人准备弄死他，他本来也是一无所有，不会失去什么。摩根戴尔逼人太甚，而且犯了一个致命的错误，那就是把他自己单独留下来，徒手和一个强壮而又发怒的囚犯在一起，和他在一起摩根戴尔没有任何侥幸生存下来的希望。说时迟那时快，兰伯特出现在这件房子里，他擒住了这个受训者的脖子，并把他拽了回来。这是一场激烈的混战，但很快局势就很清楚，摩根戴尔已经不再处于危险的处境了。

克拉克的这个副手救了这个长官的命。

“如果您能帮助我们完成这个项目，我们政府和我都会非常感激。”

谢林顿一边念着一边笑。

“日语的直译就是你们就是神圣的耶稣啊!”一个人说道。

穿着白衬衫、系着洋红色领带，这位局长看起来衣冠楚楚，他脱掉了夹克衫，卷起了袖子，把一封信举在空中让他三个同事看。这三个人属于中央情报局里脑子最好使的一类人，他们和局长坐在他长长的、木墙围的办公室里，三个人中一位女士，两个男人。局长叫他们那天上午十点钟来看看这个吸引人的进展。他们都迫切想看的这封信是白宫几个小时以前刚刚收到的，然后就由总统的参谋长转发到兰利市——中央情报局总部。

谢林顿给他们每人一份复印件。

当这三个人都在读这封信的时候，谢林顿靠着椅子背坐着。他优雅地拿出一支小型的荷兰雪茄，那种短而细的亨利红桶雪茄烟他总不离身。尽管这三个同事都不讨厌他那雪茄烟甜甜的气味，但他们在这种情况下不吸烟。

写在日本首相信笺上的信函整整一页纸。

亲爱的总统先生：

根据处理紧急事务的规定，我向您书面报告一件非常敏感的事情。我们大使将在递交这封信函时将向你详细解释这一事件。

根据与俄罗斯政府签订的合同，日本天然气勘探船正在库页岛一代水域工作，并发现了大面积气田。但迄今还没有向俄罗斯方面报告这一发现。我们认为在宣布这一发现的同时，必须要提出一个可行的、完整的开发计划。

这个项目的经济可行性的关键是中国的长期契约性的参与。很遗憾，北京方面直到现在也不愿意对其在这方面的参与给我们作出一个明确的答复。我们坚信，他们显然在与澳大利亚方面就可能签订的能源协议进行对话，而这就是问题的原因。

如果您能帮助我们完成这个项目，我们政府和我都会非常感激。西村由纪江大使将会使您了解我们对这件事的战略重要性的更深一步思考以及它对美国利益的正面影响。我们认为美国公司将起到极其重要的作用。

槟崎龙一敬上

东京，五月十九日

“所以，你们觉得怎么样？”当大家看完信后，谢林顿咧嘴笑着问。

“真是彻头彻尾的日本人啊！”谢林顿的瘦脸副手回答说，“这告诉了你所有事情但等于什么都没说。他们为什么这么晚才给我们这么一张纸？”

“哦，根据总统告诉我的，”谢林顿说，“他们大使非常担心俄罗斯的工程师。似乎在一两周内，俄罗斯人就会与日本人一起工作，那时俄罗斯人就会知道有关这个大发现的所有情况。当然了，东京的恐惧和担心也不无道理。日本人不得不与俄罗斯人达成一笔他们无法拒绝的交易。而且，在日本人必须把这事放到桌面上来谈的时候，他们得全盘托出。否则，俄罗斯会把这所有的情况都告诉出价最高的投标人，那么就会有一场很不体面的争夺战，包括我们在内的所有大的石油天然气田项目都需要通过贿赂俄罗斯使其保持沉默。而最后的结果就是一团混乱。这当然不是我们所希望的。真倒霉，权衡此事的不同方面，如经济、政治、安全以及其他很多方面是够难的。”

“这是肯定的。”副局长说，摸了摸自己的下巴，“但是有一件事是很明显的，就是东京方面企图控制整个项目。当然，我们都知道，没有我们的技术，他们是不可能启动这个项目的。很自然，他们想尽可能地多吃多占。但是他们却不肯给我们一点作为友好的象征。他们为什么在这个时候巴结我们？因为他们需要我们的帮助来扫清一些障碍。”

“嗯，还不仅仅需要我们的帮助，”谢林顿的首席战略分析家补充说，“我认为，他们实际上是极其想得到这个天然气项目。坦率地说，这封信是来献媚的。他们非常迫切地想得到一件东西，但又没有胆量直接提出来。可以想象一下这位大使就此类事情和总统会面。我们是不是不知道他们想要什么呢?”

谢林顿嘴里嘟嘟囔囔，通常情况下，这就相当他说:“告诉我更多的，继续说下去。”

“他们极度恐慌的是，”分析家继续他的分析，“中国人正在与澳洲人形成亲密的伙伴关系，如果是这样，他们也就不用为库页岛的事操心了。或者，另一方面北京将在价格上把日本逼到没有退路。”

谢林顿点点头，其他人也同样表示同意这种观点。

“你几乎可以听见这些日本人在想什么。他们知道我们都支持这样的项目，他们知道我们都理解此项目将加强俄罗斯、韩国、朝鲜以及中国的稳定。他们也知道我们对廉价能源的前景是很热心，这种廉价能源可以制止平壤核武器的发展。我们就面对这一切吧，他们完全知道我们支持哪方面，我们所反对的并不是俄罗斯所追求的，我们祝他们好运，但他们还不是那么富有，无论如何，他们还总是站在我们这一边，他们也没有其他可以依靠。但如果他们中国交易成功，当然沿着既定线路进一步发展，那我们也很高兴。”

谢林顿吸了一口烟，然后往前坐了坐，他要透露些事情。

“你们看，西村由纪江还向总统提出了一件事，一件东京不想写在纸上的事情。他们有一个计划是将亚洲石油分为两大区域，一个在北部，一个在南部。在南部，他们想印度尼西亚会同澳大利亚，使日本和我们从后门进入帝汶海巨大的储藏。而在北部呢会有新发现的库页岛。日本人希望我们和他们一起参与这两边的事情。”

谢林顿分析完后，脸上露出讽刺的表情，这是局长典型的表情，表示希望某人在他亮出新牌之前照他刚才的路子继续下去。

“难道你们不希望看到中国人和澳大利亚人显然参与了协商吗?”副局长说，“多没有诚意啊。我们知道日本人在澳新地区愚蠢地搞得一团糟。他们阻挠堪培拉和北京之间的对话，这样就不会产生那些该死的东西。”

“我推断这不会太难，”谢林顿说着从椅子上站起来，走到他的桌旁，拿起一个酒红色的文件夹，他简单地看了看，然后转向他的同事们，“这是今天早晨刚刚从悉尼送过来的。”他把这文件夹高高举起。其余三个人都确认在开会之前已经看过给他们的复印件了。

这份报告的台头：澳大利亚背叛的原因。这个报告是由中央情报局悉尼站站长本·詹姆森编写的，是一篇有关澳大利亚情报组织工作方式的构想文件，着眼于一个或一个以上策略性安置的叛徒可能报复所引起的破坏。詹姆森对组织内部的例行检查、权衡以及防护措施等进行了评估以防止此类事件发生。吸引谢林顿眼球的是这位站长对澳大利亚任人唯亲现象的分析，詹姆森把这称呼为“伙伴儿情谊”。谢林顿也注意到这种方式使本来设立用于阻止不恰当行为的机制变得毫无用处。没有一个在澳大利亚的中央情报局特工没有意识到局长对堪培拉的态度。他对处理涉及人为因素的事情持马虎态度，对通常产生的脱离常规的现象持严厉的批评态度。因为这个原因，谢林顿努力推动并成功地使国家安全局保留美国对堪培拉窃听行动的控制权，这个窃听行动是了解整个中国阴谋的一个窗口。

“詹姆森的报告是正确的，”谢林顿说，“詹姆森认为澳大利亚的这个系统已经被外力破坏了，通常是在其他社会里被铲除的，当然是在那些生存意识比较强的地方。在澳大利亚，对那些能够身居高位的人来说，他们似乎都是最舒适的人，而非是最胜任的人。正是在这个地区，詹姆森将中心放在我们最关切的问题上，就是澳大利亚的政治家们是如何变得如此依赖情报战线的那些平庸之辈和官僚机构的其他部门。詹姆森关注的是为什么这种派系关系不能够净化、清理这个系统以及这种派系关系如何庇护、保护这些叛徒。”

“然后他又回到我们自己特工所掌握的那些过去几年内我们了解到的澳大利亚间谍和外交官的材料，这些人是以政治家、法官或类似的身份被发现的。就‘被发现’而言，是说他们参与情报事务太多。嗯，我们怎么形容呢，就是稀奇古怪的那种类型。所以，就有了一个附属的关系网。你帮助我，我就回过来帮你，就是这么回事。詹姆森就是在这点上察觉我们会挖出叛徒。这是一个关系网，一个无论是谁只要给予帮助就可入内避难的场所。这也是为什么詹姆森如此看好、支持梅森那小子。实际上，我们也已经在我们麾下招募了自己的‘同伴’，一个可以将他的关系网给我们带来益处，为我们服务的‘同伴’。尽管已经退出了澳大利亚情报系统，梅森仍然和系统内他那些忠实的朋友有联系，那些帮助他的人也会帮助我们。”

谢林顿注意到了中央情报局中性格固执的反情报部门主管的目光，她会将这些话用他们内部的术语解释出来，四十几岁的她丝毫不掩饰自己试图成为情报局第一位女局长的雄心。“嗯，我认为这里有几个问题。”她操着她那文雅的波士顿地区口音说，“这些问题对贝丝·坎特雷尔以及她的合作者们正在悉尼着手解决的事情非常关键。而詹姆森已经做了的事情就是把梅森正在围捕的猎物绘制出一张表明这些潜在势力的网络。如果叛徒数量确实是不超过一个，那么不管他是谁，他们都将是这个网络中的一分子。正如詹姆森所强调的，这个网将会帮助贝丝·坎特雷尔以及她的合作者们，并为他们提供掩护。因此，现在梅森已经接近他的目标，现在只需要一个人去关照一下，这个网络就会作为预警系统通告我们有关那个狗崽子的情况。”

谢林顿点头表示赞同，其他人也如此。

“还有另外一件事，”她继续说，“就是中国人。我们从日本朋友给我们的文字中可以知道，北京已经利用他们的特工插了进来，他们的这种关系可能不仅是卓有成效，而且已经相当稳定了。他们将会竭尽全力从中得到他们能够得到的东西，他们也高度警惕任何可能对类似特工的人带来的危险，并且在寻找梅森这样的侦探。”

“这提醒了我，”谢林顿问道，“这家伙有没有进展呢?”

“他当然有进展了。”她回答道，“梅森已经把目标锁定了在一个澳大利亚秘密情报局的关键人物身上。一个小时前，坎特雷尔和梅森两人人一起与我们进行了联系，他们两个人对他取得的进展感到很高兴。”

“那我们需要确认梅森得到了一切他需要得到的帮助。”谢林顿说着，看着反情报部门主管，“他的反叛行为时间已经够长了。”

“他的人员队伍扩大得很快。”她回答说，“他们在当地又找了八个人，其中包括美国联邦调查局勇敢的刑警——犯罪者克星琳达·李维，我们是以借调的形式将其招进来。因此，从监管的角度来说，我们在我们的目标上张开了一张网。这事安排得万无一失，约翰，我们不是经常这样做的。”

没有人怀疑她的话，她总是会达到她希望得到的结果。

“很好，”谢林顿转向他旁边的副手和分析家，“我希望我们在日本的所有工作站给予这库页岛的事情沉重的打击。你们都知道，我们的情报工作做得越好，那么对日本提出回报我们帮助的要求就可以越苛刻。我也希望有一份有关整个天然气事情目前正在向哪个方向发展的构想文件。一旦日本的南北主张实现后会发生什么？我们美国的利益在哪里？然后就是大使馆窃听事件的问题，对我们和澳大利亚共谋来反对中国，北京会让我们付出代价。堪培拉在这件事上完全是独立的，说话也没有影响力。你可以确信无疑，中国人会疯狂地利用此事。那么我们又如何做呢？毕竟，我们的盟友中间没有一个是完美的。到最后，也许澳大利亚人得到的结果和我们一样好，即使我们不得不给他们的清理门户和整顿制造困难。”

一番话引起一阵笑声。

“总而言之，”张文涛说，“我认为能够解释这件事的原因有两点，一是可能他闻到了汽油的味道，二是谈到了钱。酒绝对不是原因。”

张文涛刚刚向他的同事们讲述了他与常哲蝉几天前在皮特瓦特的经历，一般常哲蝉被称为“蝉”。

“似乎是如何得到香港信托账户上的钱的问题使他很担心。”

这些人汇集在一起并不仅仅是为了了解事态的发展，而是为了一件更让人烦恼的事情——“蝉”没有按计划到悉尼与高纯相见，而且也没有打电话到事先约定的号码来再次约定见面时间，特别是，给他的手机也关机了。

李大使和其他围坐在住宅回廊石板上的中国人一样一言不发。大家取得的共识是张已经指出了问题的核心，而这对正在做战略能源游戏的中国来说是至关重要的。

这时是5月20日上午十一点，阳光在这晴朗的秋天格外明亮，山峦西面的空中飘着一朵长长的、洗干净的羊毛般的云朵。

从悉尼来的李大使和他的副手以及高纯、张文涛、心理学家周超颖坐在一起，和他们在一起的还有堪培拉使馆情报主管邓以及两个助手。

他们开会的地方偏居一隅，非常安全，这是中国人讨论敏感问题的地方。这地方离堪培拉有几个小时的车程，是一大片向四周随意伸展的土地，这片土地的重心是一座有古老历史的、两层楼的格鲁吉亚大宅子。四周围着外廊的这座建筑高高地耸立在一大片成年的英国树木中，树叶披上了他们黄颜色的秋装。这个房产是属于一个叫李公亚，或称为温斯顿·李的马来西亚籍中国人，他和李大使来自中国的同一个城市，他在大使馆的情报工作方面起着独一无二的作用。

在悉尼的时候，高和张就已经分析过蝉的行为，在一起的还有周，周从五周前行动刚开始的时候就一直追踪此事。他们也考虑到了一种可能性——蝉受到了恐吓，他们也许不可能再见到他了。更糟糕的是，有人发现了他正在做的事情的一些蛛丝马迹并报告给了当局。但现在大使希望他的堪培拉同事听听周是怎么想的。

“你认为发生了什么？”大使问道。

“嗯，和张所说的一样，我也感到蝉的过去和现在是混合在一起的。毫无疑问他在性格形成期所形成的恐惧症可以解释这人对出现的任何烟、气或水的反应。请记住高和张告诉我们蝉在悉尼金兰花餐馆看到鱼缸时的麻烦事。但关键是他目前极其需要得到钱。”周回答说。

高和张两人都点头同意周的看法。对他们来说，听听周用她自己独立的方式来代表他们阐述观点是一个鼓励。

周继续着：“此外，你们可以回忆一下当初在饭店里蝉是如何催促高纯增加信托账户里钱的数量。现在我认为可能是因为他自己的期望值过高而使他纠结。可能他忘记了我们同意这一百五十万是在他连续为我们提供信息三个月以后才能是他的。也可能他误解了张对如何取得这笔钱的问题的解释，而认为张的意思是这些繁文缛节可能会莫名其妙地使这三个月延长到六个月。但不管怎么样，我们现在知道，对他而言，把钱拿到手是最重要的。但原因是什么，我还说不出来。”

李转向高，想听听他的看法。

“不行，我也说不出来这个原因，但这肯定使我考虑这个问题。”

“所以，我们是不是还要把他拉回来呢？”李向在场的所有人发问。

“是的。”邓说，邓是高纯名义上的上级。“我得说，把他拉回来的几率是有的。”

此时，简洁是最好的，邓自始至终都没有说什么，因此这话的分量更重。没有人不同意他的看法，特别是周。

“我想这是对的。”周说，“在悉尼的时候，我们就已经仔细地考虑了这个问题，我们认为，尤其是他对钱的需求——我们可以把钱称作为他的圣杯，几乎可以确保他回到我们这里来。另外，尽管目标不是很高，但他看起来是有一个新的目的，并要在帮助中国渡过这个难关时达到。”

“那么你认为他为什么不和我们联系呢？”李问。

“我们认为这可能是他表达想法的一个方式，‘你看，知道我的轻重缓急了吧，别挡我的道儿。’”高回答说。

李看了这些人一眼，但没有一个人补充任何看法。

“好了。”李接着说，“我知道了，这一切都很有意思。当然，我们还不知道，他是否设法继续跟踪这个窃听故事，对吧？”

“正确。”高回应道，脑子里浮现出在北京他和他的老板一起进午餐的情景。

高又想了一会儿，别人都静静地看着他。他们知道，这事情到最后就是他的案子，只有他才能决定行动的最好方法。没有人可以想出一个高的判断被证明是错误的例子。

“哦，”高说道，“为什么我不能再给他一天时间，然后我给他个信息，促使他很快与我们联系？”

高一边说一边转向张——这些人中唯一一个见过蝉的中国人。张同意了，周也没有意见。

“当然，我们一边等，”李说，“一边还无法摆脱这些日本鬼子和他们喜欢玩弄的肮脏游戏。”

从来就不反对与东京斗智斗勇，大使在他的“武器库”里有数不清的策略用来挫败日本人的洋洋得意。李完全知道，与他北京的其他高层官员一起，他几乎可以在任何他希望的时候让东京彻底失败。

“那么，如果我们不能利用媒体来敦促这里的政府采取行动的话，我们就不得不采取一个完全不同的策略，一个能够阻止日本人插手我们正努力在堪培拉取得成果的策略。”

其他人都本能地往前靠了靠，气氛变得令人兴奋。

“你们可能没有意识到，”李说，“但是松友公司——这里那个带头控告我们的暴徒可是有着见不得人的几个选择。”

李停顿下来，点燃了一支香烟，慢慢地靠在了椅子背上，摇着他膝盖上的烟灰缸。

“你们知道，近来松友公司和中国谈成了一些大交易，其中许多都是用日本的援助资金付的。现在这在任何意义上都不能证明什么，但这也说明东京的资深大臣们在利用他们的影响力改变松友公司与中国合同的签订方式，当然，他们要的回报是折扣。”

一阵微风把这个长者燃着的香烟烟雾慢慢地吹到了花园外，那有着锈色菊花圈着草坪的花园。

“自然，我们并不是在抱怨。我们所需要的只是一种交易，不管是以什么形式出现。但关键是他们并不知道我们知道他们想要什么，即便他们知道这一点，他们也可能会假设我们反正不介意他们要什么。”

没人对此感到惊讶。这是日本公司通常的做法，他们经常不顾一切地做生意。然而，他们却好奇地想知道李在提出这个基本点时的设想。

“因此，如果我们将这种内容提供给日本媒体，那么这就会像炸弹一样爆炸，特别是在议会。会有某种形式的问询，就是通常那种敷衍了事的程序，这就不用说了。没有人会打算做些什么。但这足以使松友公司在剩下的这一年时间里被痛苦地压制，这也就使他们不得不停止给我们在澳大利亚的事情制造麻烦。看看吧，当这些出现在新闻中，那些在偿还日本人钱的当地人在对日本项目投标时也会变得更加小心。”

他带着讽刺味道的笑容使得其他人也咯咯地笑了起来。

“毫无疑问，我会选择继续利用这个窃听故事。我敢保证这是一种最快的方法，来得到我们想从这些业余级别人身上得到的东西。”

对高来说，这话中所表达的意思一清二楚。

“马丁，这事不能再这样继续下去了。我没有保护你的办法，除非发生一些根本的变化。”

但亨斯特卡波说这番话时，克拉克紧盯着地面。

尽管他们一起经历过盛衰起伏，但亨斯特卡波还是相信澳大利亚秘密情报局。他们也曾一起死里逃生，经历过一些使他俩人都感到有些自豪的事情。尽管如此，他还是有一种潜在的怀疑，怀疑摩根戴尔与这些事件的这次变化有关联。

“我从总检察长那里感到一种伪善的刺痛，一种你在窃听委员会上得到的刺痛，一种压在你后背使你就范的刺痛。而且现在，在结束了昨天的‘表演’之后，外交事务的头头也来纠缠我。”

亨斯特卡波坚定的眼神说明了这一切。

这个外交事务官员也曾在总检察长部门会议上受到克拉克困扰，而且他曾出席了有关讨论秘密情报局在亚洲新设站特工的外交身份掩护的会议。尽管有义务为秘密情报机构提供这种位置，不过在决定掩护身份的级别以及任务上，外交部门还是占优势。正是知道这一点，在没有与会者在场的情况下，这位官员曾小心谨慎地告诫克拉克不要制造混乱。但克拉克仍然想方设法引起了骚动。这次会议最终没有作出任何真正的决定，这对秘密安全局来说就是一次失败，也使得亨斯特卡波陷入复杂的处境。

“你看，我很坦率，马丁，”亨斯特卡波说，“最近我听见好几个人说他们更喜欢托德，每当他代替你的时候，事情总是进行得很顺利。你知道我的意思?”

克拉克朝上看了看，正好和亨斯特卡波的眼光对上，就说了这么一句，“你如此强调这些是往伤口上撒盐。”摩根戴尔的影子萦绕在心中。

局长和克拉克同龄，最初他曾是一名外交官，但在十年中，他曾使间谍活动没有陷入非常麻烦的地步。对他来说，这种侥幸的生存来自这个官僚机构里由他的老同事和老朋友构成的一张关系网，在秘密情报局出事儿的时候，这些人总是帮忙走出险境。这时是伙伴情谊的作用发挥最好的时候，尽管也有伙伴情谊不近人情地最糟糕的时候。但他认为任何无形的东西令人心烦，就如现在他所面临的事情，克拉克的不严谨、不可靠。亨斯特卡波这个人总是充满活力、生气勃勃，但却能自控，也就是说，他的办事方法具有稳定和一贯的特点，从而使他能够被预测。他的魅力以及广泛的关系网在许多情况下帮助了秘密情报局，特别是当与亚洲的情报联系人的关系出现问题的时候。固然，早些时候他那点石成金，处处事事都能成功的本事已经不在，但他的那些故事仍然在系统内一些人口中谈论。然而现在他的行为提出了一个严肃的挑战。

“好，马丁。我不再说了，但你知道我的处境。”

亨斯特卡波在等待着，希望能够得到一些解释，但克拉克什么也没说。

这局长脑子里不再考虑一连串的可能性了，他这么做的次数已经太多了。就是他那些很了解克拉克的密友也不知道为什么克拉克变得如此不好相处。有人说，可能是他过去在这个行业中工作的压力使他变成这样。“这混蛋就是垮了，”摩根戴尔推测到，“天知道他把他自己纠缠在什么里面了。”

“那我安排一次心理咨询怎么样呢?”亨斯特卡波问道。

他把这个方法看成是引入克拉克问题的一个间接的方式，或者是将他的位置让给兰伯特——如果不给其他人的话，或者是克拉克离开情报局。

“你我都知道，马丁。这个心理咨询可以小心谨慎地、秘密地安排，不一定要在堪培拉的那种有着许多病人的、乱七八糟的地方找个心理学家，我本人知道在悉尼就有一个相当不错的。”

他猜想，如果克拉克已经考虑离开，那么他可能会有一些自己的想法。但是如果他真有想法，应该会提及啊。唉，这事可真是让人沮丧。

克拉克朝旁边看了看，然后低下头看着自己的双手，“非常感谢您的关心，比尔，但这不是我想要的。”

“但马丁，你可不可以让我知道到底什么使你烦恼呢?”

没有回音。

亨斯特卡波知道在没有搞清一些事情前，克拉克是不会离开这个房子的。“你知道的，我的朋友，”他对克拉克说，声音也变得柔和一些，“有些人离开了情报局，后来也干得不错。想想泰国的斯特林，以他为例，他在那里建立起真正的生意，挣的钱是我们这里的十倍，而且他还在我们的花名册上。”

克拉克点着头，似乎意味着这件事里是有好处的。

“那么波尔森和依梅莱又如何呢?”

亨斯特卡波仍旧接着说，说出了最近离开的两个曾经在秘密情报局服务多年的官员的名字。

“他们已经和印度尼西亚紧紧地连在一起了，而且他们也在做跟我们一样的事情。”

克拉克做了个鬼脸，这让亨斯特卡波意识到，他应该可以选择一个不太敏感的例子。但无论如何，克拉克像他们一样辞职要比最难的人还要难。然而，不争的事实是克拉克偏爱雅加达，并将雅加达看成是他取得成功的主要战场之一。“他妈的，马丁，就凭借你在那里的关系，用不了多久，你就会发达的。我呢，也可以把一些事交给你做。所有那些好事连同他们那些搞情报的家伙们一起都会过来，又是天鹅，又是钓马林鱼，没完没了。我们可以通过你来做这一切，而且我也可以把你放在付佣金的名单中。坦率地说，你实际上并没有离开。”

“嗯，”克拉克说，“给我些时间让我想想这事。”

“事实上没有离开？哼！”克拉克对他自己说。比起关心我的今后，比尔更关心他自己的未来。让我们走着瞧吧。非常令人诧异的是尽管他如此了解我，但他仍然完全不懂。

亨斯特卡波一直以来把克拉克看成是知己，把自己有关退休后的雄心勃勃的计划都透露给了克拉克。他的计划是建立一个亚洲贸易咨询公司，这样他可以开发利用他在这个地区情报部门的高层人物关系以及他在澳大利亚毋庸置疑的各种渠道。亨斯特卡波实际上可以有效地操纵一个私人间谍机构，处理从政府政策评估到策略和安全顾问的所有事务。克拉克太知道这个人了，即使有以加强澳大利亚国家利益为目的工作的时候，那也是少之又少的。之前他就数遍被告知，他的帮助将对这个风险的启动和运作非常重要。

现在这种事情来了，克拉克想着，这事简直就是背叛，就是出卖。克拉克朝亨斯特卡波微微一笑，这给了亨斯特卡波一丝希望，是表示打算做的希望。

“马丁，再等几周时间，但看在上帝的份上，你就冷静下来吧，别再给我惹麻烦了，好不好？”

“我会尽量做到。”就在要转身走的时候，克拉克犹豫了，然后回头看着亨斯特卡波，“我承认，比尔，我有时不够谨慎，但你需要注意的是你不会激起另一次大冲突。你我都知道巴斯在玩弄这种游戏时有多么聪明，只有上帝知道他那秘密的会议程序是用来掩护什么的。”

这个评论使这情报头头思考起来。摩根戴尔曾利用提供虚假信息结交了一个人，并非常巧妙地将此事扩大，直至目标自己消耗掉，他也因此而臭名昭著。在这个系统着火之前需要将危险源挪开。这个同样的策略和最近两个资深秘密情报局官员的退休也有很大的关系。

“对啊。”亨斯特卡波想，“这肯定是我应该考虑的问题，但这事又很离奇。”他和马丁在这里讽刺、中伤巴斯的忠诚，而巴斯在几小时前也在对马丁做了同样的事情。

第九章

东京，5月21日　星期日

“干杯!”中川敏夫回应着老板的祝酒。

中川敏夫是在与他们董事长约定的晚餐时间不久前到达东京的，公司总部临时通知他到东京来。

两个人都抿了一口杯中的威士忌，然后把酒杯放回了黑漆桌上。脱掉了夹克衫，他们两人享受着空调吹在房间地上榻榻米垫的凉风。外面空气非常潮湿，与之相比，在这里可以得到一个难得的喘息机会。文雅又精巧的日本风格可以用来描述这间位于高级豪华酒馆里的密室，这里是生意大亨们以及保守党政治家们开会的地方。

“让我告诉你，这里的政府处于真正的压力之下。”董事长用一种很亲密的口吻说着。这是在表达一种愿望，希望这个年轻人了解他的信赖。

“嗯，我知道。”中川恭敬地回答。

“我知道你与内阁研究室的吉田很熟，”董事长说。中川点了点头。吉田这名字给他的第一个暗示就是为什么他被从悉尼召唤回来，尽管他知道他回来肯定和能源的事情有关。

“昨天他邀请我进行了一次很友好的谈话，当然了，这就是你现在在此地的原因。毫无疑问，你不会没有意识到他们对这天然气的生意打什么主意，但这却有个故事。这是最高机密，这个极其机密的事情就是发现吉田有渠道联系我们。”

董事长是个既有尊严又很和蔼的人，同时也以坚强刚毅闻名。他已经六十多岁了，这位前橄榄球冠军打点生意如同打橄榄球。坐在董事长对面地上金黄色垫子上的中川是这家公司总裁的女婿，尽管这种身份并没有给他带来什么特别的好处——这就是被秘密全方位地监视，以防他坦率而直言不讳的作风使公司尴尬。

“你看，”董事长接着说，“离俄罗斯工程师登上我们日本在库页岛的钻井船只有不到两周的时间了，到时他们就会发现我们已经找到了什么。”

中川一言不发。

“因此政府不顾一切希望能够促成一个俄国人愿意而且容易接受的一揽子协议。但在中国人签字成为最主要的顾客之前，这个协议里有关经济情况方面的内容是不可能确定到位的。而中国绝对是在努力把这事定下来。”

“啊哈，目前局势是昭然若揭啊。”中川想着，这说明了对中国人和澳大利亚人的紧密关系的反感。

董事长用典型的日本男人的语调慢吞吞地说：“就让我们看看吧，北京的策略并不难了解。”

也正在考虑这事的中川咧开嘴笑了，他饶有兴趣地听着。

“很自然，那些中国恶棍们愚蠢地开始敲诈我们，但这没有任何意义。”董事长挑选了这样亲密的词语本身就是一种姿态。

“我告诉你他们想要什么吧。”董事长还在继续。

“他们想让东京感到中国在澳大利亚已经得到了比他们更大更好的利益。实际上，吉田明天和谈判组一起出发到北京去，他需要从我们这儿知道在这件事情上我们到底能够拖延到什么程度，这就是，在你这儿能拖延多久。”

“在你这里”，这词使得中川成为关注的焦点，他感到更加紧张了。这也表示问题的中心就是这伙儿流氓要控制，其内涵直指这个年轻人的责任，更确切说是他的职责，他必须提供一些好东西，不论花多大的代价，不论采取什么方式，必须提供有用的内容。

“因此，我的朋友啊，首要问题是中国和澳大利亚的交易是否被搁置，或者起码要拖得这事不能有任何进展。”

尽管中川感到了压力，但他还是非常有信心，他报告的内容将会满足日本政府交给他们公司的要求。

“嗯，事实上这个交易并没有被搁置，”中川说，“我是说仍在议程中，仍在讨论。但是，我认为我们可以放心地说此交易已经停顿了下来，在目前可预见时间内不会出现任何有实际意义的进展。”

“这么说，我们已经为吉田和他的团队赢得了一点儿时间?”

“那是肯定的，这就是那个人想要的，也就是我们已经提供的。你可以告诉他，中国人不再会有任何影响力了，他们或是尽快将自己从我们的库页岛交易中分割开来，或是被冷落在一边。澳大利亚人，特别是因为从我们这里得到的‘指导’，将会犹豫好几年。很清楚的事实是，除非堪培拉勉强给予优惠性融资和其他甜头，否则中国不会在澳大利亚发展任何长期商业天然气项目。但是，不论澳大利亚商界对堪培拉施加多大压力要求他们使这个项目在经济上有可行性，得到我们一些帮助的澳大利亚将不会给予中国他们希望得到的。”

“嗯，非常令人鼓舞啊。”董事长挖苦地笑着说，“正像你设想的那样，吉田关心的是松友公司的行动可能会影响政府，而我担心的是他们的行动会影响公司。”

董事长的话没有说完，他的意图是让中川自己决定是否向他保证所有一切都很顺利，所有一切都没有问题。

“我不希望看上去洋洋得意，董事长先生。”中川使用不带姓氏的头衔称呼他，以表示对他的尊重。“但是，我们在那里面对的是一台运转良好的机器，你是知道的，我们用钱对那些能源界的关键人物都进行了贿赂渗透，而他们也对此有所回应。谈到安全保险，我们一直都极其小心仔细。在这些问题上，我们也从来不以日本公司的身份出现。事实是，我们在悉尼有一个一流的经营者，他替我们做这一切。他是一个澳大利亚人，已经为松友公司工作了二十多年，他很圆滑、很有计谋，是个完全可靠的人。几个月前，我——或者说我们将他从松友的花名册上删除，使他成为一个独立经营者。但事实上他与我们以及他的联系人的关系一点都没有改变。他只是转移了活跃的舞台，而在堪培拉度过更多的时光。”

董事长温柔地点着头，说明他对这些话很满意。

“你是这些‘情报工作’的总协调人？”董事长问。

“是的。”中川回答说，带着自豪的味道，“这是我在澳大利亚所担任的比较有兴趣的任务之一。”

“啊，是这样的吗？”董事长问道。

尽管董事长和吉田之前只见过短暂的一面，但在吉田访问悉尼的时候，他感到这个属下是如何展示他那官僚主义的本性。

“对不起。”外面传来的女性温柔的声音打断了董事长的思路。

滑动门被轻轻地推开了，门口出现了两个女仆。两个人都穿着和服，一个人的和服颜色是薄荷绿，另一个是浅粉色。两个人跪坐在各自的脚上，表示着最真诚的歉意。她们面前的地上摆放着装满菜肴的盘子，她两人请求进来就是送这些菜肴的。

“来吧，进来吧。”董事长说着。

两个女仆蹒跚地移动着，然后把各种盘子摆放在桌子上。每个品种味道都做的很好，不仅烹饪水准很高，艺术水平也很高，还有两瓶新鲜的威士忌。烤鱼、豆豉、各种肉食的味道和凉爽空气的气流混杂在一起从外面飘了进来。

这两个男人静观这仪式进行着。这倒不是因为害怕当着别人继续他们的谈话，而是享受着片刻的安静。在日本，和西方大多数情况下的感觉不一样，安静丝毫不意味着难以揣摩。

女仆走了，他们开始用筷子品尝这些食物。

“我上午还要见吉田，”董事长说，“我非常高兴，因为我可以对他说，我们已经成功地做了这项工作。注意，我可真是问了吉田我是不是可以把你带去说明我们是如何做这件事的，但吉田却固执地坚持让我一个人去。”

被没能得到这种幸会蜇了一下，中川耸了耸肩，但老板却没有注意到他被伤害了。

“你永远也不会知道，”董事长还在说，“他也许想谈一些敏感的政治话题，可能是一件有关印度尼西亚的事情吧，一件重新提起来的事情。”

从中川的表情可以断定他一点都不知道这事。

“嗨，这事要保密，别告诉别人。几年前，政府让我们在雅加达‘种下一些种子’。他们有个想法，希望建立一个南方石油与天然气集团，和印度尼西亚、澳大利亚一起开发帝汶海的石油储藏。当然了，东京不得不付出资本并帮助制定价格。在当时，这是一个很聪明的想法，但始终也没能付诸启动。现在吉田和他的战略家都在北部进行有关库页岛的工作，我总结出来的答案是他想让我们再次打压南边的当地人，就是那些印度尼西亚的黄种人和澳大利亚的白种人。如果这就是他想要的，那么他将前所未有地需要你在情报工作方面的技巧。”

中川很有礼貌地笑着，内心却咯噔一下。

他的背景和大多数日本人不一样，这种背景使他可以在更大程度上了解日本所做的游戏，于是也就知道他们一定会具有的短见行为。他开始对他是整个系统中另一个机器的角色感到厌烦，他所具备的天赋就像是灯的开关一样开开关关，想用就用，不需要时就放在一边。他不知道他还能够像这样忍受多久。生活要比这丰富得多。

“我的天啊！这是什么？”伊丽莎白·坎特雷尔大叫了起来。绕着狭窄灌木中的小桉树丛，她发现了旁边有一棵很大的百合。这百合有五米高，枝干上端盛开着形似铃铛一样的血红色花朵。

“这是我们这里最与众不同的植物。”梅森答道，“这种植物可是史前遗留下来的，她只在悉尼沿海地带生长。”

这两个人现在是在巴格瓦（Balgowlah）高地的自然公园里，这是面朝外港和太平洋的富人住宅区。豪华的住房环绕着大片的、一直通到悬崖和大海的灌木丛。这里的景色非常壮观，吸引了不少步行者和摄影师。

坎特雷尔被这植物之大震惊，站在那里一动不动，这花让她感到自己像个侏儒。梅森已经到前面去过了，他把悬挂在路上的枝枝杈杈都清理掉。现在他站在坎特雷尔身后，用胳膊抱着她的肩膀。这是种本能的动作，也证明了他们在印度尼西亚时建立的密切的工作关系。

他们是在一早抵达这里瞭望台的，他们已经注意到一支周日艺术小组在支画架。天气很好，使人轻松愉快，海水在阳光下熠熠发光，尽管空气还让人感到凉意，但这美丽的海水还是让人跃跃欲试。当坎特雷尔发现这巨大的百合时，他们只走了要去的那个海滩路程的三分之一。这是坎特雷尔第一次来澳大利亚，十天的时间使她对这里感兴趣了。坎特雷尔在野外的兴奋与愉快让梅森想到了她的兴趣爱好，七年前，他们曾从雅加达逃脱去探索这群岛之国的偏远地区。

梅森是前一天刚从堪培拉回来，在堪培拉梅森开始质疑那些联系人。澳大利亚秘密情报局的托德·兰伯特已经透露了在情报局内部正在发生的事情，兰伯特自己也一直怀疑这两个关键人物，一个是摩根戴尔，一个是克拉克。堪培拉其他人所提供的信息也使得整个情况更清晰起来。澳大利亚安全情报组织和国防通讯局也让人出乎意料，这两个组织各自都有一个可靠的联系人，特别是前者的乔·佩雷格里尼已经特意将此事公开。梅森的调查很快在这些联系人当中引起了一些人的焦虑，这些人因为堪培拉未能处理高级别的安全威胁而困惑和不安。

这时在悉尼，坎特雷尔已经协调完成了一件监视的运行操作，其中有一些美国的官员参加，还有一些是联邦调查局的专家。根据梅森传递过来的信息，这个小组已经监听了一些电话线路并发现了一些很有意义的线索。

坎特雷尔到机场接上梅森后，两人就直接去了中央情报局设在城市附近的密室。在那里，他们与当地工作站站长詹姆森以及他的一些从美国飞来的同事连线，其中有联邦调查局的罪犯克星、法医心理学家琳达·李维。吃着餐馆外卖送来的日本寿司，这组人比对着目前搜集到的信息，对梅森和兰伯特最初提出的所有可能背叛的目标名单都进行了筛查。监听也将一些非法活动揭露了出来，如通过外交信袋进行洗钱和走私，这些需要进行单独的调查。坎特雷尔团队已经确认了克拉克或摩根戴尔是罪魁祸首的可能性，而佩雷格里尼也同意这个观点。这个团队的精力现在将集中在这两个人身上，要尽可能地挖出他们的联络网并且核实他们叛变的可能。

在堪培拉的时候，梅森已经坦率地告诉佩雷格里尼目前进行的事情，作为澳大利亚安全情报组织的技术总管，他可以提供至关重要的帮助。“你看，格雷格，”佩雷格里尼当时说，“我非常愿意在其中发挥积极的作用，而且是以某种形式发挥作用。但我需要时间来做这个决定，积极参与你们的澳美团队将是巨大突破。无论从专业的角度还是从伦理的角度说，对处于我这种位置的人，这种事情会产生各种各样的影响。请让我自己考虑考虑。”

佩雷格里尼同意在周末来悉尼说明他的决定，坎特雷尔和梅森按计划十一点在瞭望台与他见面。但是现在俩人坐在岩石边上，脚下滔滔的大海和充足的闲暇时间使他们能够享受这美丽的景色。

“谁又能想到，”坎特雷尔开口说，“我们会遇上这样的挑战呢？那就是有可能把马丁作为该死的叛徒揭露出来。”

“你完全可以再说一次。”梅森笑着回答说，“这可真是一件让人吃惊的事情。根据他对我所做的一切，这可以引起一件绝对经典的利益之争。但把他揭露是一件事，而保持公平、不偏不倚则是另一件事。我不能急于做出结论，也不能让这事说明我这个人满脑子成见和偏见。但当然了，能够把这个王八蛋一辈子踢出去还着实让我兴奋。”

梅森意识到话扯远了，甚至和坎特雷尔说这些也太多了，“如果私下说的话。”他很快的补充道。

坎特雷尔笑了，对梅森这感情的波动感到同情。克拉克不仅毁掉了梅森的婚姻，也毁掉了他的事业，因此，长痛是不可避免的。坎特雷尔担心的是这种痛苦似乎已经转变成了焦虑，并有时候以瞬间的发怒显现出来，尽管不是很严重，但之前却有过几次。就坎特雷尔个人而言，看到梅森受到这样的打击，她感到很难过。

“你知道的，格雷格，如果这确实是把事情揭露出来的方法，我会很高兴的，我希望他得到这种下场。但对我们俩人来说，这很自然不是目的，我们必须要向小组成员展示客观的判断力，我们俩人都要不遗余力地让别人看到我们是公平的。”

梅森因坎特雷尔在困境中还把她自己放在这样一个位置而受到鼓舞，根据贝丝以前对克拉克的迷恋来看，她是经过很长时间后才站在这样的立场上。尽管他与坎特雷尔有着亲密的朋友关系，但梅森头脑中仍然对她和克拉克曾有过的亲密关系耿耿于怀。坎特雷尔在悉尼的出现只是将过去的创伤再次揭开，即使她带给梅森的是如此热烈的欢迎。

然而，目前这俩人面对的是一个非常微妙的问题。仅仅告诉这个联合团队他们之前与这两个嫌疑者中的一个有过的交往可能还是不够。李维之前就已经提出，在这种认知在评估目标时是关键因素的同时，它的价值由于个人厌恶代替了专业精神和客观精神而完全消失了。李维具有鹰一样的眼睛，她会注意这种价值的减退。

“嘿，格雷格，两个人比一个人强。我会关照你，如果你关照我的话。这样我们就会达到一种平衡的典型，而李维也不会发现任何蛛丝马迹，当然如果我们幸运的话。你完全明白，李维擅长司法追寻。从表面上看，当联邦调查局请她来解决某个疑难案件时，李维是耶鲁大学的一个学者。然后，她被说服留下来成为全职工作人员。她已经答应来悉尼待上一两周时间帮助我们查出叛徒，而谢林顿希望这种结果尽快出来，这不仅仅是显示国家安全局和联邦调查局可以合作，而且也希望在一些更需要优先处理的事情把她拉回美国之前把叛徒查出来。”

多快算是快呢？梅森琢磨着。

“当你在堪培拉的时候，”坎特雷尔告诉梅森，“李维就检查了所有我们已有的、你所指出的嫌疑人的数据。你知道，李维对此印象深刻，她把你做这些事情的方式称为‘临床方法’。而团队中的其他人也恰好有这种感觉。共识是，格雷格，我们选择了一个正确的人。”

梅森不屑一顾地耸了耸肩，但这种恭维还是使他很激动、很振作。他想，把我知道的许多事情都甩给美国佬还是对的。很清楚，他们知道我曾经不得不封闭起来的过去是有价值的。最终事情又启动了，如果幸运的话，目前正在发生的事情会导致澳大利亚秘密情报局的清查，一次早就该进行的、而且永远从内部不可能发起的清查。他对自己信心所具有的力度感到吃惊。见鬼，我远比我想象的要更深藏不露，这就是我的动力所在……

坎特雷尔打断了他的沉思。

“总之，”她接着说，“琳达已经把目标锁定在带有复仇情绪的摩根戴尔身上。昨天的会上她并没有提出她的这个看法，但其他人从琳达所做的评论里已经感觉到了这一点。她也许在等更多的证据，然后再摊牌。简单地说，她盯住巴斯了，巴斯似乎释放出某种味道，而琳达正是闻到了他的气味。也许她搞错了，但我们等着吧，琳达的声誉说明她难得出错。起码现在，我们要向她提供所有她需要的活动空间来彻底把这叛徒清理出来。所有对马丁采取的行动都必须放到琳达确信马丁需要进一步关注后作为次要行动进行，当然，除非我能够肯定我们所做的事情仍旧是理所应当的。”

“我对此没有异议。”梅森说着，“最终他们两个也许都被证实是叛徒。”

“事实上，格雷格，现阶段琳达正在寻找他们两人之间的联系。她怀疑他们是否一起在做一些事情，尽管他们是直接的对手。”

梅森点了点头，他没有反对，其实在他看来克拉克和摩根戴尔合作的几率小的微不足道。

贝丝·坎特雷尔目不转睛地望着大海，一条优美的线条划过空中，水面在阳光下闪烁。“谈到对立面的话，”她说，“相对我们两个又重新在一起所产生的疯狂，这地方的平静是多么难得。”

梅森非常高兴进行这种评论而非谈论他们所承担的角色和所起的作用。梅森感到，他和坎特雷尔都曾被生活抛弃，这种相同的经历使他们有许多能够分享的东西。

贝丝在二十五六岁的时候，嫁给一位美国空军飞行员，婚姻幸福，但是五年后，她的丈夫在中国南海的一次事故中牺牲了。梅森感觉到，从那以后，贝丝就再也没有维系其他的男女关系。

他们俩都陷入了沉默。这地方的魔力赶走了一切，直到一声突然的鸟叫把他们拉回了现实中。

在这里的海滩游泳本不在他们的计划之中。他们从二十米高的悬崖爬到下面的沙滩，贝丝觉得很危险，直到梅森向她展示了那些不被人所知的当地人在砂岩上凿出的蹬脚处。到这里来探险的常客们往往寻找延伸出去三百米的海滩，据说，来自南面的涌浪都没有把这海滩压缩到岩石边。

这个充满活力、阳光明媚的早晨是最好的时光，大海是如此迷人。

旁边没有一个人，所以梅森和贝丝脱光衣服，跳进大海，他们之前在考虑的事情和他们的衣服一起被抛在脑后。在海水里的一个小时感觉清爽和纯净、自在和满足。除了周末在近海捕鱼的小型马达艇和通过港口的黄绿相间的渡船外，悉尼也是在一千公里之遥的地方了。

他们回到瞭望台，等候佩雷格里尼。这时已经快十一点了，他马上就会乘出租车到这里。他们三人将选择一条海边郊区的灌木丛小道，这样的行走可以让贝丝和梅森在安全情报组织的朋友有机会交谈。佩雷格里尼之前已经提供了非正式的协助，问题是他是否可以和他们同舟共济，成为这个团队的一个全职成员。兰伯特已经做出了选择，和梅森站在一起，兰伯特和梅森都希望佩雷格里尼也站到他们一边。

梅森靠着停车场的扶栏，而贝丝走来走去看风景。她细细地审视着地平线，敬畏大海令人激动不已的浩瀚，她沉思着说："一会儿当我们回到我们的本职工作时，会回味在海滩上刚刚度过的这段时光。"贝丝感到，在今天早上的某一段时间里，梅森又回到了从前的他，如同他在印度尼西亚的时候，顽皮、随心所欲而又机敏智慧，居然还诱骗她用水中呼吸器潜水。

"来呀，贝丝，"梅森当时对她说，"浮潜是给孩子玩的。"当时的样子就像他完全忘掉了他过去那段最糟糕的时光。但是现在她又一次进入了他的生活，复燃了一切，不仅是他以前对智力游戏的痴迷，还有他对这种游戏是如何充斥了生活感到的困扰。

"不喜欢这些小精灵吗？"梅森喊道。

"不，就是在思考，像这种地方使我能够更清楚地看清问题。"

"好，我们将操作这件事。"杜·胡尔说。

这是几周内第一次他自信地在他办公室里讲话。这座城市最棒的电子设备清洁人员刚刚对每日快报的办公处所进行了一次"体检"。之前胡尔接到艾德里安·麦金龙初步密报说他处于监视之下，于是胡尔下令进行这场清查。

尽管对房屋进行了检查，但胡尔在和麦金龙及报纸新闻编辑说话时，仍然躲开窗户，麦金龙和新闻编辑是这间屋子里仅有的另外两个人。坐在堆满文件的桌子旁边，胡尔意识到这个小组在房间里安装了在他工作时可以启动的干扰设备。这些设备可以阻止澳大利亚安全情报组织、秘密情报局或是任何什么人通过窗户发射红外线光束并根据玻璃的震动来获取讲话内容。

“是的，对我来说这已经足够了。”胡尔刚刚看了麦金龙最新送来的大批机密文件，说道，“要明白，我现在要确认的是，堪培拉没有达到应有的控制程度，而导致最终的结果是澳大利亚将陷入不利的处境。如果说这种事情不在读者的兴趣之列，那么什么才是公众的兴趣呢？我们的职责就是公开事实，而公众的职责是判断我们印在报纸上的东西。让那个国防机密通知见鬼去吧！”

麦金龙和新闻编辑都点头同意，他们知道公众毫无疑问地需要知道这些。三人已经谈了一个钟头，期间也错过了午饭。麦金龙之前在和杰里米·托伦斯一个在堪培拉的朋友约定的地方取到了一大包东西，托伦斯是麦金龙在北京的同事。托伦斯之前从一个确认麦金龙本人和他正在追踪报道的故事的人那里得到了可靠信息，这个人是国防通讯局的监听员，他那天早晨开车到悉尼把这三百多页的东西交给了麦金龙。于是，就有了安排缜密的会议，来避免任何通过电话或其他任何可能泄露会议消息的方式。

信息是无懈可击的，来自托伦斯从大学时代就认识的一个人，当年他们一起学习中文。这个人负责国防通讯局和堪培拉两个美国技术官员之间的联系，处理从大使馆窃听到的原始材料。他们三人相处很好，实际上，他们都在使用同种专业语言——电子窃听。电子窃听是一种艺术形式，任何东西都不能像它一样将从事这个行当的人绑定在一起，起码在这个讲英语的间谍世界里是这样的。

他的工作是处理、加工美国人传给澳大利亚方面的材料，美国人转过来的信息已经经过了华盛顿的详细分析，他的任务就是把这些材料分类。经过一段时间后，他注意到他的美国同行对其收集到情况的看法和最终送到堪培拉的东西有着显著的差异，这种情况在有关经济和贸易方面尤为明显，而也正是在这些方面两国的竞争激烈。窃听到的有关中国从澳大利亚购买小麦的价格及数量的谈话从来没有转给澳大利亚方面，而这正是澳大利亚希望从这个在自己国土上进行的行动中获得的最热门的情报。

其他一些不足的地方也吸引了这个澳大利亚人的注意力，比如有关煤炭、棉花、活畜、能源以及一些高科技设备。相比之下，从中国使馆窃听到的有关政治方面的内容却未加改动就转给澳大利亚。

托伦斯的这个联系人实际上早在中国改变了他们的联系模式前就突然意识到正在发生的事情，于是中国的这种变化使得从这一联合行动中获取情报的数量受到了限制。这人曾数次向他的上级提出了原始情报和美国人返回来的内容的差异，但被指示对此事保持沉默。

“有高层人物在做这件事，你就算了，不用管它。”

这是他的一个老板告诉他的，他也曾把他的担心私下和他信任的一些官僚们谈过，这些人都有机会阅读这些文件，他们也同意他的看法，那就是华盛顿扣留的信息会给美国的出口商们带来商业利益。于是他开始付诸纸墨，正式地将他的怀疑之处记录下来。但结果是得到进一步的忠告要他停下来，同时他也给人留下了固执的印象，而这种固执会对他的事业有负面影响。

“嗨，你们看这个。”胡尔指着堪培拉的一个分析家对美国提供的文件做出的评论说，“这说明了一切。他说，‘和从其他渠道得到的信息对比清楚地说明了一个事实，那就是美国人得到的在这些内容上的情报远多于他们与我们分享的信息。’同时他也列出了通过检查哪些其他报告而得出这个结论。现在，你们告诉我，这该死的堪培拉是如何让自己卷进了如此糟糕的混乱?”

这总编极少表现出如此愤怒。

“因为我们没有仔细考虑这事，也没有想开吧。”麦金龙回答说。

这位曾经在政府部门任职的新闻编辑也同意麦金龙的看法。

想到这个中国的报道即将完结，麦金龙如释重负，尽管还要根据这些得到的启示把文章写完并进行编辑，这也不是件容易的工作，还要穿过雷区，因为这里面有法律问题和保护消息来源的问题。

“嗯，我们必须要编造一些身份，”胡尔说，翻看着其他文件。“比如，用‘来自高级政府官员’也许对这类报道来源最好的身份。”

这个问题定下来后，胡尔和新闻编辑饶有兴趣地听麦金龙讲述这个中国故事以外的故事，这部分内容麦金龙在他们这次见面之前就已经提及过。

“你们看啊，在目前阶段我已经没有什么可做的了。但如果果真如此，而且我们可以找到其他渠道来说明这点，那么我们这第一个版本必死无疑。”

胡尔听到麦金龙这么说，他那干瘪的脸上露出了探询的表情。

麦金龙接着说:“你们知道，托伦斯的联系人暗示中国可能已经知道了他们处于攻击下。”

“你是说他们已经发现了挂在墙上的光导纤维?”胡尔问。

“比这还要糟糕，似乎他们已经得到了密报。如果是这样的话，很可能是我们这边的某个人向中国人报告的。”麦金龙回答说。

“你是在告诉我一个澳大利亚人泄露了秘密，说走了嘴?”

“好像是这样。”

“呸!”胡尔骂道，“这事到哪儿才能结束?”

新闻编辑摇着头。

“上帝才知道。”麦金龙回答说，“这就是那个国防通讯局那小子说的，他讲他得到信息，好像华盛顿真的很担心为什么中国人忽然进行了检查并且更换了通讯模式。他猜美国人认为是由于技术问题泄露了天机，但最近在堪培拉的两个技术人员像蚌壳一样守口如瓶啊。从表面上看，他们似乎都没有考虑什么可能出现了问题。”

“见鬼!”胡尔搓着下巴说，“这件事到底会有多复杂？我这辈子经历过跌宕起伏，但这次可是拔了头筹，应该得奖。”

麦金龙补充着:“所有他告诉我的就是他感到一件大事，一件迫在眉睫的大事。坦率地说，我认为是他对这件事情的关切促使他泄露了这些文件。但他很固执，这一点我们可以不谈，起码是在目前不谈。他已经答应如果他能查明目前正在发生的情况，就会向我提供其他文件。”

“我们还有没有其他能够挖掘信息的渠道?”胡尔问道，他知道这个星级记者的答复不可能是否定的。

“有的，有几个。”麦金龙回答说，“但我倾向启动第一步并运作起来。”

“我也同意。一旦一个人露了面，就会鼓励其他人站出来说话。”

“完全正确。”麦金龙附和道，“看看我们到底怎么往前走吧。”

胡尔咧嘴一笑，说明了他在处理这类事情时所具有的勇气和决心。这些是麦金龙和他在快报的同事们总能感觉到的、使人放心的气质。

“那就这样吧！让我们准备好行动。”胡尔拍着手说，这动作即出于职业性兴奋，也强调了继续干的必要。“你们认真做这事吧，艾德里安，明天早晨十点以前完成你们的稿子，我们会负责其余的事情。”

麦金龙笑了，他今晚要熬通宵了。

“我呢，将整理、收集法律建议，一旦你的文章完成，我们会尽快交与律师看。现在我们在违抗国防机密通知，我们得让我们不坐牢。看看啊，今天是星期二，我们星期五上午处理这通知怎么样啊？那就是五月二十六日，怎么样?”

“我认为可以啊。”麦金龙边说边把散落在老板桌上的文件收拾起来。

“对了，我还得操心一下社论。”胡尔又说，“这是一篇说明快报为什么违抗政府在这种事情上的警告，这篇社论会使法律研究者们在开始攻击你写的东西前得到一些需要仔细研究的东西。”

“你怎么做?”张文涛问道，“这事太神奇了!”

张边说边友好地拍了梅森胸前一下。

“不是在情报机构，兄弟。记忆训练是你首先进行的事情之一。”

“可能吧，格雷格。但对我来说，这件事太特别了。”

这两个人这时坐在城里一家酒店的咖啡吧里，而在此前不久，他俩刚刚和一个澳大利亚商人进行了短暂的会面，那人很想和中国做生意。这是个梅森的老熟人，塔斯马尼亚的商人，他公司生产的商品远销国外。几周来，他一直想和上海的金属挤压半成品的生产商联系，但总是无济于事。当他在酒店大堂撞见梅森的时候，他对梅森说:“真是他妈的不可能。”梅森马上就给张文涛打电话。这不仅是个很好的掩护，同时对梅森来说此事意味着和一个中国朋友见面，一个几乎肯定已经大致了解了向北京泄密的澳大利亚叛徒的人。

和张见面后，这个塔斯马尼亚商人很快拿出了一个技术设备的单子，还说他已经准备好，一旦得到肯定的回复，他将马上飞往中国。对张文涛来说，这是一个受欢迎的商业机会。然而，当他后来在咖啡吧里想把这些内容写下来的时候，他发现他自己已经很难记得所有详细情况。“让我帮你吧。”梅森说道，“首先是七种挤压品，而不是五种。其中四种是十毫米厚，而另外三种是十五毫米厚。”接下来是板的类型、焊接技术要求、模具的尺寸等等。张文涛脑子在飞快地转动着。

“太聪明了!”张说着，放下了他的笔，“我一回到办公室，就把这信息传到上海去。”

“哈哈，能有所帮助，我是太高兴了。”梅森回应道。

张把他的记事本放进他的提包，然后放松地靠着坐在椅子上。他安静了片刻，很高兴不再需要集中精力去考虑什么事情。

梅森若有所思地说着："你知道的，直到现在我还是为不能和那些医疗技术人员一起去中国感到不爽，但我没有其他选择。"

梅森非常希望成为赴华澳大利亚制造商代表团的成员，当时张把他列为代表团成员是因为他对中国的友好感情以及他出众的、流利的语言能力。

"我目前手头有很多工作，所以我不可能在这个时候冒险出国。尽管这很遗憾，那将是我们第一次一起在中国。"

这肯定是非常遗憾的，张想着："因为在这样远离城市的旅行中会有许多私密的交往，梅森享受这种交往，我也如此。但如果他抽不出身，那他就是忙。当然这也不是件坏事情，因为后来他也就高兴起来了，并且精力更充沛了。很明显他现在是要依靠某件事，不论是什么。他说的那些有关商业贸易的事情也不是一下子就出现的，我还是要知道有关这事的更多情况。非常奇怪，他怎么没有提供细节呢？肯定是件非常机密的事，尽管不可能比他告诉我的有关库页岛的发现更敏感。唉，你看我到底又卷进了什么事情。"

"这种事情是在发生。"张文涛说，"但不用担心。说真的，我现在更有兴趣知道你是如何记忆东西的，我想知道技巧。"

"这容易极了，"梅森说，"你会很快学会的。"

梅森看了一下手表，意思是他所关心的是张需要回去了，但这个中国人似乎一点都不着急离开。

"等我们俩都有空的时候，我给你来一个速成课。但我们走以前，还有没有要问的问题？"

"对，还有个问题，而你就是问这个问题的最好人选。"

梅森很想知道这个问题是什么。

"很自然，格雷格，这个问题只限于我们两人之间。你看啊，李大使让我列出一份在澳大利亚的可靠的保安公司清单，当我们在此地有事要办的时候，可以叫来帮忙的人。我现在不能肯定这件事背后的事情，但我想可能是计划把我们所有的私人住宅进行一次检查，安妮的说法进行一次‘清扫’。不仅要对堪培拉我们大使馆所有人员的家，还有像我这样在总领馆的人员。你知不知道这样的公司呢?”

张文涛截留了一个情况，那就是李是让高纯做这件事，但高因有紧急的办公室案头工作在超负荷工作，于是他就把这个任务交给张了。但高并不是完全不关心此事，在张名单上的所有公司，高都会亲自过目。

梅森一面做这份名单一面在笑。是啊，他是了解几家这样的公司，而且也把这些公司名字写了下来。但这事多么有讽刺意味，梅森在想，我对中国给出的建议居然是这种事!

张文涛等着梅森列出的公司名单，忽然脑子里出现了一个轻率的想法，问问梅森有关“蝉”，就是蝉的情况。梅森是不是知道蝉的真实身份可能是什么?更重要的，梅森是否认为蝉还会回来?

“太对了。”张在想象梅森会怎么说，“我知道他是谁，而且我可以告诉你们他想要的只有钱。”

不，打住，张仍在想着对自己说:“你又回到了间谍这行当的两个不同的世界里。你最好还是要小心点，要不然你就会在两者之间迷路。但是有关技巧方面的一般问题应该不会造成什么损害，过去一直也没有这种情况发生。”

“告诉我，格雷格。完全是出于兴趣啊，如果一个人不能够应付记忆训练，熬不下来，而且不具备我从你那里听到的其他技能，那么这种人在你以前的地方是如何工作呢?”

“嗯，很简单，他们就进不了这个地方。他们不可能通过心理测试而开始这里的工作。”

梅森注意到了张脸上一丝困惑的表情。

“你为什么问这个问题?”

“噢，没有什么特别的原因，仅仅是想知道而已。”

但这让梅森小心了起来，他回忆着之前自己所作出的回答。他想，没有一种系统是完美无瑕的，澳大利亚秘密情报局的也不例外。

“当然了，有时那种不合适的人也会漏网钻进去。我们可以想想，我就知道一些从来就不应该被接纳的人，即使他们碰巧被接受了，也不应该在这个机构长期工作。但是，他们就进来了，就长期安定下来了。我现在就能想到这样一个人。他妈的！我怎么才能永远忘掉他?”

梅森和张以他们惯有的方式相互注视着，他们都知道，现在已经到了最好不要再往下谈的时候了。

“什么时候过来坐坐，我让你看看我的宝贝东西。”亚历山德拉·坦普尔顿在电话里模仿着摩根戴尔。“格雷格，他就是这样对莎拉说，莎拉是我一个在国家评估办公室的朋友。多好的一种方法啊！”

坦普尔顿真实的声音中有一种微微的、轻松的音调，梅森非常喜欢这种声音。尽管坦普尔顿已经快四十岁了，但她的声音和她的年龄相比似乎要年轻十岁。梅森一边听着她的声音，一边在眼前浮现出她的样子——高挑、褐色眼睛，她的出现引起很高的回头率。

坦普尔顿早晨八点半到了她在首都的办公室后就马上给悉尼的梅森打电话。很明显她有一些有关摩根戴尔的重要情况报告，因为梅森已经感觉到巴斯的不同兴趣，所以他知道这报告大概是个什么内容。上周在堪培拉，梅森与坦普尔顿、佩雷格里尼进行了一次长谈，征求他们对这两个初步嫌疑人的看法。他对这两个人的联络网和如何运作这种关系网很感兴趣。

“看啊，莎拉昨晚在国防通讯局一个小子的生日庆典上撞见了巴斯，当时我也在庆典上。巴斯居然将莎拉带到阳台上私谈。莎拉说，当巴斯询问有关她喜爱的木雕进行得如何时，她感到巴斯可能有什么目的。很显然，他以前从来没有对木雕感兴趣，因此他对此的兴趣未能掩饰住这样一个事实，那就是他是另有动机，另有引测不明的动机。巴斯对莎拉说，他听说她喜欢雕刻鸟、动物等一类的东西，于是他接下来滔滔不绝地讲他自己收藏的中国印章和那些栓扣钉、套锁扣之类的东西，叫坠子，对吧？那是日本人以前用来挂在皮带上的。他还对莎拉说，他的所有收藏也都有一个主题——昆虫、动物以及类似东西。”

这时的梅森已经得到了一个暗示，此事发展方向的暗示。摩根戴尔有一个出名的本领，那就是他总能取悦女人和男人，尽管原因不一样。但对于像莎拉这样本身具有直通高层人物渠道的人来说，摩根戴尔如此这般肯定不仅为了拉拢关系。巴斯是个很会算计的阴谋家，除非为了达到某种目的，否则他不会把时间浪费在与人交往上。

“对。”梅森想，“目的肯定是在这个情报专业领域内。”

“然后，巴斯告诉莎拉，他听这个过生日的孩子说莎拉正在考虑请假去参加一个进行欧洲木料雕刻的住宿课程，在佛罗伦萨，但又因为费用而犹豫。”

“之后，巴斯突然地、而且非常自然地话题一转，用一个奇怪的故事使莎拉心头一惊，他说如果莎拉已经准备偶尔、不定期地为他做一些事情的话，他可以如何如何帮助她。”坦普尔顿仍旧在说，“你知道，巴斯声称他正在额外为我们‘那些美国佬朋友’做一件极其敏感的工作，而且……”

“什么!”梅森暗自发笑。

通常情况下，巴斯做的任何事情都不会让梅森吃惊，但这次却不同寻常。

“当时他还没有像往常那样完全被啤酒搞得稀里糊涂，所以莎拉把这事儿当真。”

梅森这时收敛了笑容，也就是说像莎拉一样，他也拿这事当真了。“这家伙究竟是指为谁在干?”他问道。

“为一个在美国‘鲜为人知、不引人注目’的人。显然这就是巴斯说的全部内容，一切都非常神秘。但无论如何，这事得到了部长的默许才在进行的。你应该知道，我们怎么也得以某种方式让美国人高兴啊。”

坦普尔顿在电话里说。

“这倒霉的约定!”

“格雷格，莎拉对此的反应就是这样，因此她在很努力地去发现更多的情况。但是摩根戴尔只是说这是一件高层人物监督进行的任务。他要莎拉注意在堪培拉的那些老相识以及外围人群，还有这些人的反应、业内的阅读内容趋势、恐怖行为的增加以及全球化的影响等这类的事情。假使莎拉真的对帮助他感兴趣，他可以从他的预算里抽出一些现金给她，并暗示这钱不是小数目。”

“噢，亚历克斯，你看，这事很难相信啊。”

“嗯，我知道你在想什么。因此我准备马上向乔和托德简要地讲一下。”

“是的，完全应该，越快越好。”

梅森一边摇头一边放下了电话。

梅森在思考，他们会怎么做这件事?如果不是巴斯伸出了他那罪恶的触角，那就是马丁·克拉克，他总是显示出忠实于自己事业，甚至是捍卫国家利益乃至情报局利益的形象。上帝啊，你总得给他们一些信誉。他们也许是假装的，但他们真的很聪明，他们在大多数时间里能够蒙蔽大多数人这点上非常聪明。

“所以，啊呀，你是我板球杰米尼的好伙伴了?”老杰克喊起来。

高纯的脸上流露出的困惑使蝉的父亲不得不解释。

“对不起，”老杰克说，“从他还是个孩子起，或者说起码从他还是个孩子起，我就叫他板球杰米尼，简称吉米。我还认为他已经告诉你了呢。”

“那为什么是板球呢?”高好奇地问，“是不是一场以杰米尼命名的板球比赛呢?”

“噢，上帝啊!不是。”杰克笑着说，“板球杰米尼是五十年代的一个卡通人物。”

杰克的声音浑厚，很像他儿子的声音，尽管父亲的声音富有更多的感情在里面。他八十六岁了，但耳朵很灵敏，眼睛也很好，但看上去不是一个很精明的人。

他靠在他的拐杖上，和他的客人一起站在厨房里。他那浓密而散乱的头发明显让人感到有好长一段时间没有理了，他的头发，加上他晒黑了的油亮亮的皮肤使他看起来像个爱斯基摩人，他穿着一条破旧的棕色裤子，用裤带吊着，伐木工人的T恤衫袖子高高卷起，露出他那经常劳动的双手上方的强壮臂膀。

“那你很了解吉米了？”

“噢，是的。”高回答着，“我们关系相当密切。”

高认为，在他琢磨明白杰克为什么要问他这个问题之前可以先这样说，另外也要努力搞明白身份问题。蝉并没有介绍杰克的姓，那么如果蝉从一开始一直使用的名字实际上是个别名的话，从高这边来说就没有什么可担心的了，他现在就可能知道真相。蝉非常古怪而且没有特征，他直到现在在每个转折关口都保持高度警惕。杰克点了点头，似乎客人的回答需要仔细考虑一下。

高纯对他的运气还是感到很惊奇，他并没有指望能见到蝉的父亲，就更别说能够这样与他共度时光了。情报官员总是为最坏的，而不是最好的情况做准备，这次真是一个难得的机会，一个要充分利用的机会。

因为隔壁邻居在照看这位老人的事情，所以这个会计邻居把蝉叫过去了，这样蝉就把高纯留给了他父亲。而现在这位父亲想了解儿子和这客人之间更多的情况。他说“伙伴”这个词时的音调使得高在想他是不是也被怀疑是个间谍了，如果这父亲真的知道他儿子为澳大利亚秘密情报局工作的话。蝉向他父亲介绍说，高是一个私人朋友，他们经常在一些外交场合碰面，但杰克充满疑问的大脑对此说法还是不满意。

发生蝉上周在皮特沃特奇怪的变故之后，高等待了几天，然后给他电话留言：“方便的时候给我打个电话，期待和你见面。”这就是高在电话里说的全部内容，没有留下名字——这澳大利亚人熟悉高的声音。很快就有了回音，同样内容简单“安娜处，七点，四号。”这里是暗指在安南戴尔的杰克家，这地方在悉尼郊外，以具有维多利亚韵味儿而闻名。当由张文涛陪伴在中国城第一次和蝉见面并决定以后见面安排时，高就记下了这条街道的名称。有关的每一个地方都在之前确定了相应的代号。这个地方是第一次用，在名字后边的“七”是指给出信息后第二天的晚上七点，而“四”是指街道的门牌。

高纯坐出租车来到这地区，以防被监视，他首先在领事馆附近的各个街道转了转。据他所知，澳大利亚安全情报组织会例行监视中国外交人员，特别是那些被怀疑和情报部门有关的人。而且蝉曾经告诉过高纯，他的名字的确就在那名单上，尽管他本应该被排在前面的，但却排到后面。

这是一个凉飕飕的深秋的晚上——天色已暗，路面被阵雨淋得湿漉漉的。高走过了一个街区，他有意穿过蝉父亲只有一层楼的砖房以便观察这房子的显著特征。这房子位于街道地势较高的一侧，房前的高速路沿着山边成洞穴形。走了一半路，高又及时加快脚步折了回来以便七点准时到。因为这糟糕的天气，他穿着雨衣，拿着撑开的雨伞。

穿过大门的时候，他看到走廊新近刮掉的油漆痕迹，看来有人在做油漆活儿。花园很整洁，明显有人非常精心地照料着花园。顺着那无数人走过的台阶往上走，他按响了门边的铜门铃。房屋入口处是非常华丽的木质装饰，亮闪闪的彩色玻璃条镶嵌其中。大厅内的光线照射着，红色的郁金香，绿色的叶子以及一小簇一小簇的蓝色花朵就变得富有生气。蝉自己打开了门，穿着没系领带的西装，蝉很愉快，甚至可以说兴高采烈。高感到很惊喜，他之前不知道蝉会是什么样。

“嘿，老伙伴儿，”这澳大利亚人说，“见到你真高兴。”

高把他的这种热情看做是真实的，起码在这个时候是真实的。

“来，见见我的父亲，我敢保证你们两人会很好地相处。”

杰克在此之前一直在屋子里看电视，但当他们进来时就关上了电视。他亲切地和高打招呼，欢迎他来做客。在蝉被隔壁邻居叫走之前，高和杰克还没有时间聊天。杰克主动提出给高冲一杯咖啡，但这得在厨房里做。就在他们煮开水的时候，杰克询问了这个中国人和他儿子之间的关系。

高想到，也许我和“蝉”之间有一种共鸣，这种共鸣告诉老人我们之间的关系超出了一般的尺度。

“你和吉米在一条战线工作?”当他们一起走回房子前部的客厅时，杰克问道。

这是什么意思？高思考着，知道他需要在瞬间给出答案。

“嗯，是的。从我们都是公职人员这点上是这样的。”高希望这个答案能够在此时足以使他满意。

“你知道，”他又开始了，“我一直在想你们这些家伙们如何应付这种工作的要求。”

但这仍然不能说明他是否知道有关情报方面的事情啊，高心里在想，但看上去他好像知道。高纯决定在情况更明晰之前保持中立。即使杰克真的说出他儿子的身份，高也没有理由承认自己的身份。

“你是指派到海外工作这类的事情?”高问。

“对，就是这个以及所有那些零零碎碎的事情。”

杰克调侃的语气使高确认他起码感觉到他儿子参与了某件保密的事情。

“当然了，”高回答说，他小心翼翼地试探着，“政务涵盖了——你们用英语怎么说来着——‘许多原罪’，我们有些人在这里，有些人在其他地方，但最终我们会在同一条船上，我是这么猜想的。”

这番话听上去恰到好处。杰克点头同意。一直到他们回到了客厅，然后坐下了很久，他都一言不发。杰克坐在了沙发的一边，面朝高纯，而高则坐在一个笨重的老扶手椅上。房间里的空气有股霉味儿，还有烟草和上光剂的味道。壁炉上方上世纪四十年代的大钟滴答滴答走着，钟两边各镶着一排东方的小摆设。

“嗯，你知道，这工作多年来对吉米相当不错。”老人沉思着开口说，“它给了吉米年轻时错过的立足点。”

听到这话，高很好奇，这正是他非常想搞明白的一些事情，他表现出了他的兴趣。

杰克笑了：“你是说，他没有告诉过你那些意外的事情?”

“没有，一点儿都没告诉我。”

“唉，他妈在他十四岁的时候死于一场火车撞车事故，几节车厢出了轨，撞上了高压电线塔，他妈妈的死对他实在是太糟糕了，更不好的是我大部分时间都在做我的工程，因此也不能给他所需要的支持和帮助。”

杰克摇着头。

“别对你自己太苛刻，”高看着他的眼睛安慰着他，“当时谁又能出去养家呢?”

杰克又笑了，说：“吉米把自己封闭起来，而这真的让我担心了一段时间。后来，一个和他一样的同学带着他走出了忧郁。”

“啊?”

“他没有告诉你拉朱的事吗?”

“没有，从来没有。”

“哦，拉朱可是他的救星。拉朱来自憎伽罗人家庭，不知怎么搞得在那时移民到了澳大利亚。他是吉米唯一的真正朋友，起码是吉米唯一信任的人。但拉朱在那五十年代也很不容易。如果你长着一张和别人不同的脸，你在人群中就很扎眼，而这也让拉朱很孤独。因此他的精力都放到了学习上，另外就是帮助吉米走出困扰他的问题。如果吉米感到沮丧，拉朱就带他出去走走，到动物园或者海边。拉朱的理想是做一个昆虫学家。吉米也喜欢上了，他房间里的笼子里装的都是这些东西，走廊上也是，但放在走廊上的特别是那些出声音的，你们称他们什么来着？”

“蝉？”

“对，就是这个蝉。总之，拉朱家庭很大，家里人关系也都很亲密，他们关心吉米，把他当成自己人。拉朱家喜欢户外活动，周末经常到他们的木船那里去钓鱼。不论他们钓到什么，他们总会到他们开的餐馆去做鱼吃，这餐馆离我家不远。就是在一次这样的旅行中，汽油箱爆了，拉朱跳下车伤得很轻，而吉米伤得很重，在医院住了几个月。这次经历使吉米患上了恐惧症，直到现在还使他产生幻觉。”

这解释了蝉在皮特沃特奇怪的变故。

但高还希望能在剩下的时间里诱导他父亲讨论一些其他的事情。

“当然了，”杰克继续着，“真正折磨吉米的是他失去了拉朱，也是在一次车祸中。一个家伙借给他们一辆摩托车，结果他们骑着摩托车在一个十字路口撞到了一辆卡车上。拉朱死了，吉米伤得不是很重，但他在心理上完全崩溃了，他唯一的拐杖消失了。吉米上了大学，又退了学。但我使他重新振作起来，最终他还是学得不错，像经济史、政治学之类的。下一个任务就是给他找到一份工作。”

高对谈话发展的方向感到非常高兴。

“他希望从事外交工作，但他们拒绝了他，这时我就不得不走后门、托关系了。”

高笑了，意思是所有好人都需要有人帮。

“我在学校时期的一个密友，是个医生，他之前曾告诉我他的一些在外交部门工作的病人，所以，我就在他耳边吹了吹风，他认识几个这部门的高层官员。当他几年前开办他自己的诊所时，我曾借给他相当一大笔钱，而且不要利息。他也一直想找个机会感谢我。反正，最终墨尔本的一个人联系了吉米，并说他们还要再看看他的情况。但首先吉米得去东南亚六个月，而且要在那地区转转，特别是在印度尼西亚。很明显那个系统非常缺少了解这些地方的人。于是吉米就这样去了而后他们就接纳了他。”

“难道他从来没有想回头?”高问道。

高没有时间对杰克提到的墨尔本做出思考，但他意识到墨尔本在当时是澳大利亚秘密情报局总部所在地。

“没有，真的没有，尽管并不是一切都一帆风顺。我的意思是他一直很满意他的职位，那是他生活中令人兴奋的一部分，但我并不认为他是一个很容易共事的人。”

高竖起双耳，全神贯注地听着。

“现在我希望看到他退下来然后开始做自己的生意——独立的事情。其实几周前他在家里过夜的时候，我就感到了一点儿。我问他是否想过当他退下来以后准备做什么。事实上他的回答是，他这段时间也在考虑这件事。我说，这事情似乎还早了点，而他说如果你经历了他经历过的失败，那么就不早了。这就是他说的。”

杰克明显被搞糊涂了。

高有了他自己的想法，但他没有说出来。“继续下去就没有什么了，对吧?”

杰克同意了高的看法，他不可能知道他刚刚送给高纯一个“天然金块”。杰克伸出手在他客人的肩膀上拍了拍:“起码和你没有什么了。”他小声地说:“我知道，吉米现在受到很好的照顾。我相信你会给他正确的建议。”

听到这话，高都感到心酸。但不论是否感动，他有工作要做而且这工作高于一切其他事情。

他们的话题开始漫无边际，最后停止在园艺上。很快高被领着去看老先生的菜园子，这园子沐浴在厨房窗透出来的光线之中。在他们聊着的过程中，高在农村度过的年轻时代一下子浮现出来，正是在这个时候他询问了杰克的家庭背景。他们的祖先是不是从英国移居到这里来的?是的，他们从英国肯特郡农场来到澳大利亚，而他们的名字可以追溯到数世纪前他们来自的地区。

“我看啊，”高说，“这事非常有意思。”

这是肯定的，高自己在想，这可不是当时我和张得到的别名。但为什么能让我有机会发现这一切呢？肯定不是意外的。

蝉回来后，想拉高到附近的某个地方吃饭。当他们离开的时候，老人看了一眼高，他们的眼光对视的一刹那，老人传递的信息很清楚：“你要保护他。”

尽管高在想别的事情，但他还是报以微笑。

“蝉现在又麻烦了，”他在想，“他的过去已经在影响他了。”

蝉选了一家离他住的地方几个街区的餐馆。当他们都坐下后，蝉突然说：“你看，到现在我都为皮特沃特的事感到尴尬，这情况是……”

“嘿，别担心，”高对他说，因为感到没有必要纠缠在过去。“我们谈一些积极的事情吧。”

我希望着眼现在，明天做出成绩，高想着。这就是我想得到的，我会让他知道谁在掌控这一切。

蝉点了饭菜和饮料，然后靠在椅子背上。

“嘿，你那报纸的事情进行的怎么样？”高没有浪费任何时间，“你是不是像你答应的那样，把这事情的剩下内容透露给报社了？”

非常奇怪，蝉好像因为这个问题而感到轻松，“非常抱歉，实际上，我一直什么都不能做。”

高表示非常困惑。他那严肃的面部表情在问，这是一种轻率的表现呢，还是仅仅陈述一种事实？

蝉的反应很快，“不是我说话不算数，不守信，是因为我一直不在办公室，没有机会抽时间做，但我会做的。”

高对这类事情掌握得很好，对他来说，与蝉的关系严格地保持在工作范畴以内。这件事从始至终都是笔交易。这澳大利亚人做出了承诺，但却没有做到。高期盼知道原因，等待的感觉很不好。他自己每日的工作很艰辛，忍耐的限度也比平时差了一些。高严厉地、久久地注视着蝉，直到他给出答案。

“你知道的，我身体出了一些状况。”这澳大利亚人的声音中有着一种防备的口吻，“我经常会犯这毛病。”

高很严厉地注视着他。

“我的这种胃病发作事先没有任何征兆。”蝉解释道，他感到有些发热，额头上冒出了汗珠。

这中国人什么也没说。

“这病使我这周基本上是躺着休息，老是想呕吐，所以我回到悉尼做几个化验。”

高耸了耸肩，他对此不感兴趣。

蝉头上冒出了更多的汗珠。

“哼，他可不像间谍那样能够不动声色。如果他真病了，那也是自找的。他所有担心的事情就是把钱拿到手，但此事还没有麻烦他进行过如此最低级的表演。”

对于高纯来说，事情已经都清楚了。张对这个叛徒心理的概括描述是一个因素，领事馆心理学家的分析则是另一个因素，而那老人也提供了背景情况。

作为一个完整的图像，似乎还不够令人信服，高捉摸着。也许我该再给他施加点压力，告诉他我知道他的真实名字。让他想想吧，他把我留下和他父亲在一起，而且还想着我不能查明真相。这人到底是怎么想的？也许他过于仓促地决定去见那邻居，尽管知道我会询问他的父亲，而且从中选择一些有用的、不明确的信息。

这时的蝉坐立不安，他已经无法摆脱地把自己的短处和这个可怕的职业行动交织在一起，这是一个没有退路的危险职业。他的脸通红，对他来说，太多的事情悬而未决。

高认为，蝉知道，如果我因为在操纵他——一个澳大利亚秘密情报局的人而被抓住，那么我就会被驱逐出这个国家，但也仅仅是被狠狠地训斥一顿，回到国内，我就是个英雄。但他呢？生活可就没有宽容余地了。作为叛徒，他将会得到最严厉的判刑，现在他已经把他自己交给了中国，只有我们才能救他。他的命运已经不能改变了，他是知道这点的。

“那堪培拉的小道消息怎么样啊?”高的语气变得正常了，“肯定传播得很快。”

“那是绝对的。”蝉又感到轻松下来了，“你要知道，现在已经有了一个重大的进展，因而导致了总检察长委员会增加了开会的次数，这委员会一直努力使你们大使馆窃听案子的盖子不被揭开。现在他们由于刚刚得到的消息而盲目地感到惊慌失措。很清楚，那个跟踪这事件的快报记者已经写出了草稿，而报纸好像很快就要刊登这篇文章了。”

“你为什么就不能想方设法去参加这种会议呢?”高直截了当地提问。

“噢，我们有一个叫兰伯特的年轻家伙，他代表我们负责此事。”

兰伯特——这是高以前从没听到过的名字，他有一瞬间同情蝉的这个同事，因为如果知道正在发生的事情，他会狂怒的。这也使高想起了他在北京的王老板曾经做出的评论——如果叛徒不能忠诚于自己和他周围的人，那他们又为什么还要忠诚于他们的国家呢?

“我知道了，但我希望你尽可能密切地跟踪这些事情。”

接下来的沉默被餐馆服务生的出现打破了，他端上来了他们点的菜和软饮料。蝉之前曾说根据医生的要求，这个月来他一直没有喝酒。高则怀疑不是这么回事儿，这个澳大利亚人把自己卷了麻烦之中的现实和来自秘密情报局内部的巨大压力肯定使他很慌乱，他还处于某种抑制心态的控制之下。他正在放弃，因为他没有其他选择。

“我真搞不懂。”高心里边说着，服务生给他们上着鱼排。他在秘密情报局的同事肯定知道他有问题，那些人怎么可能忽视这些迹象呢？妈的！他们是在自找麻烦。

“哎，那记者是从哪里找到那些缺失的关键情节呢?”

“这就是政府为什么感到恐慌，”蝉这样回答高的问题，这时的他活跃起来了。“他们不知道。不管这些内容从何而来，必定来自高层人物的渠道。快报不可能刊登这样的报道，除非他们有最棒的材料内容。”

“你明天回去可以得到一些具体情况吗?”

“是的，我会尽快让你知道的。”

高从衣袋里掏出一小块儿纸，在上面草草地写下一个号码，然后递了过去。

“尽快打这个电话告诉我。如果需要，我也可以到堪培拉见你，尽管我还是宁愿躲开那地方。”

“噢，还有一件事，”蝉仍在试图收复失地，“这是件政府一点儿都不知道的情况。我听来的小道消息，说是国家电视台的一个人也在四处打探。”

“真的? 你认为他们已经知道了许多情况?”

“不是，好像他们刚刚开始了解这件事。”

“你们组织系统里没有一个人从官方那里知道这个事儿?”

“正确。如果他们知道，那恐慌就会在现在的基础上加倍。”

“好，那么目前就不要再管这件事。同时，你可不可以打听到那个电视台记者的名字?”

蝉点点头，他已经不流汗了。他用勺子往高的米饭上加了咖喱，“如果你不赶紧吃，这东西就会消失的。”蝉笑着对高说。

高纯仍旧没有说话，他在想:“要说，他还是干的不错，对一个胃病正在痊愈的人来说还是不错的。”

“我欠你很多。”蝉谦逊地说，“我希望能让你知道。”

“噢，我知道，我的朋友，我太知道了。但问题是，除非我得到一些真实的东西，否则我就不能继续支付你酬金，你知道我是什么意思了吧?”

“相信我，”蝉立即显得很心烦意躁，“我意识到了取得情报的压力，我在尽我所能。”

“那这太好了，就这样继续做下去。你给我我想要的，你也会得到你想要的，行不行?”

蝉叹着气，眼睛转向别处。

“假使你我能够很快让事情按原定安排进行，我可能有办法让你赚到额外的钱，如果你希望这样的话。我知道我们这面有个人愿意花高价取得高质量的经济方面的情报。”

蝉专心地听着。

“那么，如果你有兴趣的话……”

“噢，是的，我肯定感兴趣。”

“好，让我想想我可以做些什么。”高对蝉说。

高也在想，“如果需要动力来激励他继续干的话，那就得这样了，重要的是要让北京养着罗特维尔犬的王剑梅高兴。”

第十章

堪培拉，星期四
5 月 25 日上午 10：30

“来一根?”塞缪尔·S. 格林斯巴瑞问，“我自己从来不碰这玩意儿，但有些人喜欢高质量的雪茄烟。”

“这个傻瓜是怎么带着领结就到这里来的?”他一面想一面笑着和他的客人打招呼，“我可不能忍受一个系着领结的男人。”

美国驻澳大利亚大使是一个高大而健壮的七十岁的人，是来自俄勒冈的前房地产经销商，也是党派资金的赞助人，他在堪培拉的职位是对他给予总统鼎力支持的奖励和回报。一个靠自己力量成功的人，一个不用时间紧张做借口的人，他和澳大利亚那些聪明过人的企业家们建立了非常好的关系，他通过介绍美国市场的关键人物来帮助他们成功。然而现在他面前的这个澳大利亚人却非常考验他的耐心程度，尽管他觉得稍稍再克制自己一下是明智的。

迈克尔·沙利文，这位与众不同的澳大利亚外交部部长拿起银烟盒，细细地欣赏雕刻在盒盖上的猎熊场景。打开银烟盒，他随便闻了闻盒子里面的雪茄，然后谢绝了大使的提议。

两个人单独坐在房间里的华丽的齐本德尔扶手椅上。

“这可是一件顶级的工艺品啊。”沙利文边说边把烟盒放回了他俩人中间的桌子上。

除了室外割草机嗡嗡的声音外，这间位于楼上的豪华办公室里安静极了。美国人观察到沙利文匆匆瞟了一眼桌子上的其他东西，先是一个青瓷烟灰缸吸引了他的注意力，然后是一个印加小雕像。

格林斯巴瑞觉得不急着向部长讲述每个小摆件背后的故事，因为他有更严肃的事情和部长讨论。无论部长的好奇是处于礼节还是真正的好奇对大使都无关紧要。大使的任务是代表华盛顿行事，而且他不准备转弯抹角、旁敲侧击。在钦佩澳大利亚人的务实和直率的同时，格林斯巴瑞对堪培拉大多数精英们愚蠢的行为不抱幻想，这里就有这样一个典型。

在上午早些时候，大使致电沙利文，建议他俩马上见面。他说他希望避免走正规程序而且也不愿意到外交部去。在其他什么地方他们见面好呢？他默默地思考着。“好，我到您那里去吧。”沙利文回答说。从外交礼节上讲这是一个不寻常的姿态，但格林斯巴瑞非常高兴的是对方这么快就做出了答复。

大使馆庞大的馆舍是一座经典的威廉斯堡砖制建筑，它跨越了一座小山，俯视着国会大厦。

部长向前坐了坐，急于知道到底发生了什么事情。他把他灰白色的卷发往后捋了捋，而此时大使正在观察着这个像棍子一样的男人。快五十岁的沙利文看上去一直过着养尊处优、时时处处受到保护的生活，格林斯巴瑞脑子里浮现出越南战争时期他在新兵训练营拼命奋斗的样子。这种经历使他变得很坚韧，也磨炼了他的智慧。

“我从贵国政府那里得到了一个报告，迈克尔，我想采用通常的程序来递交，当然，要有您的同意。”

“采用一切可能的方式，”沙利文说道，他感觉到是件重要的事情。

“你知道，华盛顿方面希望此事完全按非正式程序处理，但我肯定你将会知道谁还会与我们分享这个报告。”

部长似乎期待着知道大部分的秘密。

“坦率地说，我们这方面的人很担心你们组织内部泄密的情况很严重，意思就是——我该怎么说呢，就是没有真空般地密封起来。”

大使停顿了一下，好让这意思消化掉，而确实也做到了。沙利文的肢体语言出卖了他内心的恐惧。带着满脸的严峻，他本能地改变了坐姿。

“是中国大使馆的那件事，迈克尔。华盛顿担心这个行动已经散布出去了。”

“你妈的！”沙利文心里在骂，“不应是这样！”

格林斯巴瑞是个精明的读者，他仔细地阅读着他的这位客人。沙利文非常尴尬，他是个情报人员，一旦有轻率的表现，他的本能便提醒他要注意自己流露出来的反应。但这个美国人把他困住了，他也知道这点。这是沙利文非常害怕的处境。他的防御工事通常都在他最需要的时候抛弃了他，于是他就不堪一击。在他步入政界的时候，他那些在城市规划部门工作的朋友就曾警告过他这一点。担任部级职位的他经历了跌宕起伏，但他的亲和力一般情况下都可以帮他顺利过关，但是这种压力却使他解除了警觉。他花费精力的方式总是把问题搞得更糟，他用眼睛表现出来的所有镇静和沉着往往都被唠唠叨叨的嘴巴搞掉了。

“我——什么——哦，”他嘟嘟囔囔着，他脑子里还没有想好，嘴巴就要说话了。

格林斯巴瑞没有延长沙利文痛苦的愿望，他已经知道了他想知道的——部长有隐藏的东西。

“迈克尔，你看，华盛顿已经感觉到了大使馆电缆信息交换发生的变化。我听说，他们通讯模式的改变反映出他们试图绕开他们怀疑，或者已经知道的被安置在使馆里面的东西。”

随着大使把注意力集中到现实上，沙利文越来越急躁。这位部长还不知道美国人并不仅窃听使馆。美国联邦调查局的两个来为梅森和坎特雷尔提供技术支持的官员已经秘密地接受一项任务，只要时间允许，他们就从事这项任务，那就是不定期地监测沙利文办公室打进、打出的电话。正是这样，美国人才得到了有关大量情报泄露的密报。但美国人还没有意识到悉尼每日快报已经得到了这一事件的内容，并正在准备刊登印刷。

华盛顿觉得现在是触动一下澳大利亚人的时候了。首先，大使要让沙利文感到惊慌并且评估一下他的反应。根据第一步行动的结果，美国总统自己将亲自给澳大利亚总理打电话，并让他理解澳大利亚方面要清理自己内部了——要快而巧妙。中央情报局非常支持这个行动，局长谢林顿很固执地认为只有共同对政府施加压力才能使他们有所行动。谢林顿还说，如果堪培拉那些持怀疑观点的观察家们感到情况在发生变化，他们会更愿意提供帮助。

“迈克尔，还有些事情你应该知道。这是一个我们在北京的人最近传回的高度机密报告，报告暗指一个要发生在世界上这一地区的爆炸性事件。华盛顿现在还不能肯定这是什么意思，但我得说这不会是我们的中国大使馆行动，我肯定你也同意我的这种说法。现在我得到指示告诉你，如果这事就是指中国大使馆的行动，那么美国政府没有其他选择，只有重新审查我们交流的情报。这就意味着审查所有的东西，所有敏感的材料、电子和信号情报、所有人力资源的报告、所有的军用物资。迈克尔，你可能还记得多年前当新西兰企图利用停止调用核武器船只来打压我们的时候，我们是怎么做的。让我们面对这事吧，这可能会雪上加霜。”

沙利文脸上浮现出很痛苦的表情，他清楚地知道这意味着什么。

“这次华盛顿的决心已定。”格林斯巴瑞盯着沙利文的眼睛，“他们要求你们对组织内部进行清查。”

部长退缩了，他双手紧捏着大腿，似乎在祈祷。“我能做的，嗯，是我会尽快给你答复。”

“迈克尔，如果这是你将要做的，我会非常感谢。那就明天这个时候?”

“是的，肯定的。”部长就像个小学生因为犯了一个小错误受到斥责一样，“明天这个时候。”

大使往后靠到了椅子背上，他脸上可不是友好的表情。

实际上，并没有从北京来的报告，只是大使感觉是这种情况。但华盛顿确实准备切断情报的交换。

这种纪律整顿会伤害澳大利亚人。那些附加的、而且通常是非常关键的看法的缺失会很快被人感觉到。但更糟糕的是，情报交换停止的事实一旦由深思熟虑的美国人透露出来就会导致其他的情报盟友重新审视他们和堪培拉的关系，如同多米诺骨牌效应。美国是这个有价值材料最大的制作者，而那些较小的接收者则不能承受起被人看做是情报圈子外面的人。更危险的是，这对于沙利文和他的政党是个政治性的毁灭。“永远和美国人站在一起”仍然是澳大利亚大多数选民都信奉的信念，目前政府在下一届选举中的前景很灰暗。

这些警钟在沙利文的头脑中敲响，忽然他一下子意识到格林斯巴瑞在问他要不要喝杯咖啡。

“噢，不了，谢谢。”他在努力整理自己的思路，“我想我还是走吧。”

“明智的选择。”格林斯巴瑞回答道，毫不掩饰他的讽刺和嘲笑，尽管两人从椅子上站起来的时候，他非常有礼貌地微笑着。

对沙利文来说，这是一次降低身份、有损他人格的会面，他也感到这种会面不会是最后一次，除非很快就采取行动来阻止目前进展迅速的事情。他现在想做的就是赶快离开大使的办公室，等他一回到车上，就可以用手机来指挥采取一些行动，一分钟也不能耽搁。

总理？沙利文想着，看了看手表上的日历，老板现在在城里。也许可以先把这些问题向他吹吹风，他肯定会非常担心。在中国使馆装窃听器可不是他沙利文的注意。

“马丁，你觉得怎么样？”亨斯特卡波说，“只要是合理的，你可以得到你想要的任何东西。”

现在澳大利亚秘密情报局的头子邀请他到这家英联邦俱乐部吃午餐，克拉克就知道事情会是这样，现在，他更厌恶这点了。

“如果你想快点行动的话，我们可以在数周内把你在伦敦安顿好。”对这种提议，克拉克感到是对自己的侮辱，他是根本不会接受的。在华盛顿当联络官的位置也许曾被视为一种姿态，但去伦敦是决不可能的。他从来没有以任何方式相信过英国人。他看了一眼亨斯特卡波，那眼神就是说“你知道你在对我做什么，别哪壶不开提哪壶”。

亨斯特卡波一直在绞尽脑汁地考虑如何尽快地将克拉克安排出去，特别是当那个外交部副部长对掩护身份这个关键问题开始喋喋不休以后。“你希望我的人在这方面如何帮助你的人呢？”那副部长讽刺道，“如果你在国内都不能控制住马丁的话。”他也曾考虑过给克拉克放个超长假，直到他查明为什么克拉克采取这样的行动，但说着容易做起来难啊。如果有明显的急迫感，他必须非常谨慎地处理。如果克拉克对他离开这里的方式满意，那就是说只有待在外面才安全。克拉克知道的东西太多，他不仅知道秘密情报局里见不得人的“家丑”，还知道政府内完全不合法的行动。他在许多地方都有支持者，甚至部长就都愿意和他在一起。尽管巴斯·摩根戴尔确认这种见面次数只是维持在最低限度，但这部长毕竟是克拉克的伙伴。

但是亨斯特卡波还是在着急上火，这并不是仅仅因为外交部的事情，如果不能够立即采取行动，他害怕有人会骑到他脖子上去。在秘密情报局内外，摩根戴尔本人仍是很多人的一块心病。这位局长最不愿意做的事情就是同时看到两面起火，因此，他认为还是先解决最危险的这边为好。起码根据马丁所作出反应的方式来看，他已经承认了有需要说明的问题，这就是一种收获。现在的问题是“什么”和“什么时候”。

现在亨斯特卡波最烦闷和最担心的是克拉克总是向他吐露个人以及工作上的困境，但这次却没有。

克拉克又抿了一口酒，然后朝窗外看去。“我想你和其他任何人还没有谈过这个问题吧?”他一边说着，一边把头转了回来。

“当然没有，只是在我们两人之间。”

尽管脸上有怀疑的表情，克拉克还是点了点头。亨斯特卡波很难猜到这家伙脑袋里想的是什么。他发现每当他假定克拉克在仔细考虑某个问题时，结果他却是在想一个完全不同的问题。亨斯特卡波知道，克拉克害怕的是摩根戴尔那边的参与，这也正是他问为什么提及伦敦那边工作位置的原因。在这类工作位置的协商中巴斯不可避免要起关键性的作用。因为巴斯毕竟和英国陆军情报六局有着密切的关系。实际上，亨斯特卡波希望克拉克能够选择去雅加达工作。

把英国抛出来仅仅是个策略，目的是强调在秘密情报局本部安排任何位置都不能让克拉克满意的实际情况。因此离开本部、到外边的工作站去是更可取的，也是唯一的选择。

“嗨，比尔，你能让我考虑一下吗?”克拉克说道，“我正在考虑其他一些我们曾经讨论过的地点。”

嗯，可能最终有些一些进展，亨斯特卡波想。

“你看，艾温，我不知道怎么说才好，我想请你帮个忙。”

国防通讯局局长不知道亨斯特卡波要说什么。这两个人是老交情了，局长从亨斯特卡波的语气上感到，无论是件什么事，肯定是非常急迫和机密。但如果在电话上谈这件事就意味着可能是件私事。

“你看，是马丁的事。”亨斯特卡波说。

“是吗? 他干了什么?”

“唉，这就是问题所在，我不知道他干了什么。他在忙着干件什么事，但我却无法从他那里得到任何情况。他不说，这可不是他的性格。过去我们对任何事情一直都很坦率，这你是知道的，艾温，但现在不是这样了。无论这件事是什么，在这件事上我们不像以前那样了。知道了？我的问题是许多人坐在我脖子上屏息以待，如果我这里一点动静没有，那么我的脑袋就会搬家。”

国防通讯局局长没有做声，他听说过克拉克最近的举动，还有摩根戴尔的。因此心里知道亨斯特卡波可能要问的事情，那种他认为比较复杂的事情，但必须要整理出一个思路来。“非正式拦截”即使在最有利的情况下也是冒险的事，特别是在这个时候就更冒险了。

“所以呢，我想，如果，你能以某种方式，当然我是说非正式地注意监视他？你知道，在我采取下一步行动之前，我需要事实来推进，艾温。也许监视的结果是某种不会造成任何严重后果的个人异常现象，但也可能是件非常严重的……”

“比尔，”局长打断了他的话，“放心，伙计，我愿意帮助你。但是你是懂的，我本人不能具体去做这种工作，我得找其他人来做。”

亨斯特卡波知道局长是什么意思。

近来政府对国防通讯局的许多任务要求造成了这个组织内很大的不安，有些人公开对认同这些要求的道德伦理和合法性提出了质疑。如果再多一件事都可能打乱目前的局势，而引起把秘密泄露给媒体。

“比尔，你为什么不把这件事正式和澳大利亚安全情报组织谈呢？他们的职责范围也许比我的大。但无论如何，告诉我你准备怎么办？同时，我也忘记了你和我讲的所有事情，行吧？”

“行，非常感谢。”

这家伙，亨斯特卡波想着，我最不愿意做的事情就是让安全情报组织插手此事。那样我就会马上失去控制权。

堪培拉，星期四
5 月 25 日晚上 12：40

披露这段消息将严重损害澳大利亚和直接参与这个行动的国家的外交以及贸易关系，并且也会对和其他国家政府的关系产生影响。

“不行！”沙利文忽然喊了起来，“这个书面证词必须要将国计民生面临明显而现实的危险阐述清楚。证词中不能充斥一派胡言，这么多废话。”

澳大利亚总检察长卢·卡瓦纳，这个沙利文在内阁的同事正和他并排坐在部长的套房里。卢·卡瓦纳看起来比他五十岁的年龄要年轻，他以优秀的律师脑袋瓜而闻名。沙利文这些放肆的言语没有给他留下什么印象，尽管他知道他的同事的目的是什么。有件事是真的，那就是如果这封证词真能达到预期的效果，这就需要仔细斟酌。如果原因仅仅是联邦政府不喜欢这类内容刊载在报纸上的话，新南威尔士州高级法院的任何一个法官都不会针对悉尼每日快报下禁令不允许其报刊发行。但部长对卡瓦纳的这三个最高级官员的恐吓威胁对这几个人正忙着起草的文件毫无影响。

沙利文的另一边坐的是外交部的首席法务官以及中国事务的负责人。在桌子对面，并不是凑巧，却坐着安全情报组织总干事和秘密情报局的巴斯·摩根戴尔，后者是部长自己叫来的。总之，对这个任务来说，这是一个很难协调的小组。卡瓦纳希望他自己的人员来起草一份可行的证词版本，然后再开专门的会议讨论。但沙利文不同意，且反应强烈。现在没有时间可以浪费了，所有人应该同舟共济，而且就在这个会议上，尽快推敲出整个文件的终稿。

卡瓦纳可以忍受这种情况，但沙利文则不一样，每当遇上这种压力时所发生的性格变化使他总是反对听到其他人的看法。这是一个让人担心的事情。为了保证事情进展顺利，总理之前曾指示："赶快把事情做成，而不要东扯西扯。"尽管压力很大，但处理这种事情时仍然需要按特有的程序进行。正是在这点上那些工作了很久的人具有的经验尤为重要，其重要性就是调和那些新手中常有的轻率和鲁莽。

"嗨，迈克尔，"卡瓦纳打趣地说，"你认为我是不是该插一句，如果……"沙利文一下子发怒了，粗暴地打断了他同事的话。其实提醒他，其他人可能还会提出看法是一个友善的做法。

"我他妈求你了啊，卢，现在没有时间浪费在程序、仪式上。我们必须确保，法官，不论这混蛋是谁，签发这禁令。我们必须用我们目前得到的、有进一步说服力的所有证据来击中他。这就是所有要做的事情。我说清楚了吗？"

这席话使卡瓦纳感到很难堪，他也是个训练有素的律师。沙利文在法律方面没有任何工作经历，尽管他常常假装他在外交部门的工作具有很大价值。

其他人都感到了沙利文目光中越来越显示出的怒气，但傲慢和不逊仅仅是一部分原因，他的怒气更多是由于恐慌引起。但他处于这种心态时，几乎没有人敢冒险公开违抗。卡瓦纳是唯一一个在场的内阁同僚，另外还有一个资历很浅的内阁成员，沙利文似乎会达到他的目的。

戴维·古德曼是总检察长手下的一个官员，担任第一助理部长，他一直在敲打着他手提电脑的键盘，把一段新的内容打进文稿中。

"这样行吗？"他问道。

> 此事是件高度敏感的事情，将涉及国家安全的核心利益，并对国计民生构成威胁。政府决不能，也不会逃避其维护澳大利亚福祉的责任。

禁止报纸对外交政策指手画脚和触动这个最基本的责任。

“是的，”沙利文说，“这好多了。但是我们还要增加有关社会大众知道这种事情后对国家造成的可怕后果的内容。论据要清楚明了，而且要带有强制性，这样发放禁令也就成了一件很自然的事情了。”

“我们可以提出的最有力的观点，”安全情报组织总干事停了一下接着说，“一定是美国威胁要所有秘密情报，更别说切断后对我们盟友产生的影响了。这种情况在您今天上午和格林斯巴瑞大使的谈话记录中清楚地显示出来。”

沙利文笑了，因为他非常高兴地把总干事说的话看成是支持他的表示。沙利文与安全情报组织总干事的关系不错，当总干事表达他的观点时，他认真地听着。总干事说的记录是指对美国大使所说内容的口述记录，这记录也是在匆忙中完成的。在会议议程开始前，参加会议的全体人员都已经阅读了这份文件。

“你们可以考虑今天下午向悉尼法院注册官递交这份证词时加上一个附件。”总干事说。

“是的，这是个不错的想法。”沙利文回应着，蔑视地朝卡瓦纳坐着的方向看了一眼。

“加上美澳情报互换协议怎么样？”一个人建议说。

“这可能很有用。”

其他人都同意这个建议，包括部长。

“这样的话，我们对有关中国的判断能说些什么呢？”沙利文盯着墙上的画说。

本该准备好回答这一问题的外交部地区官员正深深陷入自己的沉思之中。沙利文注意到这点，很快就接了下去。

“你有什么建议？”他说着转向摩根戴尔，摩根戴尔一直没怎么说话，“你很了解中国。”

数年前摩根戴尔通过他撰写的系列情报简报赢得了部长的信任，而他总能切中要害的本事也吸引了沙利文。他的确是一个直言不讳的人，甚至很古怪，但他又实实在在地传递有用的东西。在外交官及工作人员转弯抹角，不敢直说，总是附庸部长的官僚机构中，他的这种品质尤为珍贵。这两个人的智慧之处非常相似，摩根戴尔对此事的关注以及努力发现所有情况使沙利文感到很放心。

“我提出的建议是，”摩根戴尔说，“我们必须给人以强烈的印象，或者我可以这么说，我们要强调如果这个事情泄露出去的话，我们肯定会失去与北京的长期能源协议。”

沙利文点着头。他想，在他考虑间接损害程度的时候，他还真是完全忽略了这能源交易。

“太好了，这里可以有一段，然后我们把这个内容加上。”沙利文指示着操作手提电脑的古德曼，这段应该马上加到草稿里。

绝对肯定的事实就是：在经过一年的艰难谈判后，在马上就要达成交易的关口，澳大利亚将会失去与中国的长期能源协议。这种损失将会对我们的收支平衡产生影响，从明年开始有20亿美元的差别，而在今后三十年期间会达到数十亿美元。

“可以了吗？”沙利文向所有人问道。

没有一个人提出异议。大多数人都为自己没能之前提出这个问题感到尴尬。

“我还是觉得应该再增加点什么。”沙利文若有所思地说，搓着他手背上的疣子。“是有关中国极度不满时我们所处的危险方面的内容，泄露这个事件将会惹怒这条龙，而这种情况从来也没有发生过。这样做也许会以一种任何人都无法预料的方式在我们身上玩火。”

停顿了一会儿后，沙利文又准备开始发出另一个指令了，那些非常了解他的人有了不祥的预兆。这个部长的特长绝对不仅是中央帝国及政治事务。

> 历史上闭关锁国的中国到了二十一世纪依然狂躁、偏激，在其海外间谍活动中，中国对从其他国家得到成果的胃口很大。在未来新的世界舞台上的斗争中，他们为达目的使尽解数。由于这个原因……

桌旁的人产生了怀疑，这种傲慢的说法是有风险的。在法官的眼里，这种陈述可能会降低一些更实际问题的可信度，而这正是这个证词所要说明的。

卡瓦纳这时正想准确地表明自己的观点，他感到其他人也在思考这个问题。

"嗯，"他显示出犹豫，"嗯，我真的不知道……"

"卢，你这家伙，"沙利文咆哮着说，他的态度近乎粗鲁。"没有时间讲究什么礼节、礼貌。如果我们想得到我们想要的，那就得有重点、有突破。你不用期待仅仅因为事情棘手而我就会紧张。"

他的话使房间里鸦雀无声，这时的沙利文已经处于极度暴躁状态。转向古德曼，他清了清嗓子，然后接着讲。

> 正是由于这个原因，澳大利亚和美国决定联手采取针对中国的技术行动，而这种行动现在受到了严重的威胁。除非西方盟国像我们一样用正义和正派的标准来驯服这头野兽，否则，在我们能够进行防守之前，它就会冲出笼子扑向我们。

他又停顿了一下。

> 我们是最具创造力的国家之一，在这里我们发现中国在澳大利亚国土上进行的间谍活动已经达到了毫不留情的程度。从堪培拉中国大使馆采取的技术行动中得到的信息为我们、美国人以及我们的盟国提供了重要的保护手段。另外，技术行动也大大增加了我们就出口小麦去养活中国人的谈判的筹码。

那安全情报组织总干事停在那里搓着他的面颊。

“有什么担心的吗?”沙利文亲切地看着他。

“我必须坦白地说，迈克尔，我是有些担心。我担心的是，在此类文件中这种具有感情色彩的表述会使我们达不到目的。”

“我知道你是什么意思。”沙利文打断了他，“但我们只有这一次机会，所以我们要抓住它。”

“我必须说，部长，”摩根戴尔插了进来，周围是死一样的寂静，“我一直是和您站在一起。”

这表白震惊了每个人，他们的意图是将沙利文拉回现实中来。

“您对中国的描述是正确的。”摩根戴尔说道，这时部长的表情松弛了下来，“我看不出您说出您对中国的判断有什么错。如果此事在媒体的曝光是一个外交争论的话，就没有必要隐瞒我们都完蛋了这个情况，这外交争论就像放屁一样。”

没有一个人笑。

摩根戴尔的话是跑了题，但给予的支持确是部长现在唯一需要的。

“你多久能把这文章打出来给我?”

沙利文问古德曼。

“我想，还得五分钟。”

“好，一旦这东西可以提交，我们就再加把火，促使成功。”

沙利文挺得意，而且也显露了出来，他的同僚们顺从了他制定的步骤。古德曼正在编写这书面证词，然后会把这证词连同十六份附件一起提交，这十六份附件几乎没有很简短的。古德曼已经联系过悉尼最高法院的注册登记员，当天下午六点会召开会议。

“嗨，确保你也要给他们一份快报计划刊登的文章。”

屋子里大部分人都有些害怕，这就是在证词中如何解释政府是怎样知道快报准备刊登这个事件的。这是很敏感的，这也许会使得法官推断出媒体的权利从一开始就受到侵犯。但这也非常荒唐，因为这样只能使重点更突出。

惊慌失措的政府要求国防通讯局监听报纸与其法律顾问之间的通讯往来。通讯局一直反对这样做，但还是进行了恐吓，并采取了一些行动。

快报总编的直觉极端准确，报社内部的保护措施是至关重要的。巴克瑞驰（Buckridge）法律事务所通常都会将快报寻求法律咨询的敏感内容拍下来，这家事务所的一个律师来到报社，到早晨十点，他就在报社里看完了报纸准备要刊登的文章，他要求把文章拷贝在U盘上带回他的办公室，这样他可以在他办公室和其他专家伙伴进行商议。报社同意了，但条件是不能把任何内容通过邮件或传真反馈给报社，也不能在电话里谈论此事。但那位律师想都没想就把文章通过电子信箱传给另外一位在家里办公的伙伴。

违反了法律规定的国防通讯局正一直在等待着突袭。文章在传送当时就被截获并直接送给了政府当局。当国防通讯局拉响这一警报铃声时，沙利文和格林巴斯瑞刚刚在大使办公室里坐下。

现在看来，如果政府当局把这份报纸准备刊登的文章作为这份书面证词的附件，并以此来阻止发表的话无疑是自找麻烦。这是潘多拉的盒子，一旦打开就永远关不上了。问题一旦出现，法官就不可能忽视。法官甚至可能认为，相对被要求禁止发表的文章，截获文章这种行动的本质更糟。

“坦率地说，迈克尔，我也很担心把这文章作为附件一起递交。”卡瓦纳评论说，“其他的文件已经足够了。另外还有一个授权问题，所有附件是不是都有授权呢？是不是都符合要求的、恰当的呢?”

“好。”沙利文说，“尽管我并不怀疑你的忠告是明智的……”

每个人都知道沙利文下面要说的话。

“……我要把这篇文章放到附件里去。”

房间里掠过一阵惊慌，甚至部长都有些紧张，他咳嗽了一声。

“目前附件都在这里了。”

卡瓦纳没有进一步抗议，也无人试图进行这种尝试。令人不快的寂静气氛弥漫在这伙人中间。

“所以，戴维，你都做好了吧?”沙利文转向古德曼问。这问题问得没有什么意义，但使房间里不冷场。

古德曼点了点头。

“有没有人愿意和他一起去递交?”沙利文问道，实际上，他是想说点什么。

没有一个人做出反应，但摩根戴尔把他的领带拉了拉直，这本身是一个微不足道的动作，但却吸引了部长正在四处徘徊的眼光。

“噢，你愿意去?”

根本不用争论，摩根戴尔不应成为这个程序的参与人。而且从一开始大家就都同意只派一个人去提交文件。

然而，还没得摩根戴尔回答，沙利文就沉思地说道：“是的，有个秘密情报局的人在场肯定是有用的。如果需要说服法官的话，还可以有人谈论一下中国。我喜欢这个主意。”

“混蛋!”中国事务官员心里骂着，心想巴斯总是这样抛出这种愚蠢噱头。

他朝部长那边望了一眼，想起了部长曾经跟他讲过有关摩根戴尔的一些不痛不痒的事情，“任何一个像他那样懂得中国艺术的人，都要了解中国人的大脑是如何转动的。”

“你就接受这一切吧，马丁。”亨斯特卡波说道，“虽然只是一个很短时间的旅行，但它可以让你离开这里一段时间。”

实际上是摩根戴尔建议秘密情报局局长让克拉克到悉尼去，尽管他和古德曼不与克拉克同行。这次旅行仅仅是一个权宜之计，但从逻辑上讲，它的确给了局长另一次安排兰伯特做克拉克后任的机会。现在有许多重要会议，兰伯特在他亲自参加的为数不多的会议上也就能做出类似“呼吸新鲜空气可真好啊”的评论。不论如何，克拉克在悉尼没什么事情可干了，“只不过是个一般的狗腿子，帮助做些文案工作或类似的事情”，摩根戴尔曾这样挖苦地形容克拉克。

“嗯，”克拉克仍然举棋不定，“我想……”

“噢，不要这样，马丁。你看，其他管理层人员会简单地把这看成是两个资深官员担任一个敏感的任务。我可以向你保证，巴斯不会动你半根毫毛，不会和你有任何关系。”

“那就好吧。”

“我想问你个问题。”梅森用一种严肃的口吻说。

“哦?”贝丝·坎特雷尔嘲弄般地、妩媚地转动着双眼。他们是去参加一个傍晚的会议，梅森什么都没带，只带着满脑子的鬼主意。

“是有关与中国的能源交易。”梅森知道坎特雷尔已经感觉到了澳大利亚和北京的谈判磋商。“我的朋友张提出了一个非常有意思的转变，是他们大使从一个印度尼西亚联系人那里得到的启示。”

“真的?”

“从表面上观察，一个名叫吉田的东京内务官员正在北京访问。这些日本人千方百计地想把中国人捆绑在他们的库页岛油田项目上，似乎吉田在北京推进这件事。吉田的北京之行是非常秘密的，是在他访问完其他地方回国的路上进行的。据说，他在雅加达和总统会谈了两个小时，并且主动提供许多好事，但条件是印度尼西亚能够游说我们澳大利亚加入某种区域性天然气合作。东京非常希望我们和中国终止所有长期贸易关系。”

“日本人做的任何事情都不会使我感到吃惊。”

她是个能源问题的老手，对东京那种可以理解的要保证石油和天然气供应的努力了如指掌。

“你要注意，这种区域性概念并不是没有优点。”坎特雷尔说，“但是当然了，他们推动此事是因为他们想两全其美——既没有澳大利亚和中国之间的贸易合作，同时他们又能控制库页岛天然气和帝汶海的海底资源。”

“完全正确。但根据我在堪培拉听到的，贝丝，我们对雅加达太宽容了，我们需要联姻、结成同盟的是北京。坦诚地说，那天一个日本朋友在信里做的评论使我仔细思考这一问题。他叫藤泽，在东京时，我从那小子嘴里第一次听说库页岛的事情。我问过他是否能够对项目的进展进行不断更新。我得到的是几页有关他家庭的情况，但好像在说‘你看，我不能再告诉你更多的东西’。但是，他又加了一个神秘的附言，附言中是说当大象们互相争斗时，地上的草会被践踏。这只能是指日本和中国之争，而澳大利亚就是地上的草。”

坎特雷尔对此没有发表任何看法。

“我在想你们这些人对这事都知道些什么。”梅森说。

梅森很想看看坎特雷尔的反应。作为美国中央情报局最高层的能源专家之一，即使坎特雷尔在最近几周内不在兰利市，但她对正在发生的事情也一清二楚。

“好，让我查一下。对这种事情，我们会有从雅加达来的有关这类事情的详细系列情报。”

梅森知道坎特雷尔是什么意思，他也注意到中央情报局一些当地特工的身份问题，并不是他们所有的情报都会和堪培拉共享。他这么问的原因更多的不是想知道中央情报局知道多少，而是用一种间接的方法在问“美国在所有这些事情中的立场在哪里”。美国石油大亨在亚洲各处涉足很深，这些人会告诉华盛顿他们的利益所在吗？谁又把澳大利亚的经济利益放在心上呢？

梅森一提出这个问题，坎特雷尔就知道他在想什么。看在耶稣的份上，可别说他临阵胆怯了，这是她最不愿意看到的。

悉尼，星期四
5 月 25 日下午 6：00

“啊哈，”这法官已经这样说了好几次，他说话时拉长了的元音暗指他已经感觉到了政府的策略，而且他也没有开玩笑。屋子里的气氛冷冰冰的。

法官加兰先生继续仔细地阅读着这份书面证词。

十分钟过去了，他有条不紊地读完了二十二页的文件。像大多数首席法官一样，他非常熟练地将精华的内容从这一大摞印刷品中提炼出来。他有六十五六岁了，是个非常有尊严的人，他不仅重视好身体，也重视知识和动机。他不仅好学、仔细，而且言简意赅。他穿着保守的深灰色西装，可以被认为是大学校长或者英国银行的董事长。

在他那装满了书的房间里，坐在他桌子前面的是三位先生和一位女士。那女士、他的法律助理单独坐在桌子的一边，正在仔细地阅读着她膝盖上的一摞文件。注册登记员坐在桌子的另一侧，也在专注地看着他手里的文件。桌子中间坐着检察长办公室的戴维·古德曼和巴斯·摩根戴尔。

这澳大利亚秘密情报局的人感到有些不自在，不断变化着姿势，他每动一下，绷得紧紧的皮质椅套就发出嘎吱嘎吱的响声，这响声似乎打扰了登记员。

还不到四十岁的古德曼可是飞黄腾达，在他们部门，他凭借才华和智力升迁很快。艳红色的手帕的一角很炫耀地露了出来，尽管这手帕看上去还不是很艳俗。

和加兰的会面准时在六点钟开始。礼节性的介绍之后，加兰直接进入主题，他先仔细核对了每一份附件，然后宣读了部长的说明函，这封函是部长和检察长一起签署的。然后他开始关注这封书面证词。作为主要文件，他全神贯注地阅读着。从会议一开始，寂静占据了大多数时间。

古德曼很紧张，一直在仔细观察加兰的面部表情和他的肢体语言。因为这证词是他整理成册的，因此他知道里面的每个从句和词性变化，他感到他都可以精确地指出法官在阅读的地方。法官眉毛不时地轻轻挑起，这说明他对沙利文放肆的语言感到吃惊。部长的随意断言甚至使得法官的眼光有时会离开文件，思考一会儿。

“我有一个技术问题，”法官说着，眼光从眼镜上方盯着摩根戴尔，然后又转移到古德曼身上。“这些截获的电话大概都获得了授权？就是在悉尼快报的家伙们和他们在北京的记者之间的通话。”

“是的。”摩根戴尔一下子说道。

“该死的家伙！”古德曼心里在骂，“轮不上他回答，上帝知道他接下去会做什么。”

“我明白了。”法官一边说，一边点着头重新回到阅读文件上。

维持着不变的阅读速度，加兰读到了沙利文对美国大使当天早些时候所做的恐吓的看法。他很快地浏览了这段内容，便进入他们对话的文字记录。尽管他没有说出自己的看法，但这分明使他皱了皱眉头。古德曼肯定会在中国问题上有阻碍，而且马上就会出现。

“那么，多少人可以看见来自华盛顿的信号情报呢？”加兰问，这问题和他正在阅读的文件没有任何关系。“我不是指从中国大使馆活动中收集到的东西，我是在说广义上的信号情报，这种情报在系统内部传达到什么程度?”古德曼对此没有什么概念，但他脑瓜在很快地计算着，“哦，我想能够看到未经编辑版本的人大概不会超过五十。”他努力不让自己显得很慌张，“但如果把那些可以阅读到文件摘要的人都算上，人数会达到三百或四百，或者可能……”

“你是不是真的知道?”加兰打断了古德曼的话，语气中丝毫没有无礼和冒犯。

“嗯，不，我不知道。”古德曼相信诚实是对面前这个人表示尊重的一种美德。

法官点了点头，然后把注意力转到摩根戴尔身上，“那你知不知道答案呢?”

加兰的这个新对象刚才就害怕这种情况发生，可就来得这么快。尽管他现在才意识到当时的想象是多么愚蠢，之前他曾设想在这种事情发生时，他可以寻找机会离开，然后马上给他的同事打个电话。这同事就是克拉克，他这个时候已经回到了他们曾经过夜的酒店。克拉克有手提电脑，可以安全地直接与堪培拉总部联系，由此呢，他就可以很快检索到被问及的敏感信息。但法官的行为清楚地告诉了摩根戴尔他会怎么做，如果摩根戴尔寻求外援而得到这种信息的话。

“噢，不到一百人，阁下。”

摩根戴尔的回答只是把水搅的更浑。

法官的目光又转向登记员，通过某种心灵感应，他们似乎都同意这件事情最好还是让它就这样吧。

“非常有趣的是对此没有具体的数字。”加兰说道，但他没有针对某个人。

加兰翻到下一页，接着开始读这一页的第一段，然后又把眼光投向摩根戴尔。

“在你们组织内部有多少人知道中国大使馆被窃听?”

加兰严厉的表情毫无疑问地说明，他这次希望听到一个准确的回答。

“十二人。”摩根戴尔丝毫不犹豫地回答。

法官看上去很吃惊，很难说他是否接受了这个数字的真实性，特别是鉴于摩根戴尔的反应是如此之快。他耸了耸肩，那动作几乎察觉不到，然后又回到书面证词上，一直看到了这页的最后一行。古德曼知道正是在这里还隐藏着部长说的过分的话。

法官仔细地阅读了沙利文对中国间谍活动的表述方式，以及把中国形容成里根所说的邪恶帝国——这种笨拙、不合适的说法。尽管他的眉毛挑起了几次，但他并没有他的看法说出来。

“你真的认为我们会失去这个能源交易？”法官问摩根戴尔。

这使古德曼非常担心，后悔刚才把他的同伴介绍为秘密情报局的副局长，一个精通中国事务的人，但除了这，他也没什么好说的了。

“很肯定，”摩根戴尔回答道，“如果这交易失败，就将一去不复返。”

这一次他迅速的回答确认了他的唯一任务就是支持政府的这个案子，同时也意味着在有关职业问题的重要性上，他是一个不考虑自己想法的人，一个没有想法的人。

“精确些说，你的看法是根据什么得来的？”加兰用一种走程序的口吻问道。

加兰自己很熟悉中国的情况。但摩根戴尔和他来自堪培拉的同事不一样，他事先没有对法官的个人兴趣和其曾经去过的地方进行研究。实际上古德曼知道加兰是个经常访问中国的人，他以许多不同的方式向那个国家提供司法帮助，他与中国的伙伴有着长期的友情，而这成为连接两国在惯例和习俗上存在的巨大差异的桥梁。另外，他还是一个中国历史的忠实读者，特别喜欢了解那些不大为人所知的有关中国对西方作出的贡献。总之理查德·加兰法官被认为是一位坐在法官位置上的、不在意声誉的中国迷。然而，古德曼之前什么都没有告诉摩根戴尔，因为他怕摩根戴尔发掘一些能够与法官共享的与中国有关的兴趣，古德曼想还是让秘密情报局蒙在鼓里，什么都不知道的好。

“我之所以认为这个交易会从我们手中溜掉，是因为一旦这个窃听事件公开出去，我们的脸面彻底丢尽。你知道，如果我可以这样残酷地说，这样正给了中国人一个机会，让人们看不到他们在与澳大利亚合作中彻底完蛋。”摩根戴尔说道。

摩根戴尔激动起来，准备走掉，但加兰只是点了点头，并没有理他。寂静再一次笼罩着整个房间。几分钟后加兰看完了这个书面证词，他把身体靠在椅子上，注视着整整齐齐放在桌子上的纸。加兰把眼镜摘了下来，拿在手里轻轻地左右摇动着。除了对法律没有任何感性认识的摩根戴尔外，其他人都意识到，法官已经作出了自己的决定。

古德曼已经做好了准备。

加兰朝窗外张望着，认真地看着城市的灯光。然后，他把眼镜又戴上了，再次仔细地研究着快报的文章草稿。看完以后，他又沉默了一会儿，然后选择了开口发言。

“我得说，看到这篇文章，而且是作为一个附件出现在这里我深感不安。”

这可不是古德曼想听的。

“我不会问这篇文章是如何得到的，但我要问这篇文章是不是获得了合适的授权。我希望得到明确的答复。”

古德曼不知道怎么回答。在沙利文坚持要把它作为附件时，古德曼就提出了这个很关键的问题，但在那个特殊的时刻，就没有顾上说这件事。古德曼内心非常愤怒，他意识到在从堪培拉飞过来的时候，他就应该考虑这授权的问题。他也曾检查了这个案子其他文件的方方面面。如果有时间的话，也可以从机场打电话到堪培拉，但那该死的巴斯总是分散他精力，使他心烦意躁。

现在这法官紧盯着古德曼的眼睛，在等待他的回答。

“我想授权肯定是有的。”古德曼在话中用了最可能引导别人的话，但却信心不足，他的紧张与尴尬也显露了出来。

加兰法官很讨厌堪培拉那边，这种厌恶也是显而易见的。他把眼睛放到了桌子上。

“是你认为他们已经得到了授权，古德曼先生？再往下说，你我都知道这样还不够。你的意思是政府采取了一种简捷的方式，免去了中间的环节，这种简便的方式把行为规范都扔到窗外去了。”

对加兰来说，这个很遗憾的事情有他漫不经心的原因，而且上面全是沙利文干涉的印迹。

“在此类事情上，古德曼先生，知识造就人类，相信则是迷信，我怀疑某人相信如此做事的政府。”

古德曼深深地低下了头，他感到谦逊是表示悔过的最好方式。让古德曼和加兰最安心的是摩根戴尔什么也没说。

从会议开始到现在已经过去二十五分钟了。

加兰戴上眼镜，看了一眼手表。“你们是不是草拟了了一份法院命令书?”他看着古德曼。

“是的，阁下，在我这里呢。”

法官很快地看着，几乎对上边的每一点内容都在摇头。古德曼的希望就像退潮一样全都消失了。

加兰拿起笔，一边思考，一边用笔指着这些材料，如同一只鹰在寻找地上它可以吃的东西，然后他的笔一下子落到了纸面上，他在条款一上画了横线，然后又在条款二上也画了。

“我不会签发‘永久性’禁制令，那是不可能的，但我会在书面证词上做出暂缓的命令，而且你们愿意让其有效多长时间就多长时间。这样这种报道就永远无法进入公众的视野。”

如同心灵感应般地，加兰知道古德曼正在想，“感谢上帝，我们能得到这个!”

"我将签发的是从今天星期四晚上起执行的禁制令，然后，我收回禁制令的时间是五月二十七日星期六上午十点。"

在这段时间里，悉尼每日快报被停刊，报社律师将准备此案的法庭辩论，政府也将准备辩论，双方都将对赞同还是反对这一禁令的延期提出各自的理由。

加兰又说："我们将在这里进行不公开审讯。我建议利用这段时间对我提出的问题寻找出答案。"

悉尼，星期四
5 月 25 日下午 8：15

"不相信。"张文涛叫了起来，在他这么说的同时，他又激动又担心。

"我也感到很吃惊。"高纯摇着头说，"尽管这个问题很严重，他们会不会搞成一个长期的延期呢？"

高和张两人就坐在悉尼领馆高的办公室里，商量着这件出乎意料的事情，他们把两个转椅挪到了桌子旁边，高急着把有关蝉的文件转给他的同事，因为张的英语非常好，但张的心思根本不在这语言上，张感到此事不同寻常，甚至是令人烦恼。这对中国来说是个胜利不假，但对于张文涛个人来说，却混淆了他的价值体系。

张文涛想，如果整个事情在幕后如此运行——叛徒们不断地在招揽着生意，他到底在为谁工作？中国怎样才能远离这些丑恶的现实？

不到一个小时前，根据蝉的要求，高在悉尼和他见了面。这次会面透露了蝉在堪培拉想办法搞到了一份快报准备刊登的文章复印件，而且蝉还复印了几份小篇幅的、递交给法官的附件，其中就有沙利文和美国大使谈话的文字记录。但这里最引人自豪的还是沙利文的书面证词。

蝉坚持要高纯等检查完所有的文件，但高却想尽快把发生的事情口头简要汇报给中国人。在蝉看来，加兰法官很可能会将这禁令延长一周，但不太可能再长，蝉强调了这一点，而且这也是堪培拉总检察官办公室官员的看法。快报这篇报道的关键部分，如美国参与这次窃听行动，可以在一个无限期的时间里被删除，但这篇文章可能很快就会以大量内容删除后的形式见报。讲到那份书面证词，这件不同寻常的东西很可能永远也不会再次出现了，法官评估其内容造成的严重后果后也就不会出现了。

“告诉我，蝉是如何搞到这些东西的?”张问，“蝉怎么能够如此轻率地、没有任何内疚地背叛自己的国家？当然，这问题对你不是新问题，但对我是新问题。”

“你看，”高告诉张，“我不会掉进猜谜语的游戏。我只是关注我任何时候都能从他身上得到的情报。我只知道他需要钱，不管我们向他支付现金或是把钱汇到他在香港的账户里，他都愿意用有用的情报来换取这些钱。他的兴趣和我们的兴趣目前恰好一致，而且可能在很长时间内都是这样。就算我们现在已经知道了许多有关他本人和他背景情况的信息，但这些信息都不能回答‘他为什么做这种事’这个问题。我曾经努力试图从他身上得到这个答案，但每次都碰了壁。但有一件事毋庸置疑，那就是钱对他的今后意义重大，就目前来讲，我可以肯定这一点，但长期来说不是这样。他正在完成一个计划，而钱是这个计划的关键。对我来说，这事就是这么简单。”

“可能我还是不明白他怎么能躲过他同事的眼睛做这种事情呢。”

“嗯，根据我的经验，这种人在隐瞒自己生活的另一个方面上异常聪明，他们总是能够花费很多精力来保持，你知道，他们保持一种正常的表面现象，而这也很奏效，没有人怀疑他们在做些什么。总之，这些就足够了。让我们看看他到底给了我们什么。”

张直挠头，把他们的椅子靠得更近了。

高纯首先挑选有关快报急于刊登的文章来看，两个人一起从头到尾仔仔细细地阅读一遍。这篇双行间距的文章一共三十三页，很明显几乎没有任何一个行动细节缺失，里面的信息量远比他们想象中这家报社所掌握的多得多。文章仔细描述了光纤网络最初是从多远的地方连接进入大使馆，还有美国人到底扣下了多少得到的有用信息而不和他们的同伙分享。这篇文章一点一点地从方方面面和各个角度讲述着这一事件，这些内容连蝉都没有发现。

接下去他们看到的是沙利文对他和格林斯巴瑞大使谈话内容所做的备注。

"真不能相信，如同老子吓唬儿子。"高说道。

尽管沙利文自己做的备注，但当时谈话的紧张气氛在备注中从始至终都没有任何的减弱。这两个中国人一面看一面对视了一下，对部长不得不承受的事情假装痛苦地扮着鬼脸。

对美国与澳大利亚的情报交换协议他们只是草草地浏览了过去。高对这份协议已经很了解，两年前他曾经有过这个协议的影印本，那是由于从外交部策反过来的特工当时需要现金装修他在堪培拉的房子。

"好了，现在看这个。"高说着，拿起了其中另一份还没有看的文件，"对，来看看这篇。"他开玩笑似地在张的面前晃了晃那份书面证词。

"根据'蝉'的说法，"他说着，他那毫无表情的脸也由于激动而红了起来，"无论这篇是什么意思，都是篇他妈的地狱般的文章。"

前边几页都是平平淡淡，没有特别之处，仅仅是提纲挈领地论述了这个窃听行动的技术参数。文章中说，"堪培拉中国大使馆新馆舍的盖建是一个机会，是一个不能错过的好机会。这次合作只会加强与美国间亲密的兄弟般友谊。"

当张和高看到沙利文脑袋发热时写出来的内容时，两人笑了起来，很快他们就大笑不止了。

"嘿，看这个，"高用他那带有口音的英语读了起来。

历史上闭关锁国的中国到了二十一世纪依然狂躁、偏激，在其海外间谍活动中，中国对从其他国家得到成果的胃口很大。

“哇！”高完全理解这里的意思，但他还是和张一起研究了一下沙利文使用非口语化语言所写内容的含义。

“狂躁，是吧？”高发出啧啧声。

“这是个很严重的词。”

“你知道，这个词把我们和萨达姆·侯赛因归属到了同一个联盟啊。”张被他同僚的情绪所感染。

“想想，如果把这个词用回到澳大利亚政府身上，”高嬉笑着，“他们就会感到痛苦不堪了，对吗？”

“这种想法曾经出现在我脑海里。”

高接着说道：“更糟糕的是，说我们中国胃口很大，这是我们绝对不可忘掉的‘赞誉’。”

接着往下看，高再次被其中内容吸引住了。

除非西方盟国像我们一样用正义和正派的标准来驯服这头野兽，否则，在我们能够进行防守之前，它就会冲出笼子扑向我们。

“嗨，你是怎么看的？”高笑得连话都说不出来了。

“作为一个国内共产党的布告，你会因为这种语言的运用而受到嘉奖。但不是在这里，不是在澳大利亚这种地方。”

张在高之前就看过这些文件，他指出了几处应该加以评论的地方。对用如此不成熟的方式来表达澳大利亚观点的做法，张感到很奇怪，情报游戏可能是肮脏的，但起码它可以使你能够接近事实。张接着念：

“……我们发现中国在澳大利亚国土上进行的间谍活动已经达到了毫不留情的程度。”

“高同志，”张拍着高的后背说，“同志，这可是你将得到的最好的礼物。”

“这可不是耻辱。”高回答说。

“你要知道，我自己就可以通过此事得到升迁，毕竟这个人来自堪培拉的指挥重地，因此你不可能比他得到更机密的情况，并用此作为我工作的参考信息。但是我也看到你在这里面也有好事。很显然澳大利亚人非常希望拿到这个能源交易，其渴望程度你是从来没有想象到的。他们说，在未来三十多年里，上百亿美元将流进他们的金库。他们认为此交易对国家具有重要意义。”

张文涛点点头。实际上，这话就非常夸张地写在那里。

“而且，我的兄弟，”高纯故意压低了嗓门强调说，“北京也是在这点上拿着他们呢。”

第十一章

悉尼，星期四
5月25日晚上9：20

“能听见吗？完毕。”

“是的，夫人。”侦查小组的中央情报局特工詹森回答。在洲际饭店里的詹森为此次会面特地连了线，他现在装扮成在等人的商人。

“他马上就会到。”坎特雷尔解释说，“他说是九点二十多点就到，现在到时候了。”

她话音还没落，萨巴斯蒂安·摩根戴尔出现了，他经过詹森直接朝前台走去，但是他还没来得及和前台值班的年轻服务员说话，旁边就有人喊他了，是一个胖乎乎、小个子的中国男人，大概有六十多岁，戴着眼镜，头发油黑锃亮。詹森之前就已经注意到他了，坐在那里，腿上放了个文件包。

“你好，巴斯。”他边说边伸出手去和摩根戴尔握手，摩根戴尔迅速地转过身去，“很高兴见到你。”

两人热情地相互打着招呼。

“嘿，”中国人在说话，“我建议我们马上就走，我告诉过饭店我们可能会晚一点，但我们还是不想浪费时间，对吧？”

“对，我没问题。”摩根戴尔答道。

这两个人走向门外停着的租来的车，这个澳大利亚人胳膊底下夹着一个小书包。坎特雷尔的特工漫步超过他们，然后挥手叫来了自己的车，这车属于侦查小组，是安排好用来跟踪这俩人去多尔斯（Doyles）餐馆的，这家餐馆坐落于悉尼港口的海边上，并以海鲜菜肴闻名，是外国客人最喜欢的餐馆之一。

就在前一天，坎特雷尔和她的团队发现摩根戴尔除了他用于工作的手机号之外，还有另外一个手机号。通过全天监听摩根戴尔，她知道了摩根戴尔正在等待与这个马来西亚富商温斯顿·李约会。李和北京的关系很密切，就如同和他密友加同志的李大使的关系一样。现在对摩根戴尔和李之间的联系进行精心策划的监听行动已经开始了。设在离这个城市不远处的中央情报局密室里，坎特雷尔在协调这一行动。琳达·李维和其他一些人就在密室里听着。

“我们已经开始了！”李维拍着手说，她是个强硬而可靠的中年人，即使她不开口也使人感到她的威慑力。“想想吧，这可能就是我们要找的叛徒。”

坎特雷尔感到要顺从他们这种微不足道的尝试几乎让人感到耻辱，她和其他人心里都知道李维的意思——这就是我们的叛徒。

“我和你们说什么来着？”这女人还在说，“这种事情结果往往是那些在政治上离他们主子最近的人。感谢上帝，我们把我们的力量都放在了这小子身上，而不是克拉克。”

坎特雷尔咬了咬嘴唇，她想，在没有看见发生的事情前，还是什么都别说。

李维已经不断催着助手负责这事，就在当天下午就是否应该在李雇的车里安装声波定向仪一事已经有了不同意见。坎特雷尔立场坚定地投了否定票，她认为在司机都可以听见的情况下，他们是不大可能讨论什么事情的，而小组的仪器资源最好还是安装在其他地方。

李前一天从香港飞来悉尼，他的计划是在位于他靠近堪培拉的家里像碰巧遇到他家里人的方式相见。飞机一落地，李就通过摩根戴尔的一个特殊电话号码和他联络上了，摩根戴尔当时在堪培拉。在电话里，摩根戴尔非常警觉地暗示他已经搜集到了李要的东西。很清楚，这两个人之间在发生什么事，而这一情况的揭示使李维感到很高兴。“我在这家酒店预定了两间房。”这马来西亚人说，“当然我会给你埋单。”在听到这些话之前，摩根戴尔知道他怎么也得到悉尼来，而且住在另一家酒店。

坎特雷尔已经在多尔斯现场安排了一个两人小组，其中一个侦探杰会扮作酒店助理在饭店里面。他报告说，他已经检查了桌子——上方没有空调的通气管道，旁边也没有开着的窗户，因此这是一个相对安静的地方。饭店经理把杰带到桌子旁就走了。手里拿着仪器，他坐下来，然后让人毫无察觉地把仪器嵌进了桌子底下，之后他们可以在外面校对这个窃听仪器，收听效果不错，很清楚，几乎听不见什么周边的环境噪音。

在密室里，坎特雷尔尽量不与李维说话，于是她很快与她在现场的小组连接、调整好无线电联系。

“可以听见吗?”坎特雷尔对着麦克风说。

“声音很大而且清晰。”杰回复说。

“我们的朋友在去你那儿的路上，可能二十分钟到。祝你走运。”

“好，奥利也已经到位了。”

另一名特工坐在另外一张预定的桌子旁，目标在他的视线之内，他一面安静地享用饭菜一面看着一沓公司企划书。

“我们这里一切顺利。”这时尾随那辆租用轿车的人员插了进来，他们也是锁定在同一无线网频道上。

李和摩根戴尔一到饭店就在经理的陪同下径直走到他们的桌旁，他们已经向经理预定了苏格兰风味的海鲜大拼盘。李从公文包里拿出一些照片，似乎很高兴地让摩根戴尔看，李说，这是他在中国开的主要制造厂的照片，是两周前最近一次去那里照的。奥利坐在那里视野不错，不仅能看到那两人，也能听见他们正在说什么，奥利还不时地把下巴放在手上，这样就挡住了他的嘴巴，使他能报告另一桌旁发生的情况。

而在密室里，李维几乎按捺不住她的兴奋，感谢上帝，她还保持着安静。之前大家都有约定，因为要对窃听到的全部谈话内容进行录音，因此在行动进行过程中，任何人都不能出声。如果需要，录音可以重新播放。

摩根戴尔从他的包里拿出一个大牛皮纸信封，他递给了李。

“这是给你的。”

“噢，谢谢啦!”李例行公事般地说道。

这事情好像就这样完了。

李没有打开那信封，就把这信封连同那些照片一起塞进了他的公文包。然后他也拿出了一个他的信封——一个白色的小信封，他放在了桌子上。

“这里还有一些你可能感兴趣的照片。”李对摩根戴尔说。

摩根戴尔非常清楚这是什么意思，“噢，朋友，你太慷慨了。”

“这两人对他们正在做的事情一点都不感到羞怯。”奥利悄声道。

满脸洋洋得意神情的李维转向坎特雷尔，就像是在问，“从这对有经验的间谍老手那里你又能期待得到些什么呢?”李维没必要解释坎特雷尔正在思考的事情，“摩根戴尔是我们要找的人。”屋子里其他美国人看上去也同意李维的观点。可是坎特雷尔仍然相信梅森的观点，克拉克才是他们要找的人，即使眼前这是另一个背叛变节的案子。

摩根戴尔接下来考虑着他刚刚交代出去的事情。很明显，这件事是事先经过了讨论，之前做过的调查说明李在大约六周前在澳大利亚。李维也已经查明李的这种行踪恰好与美国国家安全局技术人员发现中国大使馆通讯模式变化相吻合，因此李维认为这更是摩根戴尔罪行的证据。

“你想要的中国方面的情况都在这里。”摩根戴尔的声音中充满着自信，“有北京、上海、厦门、武汉和其他三个城市。你会发现那些现场评论都很有用，这些评论都在每篇报告的最下方。如果你们还想知道更多的信息，请告诉我，我会很快提供更新的内容。”

李维心中狂喜。

悉尼，星期四
5 月 25 日晚上 10：45

“如果你能帮忙转一下，我们将永远感谢您。”高纯把一个大信封递过去。

这位澳大利亚政治家笑了，不管怎么说他也就是个中间传递信息的。中国人告诉他那个有问题的电视台记者的事情听起来似乎也是有道理的。这看来是件简单的任务。

“没有任何信息来源吗?”他在询问高纯的说明。

“没有，一丁点儿都没有。用你们的英语说，就是刚好从车上掉了下来，捡到的。”

对高纯的答复，这政治家狡黠地咧了咧嘴。

在悉尼短暂的会面中，蝉还记得把负责跟踪报道使馆事件的那个国家电视台记者的名字告诉了高纯。于是高纯给新南威尔士州州议员打了电话，而不是直接与那个记者联系，高知道这个州议员能够做这件事。

这位州议员在过去十多年里一直和中国保持着正常的关系，在悉尼高纯的一个前任把这种稳定的关系延续到了现在。这个澳大利亚人曾和他妻子一起经营旅游生意，但由于疏于管理，生意碰到了很大的困难。

而就在生意每况愈下的时候，这对夫妇认识的使馆领事出面了，他为这对夫妇提供了当时非常需要的帮助。此后，以同样的方法，这对夫妇向中国提供了许多年的优质服务，为中国送去了不计其数的游客。后来先生进入议会，而妻子仍然打点这旅游生意。这种方式使有影响的代理商得以不断增加。现在这传递信封的事情有了着落，高自己心里很开心。

但是他和他的信使都不知道这位记者通过自己的技巧和坚持不懈已经知道了事情的大部分内容，他只是对禁令程序和每日快报即将刊登这一事件的事实浑然不知。

文件在一个小时之内就转交了过去。

看着蝉提供的材料，同时也得知自己的熟人安德里安·麦金龙正是快报这篇文章的作者，这位电视台记者决定开车到麦金龙家去。

“是的，这的确是一篇应该尽快刊登的报道——除了那个放在最前边的狗屁书面证词之外。”浏览完这些文件，麦金龙咧嘴笑了。

麦金龙的这个朋友也同意这种观点，“国家电视台可能会报道这里面的主要内容，最早可能在明天的晚间新闻中播出。”

“那这可能会使禁令夭折。”麦金龙回应道。

“噢，那是肯定的，这种公开报道会使禁令变成一阵风被吹走了。”

“如果一切都按计划发展的话，”麦金龙说，“快报将在周六上午版上刊登这一事件的全部细节。”

“希望是这样。”电视台记者说道，“但你我都非常清楚，这样的计划仅仅是这个游戏的一半内容，另一半是需要不让政府知道。他们肯定会拼命地、卑鄙肮脏地来想办法确保这个报道不被公开。”

“这是真的，因此我们对这方面的情况要非常仔细、留意。”麦金龙说。

堪培拉，星期五 5月26日下午6：45

“你知道，”梅森说，“仔细考虑了以后，我感到几件事情是一起出现的。”

“嘿，我觉得这东西很有用啊。”兰伯特回答道，他这是在谈那份他编辑并在前一天递交的评论文章。

两个人先是慢跑到黑山，这时正在从黑山回来的路上。那座山和上面的通讯塔一起组成了堪培拉的背景墙。在梅森之前到堪培拉来的时候，他曾要求兰伯特将对克拉克、摩根戴尔以及其他名单上的嫌疑人的行动中任何有意义的事情都录下来。

“我对你所说的马丁的古怪行动感到很好奇，托德。是的，他总是一个搅屎棍，但这骚扰外交部的小子和其他人的事情却很怪异，特别是在你想到马丁会是受到这事影响的主要人物的时候。”

“是啊，这也是我突然意识到的事情。问题是动机是什么？他正试图说明一种观点，但他的目标是谁，目的又是什么？这可是一个难题、一个谜啊。”

“这只是一个方面，”梅森说，“另一方面就是你说的波尔森和伊姆莱克。直觉告诉我他们做的事情莫名其妙是整个事情的关键，也许是引发了这件事。但中国又是从哪里进入这个事件的，这只有上帝知道。这两个人也不一定要互相排斥。”

“格雷格，我确实认为秘密情报局里其他任何一个人都不会懂得马丁遭遇的‘被遗弃’对他的影响。随着这两个人被这样去除，然后在雅加达建立一个工作站，马丁就被彻底抛弃了。但看来他心情调整得不错。的确，他这个人通常情况下总是自我控制得很好，但这使他可以到处说他们的计划是如何没有预告啦，没有安全检查啦，等等这类的话。

‘你们是背叛者，你们终于解脱了！’这就是我预想的马丁大怒时说出的话。但反观我们又得到了什么呢？马丁摇摇手，这一切就过去了。这事不对头。”

梅森点点头。兰伯特把他又拉回了克拉克脑子里想的事情——这家伙一天到晚都在琢磨什么呢？他想起了秘密情报局一个喜欢开玩笑的人嘲笑克拉克说：“小子，你不要在没有逻辑的地方寻找逻辑。”

“不，我告诉你，格雷格，因为他们如此寻找他过去的事情来恶心他，于是马丁就被摧毁了。他们从来也不和马丁讨论，也不征求他的认可。这确实让马丁感到震惊。”

“是啊，这事是有些意思。”梅森说，“特别是当你把这件事和老阿尔非对马丁当年在雅加达想干什么的怀疑联系起来的时候。看，现在我们这里得到的是这个拼图游戏中最关键的几块儿，中国现在是放在了正中间，但他们怎么能都放在合适的位置上呢，谁又知道呢？我不能想象马丁会和中国人搅在一起，除非为了钱，而还得是一大笔钱，他倒是想很快得到一大笔钱。”

“是啊，”兰伯特说道，“我一直发现他总是这样使自己陷入一片混乱之中，在这种混乱中可以相互制约的双方都起不了作用，然后就一直乱到最后，大家一起完蛋。”

这些也正是梅森的看法。

这两人都不再讲话，在一个拐弯处停下来观赏伯利格里芬湖的美景。

“你说，”梅森开口了，“你是怎么看沙利文把巴斯派到悉尼去的？我不明白他怎么去蒙骗法官。”

“你说的太对了。我这么想，总检察长那小子如果发现让巴斯和他结伴同行的话肯定生气。”

“马丁也得走，对吗？”梅森想到。

“对啊，就是让他别在办公室里。今天和外交部有一个非常重要的会议，在会上我们要讨论一劳永逸地解决掩护身份的问题。在马丁上次搞得一团糟以前，我们在亚洲几乎所有我们希望的地方都安插了人。所以，现在我是代替他的第一人选。”

“嗨，你可别让这事冲昏了头。”

“好，知道，我会尽量做到。”

悉尼，星期五
5月26日上午10：20

“他妈的！”本·詹姆森一下子大喊了起来，“他们都在那里干些什么？”

他的这通脾气是针对李维抢先离场的。李维在最关键的时候表现出恼怒，因为她认为这些视频的拼接是在浪费时间，不管内容可靠与否，这些时间还不如用来做些实事。

保密室里，詹姆森坐在李维和她小组其他人员的旁边。他们正等着和堪培拉的同僚讨论前一天晚上摩根戴尔与李共进晚餐时发生的事情，参加讨论的双方都是美国人。梅森正在其他地方忙着。

“噢，我要打个电话，然后……”

突然，格林斯巴瑞低沉的声音从电话线中一下子传了过来，接着他的视频出现了，坐在他旁边的是局里驻澳大利亚的总代表，非常拘谨、严厉的诺博·施耐德。国家安全局的技术人员坐在后排，看上去由于出现在摄像机里而感到不安。

“听着点，本。”大使说道，“我们从这里的政府手里得不到任何有意义的东西，一点都没有。但不要紧，我们已经做了一些非常棒的窃听工作，这样我们就对正在发生的事情有了一些认识。你看啊，我们现在知道悉尼每日快报的意图，最重要的是我们也有了一份政府在悉尼呈给法官的书面证词，那个叫加兰的法官，好像他已经签发了一份对这篇报道的短期禁制令，尽管这个禁制令是否能延期的前景并不是很好。所以，本，我们认为现在可能是接着往前做的时候了。”

那些在悉尼看着他的人感觉到了格林斯巴瑞的决定。

当格林斯巴瑞确信某件事情时，他就会像猎犬一样咬住不放，他并不总是容易对付，但他却冷静、稳健，不是一个我行我素、不计后果的人。对任何一个在海外的大使来说，这种性格对中央情报局是很有意义的，特别是对格林斯巴瑞非常喜欢的詹姆森来说意义更是重大。到现在为止大使还没有与贝丝·坎特雷尔碰过面。

“共识是，本，我直接去见邓巴总统，让他使这里的那个没什么了不起的澳大利亚总理毕恭毕敬。”

悉尼这边的摄像机一关，李维便在空中挥舞着拳头说：“这就是我认为的好主意。”她说话声音大得每个人都可以听见。

她感到这对格林斯巴瑞有吸引力，事实也确实是这样。格林斯巴瑞欣赏直率，所以，他私下曾对詹姆森把他自己和施耐德之间并不密切的关系称作是只关注细枝末节的、仅用来保持关系的一种假正经。詹姆森是一个有实际经验的地区工作人员，而作为情报局从事管理的外交官新手施耐德则不是。

“我们应该对此心存感激，先生。”悉尼站主管一边说着，一边扫了一遍站在旁边的同事们。

这正是这个团队所希望的。如果大使能够先提出这个建议，然后情报局再表示同意就更好了，否则的话，家里的人也许会声称他们没有能力承担这个任务。

格林斯巴瑞靠坐在椅子上，他注意到坎特雷尔看了一眼她的手表，他也意识到施耐德也有一些紧急的问题要说。

“本，”施耐德插话了，“在我们把这事移交给琳达和贝丝之前，我应该告诉你格雷格·梅森昨晚来了而且摊牌了。我们决定和盘托出并告诉他我们在那里进行的其他窃听行动。他是个直截了当的家伙，所以事情进行得相当顺利。梅森想知道我们了解多少有关堪培拉一直在隐藏的东西，这样他会考虑哪些应该传递给我们，哪些不应该传递给我们。这也是一个尺度线应该画在什么地方的老问题，当时贝丝和乔·贝莱格里尼谈话时也碰到同样的问题。但无论如何，我们已经澄清了这个事情，这是解脱。现在澳大利亚安全情报组织的技术主管、兰伯特和我们的联手是我们在堪培拉的一股强大的力量，特别是托德还是这两个嫌疑人的助手!”

施耐德说着，咧着嘴笑。

但这可是大大地激怒了贝丝，尽管她努力不让这愤怒显露出来。对这两个主要目标是否就是叛徒的问题上还没有达成一致，但很显然，李维已经和施耐德进行了接触，并使他毫无疑问地认为李维认定的人就是叛徒。李维对摩根戴尔努力将亚历山德拉·坦普尔顿的朋友，同时也是国家评估办公室的同事莎拉招募进来的消息感到很高兴，尽管华盛顿确认没有任何一个美国机构雇佣摩根戴尔，但莎拉将代表他收集情报。“这事仍然让人很担心，”施耐德在之前一次电视会面中面对李维错误地同意了这事的时候说。

“很清楚我们有合格的人员，”大使打断施耐德的话，而这时坎特雷尔正在决定是不是要提出反对意见。“自从我听说梅森是如何帮助我们蓝色欧米茄行动的时候，我就考虑要切断与他的联系。他是一个我们需要小心注意他直觉的人。你们都知道，今天早晨我见到了他，并问他中国对这次窃听事件的反应，非常有意思，他对问题的回答是中国将会向我们索取高价，以及中国将会如何做来达到这个目的。这就是他对亚洲人的理解。实际上，我已经要诺博做了一些记录，并将把这些记录送回华盛顿。”

坎特雷尔在琢磨，格林斯巴瑞这么说的意思是不是说，如果梅森把钱花在克拉克身上，那么克拉克也会成为他支持的人。

显然，诺博·施耐德头脑里也突然闪过同样的念头，施耐德一直在仔细观察李维的肢体语言，这也是他为什么很快地回到他之前的、更带有综合性的主题上。

“这些澳大利亚人，”施耐德说道，“对堪培拉正在发生的事情感到恶心透顶了。但有一件事要确认，那就是他们要清理内部系统。但这并不仅仅对我们有帮助。当然了，可以说我们是相互帮助，在这点上我们双方的利益恰好是一致的。但一旦他们在这个核心目标上发现任何分歧，他们会毫不犹豫地撤回去。”

视频两边出现的沉默证实关键的一点是找对了的。

“今天上午，我们三个人都在这里，”施耐德继续说，“并研究了每个人在这种精密任务中的合适位置。颇具讽刺意味的是，佩雷格里尼说除非有来自外部的影响，比如华盛顿对堪培拉施加压力，否则他不能冒险调动澳大利亚安全情报组织的资源。目前，似乎政府为清除叛徒所做的种种努力都停滞在研究谁能得到什么信息上了，他们对知情的每个人都进行了正式的鉴定，但好像不知道除此以外消息会传出多远。梅森和他的伙伴们感到在上层有一伙人，他们实际上真真切切希望这叛徒永远不会被找出来，但是他们又同样地表现出在非常急切地寻找叛徒。”

李维在点头，坎特雷尔认为这是一种认同的表示。

说真的，这也正是坎特雷尔希望自己有了证明克拉克的足够材料后能够探索的区域——支持他的是一个什么样的联络系统？她相信，他们所进行的这场斗争最终将会随着克拉克从保护范围内硬给取消掉而偃旗息鼓。根据她的经验，她意识到在这个联络系统中的任何一个人都不会冒险来破坏整支队伍，罪行越严重，那么这伙人会越紧密地把罪犯保护在中间。

“很显然，他们的其他精力都集中在快报身上，希望能够找出是谁向他们提供了影印件以及……”

“哦，另外，本，”格林斯巴瑞很客气地拍拍施耐德的胳膊，打断了他，“佩雷格里尼说，克拉克一直在散布说是快报自己向中国人通风报信，而他们这么做的方法是问一些有关大使馆被窃听这类谣言的外行问题。乔完全不相信这些是真真确确发生的事情，我们也不相信，但克拉克似乎会沿着这条线推进。乔告诉我们，当他问有什么证据时，克拉克一下就尴尬了，但是克拉克就闲扯一些他是如何如何听说有关陷阱的事情等等。”

对李维来说，再次提到克拉克是太啰嗦了，“你们看，有关此事，”她简洁而生硬地打断说，“如果你们想了解昨天晚上在悉尼发生的事情，那我们就必须往下进行。”

格林斯巴瑞愣住了，他还没有说完他想说的，“真会找时候说话。”他开始回击了，皱着眉头表现出他的不满，“小心你别尿裤子。”这话可真让人出丑，但尽管大多数人都想笑，却没有一个人敢笑。

李维陷入了困境，其他人在想，她是做出回应？或是机智地暗示出更好的回应？李维僵直地坐在那里，但她的皱眉没有掩饰住她的愤怒。

施耐德脑子飞快地转着，给大使想出了一个台阶下，他指了指时间，意思是格林斯巴瑞还有另一个会见。格林斯巴瑞非常自然地对这一提醒做出了反应，准备离开，他已经决定退出，不管怎样目前就是这样。毕竟他主动提出这个事情并使他自己处在了第一位。就在视频连线开始之前，他已经告诉堪培拉的那些人说，在他认为李维具有引人注目的专业上的贡献之外的同时，他仍然不能确认从整体上看她的效率如何。

“是的，”他说，“李维可能是有令人印象深刻的声誉，但如同佩雷格里尼所警告我们的那样，她的美国经验将不得不适应一种文化，一种她错误地假设为与她的文化完全一样的文化。”

但是大使一走，施耐德又看上去很满足了。

如果琳达的方向正确，施耐德想，在摩根戴尔这小子的帮助下，我们可能在这肮脏的事情再度扩散之前就彻底将其伪装起来。

堪培拉 / 悉尼，星期五
5 月 26 日上午 11 : 50

“你好，是我。”坎特雷尔一下子就听出了梅森的声音和他严肃的语调，这声音如同在说，“就不要提名字了，这不是一次私事电话。”梅森没有提及他自己的名字，但这对坎特雷尔表述的内容更多。

这时视频连接不久前刚刚结束。

“有没有新情况?”

“我仍在堪培拉，我们今晚可以再细谈。‘T’和我正在路上，我们应该在十点左右到悉尼。”梅森说道，T 暗指托德 · 兰伯特。“简单地说，我们正要获得某些东西。我们肯定李小姐锁定了错误的目标，但有一点她是对的，那就是她的目标的确是参与了什么。但是‘T’也同意我的观点——他正在进行经济材料方面的事情，这肯定是一件私人交易。这事可能已经做了几年了，而且不是和一个而是和多个伙伴做。但他不是我们要找的人，我们会告诉你们原因的。”

尽管这事情很复杂，但坎特雷尔还是很容易就明白了。

“回头我再告诉你更多这方面的情况。”梅森对坎特雷尔说，“但在我走以前，有件事你要特别保密。我刚刚听说，在你刚刚进行了联系后，那李小姐给你那个一本正经的老板打了电话。她认为把一些资源转移给‘C’是不明智的。似乎她走的路线是这样的，首先，‘巴斯海峡’现在终于被认定了，然后，你、我与‘C’有着人所共知的关系，而这会影响我们的判断。第三，我希望你已经为此做好了准备……”

“我试试吧。”

“这就是你我的感情也牵扯了进去。”他清楚的表达带着讽刺和嘲笑。

“我想很快会有人对你谈起这个问题。不管怎样，我必须走了，我们回头聊。”

“我等你，但要注意你的情感可不要流露出来。”

梅森以他惯有的方式笑了。

坎特雷尔非常敬佩梅森在逆境中能保持不倒，之前她也见到过他这种样子，他就是这种人。他自己有足够的力量，坎特雷尔喜欢他这点，特别是现在他回到了全速运转的状态，她的大脑也已经开始思考如何阻止联邦调查局的专家。

堪培拉，星期五
5 月 26 日下午 5：00

刚刚得到的消息显示澳大利亚情报机构连同美国间谍组织五年多来一直进行针对堪培拉中国大使馆的大量窃听行动。一个触角广泛的监听设备系统在修建大使馆的时候就安装在新馆舍里。

李大使朝其他人笑了笑，而所有人都在一心一意地听着。大使不断地用手按摩着他的秃顶，这是当某件事情引起他好奇的时候的习惯动作。

他的五个高级官员和他一起在他办公室里，围坐在一台电视前面，房间里明显有种变得放松的气氛。最终这个故事还是走漏了出去，按计划会在五点钟准时在国内电视新闻中播出。李做了个手势让其他人保持安静，这是要细细体会、慢慢享受的时刻，而不是用洋洋得意来打扰的时刻，他刚才要求这三位男士和两位女士看完这段报道。

> 最初是澳大利亚安全情报组织简称“ASIO”将复杂的光纤设备安装到位，而之后的操作则由美国国家安全局的电子情报搜集专家控制。大使馆附近的中继站从这种冒险行动中收集挑选出最高机密并直接传送给华盛顿。澳大利亚情报来源显示了他们的关切，就是关键的情报内容，特别是有关经济方面的情报并没有回传给澳大利亚。

随着新闻简报的深入，房间里鸦雀无声，只有偶尔举起的、紧握的拳头或压抑着的哄笑声。

四分钟以后，报道结束了，新闻播音员转而播送有关布鲁斯班附近高速公路的连环车祸。李用遥控器调低了声音，然后他们所有人的喜悦都一下子爆发了出来。

邓，驻堪培拉的情报主管打开了一瓶香槟酒，他在新闻简报播出的最后时刻就已经准备好了这瓶酒。瘦小的他处于极度兴奋之中，把酒瓶高高举在空中，他看了一眼李，希望李同意倒酒。大使馆的参赞，一位六十来岁的资深女官员把酒杯递给大家，然后将第一杯酒递给了喜气洋洋的大使。李大使严格戒酒，除非在正式场合礼节性地抿一口酒，但这次不同，当今天下午三四点钟时高从悉尼传来消息说，五点钟将是他们一直盼望的时刻时，李建议用最好的酒来庆祝这一时刻。

他们的酒杯装满了酒，李举杯祝酒：“为狡猾阴谋的失败——庆祝。”他的声音具有戏剧效果。

其他人重复着李的话——恭喜恭喜。

“为形势的逆转——恭喜恭喜！”李说。

其他人也为此举杯。

就在大家认为他说完了的时候，李接着举杯：“为间谍大师高纯举杯!”

“为间谍大师高纯!”他们都呼应着，声音中充满着由衷的尊敬，“恭喜，恭喜!”

高完成了一项专业工作，李大使和那高傲的邓都太清楚这一点了。如果没有高在前一天晚上采取的迅速行动和领事在议会里面的朋友，这一切都不会发生。

但当倒上第二杯香槟酒的时候，邓放下了酒杯，然后将他之前放在大使录像机里的带子取了出来。

“翻录一下用不了很长时间，”邓对李说，“我们录的现场版本也许对后方家里的技术人员有用。”

高纯给堪培拉使馆的密报已经很快转给北京了，他对蝉提供的信息提炼的摘要也转回去了。按国家安全部负责澳大利亚官员的话说，安全部也将直接监看这一电视广播，但使馆的口头翻译也非常有用，他们知道现场的气氛往往在远在母国的抄录员笔下缺失。

就在邓准备离开房间的时候，李说:“把书面证词的事情告诉他们。”

这点是高在快到五点的时候提出来的，如果这个文件未能在新闻简报中提及，那么就可能永远被禁止进入公众视野，但这毕竟被看作是一颗政治炸弹。正是由于这个原因，对中国人来说，这个书面证词本身有价值，这也提醒李他应负的责任。

“好了，好了。”李说着，并拍手以示聚会结束，“我得自己写，他们希望知道对从这类令人极度震惊的事件中得到的益处的看法。看看吧！这事最终不过是天命——一个一本万利的印钞许可证，而澳大利亚人为了报答我们的沉默而不得不尊重这一天命。”

邓在门口笑着，“正是我的想法，如果说有人知道怎么趁机牟利的话，那就是你。”

其他人都知道这并不是阿谀奉承，而是简单的一个事实。李喜欢善意竞争，越具策略性，越具智慧性，越好。他低头礼节性地鞠了个躬。

“在媒体向我们发问之前，我得发送一个急件到北京。”李说。

李转向大使馆的新闻官，他也在这伙人里面。

“请告诉在澳大利亚各处的所有人员，口信就是‘无可奉告’，我们也的确无话可说。”

“大使，”大使秘书在隔壁秘书办公室在喊，“魏小姐说，电话总机已经被询问电话打爆了。”

堪培拉，星期五 5月26日下午5：35

“嗯，这不是任何人都乐于处理的事情，对不对?”李一边说，一边热情地微笑着。从他的观点来看，对总理法恩斯沃思所处进退维谷处境的同情和怜悯只会加剧他的尴尬。

“对的，没有人愿意。”总理回答说。

没有和外交部长迈克尔·沙利文打招呼，总理就通过直线号码给大使打了电话。“好，那我们就在你办公室见。”李大使说。

现在，刚刚坐下准备进行单独的两人会面，李大使就首先掌握住谈话的节奏，“知道我们两人都有许多事情要做，”他采用了一种不同寻常的方式说，“我们为什么不能直截了当地进入主题呢?”

“是，是，当然可以。”

“很自然，你知道我仍在等待指示。但如果你能够提供某种‘政治和解’的方式，我可以保证这绝对不会出现在记录中，这样我也可以保证北京避免在这件不幸的事情上进行公开评论，起码直到你能够坐下来进行谈判。”

噢，真是解脱啊！法恩斯沃思想，这正是我希望的。

李知道法恩斯沃思期盼的就是这样。

事实上，大使被授权按照他认为合适的任何方法去处理这件事。大使也已经建议一个小规模的代表团秘密来此看看能够做些什么，这个小组将于第二天晚上动身前来悉尼，李也同意了北京方面关于这个小组的领队人选的意见，这个小组的使命实际上是了解强硬的谈判对手怎样能够做出某种特定的让步。这也的确是他们为什么要求中国当局同意他们按他们的方式行事。

“你可能想喝点什么吧?”法恩斯沃思客气地问着。

李停顿了一会，以便决定这些事情，而总理不知道如何打破这沉默。

“好吧，我喝点茶。但对不起，我可能不会在这里停留太久。”

悉尼，星期五
5 月 26 日下午 6：30

加兰法官静静地坐在他办公桌前，从眼镜上方凝视着屋里的人，他的客人们仍在找座位坐下，或把其他地方的椅子搬到他的房间里来。房间里的气氛又轻松，又忧虑，又非常失望。迈克尔·沙利文坐在总检察长办公室的戴维·古德曼旁边，另外还有一个联邦政府的大律师也坐在旁边。从堪培拉来的代表团最初有更多的人组成，但由于不久前发生的事情而大幅减少了人员，这是因为国家电视新闻节目在常规节目里加进了这个新的、突发的、具有活力的内容。快报总编胡尔也在加兰法官的办公室，和他在一起的两个伙伴是报刊的法律顾问，他们的御用大律师。法庭注册官和法官助理静静地坐在桌子的一边。

沙利文看上去紧张、郁闷，为自己处于不确定的处境感到有些恐惧。事态处于失控状态，而他的同僚要求他对目前这一切该死的事情负责。作为一个政治家，他通常都可以在任何具有危险性的事情中为自己找到出路，大部分百依百顺的反对党们也几乎不会在议会上对他拷问，而他也认为他可以掌控媒体，因为他肚子里总是有很多东西可以说。但这个机智的加兰法官则是一种完全不同的人。沙利文感到自己又回到了教室，面对一个对他的胡闹要进行鞭笞的老师。无论是转弯抹角的解释还是强词夺理的辩解这次都不能帮他找到解脱的出路。

法官领会到了部长的窘迫和他急需集中政治、外交人才来修复这次损失的愿望，但是在看了之前书面证词里面的内容后，加兰对沙利文的同情心就都终止了。

随着会议程序的开始，房间里一片寂静，寂静中充满了焦虑。

沙利文从包里拿出了一份新的书面证词，不过这次的页数要比上次的少许多，一封总理的信附在上面。沙利文把这些递给了古德曼，然后古德曼又转递给加兰。同时这些文件的影印件也分发给快报的法律顾问小组。

法官认认真真、逐字逐句地读了这两页纸的信，并在从一段转到另一段时微微地点下头。谢天谢地，加兰在想，这封信比较公正和谨慎，和昨天晚上他们胡扯的那封相比，这封信甚至是令人信服。读完总理的信后，加兰又继续念书面证词，但念得速度很快。很好，他想，没有更多的废话。这肯定是古德曼起草的，而且没有任何外界干扰的因素。

加兰把书面证词放在桌子上，然后慢慢地摘掉了眼镜，“谢谢你。”他看着沙利文说，然后他又转向政府大律师，“你还有没有什么要补充?”

大律师有礼貌地摇摇头。这两个人各自对对方所表现出的尊敬暗示出他们之前已经相互打过招呼了。

接下去，加兰又转到了报纸顾问小组的质量控制人员，他也是关系密切的法律界的一个朋友，表现出和加兰一样严肃认真的举止行为。两个人都带着对法律庄严的敬畏进入这个行业，并成为这个行业里最出色的人物。

“也许我们应该听听您对此的看法。”

“谢谢，法官阁下。我的当事人将庄重地提交他们的意见。因为电视广播有其自己的特点，就如我们都毫无疑问地意识到的，应该解除对悉尼每日快报的禁令，如果阁下希望看看，我当事人的证词将附带一张视频盘。公众中间已经可以很容易得到窃听行动太多的细节。”

这话是一个律师在很正常、很坦率地陈述一个案子。

“事情是这样。”加兰说，“我注意到新闻简报，而且我也没有理由不同意你的当事人所断言的内容。”

接下去事态开始发生真正的变化。

没有提出更多的看法，加兰转向沙利文，这位部长变得局促不安，决定时刻到了，这就像刽子手的剑悬在他头上。

什么也没有逃过加兰的眼睛。沙利文无话可说，因为他既不知道别人是不是想听他说，他也不知道说些什么。

时间在煎熬中一点点过去。

然后，加兰顾不上了，他继续往下进行。

“嗯，古德曼先生，”加兰问古德曼，他知道古德曼是知道接下去要发生什么的人，“你有没有要补充的东西呢？”

古德曼摇了摇头。

法官的眼睛和沙利文又一次相遇了，法官停顿了下来，而沙利文则紧张地伸着一个指头在他的衣领里移动着。

“既然原因都已经大致概括出来了，”加兰继续着他的发言，“以及其他原因，我将完全解除这个禁令。”

沙利文大吃一惊，嘴张得老大，仿佛他根本没有准备接受这种情况。

“我没有发现此事对国家构成任何明确的现实威胁，”加兰接着说，语气完全是走形式的，而不是说教式的，“我也不相信电视台的新闻简报内容和快报文章以任何形式对国家安全造成威胁。因此，在这个事件中，我决定支持公众的利益以及公众的知情权。”

胡尔转向他的律师们，笑了。他非常小心，避免恶化房间里其他人发现他们所在的处境。古德曼并不担忧，他就是希望这事情能够完结，他的眼睛低垂着。然而沙利文却在承受着事件急转直下给他带来的严峻考验。

“但是，阁下，”沙利文结结巴巴地说，平时当事情按照他的想法进行时所表现出的狂妄自大荡然无存。

“什么？部长，”法官回答道，他的口吻有些愠怒。

“政府的第一份书面证词，”沙利文说，“我们不能让它泄露出去！”

加兰对此也没有不同意见，事实上，这也是他接下去要提出的问题，但部长的迫不及待使他不知道如何温和地做出回应。“我什么也不说，”他在想，“然后看看他做什么。”加兰扬起眉毛，挑唆部长继续下去。

“好悲伤啊！”沙利文说，“如果这事公开了，那将是致命的。”他看了一眼古德曼，以求得到他道义上的支持，但这个年轻人却专心致志地看着地上的编织地毯。

“您和我都知道，部长，”加兰说，“在公众事务中，适度、温和是一种美德。因此我几乎没有选择地同意您的要求。事实上，是防止您自打耳光。”

这话可是够苛刻的。对于一个法官来说，做出这样的评论是非常罕见的，即使是在不公开的审讯中。

“这样一来的后果就是，对书面证词的禁令将继续下去，永远继续下去。”

沙利文的解脱感是显而易见的。

房间里充满着一种奇怪的寂静，而这寂静被注册员从椅子上站起来打破了，之前法官曾瞥了一眼注册员那边。尽管还有许多书面材料要看，但是一切都结束了，会开完了。

“非常感谢你们在处理这件棘手事件中的帮助，”加兰一面说，非常优雅地对这些仍僵直地坐在椅子上的客人们微笑着。

悉尼，星期日
5月28日上午10：30

王梅剑，中国情报机关最高领导人，在她那细雪松木椅子上坐定，她在等待会议开始。她指甲敲打在光洁桌面上的声音让人联想起万马奔腾的情景。

“不相信？”她问她的同事们，“你们不相信我？”

张文涛对此报以大笑，这正是王梅剑希望得到的。她在早些时候曾告诉过她团队的人，如果这些乡巴佬证明他们不能面对现实，那么她就会离席而去，“站起来，迈过桌子，然后走出去。”她是这么说的。

澳大利亚方面没有渠道了解透露出去的东西，这是王为什么这么说的理由。她认为，在这种时候，起码幽默是他们的武器。

这伙人现在坐在总督官邸的餐厅里，这里曾经是澳大利亚殖民地时期英国空军中队指挥官的官邸。高高的天花板和精美的家具使得它成为悉尼最壮观的建筑之一。六人组成的中国代表团坐在长条桌一边的中间位置，桌子中间装饰摆放着黄白玫瑰。

他们选择在这里会谈是合适的，王想，这样把他们的过去和现在分开来。

在这个阳光灿烂的上午，这间屋子里的两个大窗户敞开着，保持着屋里的空气新鲜，是王梅剑让张文涛去要求这么做的，这在布满灰尘的北京几乎是不可能的。她昨晚在乘坐从北京过来的飞机上睡得不错，她年轻时候所经历过的艰苦岁月教会了她抓住可以休息的每一时刻。在机场，王叫张带她到海里游泳，并让张也下海游泳。从海边回来的路上，他们在王梅剑和她三个同事这几天准备晚上下榻的总领事官邸换了衣服。她喜爱她在邦代海滩的时光，尽管五月的天气还很凉，她还是在那里享受了像孩子一样的冲浪。但任何事情也不能和她带到澳大利亚来的任务相比，毫无疑问，对双方来说今天是不能忘却的一天。

王梅剑穿着她标志性的灰白色宽松西装和象牙白纯色长裤，西服的翻领上别着一朵从领事官邸花园中采下来的小红花。

总理戴维·法恩斯沃思由于会谈的推迟而感到有些忐忑不安，而王弹击桌子的声音使他更加难堪，“我们马上就开始，”他说着，对沙利文和他的贸易部部长卡尔·梅纳德皱着眉头，这两个人还在整理文件。

梅纳德不会给这种紧张的场面增加任何风险，但沙利文就不一样了，他会使这种情景增加危险，由于这个原因法恩斯沃思告诉沙利文保持沉默，除非让他说话。

“别着急，慢慢来。”尽管王的英语无懈可击，但她还是请张翻译她的回答。

张坐在她的左边，大使在她的右边。

由三个男人组成的澳大利亚团队发现这个令人敬畏的女人也使人却步。

王一边等一边翻动着中文的简要记录，再次阅读有关法恩斯沃思的介绍条目，“一个五十七岁的秃顶胖男人，”条目还介绍说，“他以其精明、机智和政治上的狡猾而闻名，但人们可以看到沙利文在试图熄火的时候火上浇油的嗜好对他是个很严峻的考验。”尽管大使之前曾对法恩斯沃思说，会谈可能是用英语进行，但他还是建议王用张文涛来做翻译，而她同意了大使的建议。沉默也将会加以利用，而且是非常巧妙、精确地、策略性运用。对中国人来说，缄默是金，而且不是一小块金子。

法恩斯沃思用咳嗽声提醒他的部长们，他要开始了，“我的同事和我自己在这个非常努力工作的时候欢迎您的到来。”法恩斯沃思的声音清晰、带有权威性。

张文涛小声地把这话翻译给王梅剑。其他中国人都冷漠、严肃，但一点也不显得紧张。而法恩斯沃思感到这种气氛是温和地化解敌意，他想，也许我应该说的更好一点，他们已黔驴技穷。

“首先，”法恩斯沃思说，“我必须为我们对你们大使馆所做的事情表示道歉，对此没有第二种方式可做。尽管从我们所做的事情看，这些话没有什么价值，但我仍看重这些话。”

中国人坐在那里表情凝重。

王看了法恩斯沃思一眼，客气地点点头以示她留意到他说的话，而她关注的事情就意味着是件大事。法恩斯沃思知道王很清楚他进退两难的处境——如何提出对窃听行为的补偿，与此同时还要不惜代价让中国对此表示沉默。

王不知道的是她美国的同行——美国中央情报局局长约翰·谢林顿也将和他的一个小组来悉尼，他应该是这天的晚些时候到，第二天一早美国人和澳大利亚人将进行秘密会谈。这样总理承受着巨大的压力，因为他要在二十四小时之内与中国人达成协议。否则没有与中国签的协议做保证，法恩斯沃思与极易发怒的谢林顿会面的前景也足够使通常镇定自若的他感到不寒而栗。

“好，让我们谈正题吧，”感到除了直截了当没有其他途径，法恩斯沃思说，“非常感谢你们能够在我们进行会谈以前控制住公众评论。”

王眯着的眼睛透出狡猾的眼神，传送的信息很清楚，“说正题。”“毫无疑问，要处理的主要事情是，”法恩斯沃思说，“重新翻修你们大使馆的问题，完全按照你们希望的那样保证安全。”

好像一个字都听不懂一样，王一直听完张的翻译。她仔细考虑了一会儿，然后又转回来看着法恩斯沃思。

“我们需要一个新的大使馆。”王坚定地、一字一句地用中文说。

张的英文翻译再次重复表达了王强硬的意思。

总理的顾问事先就曾考虑到中国人可能会推动这件事，但听到如此直白地提出来时，他们还是感到震惊。

“当然，我们会尽我们可能来满足你们所需。”法恩斯沃思说。

尽管他内心一点都不平静，但却一点都没有显示出紧张。

“实际上，我们知道有几个选择，”王通过张的翻译说道，“其中包括在原址上重建大使馆。”

法恩斯沃思并不担心费用成本，占据他脑海的是形象问题以及平定这件事情所需要的时间。如果政府不得不把目前的大使馆房子拆掉重建，那就有些让人痛苦了。

妈的！如果他们坚持这一点，法恩斯沃思想，那我们将一事无成，今天就不会有任何政治和解的机会了。

他想起在中国人抵达之前他的部长们大致概括的几种情况，最主要的就是能源贸易，中国人一年多来一直推进这事。对，就是这事，他想，这事就是他们旨在搞定的事，这牌摊的越早越好。

“我注意到你说的内容。”法恩斯沃思说，“但也许还有一些我们可以进行有效开发的领域，当然是我们互利的领域。”

原本看上去闷闷不乐的梅纳德和沙利文听到这话也明显活跃起来。

“其他领域?”王答道。

“是的，一些我们可能找到达成一致空间的领域。”王意识到她的策略奏效了，她想要的就是讨论各种选择。

“你点出几个也许是有所帮助的。”她说道。

“嗯，第一个是我们一直在谈的能源协定。如果我们在这上面能够做出点什么，那么对我们双方都有益处，而且还是大有益处。”

从内心讲，王因用这种对双方都有利的手段来缓解中国人心中的苦痛而恼怒。

“但这事情被搁置了这么久，”王说，“当然了，这也几乎不值得一提。不管怎么样，我们已经开始寻求其他可能性了。”她短促的笑声是一种嘲笑，也意味着一种不耐烦。

法恩斯沃思十分谨慎以避免反应过度，然而在张翻译完以后他表现出的停顿起到了相反的作用。

这就无话可说了，王心里说着，看看你们事先做了多少作业吧。

“但不知怎么回事，总理先生，您似乎还没有意识到日本人在库页岛附近已经发现了大气田，这个气田可是一个庞然大物，面积相当大。你们那些美国朋友，还有韩国人、俄罗斯人等等都在努力争取想开发这一气田，当然他们还在努力争取一个向中国卖石油的长期合同。”

这话对在座的澳大利亚人来说是一声晴天霹雳，事先的简报中并没有谈到这点，堪培拉怎么可能不知道？是不是真的？应该是真的。

“我很吃惊，”王说，“你们居然没有被告知这件事。”

接下去的安静颇有些凄惨的味道。

法恩斯沃思和梅纳德还能自控，但沙利文紧张地像一根马上就要崩断的琴弦。澳大利亚秘密情报局没能够获取这个关键的信息，而他则是负责这个局的主管部长。

中国人静静地坐在那里，不厌其烦地研究房间里的装饰，李大使掏出了他的红塔山香烟，看了看里面还有多少支，然后又漫不经心地将烟盒放回他的口袋。

“也许你需要休息一下？”王说，“这样可能对你整理思路有帮助？”

“不了，谢谢。”法恩斯沃思回答道，努力掩饰他的慌乱，“我想还是继续。”而张文涛将此话译成的中文可就有些意思了，那就是——不了，我的同事和我都更喜欢盲目地做些没用的事。所有的中国人都听到了这个笑话，但没有一个人笑甚至都没人假装笑一笑。王只是点了点头表示同意。“至于能源协议，”法恩斯沃思接着说，“我肯定我们这边能够加快速度。”

“就这样吗？”王飞快地反问道。

“嗯，差不多吧。因此呢，中国最终得到它想要的，双方也都非常满意和高兴。也许这比磋商重建中国大使馆的新址之类的事情更有成果……”

他没有把话说完，因为他不想让自己被人看上去很冒失，但王已经得到了这种印象。这位澳大利亚总理希望得到的东西也已经不是个秘密了。王已经看到了一个战略性的出口，她会继续走下去并最终取得胜利。“那您现在说的意思是如果我们能够在能源领域达成交易的话，我们可以把其他的事情放在一边？”

“对，我认为简单地说就是这样。”

“在什么情况下，这件事是这样或那样的简单？”

“嗯，是的，”法恩斯沃思说，“如果您愿意这么说的话。”

“你知道，”她说，“你们西方人让我们迷惑，你们的思考方式非常奇怪。每件事不是这样就是那样，不是白的就是黑的，在我们东方人这里——谁也不知道哪个更好一些——我们看事情是不一样的，确实有些时候在任何地方都有不是这样就是那样的事情，如果您知道我在说什么，那么大多数时候，生活远比一个以为这样或是那样的问题复杂得多。这可难得是一次两者之间的选择。”

张文涛的英文翻译相当熟练，什么都没有缺失，这也是他非常感兴趣的话题。

这一话题的转变迷惑了澳大利亚人。

“我想，”王说，“这就是我们整体论的出处，我们‘阴’和‘阳’所说明的概念。”

法恩斯沃思感到他中了圈套，梅纳德也有同感，而沙利文则还深陷在秘密情报局的过错以及这对他意味着什么的思考之中。

“让我坦率地说，”王说道，“如果中国想要的话，能源交易和新的使馆它都可以得到，尽管你提出的能源交易目前不在我们的议程上，原因我已经告诉你了。”

法恩斯沃思意识到王的意图，她什么都要得到。事实上，对中国人来说，如果进行谈判的话，几乎得不到什么。

“当然了，我们还有一些与能源无关的要求，比如人权之类的，有些可能，我怎么说呢，有些可能弥合我们之间差距的事情。”

人权，法恩斯沃思想着，天啊！这是我们最不想说的事情。这肯定是个策略，她真正追求的是对他们有利的能源合同条件。

“在我们结束能源话题以前，”法恩斯沃思说，“我是不是可以插一句，我们在这方面能够做些什么呢？”

张还没有翻译完，王就把头转向了她的一个同事，一个看上去很机敏的人，这人是和王一起从北京来的。他一句话都没说，从包里拿出一份二十多页纸的文件，放在了他老板面前的桌子上。王把这摞文件拿起来晃了晃，然后很有礼貌地递给了总理。

“如果你仍想谈能源问题的话，”王对他说，“这里有我们可以接受的条件的大致介绍。这是英文的，可以节约您的时间。”

法恩斯沃思瞟了一眼标题——中澳长期能源协议基本条件。打开这叠文件，他的眼光落在了目录上。

1. 优惠融资增加条款
2. 澳大利亚方面给予研究与开发协助的概述
3. 技术转让
4. 澳大利亚对中国港口设施的规定
5. 澳大利亚在中国天然气加工厂的建设
6. 澳大利亚对油页岩技术提供的帮助
7. 澳大利亚提供购买天然气罐的资金
8. 澳大利亚对燃煤电厂提供的帮助
9. 澳大利亚对电力输送提供的帮助

10. 在澳大利亚进行能源培训的规定

法恩斯沃思浏览了一下这个文件，在文件的背面，他注意到他和王的名字都列在了“签署意向书”的下面，唯一要做的事情就是签字了。法恩斯沃思把这文件给了梅纳德，后者很快地过了一遍，这时没有沙利文什么事儿。

没有人发出任何声音。

法恩斯沃思又翻了翻文件，“你知道，我们需要时间来审核一下这类文件，”他感到了压力，“我的意思是，在我们同意整个这一揽子协议前，我们系统内部需要进行协调。然后在……”

“要时间，没有！”王拍着桌子打断了他。

“我们可没有这种时间！”

法恩斯沃思大吃一惊，“但是，我们没有办法可以……”

王再次打断他的讲话，“你要时间的话，那就给你三十分钟，但我不能再等。”

王看了看手表以示强调。

“请记住，总理先生，我大老远飞过来并不是为了抱怨，我来是为了达成协议。我们完全知道你们澳大利亚人需要多长时间‘在你们内部协调’。我们已经等待了一年多，但现在情况发生了变化，是你们需要这个能源交易。好，不管怎么样，你们现在知道了我们能够接受的条件，你们可以接受，也可以不理会，如果您不能做出选择，那么就是在浪费我的时间。”

她又看了一眼手表，“为什么我们不能给你们一个小时呢？一个小时的时间足够您和您的同事把你们的事情考虑清楚。”

法恩斯沃思意识到，如果王拂袖而走，那么让中国保持沉默的期盼都将失去。他确信王被授权自行决定采取什么方法，而且他认为无论怎样，北京都会得到他们想要的。而采用哪种方式最能使澳大利亚干净脱身是法恩斯沃思必须决定的。

“好。”法恩斯沃思说。

这些中国人从海堤上盯着向下看，在清澈海港水中的一群鱼吸引了他们。

当大使表示他们不需要喝点什么后，总督官邸的管家很有礼貌地告辞了。中国人非常高兴能够看到这景色，而管家走后，他们就更高兴了。他们需要的就是放松，无拘无束地自由谈话。

几百米外一条红色的集装箱船慢慢驶过，船舶公司的名字用粗体字写在船体上。王看着这条船驶过对面悉尼歌剧院高高的贝壳屋顶，天空晴朗，飘着淡淡的浅蓝色薄雾。

王梅剑转向李和其他同事，笑了。

“怎么样?”她问大使，“你觉得如何?”她和李大使已经认识三十年了。

“噢，法恩斯沃思肯定明白这里的意思。”李回答道，“这点是毫无疑问的，而且他是个人物，相信我，他是个完美的政治家，这就是说他会尽一切努力、想尽一切办法捂住这一塌糊涂的局面。如果此事归结到资金、培训、设备这类事情，那么我们就可以得到我们想要的，他们可以在内部系统隐藏、消化这部分开销，但牵扯到公众形象的事情使他们感到很害怕，不得不修建新的大使馆馆舍，或者拆掉旧的馆舍使他们非常担忧。”

“对，你说到了点子上，”王说道，“必须承认，这事在众目睽睽之下会拖上几年的时间。”

她狡黠的笑容告诉了她的同事她有多么喜欢这种游戏。

“你们知道，当我们坐在那里的时候，”王继续着，“我就在想，如果我漫不经心地说北京方面发现沙利文习惯称呼中国为邪恶帝国非常有意思的话，法恩斯沃思的反应会是什么呢?”

想到这是一个如此残酷的行为，这些人都一下子笑了。他们知道部长的证词是非常有价值的，对北京来说，这是一个藏在心中的锦囊妙计，是一张王牌。

“但严肃地说，”王向李大使问道，“您认为我们下一步应该怎么办?”

“哦，我们就坚定地继续这游戏，但我认为你应该抛出点特定的事情来说明如果他们按我们说的去做，他们将如何摆脱困境。也许我们应该准确地告诉他们必须做什么。”

王非常想知道这位谋略大使计划做什么。

“你看，我的提议是回到那个屋子的时候，我们必须确保提前到。你可以在花园里走走，而我进去让法恩斯沃思知道我们已经准备好了。我不能保证肯定是这样，但几乎肯定他会把我拉到一边，他急需得到有关可能发生的事情的密报。我就告诉他你准备今晚飞回北京，除非他成为签署协议的另一方。否则的话，北京不会拖延公众对这次窃听行动的反应，毕竟，现在这个样子，中国方面已经颜面丢尽。但是为了达到某种‘和解与调解’以保证一劳永逸的沉默，在今天会议日程结束之前，我们必须看到做出四个确定无疑的承诺。”

“一是法恩斯沃思在我们起草的签署意向书上签字，同时我会告诉他，一旦能源协定最后签订并对外公布后，我们将对任何虚构捏造的条款和条件视而不见。让我们看吧，为了公众得不到事实真相，法恩斯沃思不得不这么做。第二是数额，就说是三千万来翻修我们在堪培拉被搞坏了的大使馆。还是这样，只要涉及他的民众支持者，这事会秘密进行。第三，有关人权问题的秘密协议。”

李边说边咧嘴笑了笑，之前其他人也注意到当王简单地提到这个话题时，法恩斯沃思脸上露出的恐惧。

“这会确保他们终止摇摆不定的立场，”李大使在继续，“同时也保证他们和我们合作，使这些乱七八糟的问题远离国际议题。这样一来澳大利亚就不会支持由美国发起的、攻击我们的联合国决议。取而代之，我们会请他们每隔几年派送议会代表团到中国来检查、核实我们‘业已改进了的状况'，当然我们仅仅让他们看到我们想让他们看到的情况。”

这又引起了一阵咯咯的笑声。

“最后一点，但绝对不是最不重要的，我们还得让他们重申他们对一个中国政策的支持。因此，每当我们听到‘台湾独立’的风言风语时，我们就会很快听到澳大利亚毫不含糊地支持我们的立场——台湾是中国不可分割的一部分。你知道，我确实认为我们在台湾问题上走强硬路线，这事愚蠢地打扰着他们，他们与那个地方有着很多贸易往来。事实上，我们可以告诉他们，如果台湾地区想与澳大利亚签订他们有关能源的协议，特别是天然气协议，我们希望提前知道协议细节。”

“所以，事情就是这样。我能想象出这四个方面的攻击使法恩斯沃思处于压力之下，也说服了他去做他应该做到的事情。”

“哈哈，这对我就足够了。”王说道。她的眼睛闪出一道亮光，她那严肃而又疲倦的脸上由于激动也变得富有生气，她喜欢这种较量。“其他人怎么想的?”她这么问更多是出于礼节而非因为可以出现的不同意见。

他们同意了，没有一个人不信任李大使的思考，也没有一个人怀疑王准确传递信息的能力。

“这肯定让鬼子又缩回去，”王说，“所以为了我们的日本兄弟，并使他们越苦恼越好，我们必须让这些澳大利亚人为他们惯有的愚蠢和不称职付出应有的代价。”

这是一个其他人都觉得很有趣的挖苦，让日本人把钱花在库页岛上的前景还是很诱人的。所有人都意识到在过去几周内，东京一直在加紧活动来阻止澳大利亚和中国之间的任何能源协议。日本人在堪培拉的“政治游说”非常繁忙，而这次北京则将给予东京削弱其风头的一拳。现在情况已经变了，日本人的计划可能走到头了。只要中国人有了澳大利亚在意向书上的签字，这就成为对付日本人的工具，有了有利的库页岛交易，中国就有足够的时间与澳大利亚签长期协议。实际上，这一过程要慢慢拖几个月，甚至几年。

“如果我们的牌出对了，”王说，“我们最终会得到两全其美的结果。”

“让那娃娃摆在你的架子上的成就。”李喜气洋洋地补充说。

王梅剑笑了。

她对其他人解释说，就在几天前堪培拉的一次外交活动上，李走近日本大使，并对把大使最近给自己的娃娃当礼物转送给了另一个人表示歉意。如同日本大使所知，中国情报部门的最高官员，一位具有极高声誉的女性，是个艺术品收藏者，因此李就把这件工艺复杂精湛的歌舞伎娃娃送给了在北京的她。

“无论如何，在合适位置上有个间谍提供帮助还是很好的，是吧？”李眉来眼去地观察了一下周围。

那个庸俗不堪，且又非常正经的日本大使当时不知道如何回应李大使的话。

悉尼，星期一
5月29日上午9：50

约翰·谢林顿虚张声势的腔调和他说话时的冷嘲热讽大大伤害了法恩斯沃思，但对法恩斯沃思来说没有任何其他办法，他只得耐心等待和接受这一事实，起码要接受这大部分事实。

这两个人现在独自坐在美国总领事的办公室里。

这位中央情报局的头子用他的拳头狠狠地敲打他柔软的椅子扶手，“戴维，这事可不能做。你说你在这里的保卫部门有很不错的人，当然，你肯定有，过去我曾经碰见过其中一些人，但问题是由于身在要职的一些亲信的不称职，甚至背叛而不能推进这项工作，他们是你们必须要清除出去的人。”

“天啊!”法恩斯沃思想，如果我当时能够关注沙利文那个大笨蛋的话，我就可以避免这整个难堪的过程了。确实，那时还有许多在发生的事情，但我像个傻子一样相信了那个混蛋的保证，他说一切都在掌控之下。这仅仅是事情的最开始。

“戴维，总统让我告诉你，美国和澳大利亚之间的情报交流从星期五晚间电视简报播出的时候起就结束了，美国方面不会再向你们提供任何信息，这是华盛顿的决定。你可能不喜欢这样，但是你和我都知道这种情况一直进行了好些年了。”

法恩斯沃思对这个消息的严重程度感到深深地刺痛，这个消息还扮成总统令。他太了解了，谢林顿本人是这类行动的主要提倡者，他是此种决定背后的推动者，而他那种做作的超脱感仅仅是为了在伤口上撒盐。

“噢，约翰，可别做得太过分了，”总理说，“这种信息交换是双向的，没有我们的帮助，你们起初根本不可能对中国大使馆实行窃听，而且根据我们大家都知道的情况，你们从中得到的益处比我们得到的要多得多。让我们现实点吧！我们都时常有类似的问题。即使在美国，你们不也经常揭露出背叛者吗?”

“是的，但是我们自己找出了叛徒，如果有人告发了我们，我们就会马上行动。而你们这帮人非得被踢着，喊着，直到找到你们不得不承认他们确实存在事实。然后呢，你们又从来没有把他们追踪出来的运气，你们从来没有给谁定罪。你们这帮人的脑袋就像是扎在沙子里面，而屁股翘在空中，这根本就不可能管理一个国家，戴维。”

每当谢林顿一切很顺的时候，法恩斯沃思发现很难让他停下来。

“事实是，戴维，你们把自己放在这摊子烂事儿上，你们必须自己想办法脱身出来。”

谢林顿举着快报周六刊的第一页，上边有窃听行动的全部故事，其中包括前一天电视报道中没有的更多的细节。

“和同盟国的情报合作，”谢林顿的锋芒一转，“不应该如此结束。根据目前的情况判断，快报的调查本事要比你们政府的本事高超的多。真他妈的该死，戴维，就你们那个国家电视台，可是政府资助的机构，你知道他们的原始材料是从哪里得到的？”

总理无话可说，尽管他们有简报，但他知道对这个问题的回答是“不知道”。

谢林顿摇着脑袋，似乎对自己点到的问题很得意。

这位中情局的局长是和他手下的一帮子官员一起到澳大利亚的，同行的还有来自美国其他情报部门的人。他当时强烈建议在领事馆举行会议，就是想让法恩斯沃思在技术意义上的美国国土上收到美国总统的指示。这样澳总理就会感到他必须接受，抵抗是得不到任何结果的。谢林顿对法恩斯沃思吹嘘的要和中国人签订的所谓协议表示出满不在乎的态度。诚然，北京做出的对窃听保持沉默的许诺将会抑制对外扩散，但这仅仅是一部分。华盛顿希望得到的是澳大利亚采取行动来一劳永逸做好清查工作。之前谢林顿拒绝了和他曾公开嘲弄的沙利文见面，这种蔑视意味着除非这位外交部部长和其他“垃圾”一起被清除出去，这样情报窃听才有可能在一段时间里保持不出问题。

“你知道，戴维，我们希望的是，”谢林顿对法恩斯沃思说，口气也没有那么严厉了，“你们的政府能够允许我们的人在这里和你们最优秀的人员一起工作，我们必须一起挖出危害你们系统的毒瘤。我们就是不能再忍受像‘蓝色欧米茄’那样的情况出现。”

总理已经好几年没听见有人提到这个“蓝色欧米茄”行动了，但他仍清楚地记得这个事件引起了很尴尬的局面。谢林顿在椅子上往后坐了坐，看着法恩斯沃思在权衡着克制住赞同所付出的代价。实际上他是在堪培拉自己解决问题与发出让外界人员介入的信号之间做选择。

法恩斯沃思的目光盯着从墙角处旗杆上垂下来的星条旗。

“你要不然就有足够的能力处理，要不然就没有，这事就是这样。在这种事情里是得不偿失的，否则你们国家就会发现自己被冷落，就像新西兰一样。”

谢林顿掏出了一盒他喜欢的香烟，点燃了一根。深深地陷在椅子里，谢林顿狠狠地吸了一口，然后故意矫柔做作地向上吐出烟雾。

外面的天空阴沉沉的，一场暴风雨很快要从南面侵袭过来。

总理最大的担忧是美国冻结情报交流的消息会泄露出去。马上就要进行大选了，反对党会为此感到欢天喜地，他们将会指责政府“没有能力保护自己国家和人民”，这样政府就会在大选投票时失去选票，而财政部席位的损失将会危及法恩斯沃思的位置，他将会由于美澳关系降低到历史最低水平而蒙受耻辱。

如果这种情况真的发生，那么这将成为他余生永远卸不下来的沉重的十字架。

第十二章

悉尼，星期一
5月29日上午10：42

张文涛感到糟糕的沉默让人困惑，但他下决心不让这沉默感染自己，他一定要尽自己全部力量完成这项任务。十分钟前他与蝉联系上见了面，就在离市政厅不远的地方他俩一起跳上了出租车。上了出租车后，这个澳大利亚人除了告诉司机他们要去的地方外，一言不发。蝉让司机把他们送到麦考利夫人椅子公园，这是离港口不远的一个地标性场所。海面深处的天空阴沉沉的，乌云笼罩着城市。张穿着一件雨衣，但蝉似乎不在乎空气中的丝丝凉意，他仍穿着很薄的夏装。

澳大利亚秘密情报局局长要求蝉周末待在悉尼，周一也要在悉尼。说是美国中央情报局局长来悉尼的时候，也许用得上他。但蝉自己心里想，这两个情报局局长似乎不会真的见面。

和中国人一起坐在出租车后排座位上的他，脸上没有什么血色，通常的那种生气也不见了，很明显他处于深深地焦虑与不安之中。

车子刚刚启动的那一刻，张文涛就暗暗地劝慰自己说，迟早我们是要讲话的，而到了那时他会为我所说的感到高兴。

从今天起，这个案子就由张文涛负责了，他知道要掌控好这事的最佳方法就是按照高纯的忠告——跟着感觉走，但他认为这颇有些讽刺意味，因为他的直觉曾警告他不要沾手这件事。命令总归是命令，而且这次的命令来自北京和李大使两方面，他们都强调这样做是为了国家利益，这种说法可能有些过于迂腐，但却不可忽视。

总归，蝉这时会说些什么呢？张在想。在出租车后座上时，他不打算提出任何严肃的话题，但实际上肯定他还有更多的事情要讲，多得多，那是一些他内心深处的、他和我们牵扯在一起的事情。起码我们现在已经知道了他更多的情况，真得谢谢我们从他父亲那里得到的线索，我们得以知道他化名背后的故事。

星期五电视新闻播出不久，北京方面就要求高纯在决定下一步行动之前保持沉默。高纯与这个澳大利亚人之间的联系在他俩按计划再见一次面后暂停，同时由张文涛接管这件事，起码在尘埃落定之前是这样。张文涛也已建立了很好的贸易官员形象，而且与情报也没什么瓜葛，这两点使他在当前这个时候有了有价值的掩护身份。另外还有就是，对“蝉”来说，现在需要有一个他认识的人来关注、照顾。北京方面完全能够理解在这次情报活动受到打击之后，美国向堪培拉施加的压力有多大，他们会不遗余力地使顽固的澳大利亚人和他们保持一致。迫害也许在新闻节目播出后的一个小时内就已经开始了。高纯在澳大利亚那伙能干的特工是非常宝贵的资源，不值得冒这种风险。在这个国家其他地方隐藏很深的工作人员也需要继续进行高纯负责的各个项目，直到找到高纯的后任之后。

正是由于这个原因，在高与蝉周六会面时，很快就将今后蝉与张文涛联系的方式进行了设计安排。蝉得到了一个与张联系的新手机，列出了一个见面地点的详细清单，并把这些地点设定成代码。这个澳大利亚人似乎从容不迫、泰然处之地接受了这一切。他对张文涛的接手没有提出任何意见，反而脸上露出了一丝笑容。

当澳大利亚政府在王梅剑提出的周日截止期前同意了她提出的一系列要求后，北京就已经决定进行下一步行动并马上将高纯撤出来。现在这窃听事件已经公开，而且正在寻找暴露这个行动的叛徒，因此蝉所承受的压力可能已经对他构成了严重的威胁，而且这种压力也可能使他做出错误的行动，因而留下别人能追踪到高纯的线索。因此，比较好的办法是让高离开这个国家，高纯当天晚上就乘飞机离开澳大利亚前往新加坡，从那里他可以神不知鬼不觉地溜回中国。

出租车绕过海德公园，开进了一条通向美术馆和植物园的林荫路，路两侧莫顿湾无花果树的茂密树枝在路中间的上空相接，使路变成了一条隧道。这里是张文涛最喜欢的地方，虽然他从来没有见过这里被如此暗淡的光线笼罩。他推了一下"蝉"，指了指他们左边一片绿草坪，意思是"景色不错，是吧?"但得到的回应却只是"哼"的一声。一两分钟后，车子开进了林荫路尽头的停车场，这停车场位于一个长满青草的小山上，到处还长着很多树。港口青铜色的海水实在是太壮观了，尽管天气不好，但满载着日本人和韩国人的旅游大巴正开到这里卸下它的乘客。这里可是合影最好的地点，背景是歌剧院的白色贝壳屋顶和悉尼大桥。

"在这里等着我们，"蝉对司机说道，"不用担心，别管多少钱，我们会付的。"

把游客甩在了后面，张和蝉俩人在山坡上散步，这澳大利亚人就像是跟在张后面的日本老婆。张一句话没说，径直来到了山底下公园的长凳前，看到凳子有些湿，张拿出手帕把水擦干，坐在了长凳的一头，张伸了个懒腰，放松下肌肉，蝉也静静地坐了下来。

"你看，"过了一会儿，蝉说，"很抱歉，我让这一切发生在了皮特沃特，我就是一点都控制不了了。你可能不相信，但我真是发现很难应付这种压力。之前我曾想我能应付这一切，但现在我被拿住了。当这次我来这里的时候，我真是很怕。我最不愿意在你面前做这种事情，我一直把你看成是个可以依靠的人，而现在更是一根救命索了。我想这也是我六周前在第一个地方见你的原因。”

“嗨，可别吹捧我。”

“没有，我现在有非常严肃的事情要和你说。”

“我也是。”

“嗯，那你先说。”蝉说。

张文涛按主次顺序一连串说出了北京前一天晚上传过来的事情，他用梅森之前交给他的方式把这些全都记在了脑子里。如果事情还没有炒得那么热闹，北京还有个重要的建议希望这位澳大利亚人考虑。

蝉仔细地听着，然后想了想，接下来就以快得让张感到吃惊的速度做出了他的回答。

“那么，你又想提什么问题呢?”停了一下，张问道。

“但这就是啊，你已经说出了我要说的话。”

噢，我明白了，张文涛想，事情就全都这样了，他已经比我们早了一步，但不知道如何开口。

蝉的这位新联系人为这件事情感到非常紧张，忐忑不安。

悉尼，星期一
5 月 29 日下午 12：20

“格雷格，这并不仅仅是日本鬼子催着印度尼西亚，美国人也在其中。”

梅森耸了耸肩，意思是他也这么怀疑，他曾从能源业的生意朋友那里听说过有关这种策略的小道消息，他内心是很生气的。

张接着说下去，“李大使从一个在印度尼西亚的朋友处得到了这个消息，那人与苏伯莱托关系密切。你知道的，那个从东京来的阴谋家吉田在雅加达逗留时，他可是逼总统就范的。这些日本人想让澳大利亚人和印度尼西亚人一起锁定在某种地区性天然气规划中，这样就意味着你们澳大利亚人彻底离开中国市场。很显然，美国驻雅加达大使与吉田见面后就直接拜访了苏伯莱托，解释了美国能源巨头会如何帮助实施这一计划。”

“噢，太好了！”梅森说。

接下来是沉默。梅森需要时间来消化消化，琢磨一下这个突然出现的剧变意味着什么。张抿了一小口咖啡，等待着。

“这是一桩肮脏的生意，对吗？”梅森终于说话了。

“嗯，据我所知没有人怀疑在这个事情上美国人和日本人是站在一起的，合成一对儿。”

“我也同意这种观点。我认为他们的目的是控制住帝汶海的油田储量，不让国际石油巨头插手。我想日本将向里面投放大量资金，然后拿走一半的油田产量，那剩下的就会流到美国人那里。”

“还有你们在澳大利亚的专业技术，”张接下来说，“加上附近西北大陆架的设备都正好成为他们的囊中之物。噢，还有一件事。我们老板告诉我，你可能对此感兴趣，他那天在堪培拉机场撞见了格林斯巴瑞大使，猜猜他去哪儿？他去达尔文。”

“达尔文！”梅森马上意识到吸引力是什么了。几乎定了的要在达尔文修建一座天然气处理厂来处理帝汶海油田产出的天然气。

“李大使说格林斯巴瑞告诉他就在那里度过一个晚上，算是一次外交活动。但谁会信这个？李认为华盛顿派他去那里的目的是做首席部长的工作，并以此给堪培拉施加压力。可以想象当知道会有上亿美元的投资源源不断地进来，北领地政府该有多么激动啊。仅仅天然气处理厂就要雇一千多人，而且还会带来其他消费。”

“是的，他们欣喜若狂啊，高兴地上了天了。”

梅森为之前没人给他通报这件事有些生气，他想，为了对这些美国佬亲近，只要有机会，我首先要问问贝丝知不知道正在发生的事情。这事真有些荒谬，你用一只手在帮助他们，而他们却咬你的另一只手。

堪培拉，星期一
5 月 29 日下午 1：39

“我随时来拿。”中川俊郎，这位松友公司驻澳大利亚做轮胎生意的商人说，他靠在他的脚踏车上，深深吸了一口充满桉树气息的空气。“这对悉尼办事处肯定是个打击，这事现在可不是玩笑，在我们压力这么大的时候决不是闹着玩的。”

负责为松友公司处理与政府有关事务的斯蒂芬·尼达姆再清楚不过地知道中川是什么意思。毕竟现在他是这家公司的吹鼓手，而不是别人。

大腹便便，身体状况不怎么样的尼达姆可不是一个和老板一样对骑脚踏车有兴趣的人。尼达姆已经四十多岁了，他发现已经很难跟上别人骑车的速度，但中川兴致这么高，所以他也得努力去做。尼达姆在公司以外的生意做的不错，他希望在公司里也能这样，起码要发展到他能够按自己的愿望来管理。

杨柳树的叶子已经掉了，冬天快来了，但透过这萧条的枝条，湖面上吹来一阵微风。

“走吧。”尽管尼达姆不懂日语，但中川仍用日语说。

中川是中午飞来堪培拉的，希望和这个澳大利亚人一起跟他的联系人接触，太多重要的问题没有得到答案呢。政府对中国大使馆窃听的突发事件是如何反应的？决策人和顾问们对星期五电视新闻节目以及快报接下去提供的耸人听闻的故事细节是如何处理的？澳大利亚和中国之间的贸易往来会不会受到影响？北京会不会利用其优势来赢得这场能源交易之争？如果外交关系暂时冻结，贸易会不会受到限制？这些问题都是中川想知道的，想很快知道的。

知道中川急于在二十四小时之内拿到准确的评估并送到东京，尼达姆这个周末就一直在研究这方面信息。

松友公司在首都离湖不远的地方一直有一套公寓，尼达姆经常出差到堪培拉时，也就住在这里，他都把公寓看成是他自己的了。从日本来的松友公司的人总是下榻凯悦酒店，但中川却在公寓里的其他空房间里住了下来。作为一个日本人，中川总是希望有他掌握着事态发展最新情况的感觉。

在环伯利·格里芬湖的自行车道上，中川骑车的速度很快，这样就把尼达姆远远地甩在了后面。每当这澳大利亚人到达下一个休息点时，他那雄心勃勃的同事总是等在那里一次次地数落尼达姆。

“这事很不寻常。”日本人说，“这里没有一个人知道正在发生什么，但肯定有人像号脉一样了解这一举一动。”

他的口气似乎在说，尼达姆并没有他所想的那样优秀。这个话题在他们开车从机场出来的路上就提出来过，尼达姆感到这话带有攻击性的。堪培拉没有一个人像他这样工作，尼达姆说。但他也猜到，这个话题会再次出现。

“我不认为这种情况很不寻常，”尼达姆说，“这个地方到处都是传闻，但当你接近顶层人物时，你就像猛地击中一面砖墙——里面是真空的。”

中川耸着肩，意思是这种说法还不够好。

“你看，我用了‘真空’这词，”尼达姆小心翼翼地说，“我的意思并不是什么都没有发生。我是说总理以及他周围的人都全神贯注于大使馆的一摊子乱事情上，但他们现在实际上什么都没在做，他们就是万分恐慌，是私底下的恐慌。在问题解决并作出决定之前，这个政府不得不采取的行动就是等，就像我们也只能等。”

中川哼了一声，尼达姆觉得这比本来认为中川会作出讽刺、挖苦的反应要好。尼达姆感到承认他对总理的想法不知情会很难堪，因为他经常吹嘘他有特殊渠道联系法恩斯沃思的顾问。

“他们并不是守口如瓶，不透露任何细节，但也非常小心地闭口不谈他们的行踪。我听说总理星期六晚上就到了悉尼，而且到今天晚些时候才回来。要说这种情况也没有什么特别，但有意思的是，他这次的活动安排被有意地编造了出来。总理的助手们给予的官方说法是星期一总理要做身体检查。‘没有什么严重的情况，只是例行检查而已。’但如果真是这样，为什么要为此体检取消预先约定的重要会面？我从总理办公室得到的内部消息说，体检是一个借口，是个幌子，其实确实和窃听事件有关。有小道消息说，法恩斯沃思已经去过北京，中国人让他去说明情况，但我肯定这不是真的。但无论如何，他们的目的是了解在悉尼正在发生的一切。相信我，明天这个时候我就会知道”

“好吧，但是，”中川不高兴地说着，“我的印象是你的消息来源可远没有这么通畅啊。”

这是中川惯用的策略，什么也没有比暗示尼达姆已经失去了主动权更能刺激他了。

中川明白北京对堪培拉施加的压力，中国迄今为止所表现出来的沉默几乎已经证实了这一点。这是一个不容错过的好机会，因此北京在没有得到他们想要的东西之前，他们会没完没了地开发利用这个机会。他知道，松友公司董事长在东京曾经泄露的那个秘密是不能让尼达姆知道的，绝对不能冒这个风险。库页岛的事情现在仍然是保密的，日本只剩下一个星期的时间来搞妥它的这个天然气交易。俄罗斯人被告知那里的恶劣天气拖延了日本勘探钻井的最后时间，因此东京方面现在处于超出预定的时间里，拼命想知道中国人正在试图从堪培拉方面挤压出什么，当然也想知道堪培拉方面可能做出什么让步。

中川一边跳上脚踏车，一边说着，“到思科瑞福纳大坝之前你都赶不上我。”

一条不高的拦河坝把伯利·格里芬湖隔到了另一边，到这里他们刚好骑了路程的一半，而这里也往往是尼达姆累得即将要崩溃的地方。当中川停下来的时候，尼达姆还在那里踩着脚踏板呢，“他妈的那么快干嘛?”他在想，又不是比赛。就在这时，他意识到他忘了讲一件事。这是他从那个顾问那里得到的热门八卦，松友公司有时会咨询这个顾问。这个人的名字叫梅森，而他的判断被认为是具有很高价值，因此中川会很重视了解这件事。尼达姆在想鬼知道这小子想干什么，但很明显这不会给他的职业生涯增加分量。

悉尼，星期一
5月29日下午2:50

诺博·施耐德，来自堪培拉的中央情报局站长手里举着总理法恩斯沃思的来信，让他的同事们看，这是一封写给中央情报局局长约翰·谢林顿的信。

通常都是一脸严肃的施耐德接下去开始大声宣读这封信。

> 我国政府在此授予某些指定的澳大利亚人以无限制特权，代表其国家和美国政府代表一起合作。这种合作是指两国联手追捕向中华人民共和国通报有关堪培拉外交使团进行联合情报行动的责任人。
>
> 根据目前被任命的澳大利亚人的明确意见，这种调查行为

将合法地包括在澳大利亚土地上实施操作的美方合作者。

“我们有了这个，”施耐德说，“也许这是一个政治演说，但却能很好地成为我们目前所做工作的掩护。”

这十五个人正挤在保密室里，除了梅森、佩雷格里尼、兰伯特和亚历山德拉·坦普尔顿外，其余的都是美国人。梅森显得忧郁且急躁，这不像他，只有贝丝·坎特雷尔知道这是为什么，会议开始前，这两个人在帝汶岛天然气以及美国利益问题上发生了争执，贝丝恳请梅森不要和其他人谈及此事，一定别和他的另外三个同胞说这件事，那三个人曾把这事报到悉尼。归根结底，现在是拿到了王牌。“让我们不要放弃这个机会，”贝丝说，“要充分利用这个机会。”

施耐德也是从堪培拉来的，一起来的还有要和谢林顿进行会谈的格林斯巴瑞大使，在此之前局长曾和总理发生过对峙。这两个美国人用两个小时的时间和谢林顿共进午餐，直到谢林顿的喷气式飞机载着他去完成另一个秘密任务——这次是去印度尼西亚。

现在，施耐德和其他人一起坐在屋子里，他非常敏感地注意到了澳大利亚和美国人之间的关系，坎特雷尔、本·詹姆森比其他任何人与澳大利亚人的关系都要密切。琳达·李维对他们的这种密切关系能够起多大作用有她自己的看法，但施耐德让她不要把她自己的观点透露给其他人。

坎特雷尔的敏捷思维与她对在堪培拉传阅的密报中有关“管道装置”的详细介绍材料结合起来，这被证明是非常重要的。另外，她对所涉及人物的性格及他们之间的关系的领悟和理解是其他人不可比拟的。当梅森告诉她从摩根戴尔的行为上发现了什么的时候，她并不吃惊，尽管她对关注的重心从克拉克身上有所减弱而感到有些不安。就像其他澳大利亚人一样，她认为应该更多地注意克拉克。而且，在李维更注意摩根戴尔之前的一段时间里，克拉克确实也受到了很多的关注。在与温斯顿·李进行有目的的会面并取得成果后，李维的影响力就大了。

坎特雷尔的观点现在和梅森及其他人一样，她同意摩根戴尔一些行动被揭露是很有意义的，但她有她自己的理由认为曾揭露中国使馆窃听事件的摩根戴尔不是叛徒。

读完信后，施耐德接着说：

“法恩斯沃思向局长解释了他们政府一直在做的事情，而且我告诉你们，咱们的头对此没有什么感觉。他说，这解释就是老版本重新改改而已。”

排查是从最低一层人员开始，然后一级级往上，但从来也没有一直查到最高层，这正好证实了约翰·佩雷格里尼所说的话。他的观点是堪培拉做了一些入门工作，但就像以往一样，事情总是在原地转圈，没有实质进展。

现在我们需要知道的是，任人唯亲的观点如何推动此事原地转圈？谁是其中最主要的演员以及他们是如何真正地起到支持摩根戴尔作用的？要回答这类问题，我们将会对他最重要的联系人进行深入的了解以搞清楚他们与谁相关联。很自然，这又会牵扯出另外一个联系网，像树根一样的许多触角伸到这个系统的各个部门。

施耐德扫了一眼坐在前排的人，这些澳大利亚人和坎特雷尔的眼光接触提醒他不要进行多余的冒险，即使优先考虑了李维仍在场。梅森锐利的眼光也说明了这点。

“当然，我们也不能忘了克拉克。”施耐德说，“在我们对摩根戴尔有了突破性进展之前，我们对克拉克的调查工作还是开了一个很好的头，因此我们需要考虑再重新调查克拉克。”

坎特雷尔轻巧地敲着键盘看着这份报告，显示出她的失望。

“嗨，我已经说得够多了。”施耐德在准备战术撤退，“现在该听听这件事情的另一边是怎么说的了。”施耐德暗示该轮到她说了。

坎特雷尔的本能使她立即做出反应，她朝这些澳大利亚人笑了笑，这本身是一个简单的动作，但这个动作却能使这组人又回到了他们的起点。首要的是，这是一次在澳大利亚领土上抓捕背叛自己国家利益的叛徒，而与此同时他也背叛了美国的利益。

“首先我要说，”她不动声色，“目前是有进展的，而这一进展能够使事件发生很大的变化。”

房间里有了嗡嗡的声音，那些了解坎特雷尔的人感到这是件好事。梅森和她的同事们都知道事情的细节，但施耐德和李维不知道。

“这一进展来自我们一直密切跟踪的目标，虽然我们近来同时全神贯注地关注其他事情。这个事情和在澳大利亚的中国外交官的活动有关。我们最近做了一次关于他们动向的调查，结果并没有什么值得怀疑的地方，但除了一个人。”

李维看上去很担心。

“这个人名字叫高纯，他以科技参赞的伪装身份在这里悉尼总领馆外工作，他被列在我们的跟踪名单上已经很久了。当我们向兰利中央情报局提到他的名字时，他们抛出了一份报告，这报告比喻高纯‘热的足以在黑暗里发出一道亮光’。哦，最新的消息是高已经离开了这里。”

李维看了看施耐德，但施耐德只是耸了耸肩。

“高昨晚飞往新加坡了，走得很急，几个小时以前定的飞机票，而且事先没有预定，没有回程票，是的，他的家眷还在这里。今天早些时候，亚历山德拉自己做了一点调查工作。”

所有的眼睛都转向坦普尔顿，她笑着但是没有开口，眼睛看着坎特雷尔搬弄这旁边仪表板上的扬声器开关。

“喂，你好。我是中国总领馆，我能为您做什么？”

“请给我接高纯先生。”

“噢，我想，他……”

“请把我转接到他的号码，好吗？”

“好，我试试。”

“喂，我想你是找高。”

“对啊，他在吗？我是他女朋友。”

“哦，不，他不在。他……他刚刚出去一会儿。但是，但是我可以传话。”

“噢，传话？你看，我昨晚给这家伙做了晚饭，但他居然没有来。他现在在哪儿？”

“啊……他被，他被叫走了，紧急叫走啦。”

“被叫走了？在哪儿？他什么时候回来？”

“我不太清楚。我想，他……我……也许你可以一会儿再打电话。”

电话里没有声音了。

屋子里一阵大笑。

坎特雷尔注意到施耐德和李维感到很吃惊。现实重重地打击了他们——高还控制着另外一个人，毫无疑问，这人不是摩根戴尔，而是另外一个。

“噢，亚历克斯，宝贝儿，”詹姆森用很重的南部慢慢吞吞的口气说，“我想高太太不会喜欢这个人。”

又是一阵笑声。

詹姆森是个招人喜欢的人，而且总把澳大利亚人记在心里，他从来也不隐瞒这一点。

“这决不会使她丈夫更亲近她，”坎特雷尔说，“尽管，这事警告她，这个女朋友是很有勇气的。但笑话归笑话，我们需要了解这家伙更多的情况，比如，他在指挥谁？这人是不是我们正在找的叛徒？”

李维在那里吓得目瞪口呆。

“我保证我们都同意，”坎特雷尔接着说，“在电视新闻播出和快报登载后，高就这样离开有许多巧合。让我们来看看，几乎肯定高是一个特工，中国方面让他这么快就离开的目的是保护他的那些线人。然而，他们得到的信息正好相反，他们给了我们一个线索。好，高可能是摩根戴尔这个案子的主管官员，与此同时呢，温斯顿·李是第二个人物，但迄今我们没有任何证据证明他们之间有什么关联。”

坎特雷尔避免与李维的眼光对上，因为她知道李维已经意识这事情会向什么方向发展。

“然后，又说回来，如果马丁·克拉克是我们要找的人，我们可以发现高是克拉克案子的主管官员，他在悉尼以外的地方指挥克拉克，而不是堪培拉大使馆里的某个人在操纵这事。最重要的是，高可能是……”坎特雷尔一直在说。

这时，李维忍不住了，

“你看，我们像这样说来说去已经几个小时了，但事情的关键是什么？我们必须紧盯我们要确认的东西，以及我们已知有关摩根戴尔所有情况的事实。事情就是这么简单。好，高已经走了，但是他操纵的人是谁，这是一个单独的问题，也是第二个问题。这是个澳大利亚人稍后处理的一个问题。”

梅森又有些坐不住了，这点让李维看出来了。她已经做得过了头，而且她自己知道。

“我所担心的是，”李维说道，试图收回来一些，“我们会把我们资源的触角伸展得太远。我不是说现在正在发生的事情，但我担心的是这种情况可能会出现。”

施耐德感到有些不舒服了，就当他似乎要调停的时候，梅森插了进来。这个澳大利亚人一直在等待这个时刻，事先曾说好由梅森来陈述他们的案子。

梅森站了起来，旁边是坎特雷尔。

“恕我直言，琳达，”梅森说，“这事还有完全不同的另一个方面，而且是必须要提的方面。”

梅森说话很直率并且不容置疑。他的这种直率对小组很有用，李维也认可了这种直率所作出的贡献。

“但是，首先让我先说一件事。我知道，在这个时候我是代表我们所有人在讲。因为我们一直在一起工作，并取得了很多成绩，这一切就是因为我们能够组成这样一个小组。如果这任务当初交给堪培拉的话，那么他们的努力事实上没有任何值得炫耀的地方。你们都知道，这也是为什么我们澳大利亚人和你们合作。”

他直视李维。

没有一个人出声。

“把我们捆在一起的是我们对找到背叛使馆行动的叛徒的共同要求。嗯，我们认为只有一个人要对这件事情负责，就是马丁·克拉克。但一直以来摩根戴尔的古怪行为给他照上了阴影。琳达，你不要误解我，我不是说，这一切都没有用。而正相反，克拉克是个必须用你们的专业知识才能撬开的坚果。但我担心的是，在我们的进行中，你们这边中的贝丝和我，也许还有托德和马丁的关系密切，你们可能说‘掺杂了感情色彩’。”

李维接受了这种说法，她喜欢梅森，并认为他的智力与他的机智一样敏捷。但她的确感到他过去与克拉克的交往影响到他的判断，其他人也是这样。

“琳达，我们用不同的方式为了解马丁付出了代价。我第一个承认感情很容易成为阻碍，对从事超脱且冷酷的间谍艺术的人也是如此……”

李维咧着嘴笑了，她非常喜爱梅森的这种讽刺，也注意到梅森现在利用这种讽刺来使她放松。

“但这不应该掩盖一个事实，那就是我们澳大利亚人具有穿透马丁内心感受的独特洞察力，而我们之所以有这种洞察力是因为我们与他的接触。”

李维欣赏梅森把各方资源转到克拉克身上去，而且决心要抓到这些资源。在她看来，相比梅森决心的力量远比他语言的分量要大得多。情况确实是这样，李维曾仔细研究了蓝色欧米茄行动，梅森对这一行动的贡献是不容忽视的。

施耐德和坎特雷尔任事情发展，梅森看上去处于反抗的边缘，而这种情况也许会使每个人都很高兴。

“那么为什么我们不能再给摩根戴尔这个案子四五天的时间，然后……”李维说。

“我非常抱歉，琳达，这是不可能的。我不可能二十四小时以后解决这件事。”

梅森的这个表达让李维毫无疑问地相信，他说的就是他想要的。

他两个人都知道，第二天在悉尼要开的会议将会一劳永逸地解决摩根戴尔的事情，而这次会议也将牵扯到李大使。

“好，二十四小时。那么我们还是回到克拉克身上。”李维说。

李维松了一口气，但坎特雷尔不是这样，她一直在担心梅森可能会一下子爆发。之前她曾告诉了梅森她从兰利中央情报局总部得到的大致信息，当时是梅森向她提出了这种要求。是的，确实兰利是在帮助美国石油天然气大亨们，而且也意识到日本人正在进行的阴谋游戏。

悉尼，星期二

5月30日12：00

“我听说财政部的一些小子们正在秘密前往中国，”艾德里安·麦金龙说。作为快报的第一写手，他总处在风口浪尖，“我不能确切地说明他们的意图，我想你可能知道。”

梅森摇了摇头，这倒不是梅森不相信麦金龙，而是中国没有对这次窃听事件失败做出反应，澳大利亚政府给予的回报是一个梅森不愿意与记者谈论的话题。梅森完全知道政府一些官员正在北京商谈一个双方都能接受的有关资金的一揽子协议的细节。

艾德里安是一个很好的质询者，梅森想，他肯定和在这次游戏中我接触的任何一个人都一样出色。

梅森和艾德里安同坐在达陵港的长椅子上，在那里可以看见快报的房子。一伙儿欧洲游客从他们面前经过，去了海洋博物馆。

“嘿，听我说，”麦金龙开着玩笑说，“我可以听见你脑袋里在想什么。”尽管梅森的表情很清楚地说明他不愿意袒露他的想法，但他还是大笑起来。梅森和麦金龙已经认识许多年了，但从来没有时间来发展友情。知道梅森的澳大利亚秘密情报局背景的麦金龙在前一天晚上用公共电话给梅森打了电话，梅森接电话时也没有感到吃惊，他当时正漫不经心地琢磨着是不是应该联系麦金龙，克拉克曾说快报向中国人走漏了秘密，梅森想查一查克拉克的这种说法是否属实。

三十五六岁的麦金龙具有一个像雷达一样的脑袋，他能够捕捉别人错过的任何事情，而这正是梅森认为很有吸引力的性格。

“你看，格雷格，”麦金龙往前坐了坐说道，“我一直在想对中国大使馆这件事，我们两个人是否有共同之处。看看，我所感兴趣的问题，而且也许你对此比我更有兴趣，是谁把什么在什么时候泄露给了谁。”

“为什么你认为我对此感兴趣？我毕竟只是个顾问，而不是政府侦探。”

“哦，直觉告诉我你可能对这个有兴趣。”

麦金龙脸上露出的一丝狡黠的笑容证实了梅森的怀疑，麦金龙肯定有什么目的，而且这事情还很急切，梅森想着。

麦金龙在等待梅森的下一步，这是记者和情报官员惯用的伎俩，但极少发生在记者和情报官员之间。

“你看，艾德里安，我们是在一个不同寻常的情况下讨论这种事情。你肯定领悟到我们需要摊牌，把一些事情放到桌面上。”

麦金龙点点头，他的眼睛由于见到梅森如此坦率而熠熠生辉。

“首先，这事情不会记录在案，”梅森继续着，“而且毫无疑问要从你我俩人的角度来看。”

“那肯定的。”

“嗯，那就你先说吧。”梅森建议。

“好！那我就从我开始如何知道这事开始。你知道，以前我有个朋友，他曾经在使馆盖建新馆舍的时候在那里工作。他告诉我当时那些特工，我们的特工冒充工程师在那里偷偷摸摸。他说，这事真的很蠢，所有专业人员都知道他们不是工程师。总之我从他那里得知那个地方被悄悄地安装了光导纤维。从那以后，我也就没从他那里得到更多的消息，但我还是从其他人那里跟踪这件事，然后把这一点一点的消息合成一个几近完整的故事。你知道，这像什么呢？这里一点碎片，那边又是一点。”

梅森笑了。他们说着同一种语言，两个人都具有慢慢地还原整个图像的本事，而不是干等着独家新闻。

“我揭露出来有关这件事的大部分内容，”麦金龙说，“都来自国家评估办公室和国防通讯局。那些在这方面很垃圾的美国人在‘进项’上一直就给我们不公平的待遇，比如小麦的贸易问题上，他们对澳大利亚没有采取鲜明的立场厌恶透了。我对他们中间的一些人非常了解，而且在过去的一两年里，他们畅所欲言，甚至有个小子居然还简单讲述了此次进行中窃听行动对反对党有用的亮点部分以及已经对国家利益造成的影响。但是很显然有关政策的政治问题则被他们那些资深人士禁止在议会上提出，你可以想象得出这家伙对此的感觉。”

“又是这老一套。”梅森边说边摇着脑袋。

这是一个他俩都知道很容易跑题的话题。

“太对了，格雷格。但这是故事的一半，而最终使这个人反了水的是当他从堪培拉一个技术人员朋友那里听说这个行动被自己内部的人出卖了的时候。这时他决定这很多的信息都告诉我——一大包文件，这样就填补了这个事情的空白点。而接下来我就最终能说服我们的编辑来刊登这个事件。”

“国家电视台也有一些这事件的不完整信息，尽管很明显这些信息还不足够使他们做点什么。似乎上周五的一个类似泄密事件使得他们有了突破，这是来自一个可靠人士的信件，信封里的一沓信纸上记录下了敏感的内容。当然他们仅仅处理其中有新闻的内容，事情就是从这里变得有趣起来。格雷格，也许我俩可以核对各自的信息。我听说，那个信封里装的是我的文章草稿，而政府以某种方式得到了它而且试图发令禁止刊登此篇文章。这还不是全部，里面还带有一份禁令以及书面证词。这是一个多么好的故事啊！”

梅森脸上充满了吃惊的神色。

“我不在开玩笑。”麦金龙说。

“但这东西又是从哪里来的？梅森就是在说这话的同时，他还在想谁有渠道搞到这些信息呢？”

“这是我问你的问题。”麦金龙说，“看，我的一些眼线最近悄悄地从堪培拉到这里和我谈。他们自然担心被人看见和一个记者在一起，哪怕是一次。即使是在堪培拉这样一个大城市，我们还是在非常陌生的地方会面，而在所有这些事情里，格雷格，发生了一件牵扯到你的事。”

梅森大吃一惊。他的头脑里直接就想到了他和坎特雷尔以及团队其他人一起做的事情。

“其中一个人对我说——而且我要强调的是我不乏好意，他听说你在堪培拉嗅着鼻子到处打探。”

麦金龙扬起了眉毛，似乎在问：“这是真的吗？”

梅森表情冷漠地笑了笑，意思是——这可能是吧。他知道麦金龙拥有非常好的信息来源，所以呢，他说的这话也就很好证明了这点。

呸！梅森在想，我有意压缩在堪培拉停留的时间，但那个地方太小了，而且……

“从好的一方面来看呢，”麦金龙打断了他的沉思，“一个见到你的人当时实际真想和你打个招呼、聊一聊，其实这是很好的。但不巧的是，你被发现这事还有另外一方面。”

梅森的脑海中闪过许多画面。

“看见你的另一个人很明显没有这么简单看这件事，而且居心不良。不管这人是谁，他们都在传播一个故事，说你在这件事里有险恶用心，而这明显是他们不想要的。这事很令人不快，格雷格，我肯定你也这么认为。”

梅森脸上的表情使人确信他也同意这种说法。“好，谢谢你的提醒。”梅森说道，“告诉我，你认为在发生什么事情，不要管我为什么打算卷进这肮脏的事情里面。”

麦金龙揉着他的下巴，“我是这样看的。首先，有人在释放出虚假信息，这是有目的制造混乱。比如，目前流行的故事是我们——快报向中国人泄了密，说我们听到了窃听事件的风声，于是就向他们征询看法。我的意思是这简直是疯了。不过，这样确实赢得了关注。”

梅森知道，这是佩雷格里尼听说的克拉克在四处游说的故事。他想，如果这都不能证明马丁是我们正在寻找的人的话，我就不知道什么是证据了。很清楚这是一条把别人注意力吸引过去的虹鳟鱼。

“你要知道，”梅森说，“连我都听说是快报应该承当责任。”

麦金龙摇了摇头，但仍然接着说。

“所有这一切告诉我，格雷格，是中国人得到的密报。如果不是我们或是国家电视台——我肯定不是他们干的，那么到底又会是谁？”

“对，这是一个关键的问题。”

“我怀疑你，格雷格，知道这个问题的答案。”

“嗯，还真是想到了几个嫌疑人，但是，能够锁定某个人却不易。你怎么想啊?”

“你看啊，这事很难说，但不管这人是谁，他们泄露出去已经有一段时间了。我想北京已经对此也感觉到一段时间了，并且将此事搞成了他们的一个有利条件。而我们的政府则因此首当其冲受到打击。不管是谁把这东西泄露给了中国人，他必须知道，这边所有的人都会追踪这件事，如果之前他们不是偏执狂的话，现在也肯定是了。在国家电视台和快报把这事公开之后，我猜，他们感到了这种压力。毫无疑问，他们拼命地在他们的裙带支持者们中间活动，让那些追踪者失去线索。这，格雷格，就是我认为现在在堪培拉发生的事情。不论什么原因，他们把你看成是一个威胁，不知什么原因，你被认定是最可能的人，你是一个必须要控制和阻止的人。”

梅森点点头。对麦金龙来说，他能如此接近事情真相并不是什么不寻常的事情。

两个人都默不做声了，都感觉到了对方在想的事情——我们两个人都有着一个拼图玩具的主要几块，但非常遗憾没有把这东西拼起来。

“这不是给你施加压力，”麦金龙说道，打破了沉默，“让我们来面对这一切吧，你和我都知道，在这件事后面还酝酿着第二个大事情，实际上，隐蔽伪装比中国大使馆事件本身更大。我愿意来做这件事，目前我有再一次排满报纸头版的内容信息，但我认为最难办的是你我两人如何避免绊倒对方，还不仅如此，甚至需要借助其他力量来完成这个任务，并在此过程中加大澳大利亚人得到的利益。”

梅森想了一会儿，麦金龙和梅森的心情是一样的。先发制人的信息公开提醒了克拉克风声已紧，其实这并不需要，让快报暂时不公开此事才是至关重要的。麦金龙的调查工作在很大程度上破坏了这种暂时不公开有关政府的有些情况的状况，也就是因为这个原因，梅森长期以来一直是快报采取强有力方式在其社会大众领域坚守其职责的拥护者。

“你看，”梅森说，“你刚才谈到压力，对吧？”

麦金龙点了点头。

“嗯，回忆一下我们多年来一直谈论的一件事，那就是如果我们要想为这里带来变化的话，我们需要团结外来力量。”

麦金龙立即就明白了这话的意思。“是这样的，”他笑着说，“你看，当我的信息公开时，我突然意识到美国人参与了这个事件，然后我一听说你在到处打探时，我知道这事是真的。所以，你是在这个问题上最活跃、最热衷的人，对吧？”

“噢，说我在其中起了作用吧，但这事比我重要得多啊。艾德里安，这点你可能不难想象。”

“所以，你目前离抓住这个罪人还有多远？”

“就差一步之遥了。给我们几天时间，也许被我们装进口袋里的人不止一个，和他们一起抓住的还有他们利用的关系网。不管你信不信，我们可能也会采用测谎仪看看他们的影响有多远。美国人把这事强压给了法恩斯沃思，并且主动提出派专家前去确保此事会非常恰当地完成。”

“嗯，我才不稀罕这些！我应该事先就想到你会负责这类事情。”

“谢谢你的夸奖。”梅森讲道，“但我告诉你，这事还没有完呢，但不是绝对的。艾德里安，我们需要的是时间。我们离揭露真相是如此之近。”

“好了，我知道你的意思了，我会尽可能把这件事捂住直到你认为可以公开。”

“非常感谢。作为回报，我保证你会先于其他任何人知道这个事件。”

第十三章

堪培拉，星期二
5 月 30 日下午 12：20

“我告诉你，托德，”克拉克说，“你应该坚持不懈，以确保像巴斯那些杂种不会把澳大利亚秘密情报局搞得永远一团糟。”

对兰伯特来说，警钟已经敲响。克拉克的这种看法可不仅仅是因为酒精的原因造成，之前克拉克如何对待梅森以及局里的其他少壮派的情景从他的头脑中闪过。如果不算少数几个官员，那么摩根戴尔的影响现在称得上是伟大的了。

兰伯特想着，可马丁这家伙，还有其他所有人却提倡两代人之间的交替！

克拉克在上午八点二十分出现在秘密情报局总部，兰伯特那时已经在办公室了。这两人聊了一会儿有关总理给总检察长调查委员会下指示的事，总理要求调查委员会“尽快找到那个该死的叛徒”。九点半，克拉克和局长及其他人一起参加了秘密情报局内部会议，讨论法恩斯沃思的要求，会议持续了两个小时。会议结束后，克拉克回到了自己的办公室，抱怨“那个白痴巴斯怎么总是有那么多话要说！”他说，“很清楚啊，马丁在掩盖他的踪迹。”处于亢奋状态的克拉克到处搜查在找什么东西，然后中午他又取消了一个约会，邀请兰伯特一起出去吃午饭，这两个人很少一起就餐。

克拉克和兰伯特坐在时尚的堪培拉郊区马努卡的露天咖啡馆，兰伯特曾想着克拉克会自己开车来，但克拉克却坚持乘出租车来。他俩一落座，克拉克就点了两杯双份的威士忌，然后又要了两杯。

“你看，问题是，”克拉克接着说，“没有人再听我说的话了。现在应该是像你这样的、成长提升很快的年轻人来说话了。否则的话，巴斯和他的那帮人就会在那个位置上像个水泥盖子一样稳坐多年，这事太郁闷了。你知道，他们总是只提拔那些同样肆无忌惮的人。”

这家伙脑袋里装了些什么东西？兰伯特想，他以前一直是异常兴奋的，从来不是这个样子，好，就算巴斯挤对他、试图使他丢掉他目前的差事是一个原因，但不可能是全部原因。肯定还有其他事情使他这样，肯定是件具有爆炸性的事情。

“那么像沃利那样的人怎么样？”兰伯特提到的是一个资深高级管理人员，沃利在业内业外都备受推崇。“还有马克斯，他肯定不是个傻子。”

沃利和马克斯都和摩根戴尔保持着很好的工作关系，尽管他们俩和他没有任何特殊关系。

兰伯特非常想知道他这么说会如何使他的老板畅所欲言。

“啊——”克拉克回答说，“他们俩和其他人一样，他们从不说出他们的想法，肯定不像我在这些年来做的那样。”

兰伯特感到争论这事是没用的，所以他只是耸了耸肩而已。他与这两人的关系不错，也许下午晚些时候就能从他们那里知道今天上午的会议上发生了什么。而克拉克粗略的解释也多少透露了一些。

“太不可思议了！”克拉克说道，“澳大利亚秘密情报局里的叛徒！即使这是真的，那么像巴斯这样的纨绔子弟怎么能协助把这叛徒找出来？他，还有其他所有人！妈的，他经常背着我们联系中国人，而且他这事还没有说清楚呢。如果这事没有问题，为什么还要保持沉默？”

这肯定是条新的线索，兰伯特想，如果他真的知道这事情很久了，为什么之前他也没有提起呢？

克拉克把兰伯特的耸肩看成了是赞同的表示，而没有意识到这也可能是故意的。

“当然，你知道他和中国人是在哪里见面的。”克拉克这么说是想让兰伯特知道这件事的全部内容。

“嗯，很明显不是在大使馆内。”

“不，不，不。他看见他们在老李大使自己的地方，你知道的，就在去布雷德伍德的路上。”

“真的？”兰伯特装出吃惊的样子，“但是，马丁，你是否把这事儿告诉了澳大利亚安全情报组织的那些家伙儿们？他们肯定对此非常感兴趣。”

“说实话，我才不想理他们呢。”克拉克嘲笑着说，“没有人注意我，不论我说什么都会像酸葡萄一样被丢掉，因为我总是抵制这些混蛋，而且还常常相当不错地胜出。”

“但我还是想告诉他们，”兰伯特说，“这会是一条至关重要的信息。”

“嗯，那让我想一想。”

“这事还没有谈得很深，”兰伯特若有所思地对自己说，“他肯定感觉他已经说明了他的意思，是继续进行的时候了。”

忽然，克拉克从他的夹克衫里面拿出了一个古董金烟盒，非常崇拜地展示给兰伯特。烟盒上镶嵌着工艺精细的金银丝，而盖子上阿尔伯特·格伦维尔·克拉克的名字仍清晰可见。克拉克把烟盒递给兰伯特，兰伯特打开烟盒，发现里面装满了新鲜的香烟。里面还有另外的刻印——巴尔曼力学研究所赠，1897 年 3 月。

“阿尔伯特是我爷爷，”克拉克解释道，“多年前他去世了，但他把这个留给了我。”

克拉克微笑着，看到这烟盒引起了兰伯特的好奇，他感到很高兴。

“这烟盒很有特点，是吧？”他说着，而兰伯特则把烟盒猛地合上，然后还给了他。

“是的，确实是。”

“来，继续，抽根烟。”尽管俩人都不吸烟，但克拉克仍坚持着。

“但我不……”

“我也不抽烟，但这不会损害我们什么。毕竟，我们俩曾积攒了许多钱来维持我们的代理公司。”

克拉克说到了点子上。兰伯特拿了一根烟，克拉克用他带来的现代打火机帮他点上。克拉克自己也取了根烟，他自己点上，然后往后靠了靠。很明显，他对自己所做的一切感到很满意。兰伯特有些困惑，为什么要说这么大的事情呢？

“这使你想起了你在海外的工作，对吧？”克拉克问道，向空气中吐了一口烟雾。

“是啊，可以这么说。”

兰伯特感到曾经是克拉克生活安定的基点现在没有了，克拉克在拼命挣扎。

梅森和团队其他人出现在兰伯特的脑海中。

今天一早，当克拉克在秘密情报局开会的时候，兰伯特去了地下室。在停车库，兰伯特在克拉克那辆老宝马车的后保险杠下面安装了一个新的跟踪装置。之前联合小组第一次将克拉克置于监视之下时放的那个跟踪仪已经不太灵了。现在，随着重点又回到了克拉克身上，佩雷格里尼建议他们还应该再试试。之后当兰伯特回到克拉克的办公室，他又在克拉克那只老式公文包里放进去了一个类似的小机关。只有兰伯特有他老板房间的钥匙，只要克拉克出了办公室的门，他这房间总是锁着的。

兰伯特溜了一眼打开着的放在办公桌上的文件。其中有一份有关澳大利亚秘密情报局北亚各站的最新报道，另外一个是一份秘密情报局的提案，内容是在中国和印度尼西亚增派卧底特工。打开的文件里还有一份是澳大利亚秘密情报局全亚洲情报官员及后勤人员的派遣计划，这里面不仅列出了伪装的身份，并且标明哪些人接受了派驻国当地语言训练以及其他供大使馆备用的信息。这是一张澳大利亚秘密情报局第一线工作的路标图。

“听着，”克拉克一边说，一边把扔在桌子上的香烟盒推回到兰伯特这边，“我想把它送给你。”

“但是，马丁，为什么是我？我的意思是，不是我不领情，只是你们家的许多人都很珍爱这烟盒。”

“不，兄弟，我希望你保留它。这事就这样吧，你是跟我合作过的人里面最聪明的人之一，而且我的确佩服你的勇气和信念。托德，你永远不要失去这些品格，这些最终会起决定作用的。所以，这烟盒就算是我给你的礼物吧。”

“这家伙到底想做什么？”兰伯特在琢磨，他知道克拉克不是那种温柔倾诉衷肠的人。他是如此的神秘，但这又有什么重要意义吗？他是不是在开玩笑或者传递什么信息？某件事正在酝酿之中，是件大事，我只能说这些。我们越早确定这个王八蛋，我就会感到越安全。

兰伯特的直觉被激活，他们一分开，他就会开始行动。

悉尼，星期二
5 月 30 日下午 12：35

“你现在在哪里？”中川俊郎用日语问，他的语调是相互熟悉的日本男人之间用的带有喉音的方言。这也是梅森经常听到的一种讲话形式，对于一个外国人来说，这表明你已经完全被对方所接受。

“我在城里。”梅森用日语回答道。

他刚刚结束与艾德里安·麦金龙的会面，正在前去与贝丝·坎特雷尔及其团队会合。在家里没有找到梅森，中川于是用手机给他打电话，从他的声音中听出似乎事情很急。

“你离我办公室很远吗?”中川问。

“不，实际上很近。”

“一起吃午饭，好吗?”

“这恐怕有些问题。”梅森带着应有的歉意回答道，“你知道我要在一点整做一个董事会简报。”梅森还是把团队的工作放在前面，他已经把他的能源报告交给了松友公司，感到目前没有工作上的责任来与之会面。

梅森的这个团队正在协调在中国城跟踪温斯顿·李的几个侦查小分队。小分队已经监视到温斯顿与当地一些华人富商见了面，像他一样，其中一些人和北京也有着密切的关系。当天的事情应该是在一点半开始，早些时候从堪培拉飞来的李大使会在一个叫做“香莲花”的餐馆与温斯顿相见，这餐馆就是这商人开的。佩雷格里尼和澳大利亚安全情报组织的小分队事先在这两人会面的私人房间里接好了线。窃听观察点也已经设在不远的地方以确保在传输过程中不漏掉任何内容。当中川打来电话时，梅森正在去其中一个观察点的路上。

“我可不可以耽误你五分钟呢?”中川用日语对梅森说，向梅森施加着压力，“尽管这事可能重要，但和工作无关。”他犹豫了一下，“这事情对你很重要。”

中川那变了音调的日语得到了积极的回应。梅森很了解中川，中川是松友公司一个从来不浪费时间的人，在这点上他和他其他的同胞不一样，而且中川也不是一个不知轻重缓急的人。

“我马上就到。”

梅森很快上了一辆出租车，并给坎特雷尔打了电话，告诉她他可能会稍微晚些时候到，坎特雷尔对此没有意见。安装在李大使车里的听筒截获的内容表明李大使将在半个小时以后抵达“香莲花”餐馆。

“另外，贝丝，你可能还记得‘大麦克’，那个曾和我在一起的人?”梅森这里暗指麦金龙。

“我记得啊。”

在过去一周里，梅森一直把他自己的行动告诉联合小组。像麦金龙这样的人往往都设定一个代码作为名字，而这个联合小组知道这个代码。

“嗯，‘大麦克’告诉我，他们那帮人对谁都没有通风报信，他们也没有向任何人征求过看法，还并不仅仅这些，直到最后一刻，也只有他内部少数几个人知道将要发生的事情。”

“所以呢，是‘C’到处传播这件事情啦，”坎特雷尔说，“‘C’是指克拉克，这肯定是矛头指着他了。”

“正确！我会让你和琳达说这就是我们所想的内容。”

梅森挂电话的时候，坎特雷尔还在大笑。

当梅森出现在大楼二十八层的时候，中川已经在前台等着他了。两个人握了握手，比平时日本人握手要热烈得多。中川把他的客人带到了大厅一边的会议室，并轻轻地关上了门。

屋子里的木质矮桌旁边放了一圈浅黄色皮椅，一些靠着墙，一些靠着窗户。悉尼歌剧院和环形码头看起来非常壮观。中川请梅森坐在客人通常坐的椅子上，然后他自己坐在了梅森的旁边，而不是坐在对面。梅森知道，对日本人来说，这是明显的一个暗示。

“我不会转弯抹角。”中川用日语说。

“随你的便。”

“我昨天在堪培拉，”中川说，“我和我们在那的人一起聊了聊，他是一个负责与澳大利亚政府联系的澳大利亚人。”

梅森点了点头，没必要去问这个人的名字。中川认为梅森知道这个人的名字，而梅森也确实知道。

“他在你们的外交部看见了他的一个熟人，那人叫罗兰·朗菲尔德。我想他俩曾经在一起接受培训。总之，他告诉我，这个日语中叫长畑的人在负责印度尼西亚事务的部门工作。”

梅森对这个外交官名字的日语译文很感兴趣，这日语译文看上去没有这样不寻常，至少让人有些不屑一顾。这名字似乎是一个代号，他认为是个只有我们都知道的代号。

梅森知道朗菲尔德，而且对他没有任何尊重感。这人四十来岁，自私自利，这位外交官有个绰号叫拉斯普金。看主流、看细节，这人都很差，他的时间和精力都贡献给了搭建自己的安乐窝，而他担任的职位也正好给他提供了这方面充足机会。

“我听说，格雷格，朗菲尔德对你可真是有所研究啊。很清楚，在与斯蒂芬·尼达姆谈论一笔交易时，朗菲尔德突然出言不逊，尼达姆之后将这个细节记录了下来。”

中川从他的衬衫口袋里拿出一张小纸条，他打开纸条，然后将这个松友公司雇员写下的内容念了出来。

那个笨蛋梅森——你公司的一个顾问就可以毁掉你的全部生意。

他在堪培拉名声不好，听我的忠告，远离梅森。

梅森直直地坐在那里，不露声色。对一个日本人来说，如此直白地传递这类信息是很不一般的，但梅森认为中川的做法是没有出格。

“格雷格，当尼达姆听到如此攻击你的话时，他很吃惊。他说你的名字之前从未提及，而且也没有必要提出来。但从尼达姆告诉我的方式看，朗菲尔德说这事时是非常恶毒的。”

梅森还是默不做声，他很注意，不要让自己显示出被激怒。

“我不知道这件事情会有什么相关性，”中川继续说，“但我请你不要向别人透露这事，我保证不会说，你知道我是什么意思。”

“我完全理解。”梅森用日语说，“放心吧！这是一个无价的秘密警告，对此我非常非常感谢。”

中川笑了，梅森在此之前从来没见过他的这种笑法，然后梅森看了看手表。

“我知道，你要走了，因此我再说一件事，我感觉肯定你在问你自己，我为什么会告诉你这个。”

没必要说任何话，梅森点点头。

“你知道，格雷格，生意场的生活可不容易，哪里都是狗咬狗，而我在澳大利亚的日子和其他地方的情况也没有什么不同。我的目的就是这个，简单地说就是对你为国家所做的一切表示敬意。澳大利亚要有更多像你这样的人就好了。”

梅森的表情显得有些怀疑但仍得体，他想，对于像中川俊郎这样的公司大官员来说这样办事是没有先例的。

中川继续说，“我一直在默默地观察有一段时间了。你知道我喜欢你热爱这个地方并为此而奋斗的方式。我知道，你生在日本，并在童年时期回到这里，我想你是以‘外来者’的身份回到这里。而正是这样，你能对很多事情具有比其他人更清晰的判断。”

梅森马上就看透了中川的意思。

有一次在他们打完高尔夫球坐在一起喝了不少酒以后，中川告诉了梅森他自己的童年生活。他的父亲是个工程师，也是这家公司的。在整个六十年代，作为一个纺织机械专家，中川的父亲一直被派驻在美国工作，而他成员众多的家庭则仍留在日本，只有他的一个儿子中川俊郎和他一起在美国度过了五年的时光。俊郎父母亲的愿望是希望他们这个最聪颖的儿子能够很好地掌握英语并学会西方人思维的方式。父母的愿望最终是实现了，但回到日本后，中川发现他自己已经不适应这个国家了。那天他对梅森说，他用了好几年的时间才逐渐适应。最终，中川发现他比日本人更了解日本，但他极少能与人谈到这点。

尽管仍然清楚地记着那次谈话，但梅森却没有意识到这次谈话的延伸意义是中川将他看作有着同样背景的人，梅森想着也许这还有更多的含义。毕竟，中川还是另外一种日本艺术的行家里手——让别人高兴、招人喜欢的高手。但非常奇妙的是，这种讨巧是完全真心的。

梅森想，某件事或某个人使他这样，也许也是一个日本人吧。

“嗨，格雷格，这就是在堪培拉听到这个故事的时候，我为什么感到我有责任告诉你。”中川站起来，笑着伸出了手。两个人的会面在十分钟内就结束了。

在下楼的电梯里，梅森想，我和朗菲尔德相互认识，因此他是表达另外一个人的敌意，为某人而散布坏话。那么这个人是谁呢？是克拉格那小子——肯定就是他！

悉尼，星期二
5 月 30 日下午 2：45

“张文涛的努力最终得到了回报。”李大使说，“当整个事件最后公开的时候，在能源交易一事上所做的努力会使北京处于有利位置。”

“我知道，”温斯顿摸着下巴说，“当然，能干的王已经准备好用于攻击对方的一系列要求，我完全能想象她会向这里的政府施压以得到她能够得到的所有东西。”

有关在总督官邸发生的事情，大使对他的朋友居然做出如此这般详细的说明，这使得监听小组听到时都感到很吃惊。

这两个人坐在香莲花餐馆的一个单间里，他们两人已经相识四十年了，并一度都在伦敦供职——李在中国大使馆工作，而温斯顿在银行工作。之后，他们在贸易方面密切的关系被证实是卓有成效的，当时温斯顿是帮助中国工业现代化的第一批外国投资人之一，通过其在北京的影响力，李促成了这一投资，金钱交易也使得此事更有意义，李将这钱的大部分都用在了他家最有希望的年轻人的国外教育上。

“我反复告诉你，”温斯顿说，“张是你在这里最好的官员。”

一直没有吃什么的李往后坐了坐，点上了一支香烟。

“加上你还有那独一无二的知情人提出的见解。”这个马来西亚人补充道。

“是啊，我们确实是这样。”李通俗地回答着，声音变得低沉了起来，当讨论一些敏感问题时他总是用这种声音讲话。

“嗨，”温斯顿说，“你不必这么小声音。我保证这里是经常检查的，而且毕竟我是这里的主人。”

在监听点，澳大利亚安全情报组织的情报截获工作人员达米安·邱和梅森相互笑着，邱的嘴角处总是叼着根香烟，窄桌上共用的烟灰缸里面全是邱吸过的烟头。“烟可以帮助集中精神。”看到梅森注意到烟头，邱说道。

两个人在中国城一间二楼的小房间里安排了监听点来监视李大使的午餐。尽管梅森仅仅马马虎虎地掌握一些中国闽南话，但在邱做的那些潦草的笔记帮助下，他还是能跟得上说话的意思。

“好了，好了。”李回答道，“我知道你的意思，所以在过去的六周到七周里，我们一直监控着所发生的一切，我们竭尽一切可能做好准备。无论你怎么看，这真的就像一个不断在发展的梦。这使得那些日本白痴被冷落在那里，而这也是我们希望的情景。”

温斯顿再一次显示出他知道中国人已经有一段时间意识到他们大使馆处在攻击之下的事实，很明显，李大使感到他没有必要告诉温斯顿有关使馆事件的细节，也没有必要告诉他提供如此丰富信息的身居要位的澳大利亚人的存在。

“我们要做的事情是，”李说，“利用澳大利亚能源交易的杠杆来迫使日本人同意对我们更有利的条件。如果他们希望我们购买他们的库页岛项目，那么他们就得给出和这里当地人一样的条件。当然，北京没有人怀疑如果我们达成了长期协议，日本会得到他们的东西而且操作运转起来。因此，一旦我们和东京达成协议，我们将用另外一系列要求来打击堪培拉，这些要求都是我们想从他们那里得到的。如果他们不同意，我们就只要让我们和堪培拉签订的意向书失效。”

这番话引起了两人得意的咯咯大笑，而温斯顿也因此兴奋起来，他用手上的戒指不断地敲着他的啤酒杯子，这声音在监听人的耳机中形成了令人讨厌的共鸣声。美国人非常感谢李是一个不喝酒的人，也没有和温斯顿一样敲杯子。

“你知道，”温斯顿说，“美国人肯定因此而大怒。”

“太对了，而且他们绝对不会放过当地人的。”

很快一个小时在谈论窃听事件的影响中过去了，在此期间他们的谈话还时常被饭馆送来饭菜和啤酒的侍者打断。接下去他们开始聊一些他们都有兴趣的中国家庭问题，还有温斯顿在中国大陆负责生产的经理们。很多经理们都与李有关系，是由大使介绍给温斯顿的。

“你知道，尽管还要做许多计划，但我正在考虑这些新工厂的下一步发展。”温斯顿对李说，“当然，莫干在这方面帮了大忙。”

在这边的监听点，邱挥了挥手双手，意思是这个名字难倒了他，听起来不是一个中国名字，发音像如同英文中的“Moe Gun”，这对邱没有任何意义。他草草地给梅森划了几笔，问梅森是否知道这是什么意思，并说，“不管这是指谁，他们把一些地方混淆了起来，如上海、厦门和武汉。”

“我知道了！”梅森说了出来。

梅森一下子意识到这是一些城市，上次摩根戴尔与温斯顿在悉尼多尔斯（Doles）餐馆吃饭的时候曾经提到过这些城市。下面很快就有了推理，这个名字没有太多意思，就是中国人对像巴斯这样的名字的简单而富有逻辑性的处理而已。

“这个名字是代表‘摩根戴尔’，我回头再告诉你更多的情况。”梅森说，他这么说是非常不愿意打断监听。

邱朝梅森举起来大拇指，加上咧嘴一笑。

这事太令人高兴了！梅森在想，我们现在在这里像间谍一样暗中打探一个间谍，看看他在为谁做间谍？我怎么能在像巴斯这种人做副局长的情报局里工作这么长时间？

温斯顿说：“上次我在那里的时候曾问过莫干此事，他搞到这种东西没有问题，这真是太惊人了，他就是把信息从那里拿出来。比如那天晚上我看见他时，他已经从澳大利亚秘密情报局、中央情报局、英国搜集了一堆他认为可能对我们有用的报告。我之前告诉他我希望得到有关经济和政治稳定的信息，而他带给我的都是最高质量而又非常便宜的东西。”

“是的。”李沉思着回答说，“如果考虑到各方面因素的话，这些情报都不贵，是吧？”

可以听见温斯顿在台式电脑上慢慢翻着报告。

“看这里，”温斯顿说，“看看这些评论，你自己看，看看伦敦和华盛顿以及世界神经中枢堪培拉是如何评估中国的。我敢肯定，莫干肯定提供了一些很重要的东西。如果你需要什么就告诉我，我让他帮助挖掘出来。”

堪培拉/悉尼，星期二
5月30日下午7：30

“我们失去了克拉克的踪迹!”施耐德非常担心，并喊了出来。

在应该知道他踪迹的时候，克拉克的突然失踪使他自己从排在第二个目标提升到主要目标。

“他就是——我怎么说呢——就是找不到了。”

施耐德和兰伯特、佩雷格里尼还有坦普尔顿都在堪培拉，他正面对摄像机对悉尼的坎特雷尔及其他人讲话。这次连线的目的是了解李大使和他的马来西亚朋友见面的结果。

根据麦金龙告诉梅森的话，摩根戴尔在首都处于密切监视之下，克拉克也是如此。但是莫名其妙的事情一件接一件地发生，没有人能够说清他们是否有关联，但从迹象看情况并不乐观。

兰伯特在六点时就对克拉克的事情提出了警告，午饭后他又提出了警告，报告了克拉克奇怪的行为。当这两个人回到办公室的时候，克拉克说他要去这楼的另外一个地方和外交部谈事。他这举动也没有什么不寻常，他说他可能要去一两个钟头，而监测系统的记录也确认克拉克没有离开这座楼。梅森也报告了中川和他谈话的内容，他要求调查罗兰·朗菲尔德，看看他是否符合这些迹象。

很快就证实了朗菲尔德和克拉克有关联，但两人的关系密切到什么程度还不得而知，坦普尔顿记得曾经有几次看见他们在一起。人们知道印度尼西亚事务部的头头和摩根戴尔关系很密切，但之前对克拉克交往人员的分析也没能发现任何克拉克与朗菲尔德的关系，倒是发现克拉克和朗菲尔德有许多次的电话来往，非常奇怪的是他们之间的所有电话都不是发生在外交部，而是他们晚上在家里面打的。这样就带出了一个问题，在摩根戴尔和克拉克之间确实存在着一定的联系，这种联系是通过朗菲尔德进行的。

眼见着施耐德处于恐慌的心态，小组成员都害怕极了。

受到梅森的提示，李维意识到对克拉克的再次关注已经是肯定的了，接下去就要首先看看从李大使与温斯顿共进的那顿午餐中得到的信息了。目前最重要的事情是搞清楚克拉克如何在如此周密的监视下得以逃脱以及他逃到哪里去了。在堪培拉，这些澳大利亚人首先大胆地做出了猜测。“我说啊，克拉克被压力打垮了，”兰伯特说，“他藏了起来以逃避压力。我和你们打赌，事情就是这样。但他是如何做到这一点的？他藏在哪里？他在那里可以藏多久？谁又知道这些呢？”

“对的。”佩雷格里尼说，“就这点，现在让我来简单讲述一下在托德中午向我们密报了以后，我们都已经做了些什么。”

李维专心致志地听着，陷入了深思。她并不是只认为克拉克的案子仅仅是一个有关其自己权限的案子，而很可能是克拉克向中国人泄露了这件事。而且梅森从麦金龙那里听说的情况也是这样。

“我们从今天下午六点起监视了外交部的所有出口处，”佩雷格里尼说，“但根本就没有他的影子。从理论上说，他应该还在这座楼里，但现在的风险是，他溜出了我们警戒线。”

兰伯特插了进来，和在悉尼的梅森谈起了这个问题。“格雷格，我们中间知道外交部楼房出入口的人可以非常肯定地说，我们绝对不可能让他溜掉。也只有一种可能性，那就是他藏在汽车的后备箱里偷偷溜掉。当然，我们不可能亲自动手去检查从地下车库出来的每一辆汽车，因此我们主要根据外观来检查。噢，对了，克拉克的那辆宝马车现在依然停在他早晨停车的地方，而他那个带有窃听器的公文包也仍在他的房间里。”

“现在有关他藏在哪里的问题，”佩雷格里尼补充道，“托德和我与外交部保安部门那小子谈了，他叫谢里夫·达加内。我们对他说我们怀疑有人藏在这里过夜，因此要进行一次非常仔细的搜查。大概一个小时以后，我们和谢里夫一起像篦子篦头发一样对那个地方仔仔细细检查了一遍。我们用了红外线热寻装置，还有超敏声音感应器，希望能够成功。”

施耐德和他的同僚都保持沉默，他们都感到震惊，因为即使是在发现摩根戴尔所扮演的角色就能够一劳永逸地了结这件事的时候，澳大利亚的眼球从来就没有离开过这件事。这些澳大利亚人比任何人都更加了解克拉克，只有坎特雷尔从始至终支持他们。

“格雷格，简单说下朗菲尔德，”坦普尔顿说，“我认为你从中川那里得到的消息非常关键。当然也许是朗菲尔德他自己看见你在堪培拉，而他对尼达姆做出的那些下流的评论也完全是以此为依据。但这呢，也可能又是克拉克传递的消息，克拉克可能知道你在盯着他。不管这是什么情况，我感到，这就是我们一直在等待的线索。”

“在这点上，”佩雷格里尼说，“我们同意亚历克斯的意见。假定我们不知道朗菲尔德现在在哪里，但是他的住宅在我们的监控之下。同时我们也在监听他近来的往来电话，并以此来判断朗菲尔德的对外联络是如何与克拉克目前的行动相吻合的。尽管克拉克的联络网近来没有像摩根戴尔的关系网那样增加了不少内容，我们对克拉克的情况还是很了解的，但这些情况是源源不断地发生，而且我们很快就会把那些信息空白点填满。这些人之间的关系是相互交叉、相互对照，这样使得人们来发现他们是如何关联的。”

“我们要把注意力像道激光一样集中在克拉克身上，”梅森说，“否则，我们就会被别人像傻子一样扔在那里。”

没有人认为梅森故意装得如此过分地具有煽动性，特别是佩雷格里尼不这样认为，因为他知道，如同他自己的评论，梅森这番话是为美国人准备的。实际上，李维似乎已经理解了他们说的东西。

坎特雷尔在键盘上一页一页地翻着记录，“说到不遗余力，”坎特雷尔说，“在这整个期间，我们一直注意高纯一家的情况，高纯是悉尼的中国总领馆参赞，他前天晚上突然走了。我们也注意到高的一个同事多次造访高纯，而这小伙子恰好是格雷格的朋友。这人姓张，是个贸易官员，负责为李大使处理经济方面的情况摘要。”

梅森一直和做出这个发现的监听小组紧密协作，他这时也没有什么要补充的了。另外，他仍然抓住一个发现的事实——张文涛似乎深深地牵扯在其中，想到他的中国朋友已经变成了侦探使梅森感到很奇怪，张文涛相互矛盾的样子闪过他的头脑，梅森已经下定决心不让其他人搅乱他的重点。

“张和他的夫人在高纯走后去过三趟高纯的住所，”坎特雷尔接着说，“而总领馆的其他人都没有这么做。高有个二十二岁的女儿，在悉尼大学学习工程。另外，高还有一个丧偶的姐姐，五十九岁，他们住在一起。”

坎特雷尔看了看手表，已经是八点十七分了。梅森对这种事先安排了的暗示做好了准备。

“你知道，这可能很有用处，”梅森说，“如果我今晚到张那里去的话，也许我会获得一些有关中国方面在这个问题上的目前的动向。从上周五的电视节目播出之后，我曾与张在电话里有过两次简短的聊天，而在这两次电话聊天中，张实际上都主动提出了窃听事件。两次电话的时间，一次是电视刚刚播出之后，另一次是在第二天快报刊登了这一爆炸性新闻之后。但他所说的就是他们被禁止对此做任何评论，张以一种我俩都能明白的方式开着这事儿的玩笑，‘当从天堂传来的声音让你一个字都不要说时，你就按你听到的做。’张还说，他知道我欣赏他所处的位置，而且我们可以在今后的几天内有机会聊一聊。但是我可以说，他是在努力显示出他很悠闲，而且很放松。张是一个随遇而安的逍遥派，而且只要一谈到‘系统、体制’，他就会变得愤世嫉俗。但我能感到，张处于压力之下。无论如何，一旦我们得到谈论的机会，这事就会变得很有意思。张与李大使及其他高级官员关系很密切，因此，他完全知道他们希望从堪培拉方面得到什么，甚至北京是怎么想的。”

达成的清晰共识就是——梅森的这次会面还是要进行的。

“与此同时，”梅森接着说，“贝丝会告诉你们有关李大使的午饭一事，那是另外一件事。”

梅森走后，坎特雷尔向大家解释了佩雷格里尼如何化险为夷的，她向大家介绍了一个能够讲李大使以及他的那些同胞平时常用的普通话的人，这人叫达米安·邱。然后，她又给大家大致描述了信息拦截行动所暴露出来的问题。她说，总的看来从李大使的餐桌对话中没能识别出中国大使馆的另一个情报员，那个被温斯顿称为是李的“内部人员”。但不论这人是谁，有一件事是很清楚的——他们与摩根戴尔是两种不同的人。

李维好像不大相信，“但还有一种可能性，”她说，“那就是摩根戴尔是个双面间谍，而温斯顿没有意识到这个事实。”

“琳达，看在上帝的份上！”坦普尔顿打断了李维的话，“贝丝已经看了达米安有关截获信息的报告，而在场的格雷格是懂中文的，而且还能听懂福建方言。他们已经分析了所有的变化，他们确信这两个是不同的人。他们说，摩根戴尔就是莫干，而克拉克就是那个‘内部人员’。但是你要是了解得更好的话，就不会说这些废话了。”

“好，好！”琳达中断了她的讲话。

“嗨，我必须说，”施耐德插了进来，充当和事老。“我真真确确认为，我们应该在这个问题上按照格雷格的想法，根据我对他的了解，他的直觉往往都很接近发现的迹象。”

坎特雷尔没有说话，在深思。事情现在这个样子，对琳达来说是够糟糕的了。诺博实际上已经告诉她她一直就错了，而且他自己也错了，他不是没有理由不担心，也并不是出现了什么新鲜事，但这事很难了结，而琳达也不能越位处理。

堪培拉的澳大利亚人都在高兴，这种对他们是个支持的迹象让他们感到很激动。

坎特雷尔认为现在是改变谈话主题的时候了，就在她要张嘴的时候，坦普尔顿再一次讲话了。对她来说，这是一个不可丢失的机会。

“我按我自己的方式做的。”她低声说道，模仿克拉克的语调极其相似，而且还有些辛纳特拉的味道。“我尽可能拖长让你们处于摸不着线索的状况，现在你们发现我了。”

坎特雷尔希望能够不出现笑声。

“喂？”藤泽研一在家里接电话。

梅森是在他去张文涛家的路上给藤泽研一打的电话，他不愿意用公开的电话联系他在东京的这个朋友，更不要说提出这个如此敏感的问题了。他们两个人偶尔会就一些非常重要的信息互相帮助，但从来没有进行过具体的详细讨论。另外两个人都熟知防止谈话被窃听的艺术，而准备讨论的事情已经通过快递信的方式通知了对方，现在梅森想要的就是答案，而且要快。

藤泽一下子就听出了梅森的声音，他用日语说，“太巧了，我正要给你打电话呢。”

几周前，本·詹姆森把一份中央情报局从日本情报机构得到的文字记录给了梅森。这是一份中文的谈话记录，日本人通过安装在李大使办公室的窃听器截获的。这份记录被美国人翻译成了英文，但梅森怀疑在翻译时漏掉了某些内容。正是这份文字记录以及其他美国材料使得中央情报局局长大怒，很明显，这些材料都是那个叛徒递交给中国人的。

“嘿，我是用我的手机在打电话，肯恩。”梅森对藤泽说，“我正好经过港口桥，歌剧院就在我右手边。”

梅森知道，这对藤泽是有吸引力的，悉尼可是他的一个软肋，他对海滩情有独钟。

这个日本人笑了。

“我有一个星期没在这个国家，昨天刚刚回来。我听了你提到的录音带，只有一点我需要指出，尽管这也许没有太大的意义，但要由你自己判断。”

当李维开始偏向巴斯·摩根戴尔而不是马丁·克拉克时，梅森已经冒昧地和藤泽联系了。藤泽是个讲中文的伙伴，也是内阁研究室的分析家。梅森在信中简单地说，他从美国朋友那里听说了一些有关他过去从事职业游戏中的非常值得关切的事情，是有关堪培拉方面系统内的泄露事件，而且可能和中国有关。他说，这边说过窃听事件，并提了一个代号为“鸣禽”的人。梅森还问藤泽可不可以自己查查线索，看能不能搞清楚这个人的身份，这点也许抄录员们忘了。

非常不寻常的是，藤泽没有对梅森的信做出反应，于是梅森决定到府上去看看藤泽在不在。

“格雷格，你知道，中国人并不是真的把他们的消息来源者叫做鸟。他们把这人叫‘常哲阐’，或者称作‘蝉’。”这样梅森什么都知道了，他想，马丁对昆虫的痴迷简直是传奇，另外还有几周前托德曾告诉他马丁在自己桌上放了一个小竹鸟笼。

“你看啊，”藤泽说，“‘蝉’这个字在日语没有任何问题，但在英语中就有了一个故意的意思调整，因为大家知道，对西方人来说会唱歌的昆虫没有什么特殊的意思。”

“太感谢了。”梅森说道。

“这对你有帮助就太好了。”

“相信我，肯恩，这太有用了。”

“什么地方？我可不知道。”张文涛的太太非常谨慎地回答道，“我真的不知道他去哪儿了。”

“我想可能是件急事吧。”她补充说，“我能告诉你的就这些了。”

张太太是个纤瘦的运动型女人，而且有张坦率的面孔，尽管梅森从来没有见到这张脸像现在这样红。

梅森想，很显然她没有撒谎，没有人告诉她。

在他与这对夫妇相识的日子里，这种事情从来没有发生过，而且梅森意识到这事情也在深深地困扰她。正常情况下他们三人会讨论碰到的每件事，他们的信任与亲密也包括了张文涛十四岁的儿子。

梅森八点四十五到了之后，张太太就告诉梅森他家孩子在做功课。当梅森站在休息室里的时候，这小家伙从自己的房间里走了出来，他穿着睡衣，头发和他父亲的一样在头顶上立着，像皇冠一样。

"我想着就是你。"小家伙说着，脸上的表情变得活跃起来。

他把胳膊亲切地放在梅森的肩膀上，但他又很快地注意到母亲的尴尬，她还没有请客人坐下呢。

张太太对她儿子说："格雷格现在挺着急，他没有时间和你说话。"

梅森并没有这么说，但他传递的信息很清楚——张太太现在的压力很大，而小家伙这时的出现会把事情搞得更糟。

"你去完成你的作业，"母亲对孩子说，这毫无疑问使儿子知道应该怎么做。

梅森胡噜胡噜孩子的头发，这个不知怎么回事的小家伙回自己的房间去了。

这时张太太心不在焉地建议两人坐下，但梅森飞快地看了一眼手表，然后婉拒了。在门口，冷淡无情地笼罩着他们，两个人都知道，由于职业的关系，他们的友情已经黯然失色了，没有说更多的话，但是这次梅森却了解到了他想知道的事情。

第十四章

悉尼，星期二
5 月 30 日晚上 9：20

“嘿，她非常尴尬！”

梅森对他悉尼和堪培拉的同事们说，之前他们的通话还在继续。离开张的住宅之后，梅森马上打电话告诉他们说，他正在回保密室的路上，但梅森走进保密室时，除了已经离开的李维之外，所有人仍都在那里，大家都急着听听发生了什么。

“让我们看啊，我非常了解她。”梅森在说张太太，“我跟你们说，她可真是处于窘境。张肯定是临时决定离开，他走得这么匆忙，以至于没有时间编造一个做掩饰的故事。过去每当张临时出差时，她总是会有许多原因可说，如他和大使去阿德莱德了，明天就回来，话虽然不多，但很亲切。实际张通常是亲自给我打个电话来告诉我他出去的事情。但这次不同，张太太知道我已经感到发生了大事，当时的气氛就已经说出了一切——‘格雷格，这是一件你们这些人都应该能懂的事情，因此不要强迫我撒谎，张回来后会对你解释的’。这就是她传递的信息。”

“那这又告诉我们什么呢？”施耐德问。

“嗯，除了这件事超级敏感这个事实之外，它还告诉我们无论正在发生的事是什么，这是件极其特殊的事情，有悖常理的事情。这事很急，而最可能的就是——这是件张自己不愿意牵扯进去的事情。”梅森回答道。

“还不仅仅如此，”坎特雷尔说，“但这事恰恰和没有解释的三个人失踪相吻合——高纯、克拉克，现在又是张文涛。因此他们之间的关联是怎么样的？好，就算高是第一个失踪的，他实际上是离开了这个国家，现在另外两个也人间蒸发了，也许是张帮助克拉克转入地下的，那么，我们为什么不就这种推测开始工作呢？”

坎特雷尔说完以后，梅森和她的眼光对上了。尽管只是瞬间，但梅森的眼光使她确信她的思路是正确的。坎特雷尔想，梅森将会有什么想法，但他目前不会告诉别人。

“让我们从这个角度来看这件事，”梅森说道，“在我们没有得到克拉克和张文涛之间关联的任何记录的同时，如果我们把高纯加到这个程序中，事情内容就开始叠加丰富起来，然后就出现了张太太的反应，这反应与亚历克斯从那个领事家伙那里得到的非常相似，还有更重要的是张文涛和他太太多次前往高的住所，很明显，这里有一个规律可以说明这些问题。”

“高是克拉克案子的负责官员，”佩雷格里尼说，“这就是我认为此事的意义所在，高纯从悉尼指挥克拉克，然后当大使馆事件在媒体上公开以后，北京开始害怕了，于是很快将高拉了出来，让张替代高的位置。”

没有一个人不同意这种分析。

“我认为张会扮演一个看守者的角色，”梅森说，“李相信张，张很聪明，客观冷静，而且根据我们的了解，张并没有参与情报工作。也许马丁惊慌失措，于是中国人决定迅速将他摘出去。他们遇到的第一个挑战就是为克拉克找到离开堪培拉的出口，然后到某个地方隐藏区来，如果他不是马上离开这个国家的话。”

“但是张能够完成这一切吗？”兰伯特问道，“这可不容易。”

“托德，他可以像个专业人员一样处理这件事，”梅森回答说，“并不是张喜欢做这事，但如果他被赋予了这项任务，他会比大多数人做得更好。”

“好，那我们就顺着这条思路，”坦普尔顿说，“我们就假设中国人的目的是尽快让克拉克出局，他们会怎么做呢？他们会不会把他塞进到港的下一班中国货轮或者他们选择飞机？”

“我认为是后者，”兰伯特说，“让我告诉你们为什么，我一直在研究时间因素。我非常肯定，马丁已经计算过了，他最晚要在明天上午溜掉，那时，我们应该在开会，而我们通常在开会前会先聊聊，我认为克拉克非常聪明地为自己赢得了时间，他把这个时间从今天午饭后一直拖到明天一早，这就使他有足够的时间跑掉。我猜他是想在所有人还没有意识到他在干什么之前溜之大吉。”

“对于中国人来说，”佩雷格里尼说，“这恐怕也是首要的事情了。中国人知道如果他们把克拉克锁在某个地方，然后等待前往中国的下一艘轮船的话，控制住克拉克谈何容易。”

坎特雷尔和她的同事一样，紧跟着这位澳大利亚分析家的思路。

梅森和他的同胞现在没有约束了，他们对克拉克内心的剖析最终指明了应该如何调配行动小组的资源。施耐德、坎特雷尔和詹姆森也都同样决心不让克拉克逃掉，他们的职业生涯也取决于此，特别是现在李维已经选择将重点放在她称之为扫荡的行动上。

坎特雷尔转向一个联邦调查局成员，“埃迪，我们可不可以尽快搞到一个所有飞往中国商业航班的单子？从今天中午起四十八小时内的航班情况，不管是从澳大利亚的哪个地方出发的航班。另外也要看看轮船的情况，看看目前有没有来往的中国轮船。”

“没有问题。”

梅森也要告辞，他说他要马上打个电话，也许这个电话能有帮助。当他几分钟后回来时，他发现佩雷格里尼正在给大家简单讲述当堪培拉注意到像克拉克这种人要跑的时候，往往会发生什么。佩雷格里尼已经电话告知他的同事并启动了应急系统。

梅森的手机响了起来，打断了佩雷格里尼的讲话，梅森摇了摇手，让大家在他接电话时保持安静。

“喂喂，啊，我知道，”梅森一边听一边点头，“我知道，艾德里安，兄弟，这正是我希望的，万分感谢。”

这是快报麦金龙打来的电话。梅森具有的关于堪培拉官僚政客非法交易的私人信息库是无人可比的，就是坦普尔顿也赶不上他。

梅森挂上了手机，“太棒了！”梅森说，“这里可能有揭开真相的线索。”

悉尼，星期三
5月31日凌晨00：05

梅森和丹尼尔·德·奥利维拉一起坐在操作中心的一台电脑终端机旁。丹尼尔是澳大利亚航空公司的运营经理，他的手指敏捷地敲打着键盘，而两个人的眼睛都紧紧地盯着屏幕。

梅森之前给艾德里安·麦金龙的电话有了成果。梅森让这个记者去找出他所能了解到的有关朗菲尔德的情况。麦金龙当时就说：“给我几分钟时间，我保证给你带来一些有用的信息。”结果他还真是这么做了，而结果呢，就是展开了一次调查。

“我们开始吧，”德·奥利维拉说，“从堪培拉澳大利亚国立大学来的一个叫安东尼·帕德斯托的人几周前预定了去处于温暖性海洋珊瑚岛的巴厘岛的机票，是去开会。有没有可能是这个？”

“没有。”

皮肤黝黑的德·奥利维拉四十几岁，他举止轻快，非常高兴能够帮忙。操作中心在这个时候没有什么人，而夜班人员正在附近玻璃房里的终端机上忙着。

麦金龙提供的线索至关重要。

于是佩雷格里尼马上将梅森介绍给了长期从事这一职业的联系人德·奥利维拉。佩雷格里尼给在家中的航空公司经理打了电话，此人对此很快作出了反应。尽管时间很晚了，但经理还是马上驱车前往他的办公室，在那里他与梅森进行了短暂的会面。

“还有一个人，”随着一个新的名字出现在屏幕上时，他说，“这个叫戴维·费瑟斯通的人今天下午从堪培拉飞来，然后会乘 AA38 航班去达尔文，他在国防部工作，要去新加坡，他是由国防部在三周前预定的机票？”

“是个民族团结党成员。”

梅森手里有一份佩雷格里尼给的名单，这份名单是在麦金龙报告说朗菲尔德是堪培拉一家旅行社独资经营人后整理出来的，这家旅行社由朗菲尔德的侄女管理，大部分业务和马来西亚有关，而高端客户都由这位外交官自己打点。麦金龙在堪培拉的另一个联系人报告说看见朗菲尔德在星期二上午十点来钟的时候全神贯注地与一位澳大利亚秘密情报局的官员谈话，这人就是情报局大名鼎鼎的马丁·克拉克。

梅森把这些话原封不动地转达给了佩雷格里尼和兰伯特，这件事发生在他们没有在外交部的楼里找到克拉克后不久。堪培拉的联合行动小组于是决定立即闯入朗菲尔德的旅行社并进入其电脑系统，然后仔细检查最近的机票订单，特别是注意那些近来前往中国或可能成为前往中国的中转站地方的订单。佩雷格里尼在澳大利亚安全情报组织的一个同事——这个组织在当地的电脑迷的帮助一起完成这个任务，这人发现他自己面对的是七个旅行顾问的不同电脑，现在是第四台电脑了，在这个梅森和航空公司经理正在检查的电脑上出现了一些名字。

“这个人如何?”德·奥利维拉说，“彼得·菲利普斯，是个商人……”

“就是他!”

梅森注意到电脑屏幕下方所做的备注，这是此人在办理登机手续时，机场柜台做的备注——预订前往巴厘岛的座位需与W.D.张在一起。

菲利普斯和他同伴的机票是分别预定的，而且是同时在堪培拉和悉尼预订，两人都没有预订巴厘岛的酒店。

“他们就是我们要找的人。”梅森说道。尽管他装的有些遗憾，但很清楚他感到非常很幸运。

梅森看了一眼手表，心里算了一下时间，他知道克拉克此时已经安全地离开这个国家了。不过，他当务之急是打电话向联合小组汇报他所得到的情况，但这又最好不要当着经理的面做。

“兄弟，让我怎么感谢你呢。”梅森对经理说。

“愿意效力，格雷格。提醒你啊，要不是乔暗示此事是如此重要，我可是要有担保才能这么做的。”

悉尼机场，星期二
5月30日下午5:23

这澳大利亚人之前说他会在五点三十分准时到达，现在他就独自一人坐在桌子旁边读报。

按照预先安排，张之后也很快到达那里，他像任何一个需要帮助的外国人一样，似乎不经意地走到克拉克旁边。

“对不起，前往达尔文的航班是从那边的登机口登机吧？”

“是的。”

“谢谢。”

“不客气。如果愿意的话，找地儿坐吧。”知道没有空的桌子了，克拉克对张说。克拉克把一些商业杂志从旁边的一把椅子上挪开，里面有一个棕色的、装着很多东西的大信封。

张舒舒服服地坐下，然后从他的包里拿出一些阅读的书籍，两个人都没有再说话。

最后，当他们乘坐的航班开始登机的时候，张拿起了那些杂志，其中包括那个信封，把他们折起来放进了他包里。

“让我们一起来面对这件事吧，兄弟。”当他们往登机口走的时候，克拉克小声说，“你是拿外交护照的，所以你要安全得多。”

十五分钟后，六点二十分这个澳大利亚航空公司的航班起飞了。根据飞行员的说法，航班会在飞行中把时间追回来，这个航班应该在九点抵达达尔文，然后这架飞机会飞往巴厘岛，他们会在午夜前到达巴厘岛的登巴萨国际机场。

克拉克和张文涛并排坐在位子上，两个人都没有讲话的兴趣。澳大利亚人从旁边的舷窗往外望着外面逐渐消失的城市。张沉思着，这家伙还能不能再看到这些景色都很难说啊。

对他们两人来说，今天可是非常严峻的一天。如果一个人卸下了蝉这个包袱，那么他也不能再背上。

克拉克脑海里浮现出他是如何从堪培拉逃出来的，这段经历中的主要片段一个接一个地闪过他的大脑中。

“等着听听我告诉你沙利文说了什么。”朗菲尔德兴奋地说。

克拉克认真地听着，他知道他的这个朋友与部长的关系很密切。

“美国人正在寻找澳大利亚秘密情报局内部的叛徒，马丁，而且他们自己在做一项调查，同时他们还从一些未透露姓名的澳大利亚人那里得到帮助。上帝啊！就像是蓝色欧米茄事件重演！”

“是这样，”克拉克说，“但上帝才知道这个臭混蛋是谁。”

这可是最后一根救命稻草了，克拉克想。他知道就像有人如此形容一样，梅森像只狗一样在到处嗅，而朗菲尔德的话解释了为什么梅森会这样，梅森和蓝色欧米茄行动紧密相关，当然，梅森不在秘密情报局工作，加上中央情报局由于掩护身份的原因总是欠着梅森债的情况下，梅森变成了他们符合逻辑思维的最好选择，而且他夫人还有些偷鸡摸狗的事情。选择他是完美无缺的。

张脑子里闪过一个想法——代表北京向克拉克主动开出个条件，在中国，克拉克可以拥有一个安全的天堂，而交换条件就是他掌握的所有情报，其中包括澳大利亚、美国、英国以及其他秘密行动、对怀着敌对情绪中国密切关注的行动方式、特工人员名单以及他们的身份，他们安插的位置、他们的主要任务以及他们使用的代号等等。

“太有意思了。”克拉克想，他自己本来也在准备向他们提出同样的条件！克拉克当然同意了中方的要求，而且还建议可以使用印度尼西亚作为他逃逸的中转站，毕竟，他在那里有许多联系人，这些人也许可能帮助中国人处理其他一些事情。

然后，他又想在信封里放的东西。

这可都是些非常有价值的信息，是有关秘密情报局对北京提及的每个问题所掌握的最重要的内容，有存在磁盘上的数据以及复印件。

克拉克把这信封放进了他办公室的单独提包里，还有蓝皮护照，这一切澳大利亚秘密情报组织是不知道的，然后把他的公文包动都没动地就放在了那里，而他的夹克衫曾挂在他的椅子背上。

然后，克拉克和兰伯特吃完午饭回来，又急急忙忙去见朗菲尔德。克拉克给他的朋友编造了一个恰如其分的故事——他要到印度尼西亚出差去完成一件秘密的任务，但是澳大利亚安全情报组织警告他说，他处于监视之下，尽管目前还没有查明谁是间谍捕手，但他们肯定这种行为是不友善的，克拉克不得不悄悄离开堪培拉，其中包括溜出外交部大楼。朗菲尔德做这事没有问题，于是帮助克拉克用可能算是目前最好的办法溜出了外交部大楼，这两个人分别来到大楼地下停车库，在那里朗菲尔德打开他那辆没有标记的政府车，克拉克躲在后排座位的底下，身上还盖着朗菲尔德原本放在汽车行李箱中的睡袋。

就这样，车子驶出了大楼，朝悉尼开去。离开首都一段路程后，同时路上也没有什么车辆时，朗菲尔德靠边把车停了下来，而这个逃亡者克拉克钻了出来，然后坐进了前排的副驾驶座，他们在非常合适的时间抵达机场，在那里朗菲尔德把克拉克的机票递给他，这机票是挂在朗菲尔德自己在堪培拉的账户上，是从他侄女负责的堪培拉旅行社出的票。

能够用化名旅行使克拉克感到解脱不少，而朗菲尔德把这事看成是自己工作分内的事。几年前，克拉克向外交部一个朋友提出搞到一本化名护照，这个人帮助做了这本护照，要的价格也还算合理，这本护照没有在澳大利亚秘密情报局内部登记入册，而设立这种内部登记册的目的就是为了跟踪这类事情。

克拉克在检查朗菲尔德为他准备的小旅行袋，里边有轻便的度假衣裳，这时朗菲尔德告诉他："菲利普斯先生，你在印度尼西亚段的旅行在达尔文就结束了。是的，一个中国人已经办好了登机手续，他要求和你坐在一起。"

现在随着飞机进入正常飞行状态，克拉克慢慢地放松下来。机场上的经历是对他的第一个主要考验，他当时害怕澳大利亚安全情报组织和联邦警察可能已经有所警觉。

"你知道的，"克拉克转向张文涛，打破了这么长时间的沉默，"你在你的工作中是大材小用。"

"噢，我可不这么认为，我在本职工作中还是取得了很多成就的，而且我……"

"不，不是这个意思，我是说，你们政府不该把你捆绑到我的游戏里来。你看，我对刚才在候机厅事情发展情况印象很深，你完全像一个职业间谍。”

张文涛大笑了起来，他可没有成为那个行业明星的宏伟志向。

“相信我，事情就像钟摆一样运动。”克拉克接着在说，“因此你是知道的，你在贸易上的事情没有做成。”

张只是笑了笑。

“你签证没有问题吧?”克拉克问张。

“没有，一点问题都没有，我给我在印度尼西亚领馆的朋友递交了一份照会，几个小时候后，他就把我的护照送了回来。像他们的这种制度，不错吧?”

克拉克咧着嘴笑了，他对那个国家的体会远比这个中国人所能想象的多。

悉尼，星期三
5月31日凌晨12:35

“噢，看在上帝的份上，贝丝，告诉我。”

梅森给坎特雷尔打电话，暗示事情发生的关键进展，于是坎特雷尔主动提出要开车过来，然后搭上他。

梅森有关张、克拉克或称菲利普斯大概已经在马来西亚登巴萨机场的报告完全没有打击坎特雷尔的情绪，现在他坐在汽车座位上，被坎特雷尔的笑容迷住了。

“没有比这更令人沮丧的了。”梅森说道，感到很尴尬。

“嗯，事情确实很令人沮丧，格雷格，但不会再这样下去了。你看，我们又回到了这场比赛。”

“我们什么？”

“是有一个突破。有一个中央情报局的官员叫默奇森，他用掩护身份在巴厘岛工作，从事和毒品有关的事情，他极其巧妙地帮了我们，当我们查朗菲尔德的电话时，发现他给那里的一个号码打过许多次电话，于是我们请默奇森来追踪一下这个号码，结果发现这是一个远在萨努尔的一个私人小酒店。”

梅森感到了很大的解脱。

“这样，考虑到朗菲尔德和马丁的关系以及马丁和张文涛的失踪，我们让默奇森碰碰运气找出马丁在那里将要躲藏的地方。我们给他发了马丁和张的头部照片，哦，几分钟前回音儿来了，就在你打电话之前，你都不能相信，格雷格，居然默奇森看见那两人在办入住手续，事情发生在他们的飞机降落一个小时后，根据目前的情况，他们会在这里过夜。”

坎特雷尔笑嘻嘻地加速，闯了一个红灯，而梅森还在琢磨刚才听到的消息。

“默奇森的一个助手在巴厘岛有一个监视那个地方的小组，这个小组配有一辆装有仪器的越野车，在里面可以通过操纵屏幕来监视所有打进、打出的电话，同时他也了解了这一地区前往中国的航班和船期。”

梅森就只剩下摇脑袋了。

“计划是，格雷格，让几个我们的人马上飞到巴厘岛去，由我们来抓住马丁。现在我们猜你不会反对，所以我们已经安排你、托德、乔和我一起今天上午晚些时候离开这里，在我们抵达那里以后，我去找后援，而你们澳大利亚人则跟踪克拉克，亚历克斯曾留在堪培拉帮助监控那里的网络——看一看网络对马丁消失的反应，然后，只要我们一抓住那个王八蛋，就把他带回来，然后该怎么办就怎么办。”

“听起来太棒了。”梅森怀疑地叹了口气。

“噢，对了，本已经和悉尼一家喷气式飞机经营公司的总经理谈了，这家公司的飞机将在七点钟起飞把我们四个人送走。”

梅森看了一眼方向盘上的时钟。坎特雷尔说：“那个总经理是美国人，我们很了解他，否则我们不会乘他的飞机，在处理这种问题上，他可是一个奇才。”

“什么飞机呢?”

“是湾流系列IV，双引擎小型商务机，可以飞行八千公里，飞机里有飞行员、那个助手，剩下就只有我们四个人了，也没有行李可言。我们的那个奇才说，我们可以超过任何商业航班。托德和乔已经在往悉尼的路上了，他们会直接去机场。现在你知道了吧，格雷格，有问题吗?”

“问题？我还在专心地考虑这事儿呢。”

坎特雷尔笑了起来，看了看后视镜，然后驶上了大桥。

“我想，在我们回到保密室去睡几个小时之前，你也许要回你那里拿几件东西。”她说，“从保密室去机场要快一些。”

“我没意见。”

“另外，格雷格，哦，还有一件……”

“别告诉我还有一件事。”

“是的，琳达……”

“她干了什么?”

“是，她把我们像烫手的山芋一样扔掉了。事情是这样，她因为紧急任务被纽约召回，但联邦调查局的一个小子偷偷给了我一份琳达向纽约报告的复印件，而正是这个东西使她得以被召回纽约，她声称这里的工作已经结束，她挖出了两个主要叛徒，而非一个，另外她也说明了我们其他人如何识别他们的联系网。”

梅森再次摇着头。

“因此，格雷格，琳达像个英雄一样走了，而将我们变成了微不足道的欺骗者。他妈的！如果不是她把事情搞得乱七八糟，我们现在就已经把马丁拘留起来了，琳达是在几个小时前搭乘联合航空的班机走的。

诺德大怒，而本气的拼命踢墙，结果脚都受了伤。真正使她感到恐惧的是——起码从表面上看，是亚历克斯做的一件小事，当时你在张文涛那里。琳达这么做有点像模仿马丁的逃跑，还有点像辛纳特拉唱的——‘我行我素’，就像是两个出气的鼻孔。哇！太可笑啦！”

“相信亚历克斯，”梅森说，“我看见她的时候，我会再问她一遍，但你告诉我，让琳达大惊失色的还有什么原因?”

“嗯，这正是事情肮脏的地方，格雷格，老实说，我发现这事令人作呕，不管怎么样，现在就不要仔细琢磨这事了，我回头再告诉你。”

第十五章

堪培拉，星期三
5月31日上午11：45

“看，戴维，你得约束你的行为了，事情就是这样简单，真要命，总统自己告诉你的。”

格林斯巴瑞从不拐弯抹角，他把总理逼得没有后路，沙利文一动不动地坐在那里。总统打来的电话简洁扼要而且友好，就像尾巴上的一个刺让法恩斯沃思心烦意乱，“保持和大使的密切关系，戴维。他的直觉在这种困境中是可信赖的。而且我已经全权授予他清除挡你道的任何障碍。”

当他感到格林斯巴瑞又要发起下一轮攻击的时候，总统的这些话仍清晰地在他的脑海中。

“对于一个同盟国来说，如此松散是不可让人接受的，戴维。如果你们愿意的话，当然你们可以自己这样做，但如果你们这样做了，就不要期待从我们这里得到任何东西。”

传达总统的话是一件事，但还不仅仅如此，格林斯巴瑞同时还有中央情报局局长的支持。法恩斯沃思感到了谢林顿深深地插手此事，这是毫无疑问的。任何抵制和反抗这些强大力量的企图都会以澳大利亚人自己把自己赶出去为结局。一旦美国向澳大利亚媒体泄露此事，当地选民就会满腔怒火，这将付出血淋淋的代价。“当美国人做事情做过头的时候，唯有笨拙仍能保卫国家。”这种引起别人注意的话不仅可以在参议院中听到，而且在全国任何地方都在流传。

“好，山姆，我知道你的意思了。”

但格林斯巴瑞决心把这事进行到底，他知道法恩斯沃思非常不理解为什么要见面，而他要是问的话又很愚蠢。

总理本来计划上午离开堪培拉，但又不得不由于这个美国人的紧急要求而改变计划，他希望这个“非正式谈话”能在上午十一点三十分进行，而且知道格林斯巴瑞会不顾一切代价做到。格林斯巴瑞对这个紧急要求造成的不便所表示的歉意是再敷衍不过的了，而且总理对格林斯巴瑞建议沙利文作为澳大利亚秘密情报局负责人也来参加谈话感到非常恼火，这种讽刺般的强调也是个不祥的预兆。

格林斯巴瑞在使馆亲自迎接法恩斯沃思，另外还有严肃、阴沉的诺德·施耐德，然后他们一起来到大使办公室。美国人都很愉快和彬彬有礼，简直都到了屈尊的地步了，他们的举止使法恩斯沃思想起当他负责贸易工作时与东京打交道，那时鉴于在非常需要的能源投资方面占优势，日本人采用他们自己非常微妙的方式使事情公开，或者更准确地说，是落井下石。

“你知道我们是从哪儿来，戴维，对吧?”

“噢，那是。但你们必须明白，我们已经尽最大努力了。”

而沙利文明显表现出来的不快是总理很好地进行这次谈话所不可缺少的，这也正是格林斯巴瑞邀请他来，但又在这时可以忽视他的原因。与此同时施耐德也没有什么要说的，而这给人的印象是大使在根据谢林顿的指示行事。

“戴维，我并不是要冒犯你，但你说的‘最大努力’还是不够的。

你知道，我们刚刚从我们方面鉴别出一个叛徒，是他向中国人泄密，另外还有一个澳大利亚叛徒，是个在你们系统内身居高位的人，他向中国人出卖秘密。”

格林斯巴瑞的停顿给了这两个客人足够的时间来理解、消化这个新消息。

“这两个人都用最卑鄙的方式背叛了你们的国家，但现在的当务之急是将这窃听工作停止下来。另一项工作是——我应该怎么说呢——第二项工作比较容易控制。”

法恩斯沃思的脸部和双手都有点不对劲，他的忧虑是怎么也伪装不了的。

沙利文有些局促不安，直直地向前方看着，这次他知道他要约束好自己，在与从北京来的王梅剑的会谈中，他的烦躁使他受到了严厉的斥责，这个错误就足以让法恩斯沃思将他从政界而不仅仅从内阁彻底除去。

“另外，”格林斯巴瑞说，“还有一件奇怪的别扭事，就是那个要去吃中餐的人，这事我们应该已经预料到了。”

法恩斯沃思的表情很古怪，而沙利文则一直盯着墙看。

“发生的事情是，戴维，不知怎么他把这个错误推到了我们这里。”

这两个澳大利亚人都想知道接下去会是什么，发生了这么多他们不知道的事情，他们感到很无奈，就如同把他们扔在湍急的河流中，一点办法都没有，内心里他们非常恼怒，因为没有一个人就所发生的事情向他们通风报信。

“当然，那个有问题的家伙——那个最主要的叛徒肯定是马丁·克拉克，我听说他是澳大利亚秘密情报局的助理局长。”

“噢，不是，不是克拉克。”沙利文无意中说了出来，“他一直在……”他的大脑还是没能挡住他的嘴，他紧张地咳嗽着。

法恩斯沃思表情严峻的一声不吭，好像背上被人猛刺了一下。

“这是不是很可爱啊?”格林斯巴瑞转着手中的小刀说,“中国驻悉尼总领馆有个间谍把克拉克当成他们的一个特工——起码几天前是这样。现在某个人抓住了他的手,非常巧妙地把他送出了这个国家。所有这一切都在诺德的报告里。”

格林斯巴瑞指了指施耐德之前放在他们旁边咖啡桌上的一个文件,但是这位中央情报局主管并不想把这报告递过去。

“你们需要为我们把这小子带回澳大利亚做好充分的准备,戴维,你们肯定预先可以做许多事情。”

法恩斯沃思在这时候仍旧不知道克拉克以及照应他的人逃到哪里去了。

“那什么时候呢?”法恩斯沃思问道,这样他就不得不降低了身份来问。

“嗯,如果我们幸运的话,也就是几天的事,而且印度尼西亚本来也不远。”

法恩斯沃思点点头,非常感谢格林斯巴瑞的这些话。

“戴维,华盛顿希望当他一落地,你和你的政府就把他接过去,你知道我的意思,我们希望看到你能够完全负责这件事。终究,你们有两个叛徒要解决,而这需要相当漂亮的策略才行。”

法恩斯沃思的沉默不语使格林斯巴瑞认为法恩斯沃思还不知道另一个叛徒是谁。

“想想,这秘密情报局的副局长在你的鼻子底下出卖机密,”格林斯巴瑞说道,“我曾经认为你更了解你们的塞巴斯蒂安·摩根戴尔。”

法恩斯沃思和沙利文并没有注意到格林斯巴瑞特意装出来的英国口音,提及摩根戴尔的名字使这两个人诧异得呆若木鸡,他两个人都非常了解摩根戴尔。摩根戴尔在沙利文的控制之下是大家都知道的事情,现在摩根戴尔被揭露出来是间谍,那么这也就敲响了这位部长的丧钟。

“在克拉克的飞机降落之前你需要尽快拘留摩根戴尔以及他的同伙,

然后摩根戴尔和克拉克就是你要解决的问题了，戴维，我们也就会撤出这项行动，但我告诉你，在你们那里，你们会有一些相当聪明的人协助你们，我们知道这点，因为没有他们，我们不能做到像现在这样。”

连法恩斯沃思听到这里都胆战心惊。

“哦，假使这有意义的话，我告诉你们克拉克用的名字是菲利普斯——彼得·菲利普斯。”

格林斯巴瑞钢铁般的眼光从法恩斯沃思转到沙利文，然后又转回总理。

“还有没有你们需要知道的事情？”格林斯巴瑞问道。

湾流四号，星期四 5月31日上午11：55

东部标准时间

“Delta X Ray Yankee，请进场。”

飞行员——一个中年美国人正在调整他的送话麦克，以便对达尔文机场控制塔台的命令进行回答。

他的副驾驶是个比他年轻的澳大利亚人，正在研究一张巴厘岛的可折叠地图。他们在一个小时前离开了澳大利亚北海岸，正在飞向登巴萨。

“Delta X Ray Yankee，听到。”

“我们得到了悉尼的指令，”达尔文机场报告说，“立即转飞雅加达，从登巴萨转飞。”

“Delta X Ray Yankee 收到，明白。”

“你们是否有足够的燃料，飞至雅加达？”

“Delta X Ray Yankee，有足够燃料经飞新加坡。”

“好，悉尼通知你目前已具备印度尼西亚领空的净空区，你们将降落在苏加诺哈达国际机场，沿爪哇岛南部沿海线，然后向北经日惹飞往首都雅加达。还有一件事，让你们机上的女士打开通讯设置，有些情况通过传递渠道传了过来。”

“Delta X Ray Yankee 收到，明白。”

飞行员穿过打开的驾驶员舱门向贝丝·坎特雷尔电话传递这一信息。

坎特雷尔正舒服地坐在豪华皮椅子里和格雷格·梅森聊天，兰伯特和佩雷格里尼在睡觉。她拿过来自己的背包，从里面拿出一个灰色的手提电脑，电脑系统通过卫星通讯可以收发信息，无论是文字信息还是语音信息，可以与世界每个地方安全地联络，打开机器等了一会儿，屏幕上闪出文字，她和梅森一起看着，这信息来自位于弗吉尼亚的中央情报局总部。

自兰利市：施耐德中转 / 堪培拉

东部时间五月三十一日　十二点十四分

由于巴厘岛情况的变化，你们被要求转飞雅加达。

默奇森和一个印度尼西亚当地侦探发现并确定两名中国访客在巴厘岛上午九点二十分抵达克拉克的酒店。侦探进入建筑物，看到两个访客正在平台上与克拉克和张文涛密谈，克拉克情绪不错，机票、文件以及钱都交给了张文涛和克拉克，四个人一起前往登巴萨机场，然后乘坐印尼鹰航的国内航班前往雅加达。尽管张文涛、克拉克或者说是菲利普斯已经登机了，但这几个名字都不在旅客名单上，他们的航班将比你们的航班早一个小时到达雅加达。

雅加达机场布满了由当地人员组成的小组以监视航班到达以及到达后的情况。

机场会有人迎接你，在机场移民局的手续将在抵达口以外的地方进行，然后你会停留在安全局保密室内。

这里目前的推测更证实一种看法，那就是中国的目标是安排克拉克乘坐“明华号”货船离开雅加达。按船期这艘货船应于六月一日星期四晚上或六月二日星期五早晨离开丹戎不碌，此船的目的地为上海。对张和克拉克来说，他们在巴厘岛的中途停留也可能是一个使他们在印度尼西亚境内“失踪”的清理过程。

在你们抵达苏加诺哈达国际机场之前，会再向你们提供更多信息。抓紧时间补觉，接下去的日子会非常繁忙。

施耐德

“情况变得复杂了，”坎特雷尔说，“这使你我又回到了我们曾经原地踏步的地方。”

“这正是我在思考的问题。”

坎特雷尔笑了，热情中带有一些担忧，梅森感觉到了这点。

“嗨，贝丝，告诉我是什么让你如此厌恶琳达，我非常想知道这点。”

“当你知道了的时候，你都会死，但首先让我告诉你，格雷格，正是这个原因，使我最后下决心离开中央情报局，这事发生在我们察觉到马丁以后，你是那时唯一知道此事的人。”

她的这种表达提醒梅森未来发生之事的性质。

“你知道，但我们听说琳达要走的时候，诺德飞快地发给兰利中央情报局一条信息，抱怨琳达的表现。很快就有了回信，告诉诺德不要再管这件事了。'她走了，你高高兴兴就行了。'他被如此告知。按照我的理解，这话是有些太漫不经心了，于是我就给我那里的一个在局长秘书处的朋友打电话，他倒是毫无保留，于是我就知道了整个事情的真相，但按照讲好的严格条件，我没有把这事告诉其他人。当华盛顿一知道澳大利亚方面出现一个叛徒时，谢林顿就提出了他的计划，而总统告诉他要与联邦调查局密切协作。不管你喜不喜欢，他们毕竟是在抓我们要的间谍。很自然，谢林顿最想做的事情是在调查局里能有雄心勃勃的人找出他主管案件的突破口，很明显，他对联邦调查局淡化了他所需要的帮助，甚至暗示我们多多少少控制住事态。目前，联邦调查局当然压力很大，由于恐怖主义的侵犯以及其他类似的事情，他们的最高层都在竭尽全力。因此，能够让他们的人一个都不走掉使他们感到解脱和轻松。"

"那我们又得到什么呢?"梅森问道。

"嗯，实际上是个骗子，似乎琳达并不是像她所受到的赞扬那样，一路走来，琳达是获得了几次胜利，但都是跟在与她一起工作的王牌团队后面取得的，不过近来她是相当不顺，急于做判断，还糟蹋浪费资源。这就是为什么联邦调查局把她放到我们这里。"

"因此，谢林顿公然违抗总统的指令?"

"还不仅如此，格雷格，他还很熟练地使格林斯巴瑞老老实实地在自己的位置上不参与进来，甚至他还想方设法让白宫给法恩斯沃思打了电话，你知道，总统几乎没有时间来从头到尾关注某一件事，即使是他感兴趣的情报方面的事情，他常常以为当他告诉一些人要合作，那么基本上这些人就会这样做，但他们并没有这样做，或者不总是这样做。帝国的建立对国家利益而言从来不会居次位。我听说谢林顿在那里像钓鱼一样施放诱饵，企图接管联邦调查局海外的业务部门，这也是谢林顿希望安全局能够在马丁的案子上一鸣惊人，我猜，这也是为什么派我把你招募进来。不管怎么样，格雷格，我已经尽到了我的责任，当这个案件结束时，我也就会离开，彻底离开。"

堪培拉，星期三
5 月 31 日晚上 12：25

“拉张椅子过来，比尔。”沙利文从那堆满文件的办公桌后面看着亨斯特卡波说道。

这位澳大利亚秘密情报局的头子感到一种很令人厌恶的东西。

他的直觉是对的，法恩斯沃思已经用十分明确的言辞要求他的外交部部长去查明情报局的头头是否尽责尽力，而正是他在安全方面犯下的一个可怕的错误，导致了悲剧的发生。现在他可以帮助收拾这个残局，而且要快。

“我现在是直奔主题，”沙利文说，“所以你做好大吃一惊的准备，我们现在已经把两个叛徒抓到了我们手里，而且他们俩都在你们的机构里。”

亨斯特卡波脸色变得煞白，他都不会说话了。

沙利文毫不原谅地盯着他。“比尔，主要的一个人是那个向中国人通风报信的，而这人不是别人，正是你的马丁·克拉克，另一个是巴斯·摩根戴尔。”

我的马丁？亨斯特卡波想着，努力保持镇定。沙利文已经把自己摘了出来。当然了，马丁是由我负责，巴斯也是，但你沙利文偏爱巴斯可不是个秘密，而且还向巴斯讨教问题。

“我发誓，比尔。你怎么能不知道现在发生的事情呢?”

“嗯，讲到马丁，是的，我理解有些事情不大正常这个事实，前一段时间的事情，但是……”

“前一段时间!”沙利文一下子爆发了。

“他妈的！你以前就有怀疑，但你没告诉我?”

“咳，那时我不能够确定。是的，他当时的行为是有点怪异，所以我就私下和他说了一下，但然后，突然这个——我是说，简直难以置信——是……”

“比尔，你们都应该是间谍，而不是偷鸡摸狗之类的人，你们命中注定成为人类心理学大师。”

一旦自己占上风，沙利文就是一个霸王，而亨斯特卡波可以说这次部长是从法恩斯沃思那里得到的指示。失败是绝对不可能的，这位澳大利亚秘密情报局的头子屈辱地坐在那里。“他们俩，”他不断地对自己说，“还有巴斯，我就是不能相信。”他抬起了头，“但是你是从哪里听说的?”

“从美国人那里，比尔，就是从那里。”

沙利文久久地、狠狠地盯着亨斯特卡波，一直到他把头转向另一边。

“美国人有一个由侦探组成的联合小组在那里行动，里面还有我们的人，尽管并不允许我们知道我们的人谁在里面，起码在这种混乱的局面——你们的混乱局面整顿好以前我们不会知道。”

亨斯特卡波对此也一无所知。

堪培拉试图找出叛徒的单方面努力没有找到丝毫有价值的线索，现在听到这点几乎可以使亨斯特卡波难过地流泪。

“他真的是很担心，而且是相当忏悔，而这正是我希望的。”沙利文想。

“你看，比尔，事情不能比这更糟糕了，不是吗?”

秘密情报局局长深深地叹了口气，什么都没说。

“那该死的中国人从悉尼指挥克拉克，也就是说克拉克就在你的鼻子底下来来往往。现在最重要的是他摆脱了我们的跟踪，起码我们现在拘留了摩根戴尔，但这还不足以补偿，很清楚，克拉克已经跑到印度尼西亚去了，上帝才知道，他下一站会去哪里，也许到中国开始他的新生活，这也可能是一种前景，像你所了解的，比尔，这些会使美国人气的要命。”他停顿了一下，“这还没有开始谈及你的另一个兄弟摩根戴尔呢，摩根戴尔也把美国的秘密透露给了中国人。”

亨斯特卡波听得目瞪口呆，他的大脑被各种各样的暗示冲击着，一个接着一个。

“我们情报局的所作所为太值得我们自豪了，是吧？比尔。每年，我都同意你们的预算，我和我的同事都让你们自己去做，你们没有得到任何有实质意义的监督和检查，事实上，你们是想做什么就做什么，而作为报答，我们偶尔希望得到你们的一点帮助。”

亨斯特卡波眼睛看了地上一眼，他可以感到接下去发生的事情将会使他更加不自在。

“现阶段我有一个优先考虑的事情，比尔，那就是克拉克，除非我们切断那条蛇的头，否则他还会咬我们，我们所有人。”

沙利文往前坐了坐，把胳膊肘放在了写字台上。

“下面我要告诉你的事情是限于你我之间，绝对要这样，你懂吗？”

亨斯特卡波点了点头。

沙利文受到了亨斯特卡波痛悔的支持和鼓舞，他的痛悔正是他想要的，因为他和法恩斯沃思都确信，没有具有诱惑力的事情，就没有办法推动这位澳大利亚秘密情报局局长采取行动，于是他们编造了一个完全都是谎言的故事。

“好，这就是这个秘密故事。你知道，我、总理与格林斯巴瑞进行了一次长谈，在场的还有他的副手——活僵尸，施耐德，我不能告诉你细节，但也许最好你也不要知道，现在的结果是这样，这些美国人似乎已经很长时间一直在利用克拉克服务于某些‘非常微妙的事情’，而这些事情和我们澳大利亚没有任何关系，实际上用‘肮脏的事情’来形容更好，但无论是什么事情，克拉克不应该让他自己陷入到这种事情中，当然是在没有告诉你的情况下，但是已经做了的就是做了，而且现在这乱七八糟的事情就留给我们处理了。”

亨斯特卡波非常惧怕接下来发生的事情，他在这个圈子里工作了这么长时间，完全知道政治家们为了挽救他们的脸面会做些什么。

“白宫现在要的是，比尔，用一种婉转的话说，就是让我们确保——完完全全地确保克拉克不能到中国，也永远不能回到这里，而且克拉克还不能受审。现在你都非常清楚了吧?”

“嗯，明白，但是……”

“没有但是！比尔，你我都知道这些美国绝对有能力自己处理这事情，但正像格林斯巴瑞指出，我们出了一个王八蛋，因此我们就得想出解决的办法。相信我，如果我们与华盛顿维持这种平衡的话，我们就不得不做到这点，克拉克必须要马上无声无息地消失，这样，所有涉及的人都可以否认此事。”

“你看，迈克尔，我不……”

“嗨，比尔！我不是在让你把这小子打倒，我就是要抓到，让他靠边站，你懂不懂?”

沙利文开始冒火了，但是他知道过分强调他的作用是件傻事，事情在亨斯特卡波那里通常是需要时间的，他就是那种人，他要自己的方式，在做事过程中处理一些事情。

“这还不是全部，比尔，在我们清理完以前，美国人会切断一切我们的情报交换，我们已经不在圈子里了，如你我所知，如果这一切让媒体知道，那就不是仅仅政府的事情了，你也不能轻松地逃脱干系。”

亨斯特卡波好像懂了。

“比尔，如果克拉克进入船舱，毫无疑问，他会说出他心里的东西，他会把他和中央情报局的关系告诉那里的所有人。我很不情愿告诉你，你就会是下一个被整的人，那个被蒙在鼓里什么都看不见的日本小武士。”

亨斯特卡波脸上露出了吃惊的神色。

他已经同意这事了，沙利文想着，因为他已经准备下手了。

“事情已经归纳到这点了，比尔。如果你不能够做你应做的，而且尽快做的话，你可能就不能在你这个位置上了。”

亨斯特卡波认真地想了很久，“那么，你知道马丁在印度尼西亚的什么地方吗?”

“是的，知道，在雅加达，他使用的名字是彼特·菲利普斯。”

第十六章

雅加达，当地时间星期三
5 月 31 日下午 13：20

接近中午时分克拉克和张文涛才抵达雅加达，一起来的还有中国使馆的陪同。中央情报局小组一直跟踪他们来到一个华裔印度尼西亚商人家里，这个人以他的大量财富而出名，正是这人的司机用他的时尚的银色梅赛德斯轿车把这组人从机场直接接到了巴油兰新区（Kebayoran Baru），一个上层阶层人士居住的高档住宅区。在车子到达之前，这个情报局小组就已经了解到了这华裔商人的地址以及他的背景情况。克拉克、张文涛这几个人在这里待了几个小时，并和主人一起共进午餐，然后克拉克、张、那车子和司机再次出现。陪同继续留在了房子里，而这两个人驱车来到只有一公里外勃洛克 M 的购物中心（Blok M）。

与此同时，坎特雷尔、梅森还有其他人也到了。

小组成员与他们碰头，然后把他们带到了毗邻克拉克和张逗留地点的一个观察室。这所官邸的拥有者是一家美国跨国公司，而在此居住的是负责这家公司在印度尼西亚业务的美国人。这房子后面的花园里有一座宽敞的、有门廊的房子，这房子一般用于中央情报局人员的住宿和询问，而且也可以避开那些在官邸前部工作的印度尼西亚工作人员的眼睛，以这里作为他们的本营，小组还与停在这个印度尼西亚富翁大房子外边的监视车连起线来，通过监听房子里的谈话，这个小组早在克拉克和张坐进他们的车以前就知道了他们提议克拉克去勃洛克M(Blok M）买衣服。

现在这两个陪同没有和克拉克在一起，只有一个人在他身边，这是一个决不能放过的机会。坎特雷尔参加这次紧急安排的、涉及一种不寻常蝴蝶的圈套是得到认可的。张文涛从来没见过坎特雷尔，她在悉尼很低调、不惹人注意，因此克拉克或张文涛在那里曾经看见过她的几率很低。一位当地中央情报局人员在网上飞快地工作着，这使坎特雷尔想起了那种惊人的亚历山德拉皇后鸟翼蝶，一种在印度尼西亚东部发现的蝴蝶，过去数年里她曾经常到那里去。她也想起了克拉克，那个对蝴蝶有着狂热兴趣的克拉克，他曾经对她这样描述鸟翼蝶，"这是世界上最大的蝴蝶，但外国人第一次看见这种蝴蝶时，他们会突发奇想，认为这是一只鸟。"她记得克拉克说，他恐怕总有一天能够得到一个这种蝴蝶的标本。

行动小组开始使用第二辆车把坎特雷尔送到购物中心，停在了不远的地方。这辆车里的技术人员从坎特雷尔身上麦克风接受信号，然后再转发到密室，梅森和他的同事们正在那里监听。行动进行得很顺利，坎特雷尔只花了几分钟时间就和她的猎物碰上了。

"马丁，真巧啊!"

坎特雷尔的声音让克拉克吓了一跳，身体很快摇了一下，克拉克穿着一条沙滩裤和鲜艳的紫色蜡染衬衫，他就是穿着这身衣服从登巴萨来的，背着一个高档购物袋，他一下子就愣在那里。

在这一瞬间，双方都在琢磨对方，而坎特雷尔是精于此术。

现在她正在完成她的工作，她穿着非常诱人，粉色的裙子和宽松上衣，领子还翻了起来。不出所料，克拉克一下子就注意到了。坎特雷尔对克拉克的直觉很熟悉，很快就意识到了他那稍加掩饰的假笑，他俩站在了挂着上等法国夹克衫的衣服架的两边。Blok M 里充斥着各种精品男装。

张在衣服架的另一头看着他们，假装一点都没有兴趣，但对他而言，警钟已经敲响，一个人和克拉克在陌生的城市，张最不希望的事情就是某个朋友破坏他的任务，第一次到雅加达，他感到这里气候黏黏糊糊，非常压抑，尽管购物中心的空调吹出的凉风让他感到一时的缓解。

“什么人？她要做什么？”张心里想着。

“嘿，张，这是我的老朋友贝丝。”克拉克说着，当介绍坎特雷尔时，他紧张地笑着，“我们认识很长时间了。”

张文涛走上前，和坎特雷尔握了握手。

坎特雷尔注意到克拉克在介绍她时没有提到她的姓，但她能够理解为什么克拉克把事情严格私人化，张也希望情况如此。

“那你到这里做什么呢？”克拉克仍然是很诧异地问，他们的上一次见面已经是七年前的事情了。

“噢，就是想买件礼物，”她回答说，知道这并不是克拉克想知道的。

“要是挑件礼品的话，那到这里来显得远了些。”

“你知道，我已经不做我以前的工作了，现在是独立工作，主要是在美国国内做石油业的风险分析，我目前在这里为艾克森石油公司工作，但一般讲总是在飞来飞去。”

坎特雷尔认为这是一个让人信服的故事，除非克拉克最近查到了她的中央情报局身份，但不论如何，她和梅森都愿意打这个赌，毕竟她是个印尼事务的行家里手，即使她离开了情报局，从逻辑上讲，她也会再找一份这种类型的工作，大家都知道美国跨国公司的猎头们总是在花大价钱寻找间谍，让这些天才们和他们上一条船。

克拉克好像没有任何疑问就认可了这个故事。

“你呢，马丁？什么风把你吹到雅加达来了？”

“哦，顺路而已。”

真奇怪，他的回答就只有这么几个字。坎特雷尔很快就迫不及待接上了话茬，“我说，我有件事要告诉你。”

当她兴致勃勃时，坎特雷尔对克拉克总是具有魅力的，而且她观察到他的眼睛发亮。

“现在让我想想啊，”她假装不记得了，“亚历山德拉皇后鸟翼蝶，对不对？”

“对啊！肯定是，为什么提这个？”

谈到克拉克的嗜好使张很紧张，很明显克拉克和这个女人之间有非常密切的关系，张认为这点是有威胁性的。

“为什么？因为我在这儿认识了一个印度尼西亚的做石油的家伙，他有三个这种蝴蝶！完整的标本，而且是处于原始状态，你相信吗？”

克拉克完全被这个消息迷住了，“不，我简直不能相信。”

“保罗也是一个狂热的收藏者，马丁，和你一样疯狂。”

克拉克笑了起来，部分是因为这种恭维，但也是因为回忆起他和坎特雷尔在一起的时光，而这正是坎特雷尔希望看到的反应，以这种方式来接近克拉克一直是她的主意，也得到了梅森和其他人的大力支持。

克拉克不知道说什么好了，而坎特雷尔又有些迫不及待了，“嗨，在你飞走以前有没有时间一起喝点什么？把那故事的余下部分告诉你，那会妙极了。”

“嗯，是的，我想可以吧。”克拉克回答道，看了一眼张文涛。“其实，有人请我们两个人今天吃晚饭的，但也许在我们见面之后吧。”

“好，我太高兴了。那就十一点左右？”

克拉克点了点头，坎特雷尔注意到他眼睛闪闪发光，他上钩了。

“那就在希尔顿饭店的顶层酒吧？”克拉克说，“我在那地方订个单间。”她一面说一面微微地扬了扬眉毛。

“就这样！我准时到那儿。”

“我告诉你我的手机号码吧，”坎特雷尔说着手伸到她的包里拿笔，“你永远也不知道会发生什么。”

她潦潦草草地在记事本的背面写下号码，当她把这递给克拉克时，克拉克激动得显得有些慌乱，很明显克拉克担心坎特雷尔要求互留号码。

“我恐怕在这种临时逗留的地方没有电话。”

当克拉克转向张文涛时，“我也没有。”张文涛说，这似乎有些太急了点。“一个生意朋友招待了我们，因此我们不太确定……”

“噢，没关系。”坎特雷尔说。

当他们告别的时候，这个中国人和坎特雷尔的目光相遇，其实也就是短暂的一瞬间，但即使这样，也是有些卖弄风骚的味道，在往门口走的路上，坎特雷尔看了看陈列在那里的巴拿马帽子，临走时又回头望了望，克拉克已经到另一个方向去逛了，张文涛还在原地没动，张和她的目光又对上了，张笑了笑，张的脸上露着热情，但也有迷惑，临走时，坎特雷尔朝张挥了挥手。

坎特雷尔感到非常兴奋，因为她知道她的同事就在不远的地方监听着这一切，希望是这样，如果克拉克遵守诺言在希尔顿出现，那么坎特雷尔就会引诱他进入事先预定的房间里，在那儿，把克拉克麻醉，然后带走，一个中央情报局的“医生”和一个助手会出现在现场，把这个病人带到医院，但在这一切发生之前的整个这段时间里，这些来访者会被时时监控着。计划具有变化的特点。

雅加达，当地时间星期三 5月31日下午6：55

这辆隔音的车子与外界完全隔离，在车里，一个剃着很短的平头的美国年轻人正在校正刻度盘上窃听小组的频率，梅森、兰伯特和佩雷格里尼向这小伙子竖起大拇指以表示对接收效果的改善的赞许，这四个人都戴着耳机和话筒，尽管这时没有什么可听，只有房子后方有些模糊的声音，这是那个巨商的朋友们在吃茶点。

没完没了的等待，这对技术操作人员来说是常见的。

这个小组的司机——一个能说流利印尼语的非籍美国人站在车外路边人行道上放哨，敲一敲车子就足以给车里的人发警报。这里路两侧伞一样的树木在路中间上空中相会，只有一两个路灯发出一缕黄绿色光线，在这个被隔离了的马路上也不用指望能有什么事情发生。

“来呀，你们狗崽子，回到房子的前面来。”兰伯特说的这话让大家哈哈笑了起来。

“有人很快就要走了，”佩雷格里尼接着说，“克拉克和张要去吃晚餐的。”他通过车子通体窗户的一个狭缝向外窥视着，这是一种只能从一面看出去的玻璃，这使他们能够清楚地看到路对面的大房子。

“上帝啊，瞧瞧这个大房子!”佩雷格里尼说，知道他的同事们没有时间仔细研究这房子。“不是我们那种混合建筑物，这房子有意大利建筑的影子，是欧洲别墅的风格再加上些印度尼西亚的东西，前面都是高墙，还有一个金属安全门，你可能需要那大坦克才能冲进去，还有高大的树木，很多红色的杜鹃，噢，还有一根根白色的柯林斯柱立在那里。”

梅森咧了咧嘴，他曾经看见许多来自地中海的富人在澳大利亚的宅子，远比这差多了。

“因此，这个大阔佬不是克拉克的联系人?”中央情报局的这个搞截获的人问道。

“对，”梅森回答说，“这个阔佬是堪培拉中国大使的一个朋友，名字吗？姓李，也可以说是大使的一个马来西亚亲戚，经常到雅加达来。我们可以假定是李安排他们到这里。另外呢，相对松散的酒店而言，在这种混合建筑物里克拉克更容易眼观四方，而且这对我们也好。”

在克拉克和张从勃洛克 M 回到房子里不久，截获人员就收听到了这两个人打的电话。张和他在悉尼的妻子通了话，倾听她叙说当梅森到他家时她所遭遇的尴尬，张的另一个电话是打到雅加达的中国大使馆，在这个电话中，他向大使确认了他们将要在官邸共进晚餐，“我得说，张，我期待着与你的朋友相见。”这位资深外交官说话时特别强调“朋友”两字，这说明对这位澳大利亚人不仅仅是一种很短暂的兴趣。

克拉克打了三个电话，都是打给印度尼西亚人的，其中两个人在雅加达，另一个人在东爪哇岛，后者是一个商人，似乎克拉克曾经为他购买在澳大利亚的不动产。正是那头两个电话引起了人们的注意，这两个电话都是打给克拉克第一次在印度尼西亚任职时在军队和警察中“招募”的高层人物，但克拉克和这两个人都没能通上话，所以克拉克留下了他的名字，但不是电话号码，并告诉对方他一定会再打电话给他们。

“嗨，我们现在有大进展了，谜底要揭开了，”截获人员说，“他们正在逐渐进入视野。”

收听的效果变得好得多，在这车顶上有一个凸出的通风百叶窗，上边装的激光装置将光线发射到这所房子的前窗上，墙上装的玻璃足够作为导体，加上计算机能将信号加强，房子里这一部分的任何情况几乎都被监视了下来，在车后部休息之前，他们就知道这点。

“我知道你们是什么意思，”他们听见主人在说，很明显这是对克拉克说的。

尽管这人的声音听起来响亮、清楚，但这位大亨的英语常常停顿，被旁边其他人的中文打断。护送张和克拉克从巴厘岛过来的两个陪同和从悉尼来的同事正在激烈地交换意见。中央情报局的人识别出这两个陪同是以在大使馆工作身份做掩护的情报官员，而他们正在讨论的内容也与和克拉克的交谈相关。

通过手势，梅森要截获人员和兰伯特、佩雷格里尼一起监听英文的对话，而他集中精力注意中文的谈话。

“我们同事说这样……”一个陪同用中文说。

说话者讲了大致的一个计划，而之前有个人也曾提出过，这似乎和在雅加达正在发生的事情有关。

“对了，但他也认为……”他的同伴说。

又出现了一个故事，没有提及名字，而且也不可能推断出这两个人在谈论谁。

“哦，我同意，”张文涛插了进来，“但别忘了最初的想法，那就是在‘明华号’起锚以后。”

听到这里，梅森知道他们在谈论克拉克，但他们谈的那个中国人又是指谁呢？需要集中精力考虑，现在没有时间想这个问题。

“非常值得感谢的是，‘蝉’目前不错，”张文涛说，“他处理问题比期待的要好。”

这就确认了，梅森自己在心里想，马丁·克拉克肯定就是那只“唱着歌的蝉”！

“事实上，在悉尼机场时，”张接着说，“我真是紧张极了。”

朋友发出熟悉的轻快声音对梅森来说是对他们目前所处情况的一种讽刺。在澳大利亚，梅森和张文涛经常用英语交谈，同样他们也时常用中文交谈，但在这时处于这面情报屏障的另一面的张文涛在用他的母语说着。

“高的意思是……”张文涛很快就解释了这个困惑。

张接着大致讲了一下他与负责克拉克案件的官员高纯急急忙忙离开悉尼前进行的商讨。高的观点是，如果克拉克一定要离开澳大利亚，并在中国安全地留下来，那么对他的问询应该在他安全地上了货轮以后再进行，否则的话，他说，克拉克就会十分惊恐，因而对这个交易改变主意，然而这两个雅加达的情报官员却希望马上就开始这一程序，而且他们已经开始了。

“好，我不是专业人员，”张文涛说，“但直觉告诉我，你们不应该把他逼得太狠，你们刚刚见到他，我强烈要求他还在这里的时候，你们不要试图去见他的最高线人。我能够理解这点是多么具有诱惑力，但这样做就是自找麻烦，而我们目前的麻烦已经够多的了，这个突然出现在这里现场的美国女人让我担心，她肯定知道如何吸引他的注意力。”

“嗯，她也就是希望找一个好的性交伙伴罢了。”这两个陪同中的一个人说。

“这有可能，”张回答说，“但有些情况告诉我事情还不仅仅如此。”

“是，”另一个人说，“但趁他还在陆地上的时候，赶快和她亲热亲热，因为到了船上可就没有机会了。”

三个人一起大笑起来，笑声完全盖住了克拉克和房屋主人的谈话。车里的其他三个人好奇地看着梅森，他们一个字都听不懂。

“严肃点，”张文涛说道，强调他的观点，“我认为这很危险，但终究你们是专家，我不是。”

雅加达，当地时间星期三
5 月 31 日下午 8：07

马特瑞将军耐心地在王宫的候见室里等待着，总统苏伯莱托的私人秘书刚才建议他马上到宫里来，如果他想和“头儿”有十分钟的时间见面的话。

将军是一个强健的中年人，带有经历过艰苦生活的烙印，在度过了贫困的童年生活后，军队向他展示了他从来都没有想象过的前景，高智商、讨巧再加上运气使他顺利地升至最高职位，穿着整齐的制服的他是一个有特权的印度尼西亚人，他可以舒服地坐在有空调的车里从一个有空调的楼挪到另一个楼。在雅加达，权力的标志之一就是可以躲避炎热而且衣领从来没有汗渍。

将军坐在那里，对面的墙上悬挂着一幅镶着金框的爪哇苏丹画像，屋子其他部分装饰着小幅的海景画，有着华丽的殖民地风格的纯白色王宫被用来举行各种仪式活动，而总统则住在其他地方。

忽然有人敲门，一个侍者走了进来，还没来得急把门关上，侍者就非常有礼貌地道歉。每当巴金——印度尼西亚情报局的头子来这里的时候，爪哇人就会频频使用敬语。几分钟后，总统走了进来，胖胖的、秃顶的总统有着一张高兴的大脸，而且可以明显地看出他非常乐意见他的客人，他们身后的门轻轻地关上后，总统伸出手迎接他多年的老朋友，两人都丝毫没有隐瞒他们之间的感情。

苏伯莱托总统正在宴请边缘省份的总督们，但正式的程序还没有开始，于是他溜出来一会儿看看这位巴金局长想说什么。

“啊哈，发生什么事了？”苏伯莱托问道，他的胳膊还没有从他朋友的肩膀上拿下来。

“是那个在堪培拉的家伙。”马特瑞答道，用一个本地的语调说出他搭档的名字，“他刚刚从堪培拉和我进行了联系。”

总统点了点头。

“你看，很奇怪，他给我的信息完全是私人之间的，简短、直接，甚至可以说是强制性的。”

“那是什么呢？”

“嗯，澳大利亚秘密情报局要我们把一个他们国家的人送出去。”

“什么？”总统感到很吃惊。

“是的，他们的一个高层人员，马丁·克拉克，一个我们都很了解的人，他现在雅加达，澳大利亚秘密情报局让我们把他抓起来，关在某个地方，以备后用。”

“但为什么呢？”

“嗨，别笑，他们认为克拉克一直为北京工作，而且他正在去中国的路上，想在那里开始新生活。你知道，他们不想让他离开这里，就更不要说让他到达中国了。”

总统笑了，这不是他第一次听说这样的澳大利亚高层人物，而雅加达热衷于此类事情不是一两年的事情了。

“华盛顿的鼻子肯定很好使，而且肯定伸着鼻子也想吃一块肉。”他说，“这事肯定和那个窃听事件的失败有关。”

“绝对的。”马特瑞咧着嘴笑着说。

自从最近澳大利亚媒体披露了这件事以来，这在雅加达的政界和情报界已经是个热门话题了，而且还添油加醋地加上了来自堪培拉的秘密报告内容，同时这也成为许多笑话的素材。

“这样，我们怎么才能满足那家伙的愿望呢？我们该要多少钱呢？”

“我们实际上不需要这样做。”

“那怎么会？”

“因为克拉克有比澳大利亚秘密情报局所了解的内容更多的情况。”

“哦，真的？”

雅加达，当地时间星期三
5月31日下午8：32

梅森和佩雷格里尼刚刚和其他人在小屋子里重新汇合。

当张文涛和克拉克以及他们的陪同去大使官邸的时候，中央情报局的监视小组也一直跟到那里，小组在不远的地方等他们的晚餐结束后再尾随他们，到那时，坎特雷尔和另外一个小组已经到达几公里外的希尔顿并占据好位置，如果幸运的话，克拉克在午夜以前就会被他们拘留起来。

对大使官邸的窃听是完全不可能的，自从堪培拉的事情发生以后，中国人采取了超乎寻常的方式来防备电子侵入，这样坎特雷尔小组就有时间在屋子里来预习对付突发事件的计划，大家精神都高度紧张，想完全集中精力不是件容易的事情。

坎特雷尔中央情报局小组的一个成员拿着一卷文字记录纸走出了休息室，这些纸上是克拉克和张文涛从他们主人家打出的电话记录。坎特雷尔舒舒服服地坐在沙发上琢磨着饭店的平面图，把平面图放在一边后，拿起电话记录，轻快地翻着，看看里面是不是有梅森感兴趣的东西，里面有一个记录的是克拉克在临去吃晚饭前打的电话内容。

“嘿，格雷格，这是马丁与陆军将军的谈话。”她大声地用英语读着电话记录，梅森、兰伯特还有佩雷格里尼也都围了过来。

帕克·马丁，你好吗？

听到你的声音太好了。嗨，你收到我的信息了吗？

是的，收到了。安迪和我还进行了详尽的讨论。

那么，你们认为怎么样？

嗯，我们都认为我们可以一起做很多事，马丁。但是你必须明白我们希望我们一起做的事情和我们现在和波尔森、依梅莱的事情分开，我们对他们进行了很好的培训，如果你知道我意思的话，而我们这边所得到的回报远远超出我们的预期。

当然你们是完全不同的另一伙儿人。哦，这提醒我了，你离开前收到我留的话没有？

收到了。

那你别忘了我说的，好吧？每一点都很重要，你应该知道。

别担心，我现在正在做这事呢。

太棒了！马丁，我们之后总会有时间见面把细节安排好的，明天晚上怎么样？

我没问题啊，我们在哪里见？

你看凯越酒店的大厅，六点钟怎么样？
好，回头那里见。

“噢，上帝保佑，”梅森说，“现在你们知道他想干什么了。”

雅加达，当地时间星期三 5月31日晚上10：20

“我必须提醒你，”吴劲大使说，“中国既是酒徒们的天堂，也是他们的噩梦，你要知道哪些事你可以掺和，哪些事不能。但我肯定你在那里时，高纯会帮你排忧解难的。”

克拉克笑了，他看上去很满意，大使也很高兴。

事情需要做计划了。吴是一个友善的、爷爷般的人，看上去就像毛主席晚年时期。他和他的客人们坐在官邸宴会厅的圆桌旁，台布上满是饭菜留下的油渍，每一个污点都是他们这两个小时对烹饪挥霍的记录，高大的盆栽植物装饰着这个地方，很厚的皇家黄的窗帘遮盖着窗户，克拉克已经知道喝酒对大使意味着什么。经过了无数次祝酒，克拉克感到自己的脸红了，而且脖子周围发痒，这往往在警告他喝了一些不知名的酒，之前他曾喝了淡褐色的米酒——老酒，他也喝过很有劲的有点像伏特加的茅台酒，因为莫名的原因，这些牌子的酒显得很厉害，也许他作为开胃酒的苏格兰酒正在起作用，这使他有些担心，因为他还有重要的问题要问。

“对不起，”克拉克说，“我得松开我的领子了。”

其他人都友善地笑了，特别是吴，他可是外交部最资深、最有经验的官员，吴可以流利地说英语、西班牙语和法语，而在雅加达的时间又使他非常好地掌握了印尼语，他对人的判断很准确，因此他的朋友——

王梅剑，中国情报机构的头头让他在常哲阐上船之前见一见他。王急于知道吴对这个叛变者的个人评估意见，另外也想知道如何开发此人的本事，或者说在中国开始了他的新生活后，他将怎样挣钱吃饭。

陪着克拉克的两个情报官员和吴及他的客人们坐在桌旁，克拉克坐在主人的对面，两边一边一个陪同，而张文涛坐在大使的右边，吴很想和张交谈，他发现张知道的事情很多，而且直率、非常智慧，这正像李大使从堪培拉发电报过来所描述的那样。

这顿晚宴很轻松。克拉克非常幽默，而且对大使给予的礼仪感到很荣幸，他很放松，而到此时他喝的酒也没有影响他的举止行为，这是吴和其他人仔细观察得到的印象。所有人都感到，张文涛也觉察出，北京的王梅剑已经有了好好利用一下克拉克的打算。

在有关可能给克拉克一个什么样的新身份的问题上，王梅剑的第一个选择是——克拉克是一个澳大利亚生的加拿大公民。克拉克将会经常进入美国境内，作为一个推销员为美国顶层人士向中国出售秘密。克拉克并不知道，他将经历一次漫长的试用期，期间任何背叛中国的倾向——就如同他背叛了自己的澳大利亚同胞，都会被严格的评估。他甚至可能受到假审讯，以便了解在重压之下他是否会被摧垮。

王梅剑认为，如果这样使用克拉克，他的盎格鲁—撒克逊特征，再加上所接受的训练和经历会使他有巨大潜力。现在已经在北京的高纯也同意这种观点。尽管克拉克还存有挥之不去的问题，但他做间谍的天资还是不容忽视的。中国对秘密情报的胃口得陇望蜀，正缺少克拉克这种人才。

张文涛对贝丝·坎特雷尔在勃洛克 M 的出现如此警觉就不足为奇了，很多事情危如累卵。

随着时间越来越晚，吴大使感到他对克拉克已经进行了衡量，而其他人也注意到这个事实，这点可以从谈话的进展中得到验证，出现了要开始执行预订计划的某种提示。

第十七章

雅加达，当地时间星期四 6月1日上午7：30

截获小组从张文涛在官邸晚餐回来后和那大亨及司机赫尔曼的谈话中得知有关去茂物市旅行的消息。两个陪同回大使馆了，而克拉克一路都在车里睡觉，这一点是后面跟踪的侦查小组注意到的。同时也很清楚的是，这辆梅赛德斯并不是驶向希尔顿，而且克拉克也似乎不会给坎特雷尔打电话来解释所发生的一切。小组的精心准备全都浪费了。

当院子门关上，车子在门旁停下来以后，这些偷听者们听见大亨对他的仆人喊道："帮助赫尔曼把醉鬼抬到他房间去。"然后当克拉克上床睡觉后，这次到茂物的旅行就决定了下来。这些人的谈话内容清清楚楚地传了过来，几乎一个字都没有落下。"别担心，"张文涛说，"明天早晨他就没事了——他明天也不能有事，我们已经决定让他明天离开这个城市。"

现在已经是早晨了，梅森、坎特雷尔以及其他人都已经准备好了等在那里。

美国人已经在中央情报局的工资单上列上了四个印度尼西亚人的名

字，以方便操纵这些不穿军装的人，因为部队的军装本身就有一种权威。这些在检测车里的人被详细地告知要一直跟踪这辆梅赛德斯到茂物，然后再回来，如果有很好的机会叫停那辆梅赛德斯，并叫那澳大利亚人接受例行身份检查时，他们能给予非常重要的帮助，如果他受邀走进车里，那他就会在三氯甲烷药丸的作用下被控制，车门就会关上，然后驶回雅加达。

梅森也在这厢式货车里，在一起的还有检测梅赛德斯的车载电话并协调小组另外两辆车之间无线电联络的信号拦截人员，那两辆车就停在离他们房子几百米远的地方。

一号车——蓝色马自达仓门式汽车由坎特雷尔驾驶，里面有兰伯特和中国出身的中央情报局官员。二号车——绿色本田雅阁，里面是佩雷格里尼和一个中央情报局的司机。两辆小轿车加上厢式货车都安装着假车牌。

那些正在监听的人很清楚克拉克、张文涛都已经和房子主人及女主人一起共进了早餐，张打了招呼就回到他自己房间里，克拉克也是如此，但他在离开以前先询问他是否可以用电话。

“没有问题，你打好了，”这个大亨说，“你知道电话在那里。”

过了一会儿，一号车里坎特雷尔的移动电话响了。“喂？噢，马丁，发生什么了？”

她轻轻地弹了下开关，以便小组其他人能够调准频点。

“贝丝，宝贝，非常抱歉让你久等了。昨晚我没能从晚餐上逃脱，我们一直被留在那里直到午夜后回来，都是些令人头脑发昏的生意事，你知道，我也不可能去打电话。”

“没关系。”坎特雷尔说道，她的当务之急是安排补救计划。“这些事情确实时有发生，但是，马丁，我得说我很失望，你想象不出我是多么盼望昨天晚上的见面。”

“是啊，这也是我现在给你打电话的原因啊。”

“那太好了，那么我们今晚一起吃晚餐怎么样?”

“八点三十怎么样?”

“我没问题。我们还在希尔顿?”

“为什么不呢? 噢，记住你要告诉我那个有鸟翼蝶标本的家伙的事情。”

“该死的家伙，马丁！难道我还是和你在一起讲昆虫? 嗨，严肃点，今天你准备做什么?”

“我正带着我的伙伴——那个你见过的中国人去茂物，我想带他去看看这个后花园的植物园，这是他在印度尼西亚第一次去那里。”

“哦，那太好了。”

“没有和你在一起好啊。”

“你这个甜言蜜语的骗子，”坎特雷尔想着，“你一点儿都没变，俏皮话总是那样华而不实。”

坎特雷尔和克拉克去过那地方几次，尽管很有意思，但也没有什么特别值得怀念的地方。有一次，克拉克大发雷霆，结果坎特雷尔自己一个人回雅加达了。克拉克的记忆是短暂的而且是有选择性的。

“好，那就八点半在希尔顿。”坎特雷尔说。

“可以，定了。”

显而易见，这个小组松了一口气。

然而，梅森的心思却不知不觉地回到前一天晚上一直使他很警觉的事情——当他和张文涛面对面的时候会发生什么呢? 现在他发现自己又回到了以前工作的领域。

“茂物被称为‘雨城’并不无道理。这里几乎天天有倾盆大雨。”赫尔曼说，又矮又瘦的他从汽车行李箱里拿出了两把雨伞，然后把梅赛德斯停在了靠近植物园正门的地方。

“你们两人都需要一把雨伞。”赫尔曼说着把伞递给了他们，“相信我没错，你们会知道我的意思是什么。”赫尔曼的英文讲的很准确，因此他讲起英语来带着骄傲。对他来说，这次与克拉克和张文涛一起是他感到愉快的原因。“作为一个雅加达的司机，我极少感到自己身在其中。”赫尔曼说。尽管他发现张是个有趣的人，但他还是和克拉克更密切、更亲近。张是个中国人，而赫尔曼作为一个地道的印度尼西亚人，还是不信任这个人种，即使是中国人雇佣了他。张文涛的好奇无所不在，这使赫尔曼发现自己不停地在回答问题，他经常从后视镜里与张的眼光相遇，并得到他鼓励的微笑，他也完全理解张想访问植物园的多种原因了。

这个中国人不仅对植物感兴趣，而且长期着迷莱佛士先生，植物园就是这位先生脑力劳动的产物。作为植物学家，莱佛士在爪哇岛中部山区的山上工作站度过了许多时光，这里离曾被疾病困扰许久的首都不远，但那时的雅加达叫巴达维亚。张广泛阅读过大量有关大英帝国的书籍，而第一次看到有关莱佛士的信息时，介绍他是发现新加坡的人，之后张了解到这个英国人还曾经短期统治过印度尼西亚。

克拉克和张等着赫尔曼锁上了车。张穿着西装裤和白色的标准衬衫，而克拉克看上去则是一个原始的旅游者，穿着长长的宽腿裤和醒目的蜡染衬衫。

在入口处，赫尔曼坚持要付款买门票，说这是他老板的严格命令。克拉克和张想让他一起进去，但他却婉拒了。

“走干的地方，”在他们分开时，赫尔曼说，“要顺着路走，千万别走差了。”

从城里来的路上，见到访客们都明显地想尽快抵达茂物，坎特雷尔和梅森决定监视厢型车和二号小轿车应该走到前面。结果，当赫尔曼开车进入停车场的时候，梅森和佩雷格里尼已经在那里了，他们穿着短裤和休闲衬衫，用墨镜和宽边草帽来伪装自己。现在他们和一车德国游客混在一起准备进到植物园里去，而当赫尔曼拿着钱走进售票窗口时，梅森他们离赫尔曼他们只有几米远。

坎特雷尔和兰伯特到了以后把车停在了附近，穿着和梅森他们类似的衣服，他们俩也混在游客当中。

植物园里面和外面的每个小组成员有随身带有耳机，这样就使所有人都处于一个共同的联络网里。坎特雷尔、梅森和其他的澳大利亚人都有作为备用的密封三氯甲烷药丸，这个用于他们不得不改变计划，需要帮助他们的“同行游客”——克拉克的时候，克拉克会遭遇哮喘病发作。然而他们目前的策略是静等克拉克，当他从大门出来的时候抓住他。植物园里面的四个小组成员将监视他们在园内的一举一动，届时他们中的两个人会在克拉克的前面，另外两个跟在后面，在克拉克走近时，那辆厢型车会开到大门附近，而印尼武装部队的战士将在车边占据好位置，然后他们会很随意地接近克拉克，并且打着检查身份证的幌子把他夹持到厢型车里，必要的话，也可以采取强制的手段。一旦克拉克进入车内，滑动门将会关上，然后立即给他服用镇静剂，之后车子会驶向收费公路，驶回雅加达。

其他人将尽力处理张文涛不可避免的抗议，他们认为，仅仅是梅森的出现就足以使他不会求助。

刚刚走进植物园一百米，张文涛就一下子停在了路中央，惊叹这个地方的宽阔壮观，他转了一个三百六十度的圈子欣赏这里苍松繁茂的景色和广阔无垠的绿地。到处都展现着草地和高大的热带树木，盛开着鲜花的花坛和灌木为这里的景色增添了绚丽的色彩，如同艺术家为这里的景色添上一笔。

张文涛深深地吸了一口气，感受这里空气中的芬芳和泥土气息。一条灰白色的沥青路延伸在前方，笔直笔直，带领他和克拉克进入这个宁静的世界。

“这可真是个赏心悦目的地方。”张说，“我真不能相信这里有八十公顷大。”

听到这评论，克拉克抬起了头，他的心思不在这里。天啊，真令人吃惊，克拉克想，他对这些东西居然有如此热情，我从没见过这样充满热情的中国人。

“嘿，马丁，如果你不反对的话，我希望先看看莱佛士为他妻子立的纪念碑，你知道，他把他的妻子埋葬在这里。”

“就在那边。”他指着说。

“让我告诉你，”在沉思着走了一会儿后。张说道：“即使我们到这里刚刚很短的时间，我感到我所有的忧虑、烦恼都消失了。真的，这是一次非常特殊的经历，为此，马丁，我真的非常感谢你。”

从张的脸上可以看到他的真诚，张认为他能够为这个心灵受尽折磨、生活将发生根本变化的马丁做的事情也就是对他表示感谢。张知道，中国对克拉克将是一个极大的挑战，高纯已经从北京派来了询问者，待“明华号”一驶离码头，克拉克就会被进行询问。

在纪念碑前，张文涛阅读着莱佛士写给妻子的献词，这些词句感人肺腑，张文涛把他们草草地记在了笔记本上。就在这两人转身要走时，小雨开始下了起来，但这小雨带来的是令人愉悦而非令人讨厌。随着他们向植物园深处走去，他们越发喜爱这淅淅沥沥的小雨。

“现在呢，让我们来看看，”张又说，“那边应该有一些古老的荷兰坟墓，离这里不远……”

他的话被打断了，这时大大的雨点像从打开的天空中一下子投掷下来，然后如同炸开的手榴弹一样从沥青路上再反弹起来。两个人赶紧打开雨伞，但似乎效果甚微，也就是一个遮盖物而已，他俩跑向前面的一个竹林，伸出来的竹叶丛就像是巨大的绿色羽毛，在那里，他们发现地面完全是干的。

“我和你说，在中国有一种说法，”张大声说着，压倒下雨的噪音，“如果如此倾盆大雨，那么老天爷是在……”

正在这时，一个精瘦的印度尼西亚年轻人突然出现在他们面前，好像他是从竹林里冒出来的，年轻人就站在离他俩几步远的地方，黑衬衫和牛仔裤都已经湿透了，尽管他黄褐色的面孔毫无表情，目光紧张，但猛一瞬间，他的出现似乎还是吉利的。

这个人慢慢地从他的身后抬起胳膊，然后用一支时髦的银色自动手枪直指张文涛的胸口，这是支消音手枪，他的另一只胳膊软软地垂在一边。

一切都发生得如此之快，根本就没有时间做出反应。

张文涛看着克拉克，但克拉克只是耸了耸肩膀，意思是“别问我”!

尽管雨水扰乱了他们的视线，但隐蔽在不远处的梅森和佩雷格里尼看到了这一切，在他们后面的坎特雷尔和兰伯特也注意到他们在招手。

梅森很快地对佩雷格里尼说了句话，就摘掉帽子和墨镜冲到了一边去，然后他拐着弯儿地朝竹林后方移动，佩雷格里尼用手势招呼其他人到前面来，然后这三个人从梅森的另一侧往前移动。

梅森用不到正常速度的一半时间就接近到竹园，绕过灌木丛，试图从后面阻挡这持枪人，张文涛仍站在那里一动不动，但梅森知道张文涛已经意识到他的出现，克拉克也是呆呆地站在那里。

雨声更是把其他声音都掩盖了。

当这个印度尼西亚人还不知道发生了什么的时候，梅森就控制住了这个袭击者的头部，当梅森把这个人扭倒在地上的时候，张文涛踢了这人的腿一脚，梅森和张文涛两个人一起将这人的脸按到了他的枪上。

克拉克一点忙都没有帮。

当张把这持枪人的胳膊扭到背后时，他把这人从地面往上提了提，这样梅森就可以拿到他身下压着的手枪，梅森捡起手枪后，站在那里眼睛盯着克拉克，正当梅森要说话的时候，克拉克转过身去。这时梅森的怀疑得到了证实，这既不是对游客的抢劫，也不是绑架，他感到了，这是一个圈套。

“当心，”梅森用中文对张文涛说，“我们被愚弄了！”

张文涛立即就明白了，这情景和刚才克拉克耸耸肩的方式是吻合的。

现在克拉克抬起头，通过梅森的肩膀盯着远处。

梅森转过身去找另外三个枪手，他们都有自动化武器，他们举着枪从雨中走了出来，命令张站起来，站在梅森的旁边。

那第一个枪手挣脱了束缚，然后在把他的手枪夺回来的同时，一巴掌打在梅森脸上，但没有一个人威胁克拉克。

“你们到底在做什么？”梅森大喊着，声音压倒了下雨的声音，一面说一面盯着克拉克。

克拉克又一次把眼光转向别处，克拉克肯定与此有关这点上，现在几乎没有任何怀疑了，他把赌注下在了雅加达。

梅森在想，托德和乔肯定就在不远的地方，即便他们不在近处，其他人会在，现在争取时间毫无意义。现在没人开枪我们就没有办法抓住克拉克，但一旦开了枪，我们就不能将他带离这里，就更不用说带离这个国家了。这是一个注定要失败的努力。

“唉，我非常遗憾，”克拉克忽然打破了他的沉默，“这是一个很长的故事，我不知道如何……”

“你不知道如何解释这种变节行为，”梅森大喊着，“你背叛了澳大利亚秘密情报局，马丁，你背叛了澳大利亚，而且……”

“而且你也背叛了中国，”张文涛恼怒地插了进来，“而且你也背叛了我。你怎么能这么做？马丁。你是不是代表某人啊？你一直就知道，你总是想把我们推到一边去，还有高纯，还有所有帮助过你的人。”

“你看……”这叛徒说着，伸出手去。

“不！”一个枪手用英语打断了他的话，“让我们离开这里！”

这是一种具有权威口吻的命令，很明显，根据命令他不让这个澳大利亚人违背他的这笔交易，克拉克接受了这一命令，克拉克和其他的人会和在一起，很快所有人都消失在竹林中。

“我迫不及待地想，格雷格，相信我。”张文涛用中文说，“但我又不能相信。不知什么原因，肯定这里不对了。”

梅森主动提出带张文涛回雅加达，这出于友情，也出于一种职业精神的奇怪感觉。他对张说，他有一些同事都非常想成为张的朋友，但梅森并没有期待张做出肯定的答复。

“我和我的司机一起回去，格雷格，但我还是要谢谢你。”张文涛有些心烦意乱，而且也表现了出来。

“好，但起码我可以和你一起走到门口，”梅森说道。他感到自己的同事兰伯特和佩雷格里尼会盯着他们，但在这段时间里，他们会让他俩单独在一起。

“嗯，我不能想象规则手册会禁止这个。走！”张的笑容使得梅森笑了起来。压力也随之减少。

坎特雷尔看着他俩穿过草地走上小路，梅森的胳膊搭在张的肩膀上，两个人都懒得在雨中谈话。

雅加达，当地时间星期四
6月1日晚上10：25

“你们抓住他了？”

“我们真的抓住他了。”马特瑞咧着嘴笑着回答说。

总统让他到其私人住宅直接了解茂物行动的情况，两个人坐在华丽的扶手椅上，悠闲地喝着咖啡。

“他有没有显示出一点懊悔的样子？”

“真的没有。事实上，我在考虑在他的伪装中是否具有效忠于某事或某人的因素，很可能也就剩钱了，而且他认为安全是可以用钱买到的，但你看，咱们谁都猜不透他。我曾经和这里数年前引他上钩的人谈过，他们也摸不透他。”

“嗯，堪培拉肯定是知道他的情况了。”

总统这些年一直通过克拉克的渠道来及时得到重要的情报。

“这是绝对的，我们在那里招募的人员对此给予确认。但正如他们告诉我们的，当这个情报系统的那些聪明人意识到正在发生的事情时，就已经太晚了。太多的资深人士失去了太多，而像克拉克这种人永远也不会被除掉。”

“那么我们现在从克拉克这里能得到什么呢？他是不是已经没有什么用了呢，还是仍有价值？”

“没有太多价值了，除了可以进行询问之外，他已经答应一两天内接受询问，这可能会挖出些东西。我们告诉他万一在中国人身上发现了什么，他就要睁大眼睛、竖起耳朵注意这些中国人。克拉克说，他很清楚地知道印度尼西亚优先考虑的是什么。也许这就是他的价值所在吧，但总的来说，我对他抱的希望不大。他说他能帮助我们进行培训，你知道就是那些间谍情报技术、反监视、询问等这类内容，几个月前，他从这里经过的时候就准备做这些，但我拿不准他是否有很大用处。”

“我知道了。”总统说道。

“还不仅是这样，所有事情归结到最后是我们从帮助堪培拉中得到什么。除了这个，我们也就是把克拉克安顿下来，确保他不捣乱。”

“那我们又需要付出什么？”

“噢，不，不用。他从香港转过来一大笔钱，总之，在离开澳大利亚之前，他说服了中国在他们给他开的信托账户里存够了钱。克拉克告诉安迪，就是那个帮助招募他的警察安迪，说他不能在没有自立方法的情况下到这里来，这也就是中国的不法行为——为克拉克提供退休资金来使他以前的两个同事波尔斯和依梅莱处于不利地位，这两个人不久前在这里建立了站点，基本上是为我们工作。很显然，克拉克最初的想法是这样，他先离开澳大利亚秘密情报局、建立起业务、开始运作，然后那两个人就会加入进来，但结果是这两个人退出了，把克拉克架空在那里，孤立无援，但却仍然利用克拉克的关系网。这使克拉克怒不可遏，他肯定感到他被出卖了。”

总统摇着头：“你知道，如果我们需要北京方面的帮助，我们也可以把克拉克交给他们。你觉得怎么样？”

“是，这肯定也是可以打的一张牌，但是……”

“但是什么？”总统注意到马特瑞脸上困惑的表情。

“噢，其实没有什么。只是他告诉我们在茂物被逮住的时候，他是多么震惊，而且那个把他从悉尼带过来的中国人张文涛也发觉了他要干什么，这倒不是说注定会发生什么，似乎是克拉克对张很尊敬，厌恶自己背叛了他。”

总统和马两人扬起眉毛对视了一下。

克拉克一个人躺在床上，这里是印度尼西亚情报局设在雅加达郊外宾馆里的密室，他在想张文涛，他回想起那天他们在悉尼棕榈滩沿着海滩大道行驶，然后他忽然发现自己嗅出了点什么，他的鼻孔中再一次充满了刚刚割过的青草味道，这些青草味是通过那天开的宝马车车窗飘进来的。

他记得，那天他俩谈论了间谍心理学，也谈到失去方向是很容易的事情。

张当时说：“根据我所听说的，事情取决于你在进入这一行时是做什么的。这是你的生命索，也是你生命的最后锚地，就如同系在你腰上的安全带。如果在被情报机关捉住之前你没有被约束，你也就不会发现有什么要坚持的东西，你会自动跌下悬崖。”

他深深地被张文涛的这种见解吸引了，“你从这间谍世界的哪个神人那里得到这种启示？”他当时就问张文涛。

“噢，我记不得了。但无论他是谁，他们都知道他们在说什么。”

如果是高纯，克拉克想，张应该记得，而且他会说，不会是高，那就会是另外一个人，但又是谁呢？

其实，张文涛记得很清楚，是梅森。

隔壁会客室里传出笑声，外面的雨仍旧下得很大很急，他现在似乎又回到了竹林的后面。

“妈的，”克拉克想着，拳头重重地打在床上，“我怎么能背叛张文涛，还有他们所有人了呢？”

他知道，内疚已经吞噬了他，在深渊的这边，他已经没有救命草可抓，他号啕大哭，哭得很伤心，他害怕他可能没有办法停下来。

在他的一生中，马丁·克拉克第一次想到自杀的问题，他开始觉得这是唯一的出路了。

尾　声

悉尼，星期六　6月3日午夜

梅森和坎特雷尔坐在港口不远处公园的长凳上。夜晚很美，星光闪烁、空气清新、周围寂静，长满草的小山陡峭地斜向大海一边，小山上还铺满了卷起来的莫顿湾的无花果树叶。正是在这个地方，在他与张约定的悉尼一次见面时，梅森听到张文涛说，克拉克已经供认在澳大利亚不安全了，并希望北京能够为他提供一个安全场所。

一艘开往曼利的晚间渡轮撕破了闪闪发光、镜面般的水面，在尾部留下一个闪光发亮的金色三角。这一对儿静静地、心满意足地在那里坐着，体会着这里的平静。和联合小组在希尔顿的晚餐是件愉快的事情，兰伯特和坦普尔顿都带来了好消息。大部分事情前景都已经明晰了。

但梅森仍然被克拉克的事情纠缠着、困扰着，他的头脑中出现那几年克拉克在雅加达嫉妒的样子，和由此引起发生在可怜的穆斯塔法身上的事情，紧接着就是由于普鲁而发生的争斗的镜头。

现在老阿尔菲·特立威廉的样子也浮现了出来。

“记住，格雷格，如果情报局不能进行清理整顿的话，这些查理们就会很容易地保持生存，他们就会只提拔像他们一样的家族成员，那么这个事业也就完了。”

嗯，阿尔菲的判断还没有大失误，梅森在想，因为尽管和马丁、巴斯不在一起，但他却一下子就把他们点了出来。我得尽快到堪培拉去见他，而且要告诉他……

“你看啊，这事情有些可笑，是吧?”坎特雷尔打断了他短暂的沉思。“当我们之前四月份在克雷蒙码头见面的时候，我和本·詹姆森打了个一百元钱的赌，就是我们到码头的时候，你就已经到现场了。”

“噢，真的吗?”

“是真的。但是现在回想起来，当时我对你是从哪里来的概念实在是难以置信地狭隘，甚至在现在我都不能相信，我仍不明白你到底有什么，我们都知道你工作出色，而且你也确实做到了，但我不知道我是将你往哪里拽，好，就算我知道，你正尽力把自己封锁在雅加达，但我并不觉得这事情复杂，对我来说，普鲁的背叛，马丁的背叛，以及你让自己失望的处理方式都是连在一起的，我并没有意识到每件事都会以其自己的方式平息下去。”

“哦，事情就是这样的，贝丝。”

这就是最好的解释方法了，梅森想着，但做起来不容啊。

“噢，别和我谦虚了，”贝丝说，“特别是在我从参加此次行动中了解了我自己以后，你就更不要和我谦虚了。你，格雷格，让我对我今后要做的事情看得更长远、更真实，这也是我决定退出的原因。”

梅森知道贝丝是在随意地谈论离开情报局的念头，而这点当时他们在湾流公司谈话时就已经得到了确认，但梅森还是不能想象她会选择留在悉尼，贝丝计划先与梅森一起做资源和能源生意，兰伯特也选择大约在一个月后终止他目前的事业，而坦普尔顿未来一年仍会在堪培拉，但也在考虑和贝丝、兰伯特一样离开情报局，麦金龙通过梅森向他们保证，他会通过跟踪调查报告来让“这些混蛋们说实话”。

“首先，”坎特雷尔说，“我要离开保密室，去发现一个属于我自己的天地，然后我们再看看从那里开始新的事业。其他人可能去关心华盛顿会在推动堪培拉清理自己门户问题上采取哪些行动。”

“我对此没有任何意见。”梅森回答道。

坎特雷尔从梅森的笑容中知道，他已经不再关心这事了。

梅森心里在想，一个人也就做这么多了，你得挪地方了。马丁和巴斯都已经没有后路了，而我还活着，似乎还会成功。我还能希望什么呢?

梅森听见阿尔菲用一种越粗俗越让人舒服的语言在他的耳边悄悄说:“赶快行动吧！你这个白痴！生活中充满了各种阶段，有长有短，而你正处在一个他妈的非常好的时期，可以为你以后指明方向的时期。你周围有很好的人，和你做同样事情的人，因此享受你拥有的一切，一分钟都不要浪费!”

梅森感到了一种平静的镇定，一种在很长时间里他都没有感觉到的镇定。

责任编辑：张双子
责任校对：刘越难
封面设计：常　帅

图书在版编目（CIP）数据

蝉暗号 /（澳）里德 著；尤舒 译．－北京：人民出版社，2014.10
ISBN 978－7－01－013351－5

I. ①蝉…　II. ①里… ②尤…　III. ①长篇小说—澳大利亚—现代
IV. ① I611.45

中国版本图书馆 CIP 数据核字（2014）第 055973 号

著作权合同登记号　图字：01-2013-1096

蝉　暗　号

CHAN AN HAO

［澳］沃伦·里德 著　尤舒 译

人民出版社 出版发行
（100706　北京市东城区隆福寺街 99 号）

北京中科印刷有限公司印刷　新华书店经销

2014 年 10 月第 1 版　2014 年 10 月北京第 1 次印刷
开本：710 毫米 ×1000 毫米 1/16　印张：22.75
字数：302 千字

ISBN 978－7－01－013351－5　定价：39.80 元

邮购地址 100706　北京市东城区隆福寺街 99 号
人民东方图书销售中心　电话：（010）65250042　65289539